알파와
라이신의
유배 ▼

알파와 라이신의 유배 제1권

발행일   2015년 12월 31일

지은이   박 민 재
펴낸이   손 형 국
펴낸곳   (주)북랩
편집인   선일영   편집 김향인, 서대종, 권유선, 김성신
디자인   이현수, 신혜림, 윤미리내, 임혜수   제작 박기성, 황동현, 구성우
마케팅   김회란, 박진관, 김아름
출판등록 2004. 12. 1(제2012-000051호)
주소   서울시 금천구 가산디지털 1로 168, 우림라이온스밸리 B동 B113, 114호.
홈페이지 www.book.co.kr
전화번호 (02)2026-5777   팩스 (02)2026-5747

ISBN   979-11-5585-860-8 04810(종이책)   979-11-5585-861-5 05810(전자책)
        979-11-5585-862-2 04810(세트)

이 도서의 국립중앙도서관 출판예정도서목록(CIP)은 서지정보유통지원시스템 홈페이지(http://seoji.nl.go.kr)와
국가자료공동목록시스템(http://www.nl.go.kr/kolisnet)에서 이용하실 수 있습니다.
(CIP제어번호 : CIP2015035856)

성공한 사람들은 예외없이 기개가 남다르다고 합니다.
어려움에도 꺾이지 않았던 당신의 의기를 책에 담아보지 않으시렵니까?
책으로 펴내고 싶은 원고를 메일(book@book.co.kr)로 보내주세요.
성공출판의 파트너 북랩이 함께하겠습니다.

박민재 장편소설

알파와 라이신의 유배 1

세계는 눈에 보이지 않는 존재들에 의해 은밀히 조종당하고,
어둠의 그림자가 검은 커튼처럼 서서히 드리워지는데…

북랩 bookLab

기본 설정 해석

바리온

파란티스라는 물질의 영향으로 인하여 여성(암컷) 공룡이 인간화된 인간 종족으로 '가장 먼저 나타난 인류'(증오, 슬픔, 분노)처럼 마이너스 기운을 감정의 기본 틀로 여기며, 로이드 휴먼을 증오함과 동시에 절대적인 관심을 가지고 지켜보고 있다. 이들이 바로 흔히 불리는 악마, 마왕의 존재들이다.

하지만 이들 중에서도 진정한 바리온이라 불릴 수 있는 사람은 공룡에서 직접 진화한 인간 중 단 10~20%의 인간들만이고, 그 밑에서 일하는 나머지 대다수의 평범한 인류(로이드 휴먼)에서 DNA 적합수술을 받은 자들은 증오, 슬픔, 분노뿐만 아니라 평범한 사람처럼 사랑, 기쁨, 행복 등과 같은 감정을 느낄 수 있다.

과학기술은 일반 로이드 휴먼보다 발전이 훨씬 뛰어나며, 플로네보다는 못하다. 그렇다고 무적이거나 죽지 않는 건 아니다. 다만, 일반 로이드 휴먼과는 절대로 상대가 될 수 없다. 반대로 플로네의 존재를 알지 못하기에 대부분의 일반 바리온은 자신들이 지구상에서 가장 강한 종족이라고 생각하고 자만심에 빠진 편이다.

그리고 바리온에서 버려지거나 도망쳐서 자연에 의지하여 탄생한 엔포인이라 불리는 자들이 로이드 휴먼 안에서 비밀리에 존재하고 있다. 이들도 평범한 로이드 휴먼처럼 모든 감정을 느끼나 자신들은 바리온이 만들어낸 악의 기운을 퍼트리는 물질에 면역이 되어 있어서 크게 마이너스 감정이 요동치는 일은 거의 없다.

바리온 안에서도 레귤러들 사이에도 서로의 욕망과 의지가 달라 극심한 내분과 갈등이 항상 발생하고 있다.

로이드 휴먼

유인원에서 자연적 진화로 탄생한 제2의 인류로 지구의 60억 인구 중 50억 가량을 차지하고 있다. 이들은 사랑, 증오, 감사, 행복, 슬픔 등 풍부한 감정을 가지고 있다. 바리온, 플로네와는 다르게 특별한 힘을 가지고 있지는 않다. 하지만 그 어떤 인류보다도 번성하였으며, 바다를 뺀 나머지 전 지역에서 영향력을 떨치고 있다. 그리고 그에 못지 않게 자신들을 인종 색으로 나누며 국가라는 형태로 서로의 경계를 만들어서 함부로 들어오지 못하게 하는 등 여러 문제점도 담고 있다. 그런 수많은 분쟁과 다른 두 종족으로부터 보호하기 위해서 그들을 뒤에서 때로는 앞에서 엔포인들이 보호하려 노력한다.

플로네

곤충으로부터 진화한 인류로 가장 늦게 나타난 제3의 인류로 바리온, 로이드 휴먼보다도 인구 숫자가 월등히 적은 편이다. 과학문명이 발전해, 3인간종족 중에서 가장 월등하게 높은 편이다.

하지만 인구수로는 3종족 중에 최저이지만 지구에 사는 생물 중에 무려 70% 이상을 차지하고 있다.(곤충이기에 가능하다.)

우리가 알고 있는 신들의 실질적인 존재로 생각되는 종족이며, 힘의 근원은 파란티스와 같은 분류의 스컬오버라는 물질을 힘의 기본으로 사용하고 있으며 별자리로 불리는 별들도 힘의 사용과 영향에 지대한 영향을 미친다.

이들은 다른 두 종족과는 다르게 모든 인간이 내보이는 감정을 느끼기는 하지만 감정에 절대로 치우치지 않는다. 어떤 면에서는 여느 종족보다도 참으로 냉혹하다고도 할 수 있다.

공격력과 파괴력은 파란티스보다 비교할 수 없을 정도로 강력하다. 다만, 특별한 바리온들과의 싸움에서는 예외다.

자연을 그 무엇보다 아끼고 사랑하는 편이며, 남녀 성별이 확실히 구분되어 존재하기는 하지만 실질적인 공격력과 전투력은 여성이 훨씬 우월하기에 여성이 대부분 바깥일을 보며 남성은 기본적인 경제활동만을 한다.

대부분 군락생활을 하며, 자신들이 만들어낸 특별한 섬에서 대부분이 살아간다. 그 섬은 로이드 휴먼, 바리온들은 절대로 찾을 수도 닿을 수도 없는 구조이며, 그렇다고 해서 무적은 아니다.

바리온 안에서 레귤러라 불리는 자들 중 몇몇은 이 섬의 위치를 파악하고 거기에 이미 잠입한 자들도 있다.

바리온과 플로네의 관계는 간단명료한 듯하면서도 한마디로는 설명하기 힘든 복잡미묘한 사이로 서로 얽혀 있다.

플로네는 지구를 오염시키는 일을 극도로 싫어하는 편이고, 바리온은 자신들의 거대한 여러 실험 중 하나의 성과라고 말할 수 있는 석유를 로이드 휴먼에게 넘겨 줘 자신들의 손이 아닌 자신들이 미워하는 로이드 휴먼을 이용해 지구 환경과 로이드 휴먼의 마음을 증오, 슬픔, 미움, 질투 등의 마이너스 에너지로 가득 채우려 한다.

플로네는 자연이 오염되는 걸 그렇게 정화하며 석유를 만들어낸 바리온을 철저하게 감시하려 든다. 바리온들은 플로네의 존재를 거의 알지 못하고 있으며, 바리온 안에서도 가장 높은 레귤러들만이 그들의 존재를 알아차리고는 플로네에 대항하기 위하여 비밀리에 조직의 힘을 키우는 중이다.

히미코 (주인공)

자기 자신은 인간(로이드 휴먼)이라 여기고 있으나 실제로는 바리온, 플로네, 로이드 휴먼 그 어디에도 속하지 않는 인물로 특별한 능력이나 특수한 무기를 가지고 있는 것은 아니다. 그러나 플로네, 바리온들에게 있어서는 어떤 의미로는 절대로 손에 넣지 않으면 안 되는 중요한 인물이다.

다만, 자신의 주변에 있는 플로네와 바리온들의 마음을 온화하게 만들거나 평소에 느끼지 못하던 감정들을 느낄 수 있게 하는 능력이 있다. 하지만 이런 히미코에게는 주변인물도 전혀 모르는 진정한 자신의 정체가 숨겨져 있는데 그 정체는….

마유 이자키 (부주인공)

본명은 김나영이며 한국인이다. 개인적 사정으로 인하여 고등학교에 입학한 지 얼마 지나지 않아 일본으로 가게 된다. 한국인으로서 힘들게 고등학교에 다니며 제대로 된 친구 하나 만들지 못하다가 고등학교를 졸업 후 아르바이트를 하며 일자리를 찾으나 직장을 구하기가 쉽지 않다. 그러던 중 '일본 한국 통합 부스' 사업의 영향으로 한국과 일본이 맺어지면서 일본이 한국으로부터 아주 큰 도움을 받게 되고, 일본 내에 거주하는 한국인들의 직장 구하기가 좀 더 수월해진다.

그녀는 바리온이 이끄는 대기업 차원의 실험실에 들어가게 되어 정식으로 일을 시작하지만, 일본인이나 다른 외국인들의 시기와 질투로 인하여 미국인 제시카라고 사람들을 속인 채 회사에 다니게 된다.

그리고 회사로부터 '코드네임 마유 이자키'란 이름을 받고 특별한 수술을 받게 되는데, 직급이 올라가게 되면서 그녀는 자신이 다니는 곳이 단순한 실험실이 아니라 회사에서 비밀리에 운영하는 비밀부대 중 하나라는 사실을 알게 되고, 코미야 유키 대장이 이끄는 비밀부대로 들어가게 된다. 하지만 그 뒤로도 끝이 보이지 않는 외롭고 괴로운 나날이 계속되던 중….

2편부터는 주인공인 히미코 못지않게 중요한 거물로 떠오르며 다른 SF에서는 보기 힘든 독보적인 존재로 등장하게 된다.

소설의 전체적 내용으로 보았을 때 누구보다도 중심이 되는 주인공격과 부주인공만을 이번 권에서는 우선적으로 설명했다. 다음 권에서는 또 다른 인물들을 소개해 드리도록 하겠다.

수억 년 전의 지구, 하늘에서는 지금과 같은 별똥별, 즉 작은 운석들이 지구로 수도 없이 날아들었다. 그 운석 안에는 여러 우주물질이 섞여 있었다.

하지만 미생물이나 그런 것들은 지구 대기권에서 타버리기 일쑤였기에 고대의 지구 환경에 큰 영향을 미치지는 못하는 게 대부분이었다. 하지만 예외가 있었으니, 그 최초의 사건을 계기로 지금의 인류가 존재하게 된다.

지구에 최초로 육지에 나타난 거대 동물인 곤충이 우주에서 날아든 물질적 미생물에 감염되는 지구상의 최초 사례가 되었지만, 그에 따른 큰 변화가 감염된 거대 곤충들에게 일어나지는 않았다. 지구의 산소농도가 급속도로 줄어들며 거대 곤충들의 시대는 조용히 막을 내렸다.

그리고 거대 곤충이 사라진 자리는 얼마 지나지 않아서 거대 파충류들의 차지가 되었다. 그들이 우리가 잘 알고 있는 공룡들이다. 그들이 살던 시대에도 수많은 별똥별들이 지구에 떨어졌고, 그 안에서 특수 미립자 형태의 물질적 미생물이 다시 나타났다.

이번에 나타난 미생물들은 거대 곤충을 감염시킨 미생물과는 전혀 다른 미생물이었다. 이번에 나타난 미생물은 분자 역학적으로 파충류, 그것도 거대 파충류에만 기생이 가능한 종류였다. 그들은 공룡의 몸에 기생하며, 그 안에서 인간의 팔과 거의 같은 형태, 즉 신체 일부로 자리 잡게 된다.

하지만 모든 공룡이 그런 미생물의 도움을 받은 건 아니었다. 어떤 공룡들은 미생물에 적합하지 않아서 감염되어 멸종하였고, 어떤 공룡들은 감염되었지만 몸에서는 별다른 반응을 일으키지 않고, 평범한 공룡으로 살아가는 개체도 많았다.

감염된 이후에도 평범한 공룡으로 살아가는 경우가 전체 공룡의 80% 정도였다. 그러나 감염현상에 그치지 않고, 새끼를 낳을 수 있는 암컷 공룡들 안에서 인간화가 되어 가는 공룡들이 지구 곳곳에서 나타나게 된다.

그들은 뛰어난 두뇌와 지금의 인류도 아직 발견하지 못한 특수한 원소 조합법 등을 이미 알고 있었고, 미립자 미생물과 완전히 동화되는 과정에서 특수능력들까지 얻게 되었다.

특수능력들은 대부분 신의 기술이라고 불리는 것들로 우리가 알고 있는 신과 인간을 나눌 수 있는 기술들이 거의 다 포함된다고 생각하면 이해하기 쉽다.(여기서 말하는 신이란 인간에게 기쁨과 사랑 등을 전파해 주는 신이라기보다는 악마, 마왕 등 악의적인 신들의 종류를 뜻한다.)

그러나 이 특수능력들은 대부분 〈레귤러〉라 불리게 되는 최초로 나타난 인간형 공룡들에게만 해당하는 것이었다. 그 후에 나타난 〈바리온〉들에게는 이렇다 할 특수능력은 크게 나타나지 않았다.

바리온들은 자신들의 과학기술과 지구의 철, 구리, 다이아몬드 등의 여러 가지 물질들과 특수능력을 이용하여 거대한 잠수함+전함 형태의 '움직이는 기지'를 만들어 냈다.

그리고 그 기지 안에서 자신들과 같았던 일반 공룡, 그리고 미립자 물질이 공룡에게 인간의 팔 형태를 안겨준 공룡들을 잡아서 실험하고, 고문하면서 자신들에 대해 점점 더욱 자세히 알아가기에 이른다.

이들은 오랜 연구 결과, 머지않아 자신들과 닮은 형태의 또 다른 인간들이 나타나서 자신들보다 훨씬 이전의 존재를 알아차릴 수 있는 일이 벌어질 것에 대비해 철저하게 그 흔적을 남기지 않도록 했다. 레귤러들은 직접적으로 걸어다니지 않았으며, 일반 바리온들이 사용하는 신발 종류나 옷들은 모두 공룡의 피부를 벗겨 만들었거나 식이섬유로 된 아주 푹신한 것들이라서 발자국을 남기는 일은 거의 없었다.

게다가 옷이나 신발은 단백질 분해가 잘 되는 물질로 만들어져서 입지 않고 며칠 동안 방치해 두면 저절로 썩어서 형태 하나 남기지 않고 사라지게 했다.

또한 감염된 공룡들이 죽으면 제일 먼저 몸에서 썩어서 흔적도 없이 사라지게 되어 있는 건 인간화된 팔 부분이다. 미립자 형태의 팔은 미생물들이 근육 덩어리를 형성하고 있는 것으로 뼈는 존재하지 않는다. 공룡의 겉 피부에 들러붙어서 기생하는 기생충처럼 서로가 영향은 받기는 하지만 융합되어 있어서 실제 뼈와 근육으로 된 실제 신체 부위는 아니다.

자신들이 기생하던 공룡이 죽게 되면 곧바로 미립자 형태의 미생물이 가장 먼저 썩어서 없어지므로 나중에 로이드 휴먼이 화석을 발굴하여도, 어떤 공룡들에게는 인간의 팔과 같은 형태가 달려 있었다는 사실을 전혀 알 수 없다.

그들은 자신들이 일반 공룡이나 팔이 달린 공룡들로부터 얻어낸 물질들을 전함에 실어, 모두가 약속이라도 한 듯이 동시에 대기권 상층부 높이까지 올라가 마지막 실험에 임한다. 그것은 바로 지구에 인위적인 대변화를 일으키려는 목적이었다. 그와 동시에 자신들의 새로운 실험을 위한 커다란 발판을 삼는 계기이기도 하였다.

〈레귤러 0번〉의 능력으로 만들어 낸 운석 덩어리를 지상으로 발사하여 지구에서 자신들의 손으로 공룡의 시대를 마무리짓게 된다. 그 뒤로 지구의 변화를 관찰하며 기록하여 머릿속에 정리하여 집어넣었다.

그리고 그들은 신생대를 맞이한 지구에서 대부분의 시간을 큰 연구도 하지 않고 자신들의 뒤를 이어 나타날 인간들을 기다렸다. 하지만 그런 레귤러 안에서도 자신들이 멸종시키다시피 한 공룡을 복원시키려고 실험을 하고 싶어 하던 몇몇 레귤러들은 약속이라도 한 것처럼 늑대, 물고기 등 여러 동물의 생체 표본을 잡아다가 자신들의 DNA 염기배열과 합성하는 실험을 진행하였다. 그 결과 새로운 인류가 탄생하게 되었다. 그들이 〈엔포인〉이다.

그들은 반인반수의 몸에 특수능력을 가진 자들이었다. 여기서 말하는 특수능력이란 바리온과 플로네와는 전혀 다른 것으로 일명 '르네의 각인'이라고 알려져 있다.

그들의 모습에 충격을 받은 연구진들은 이들 대부분을 바깥 세상에 방생하였다. 우리가 알고 있는 마녀, 인어, 늑대인간 등이다. 그리고 드래곤도 거기에 포함되었다.(이들에 대한 자세한 이야기는 서서히 다루겠다.)

바리온들이 기다리고 기다리던 또 다른 인간 형태는 바로 유인원에서 진화한 인류였다. 그들은 서로를 아끼며 같이 살고 같이 사냥하는 집단 체제였다. 그것은 인류 최초로 진정한 사랑으로 만들어진 집단이었다. 그들은 엄청난 속도로 지구 전체로 퍼져 나가 번성하였으며, 나중에는 지구 인구 60억 중에 50억 이상을 차지하기에 이른다. 그들이 〈로이드 휴먼〉이다.

바리온은 집단이긴 하지만 어디까지나 흉포함에 의한 강제적인…

그리고 절대적이고 악의적인 신분사회의 모습이었다. 그것은 사랑과는 거리가 너무도 멀었다. 그것도 그럴 것이 그들은 공룡의 흉포함과 잔인함을 그대로 가진 채로 인간화되었기에, 로이드 휴먼으로부터 느끼는 사랑이라는 감정을 처음으로 동경하고 부러워하는 동시에 그 감정을 증오하고 시기하였다.

그래서 레귤러들은 일반 바리온을 그들 안에 잠입시켜 자신들이 오랜 연구로 만들어 낸 석유와 같은 물질들을 그들에게 널리 전파시켰다. 로이드 휴먼은 그것들을 활용하여 급속도로 발전을 일구어 내는 한편 여러 가지 갈등이나 범죄가 발생하게 되었다.

로이드 휴먼의 마음 안에 사랑이나 감사, 기쁨과 함께 시기, 질투와 같은 마이너스 기운이 엄청나게 자라게 되며 커다란 사회적 문제로 발전하게 되고, 그것은 곧 전쟁이라는 참담한 결과를 가져다준다.

로이드 휴먼들은 이 모든 일은 자신들의 생각과 행동에 의한 결과라고 생각하지만… 사실은 바리온 정확히는 레귤러들에 의해서 조종되어서 발생한 것이었다. 마치 아이들이 군인 인형을 직접 손으로 조종해서 전쟁놀이를 벌이는 것처럼 말이다.

하지만 이런 바리온과 로이드 휴먼의 모든 행동을 가만히 숨죽이고 지켜보는 자들이 있었다. 그들은 고대 곤충에서 감염된 미생물이 작은 크기의 곤충에게 그대로 이어져서 융합되어 인간화가 된 자들로 〈플로네〉라 불린다.

그들은 곤충 상태에서부터 나머지 두 종족이 해오는 행동들을 지켜보다가 로이드 휴먼을 바리온으로부터 구하기 위해서 처음 손을 내밀었다.

로이드 휴먼 앞에 나타난 최초의 플로네들은 천사의 날개를 한 인간의 형상이었다. 정확히는 천사의 날개처럼 보이지만 나비의 비늘로 만들어낸 깃털이었다. 하지만 그들이 로이드 휴먼으로부터 도움의 손길을 거두게 된 커다란 사건이 발생한다.

그것은 우리가 잘 알고 있는 '마녀 사냥' 즉 아무런 죄가 없는 마녀를 화형시킨 것이었다. 그 장면을 목격하고 그들은 로이드 휴먼에게서 차갑게 등을 돌리게 된다.

그리고 자신들의 최대 관심은 바리온… 그리고 지구환경에 쏠리게 되었다.

반면, 로이드 휴먼에게 학대당하고 무시, 멸시당하는 엔포인(바리온들에게 반인반수 실험을 당한 후 버려진 자들을 뜻한다.)들은 자신들의 큰 희생에도 불구하고 로이드 휴먼이 자신들이나 멸망한 공룡들처럼 잘못될 것을 우려하여 그들의 편에 서서 여러 면으로 과학, 발명, 의료, 환경보호 등 사회적으로 크게 힘을 쏟게 된다. 그렇게 해서 생겨난 국제기구 중 하나가 바로 우리가 너무나 잘 아는 UN이다.

처음으로 레귤러가 플로네와 맞닥뜨린 건 세계 2차대전 당시 독일에 있는 뮌헨박물관에서였다.

바리온은 최초의 스피노사우루스 화석에서 최고의 무기를 만들어낼 수 있는 물질이 순수하게 화석에 결합하여 뭉쳐져 있는 것을 발견하고 그것을 탈환하려 들고, 플로네가 그들 앞에 최초로 모습을 드러내어 자신들이 가진 특수기술을 이용하여 최초의 스피노사우루스 화석을 산산이 조각내어 파손시켰다.

레귤러들은 그때 처음 자신들보다 압도적인 힘을 발휘하는 플로네의 힘을 바라보고는 그 부서진 화석 일부를 챙겨 그 자리를 피했다. 그리고 그 사건은 공식적으로는 연합군의 폭격에 의한 파손으로 사람들에게 보고되었다. 하지만 레귤러들은 플로네의 힘을 두려워하여 그들에 대항하기 위한 조직적 준비에 들어가게 된다.

이렇게 인류의 탄생에 얽힌 비밀과 환경파괴와 석유 등의 물질에 숨겨진 충격적인 진실, 여러 음모를 둘러싸고 각 종족 여성들의 사랑과 우정과 배신이 펼쳐지며 점차 그 원인에 다가서게 된다.

Contents

序 〈멈춰버린 시간〉

"이노무라 씨의 채소가 잘되었다고 합니다. 많이들 찾아 주세요."

"요시호 씨의 이번 과일 농사가 잘되었다고 합니다. 많이들 찾아 주세요."

"우리 몸에는 우리 농산물이 좋아요. 마을 주민들도 많이 찾아 주시고 홍보 부탁합니다."

나는 매일 아침 마을 여기저기에 설치된 스피커에서 이런 시골 장터 분위기의 방송들이 자주 흘러나오는 것을 듣는다. 이런 방송 자체를 싫어하지는 않는다. 하지만 방송을 듣고 있다 보면 나도 모르게 멍하게 서 있을 때가 많다.

내가 사실 음식을 가리지 않고 좋아하는 편이라 음식 상상을 하며 멍하니 서 있다가 지각할 때도 잦았다. 게다가 우리 마을은 유명한 특산물도 관광지도 거의 없는 볼품없는 작은 시골 마을이다. 그렇게 된 가장 큰 원인은 얼마 전에 이루어진 〈일본 한국 통합 부스〉 때문이다. 화산 지형과 잦은 지진으로 인해서 오래도록 고통받는 일본의 문제를 한국에서 개발해낸 'KS 흑전자 파동탄'이라는 특수 무기가 그 해결의 실마리를 가져다 주면서부터 두 나라 사이에 커다란 이익과 안전을 가져다줄 강력한 통합사업이 구축된 것을 말한다.

그렇다면 한국에서 개발한 KS 흑전자 파동탄이란? 일정한 주파수의 진동을 더 작은 진동으로 나누어서 거기서 얻어지는 작은 진동들을 하나의 특수 분자 코팅된 용지에 응축시켜서 하나의 미사일 탄환에 담아 뒀다가 다이너마이트 대신 사용하는 대단한 발명이다.

이 파동탄이 일본 전체 지역에 배치되면서 일본 열도에서는 더 이상의 지진과 화산 폭발은 일어나지 않게 되었다. 안 그래도 조용하던 마을은 더욱 조용해지게 되었고, 마을에 사는 대부분위 어른들의 눈은 생기를 잃어 표정 변화가 거의 없어졌다. 그들의 굳게 다문 입술을 보고 있으면 내 마음속은 하루빨리 이 마을을 벗어나게 해달라며 기도했다.

바라던 대로 나는 친구들과 헤어지고 혼자서 멀리 도시로 나가 지금까지 볼품없어 보이던 나 자신을 또 다른 나로 바꿀 수 있는 계기를 만들고 싶었다. 그러나 현실은 생각했던 것보다 더 힘들었고 결국 이겨내지 못하고 다시 마을로 돌아가기로 마음 먹고는 낡은 시골버스에 내 몸을 실었다.

하지만 그때 나는 마을에 도착하는 것을 계기로 모든 것이 크게 바뀌게 될 줄은 전혀 예상하지 못했다.

"끼이이익."

"자! 곧이어 우리들의 자랑인 마사루 마을입니다! 내리실 분들은 준비해 주십시오!"

오랜만에 귓가에 들려오는 그리운 버스 안내 방송 소리를 들으며 차분하게 붉은색 여행가방을 하나 둘러매고는 찰랑거리는 포니테일의 머리에 갸름한 얼굴에 커다란 눈동자를 가진 핑크빛 가벼운 원피스 차림에 검정 구두 차림에, 한 소녀가 오래된 마을버스에서 내려온다. 이 청순해 보이는 소녀가 바로 나 히미코다.

"아! 이제야 좀 살 것 같다. 흠~!"

버스에서 내린 나는 가슴을 펴고 마음껏 시골 공기를 들여 마신다. 나는 여행 가방을 자신의 앞에 보이는 의자에 내려놓고는 가방을 열어서 무언가를 주섬주섬 찾기 시작한다. 얼마 후 소녀는 가방에서 작은 크기의 갈색의 나무로 된 고풍스런 손거울을 꺼내어서는 거울에 자신의 얼굴과 옷에 비춰 보이며 외모에 신경을 쓴다.

순간 갑자기 바람이 불어와 불어오는 방향을 바라보니 그 앞에는 오래된 건물 하나가 휑하니 남아 있는 것이 보였다. 내가 멍하니 앞에 보이는 오래된 건물의 찢긴 손때 묻은 깃발을 바라보고 있을 때였다. 뒤에서 후다닥하고 무언가가 달려오는 소리가 들렸다.

내 등을 툭 친 건 친구 카오리였다. 카오리는 살짝 웃어 보이며 "안녕? 오랜만이야, 히미코!"라고 반갑게 인사를 건네 왔다. 단정한 푸른색 빛깔의 머리칼을 휘날리고 있는 그녀는 학창시절에 보던 것과는 많이 달라 보였다.

학창시절의 그녀는 얌전하고 말이 많지는 않았지만, 자신의 의지를 내세울 때는 꼭 다른 사람이 된 것처럼 당당히 그것을 관철하는 친구였다. 옷차림도 레이스가 들어가거나 화려한 색깔의 옷은 거의 입지 않는 스타일이었지만, 지금 내 앞에 서 있는 카오리는 단정한 푸른색 단발머리에 금색으로 빛을 발하는 목걸이 줄에 은으로 된 커다란 별 모양이 들어간 고풍스러운 목걸이를 하고 있었다. 하늘거리는 핑크빛 레이스가 달린 옅은 하늘색 드레스를 입고 있고, 붉은색 구두에 머리에는 커다란 공룡 형태의 머리핀까지….

나는 카오리에게 말했다.

"너 오늘 어디 맞선이라도 보러 가는 거니?"

"아니야!!"

"아~하! 이제 알았다! 계집애, 너 오늘 데이트 있구나!? 오늘 의상으로 보아하니 상대가 부자인가 보네? 혹시 그 옷도 그 남자가 사준 거니?"

카오리는 놀려대는 나를 보고는 방금 전보다 좀 더 화가 섞인 목소리로 말했다.

"아니라니깐!!"

카오리는 목소리를 조금 낮추며 "놀리지 마! 오랜만에 본 나에게 질투하는구나!"라고 말했다.

나는 그런 카오리에게 기분이 조금 상해서 카오리의 양쪽 볼을 잡아 고무공을 늘이듯이 있는 힘껏 늘여대며 말했다.

"내가 어디가 침울해 보인다는 거야?"

볼이 양쪽으로 쭉 늘어난 카오리는 양팔로 나를 감싸 안고는 있는 힘껏 껴안았다. 나는 카오리에게 소리지르며 놓아달라고 했지만 카오리는 나를 그대로 내팽개쳐 버렸다.

바닥으로 넘어진 나는 화가 나서 카오리에게 소리쳤다.

"가슴은 절벽인데 힘은 남자 못지않네. 그래서 남자친구를 만들 수 있겠니?"

카오리는 씩씩거리는 표정을 지으며 나에게 다가와 순식간에 웃는 표정으로 얼굴이 바뀌더니 갑자기 내 겨드랑이를 비롯해 여기저기를 간지럽히기 시작했다.

"크하하하하~ 크하하하! 그만! 그만! 내가 잘못했어. 그러니 그만해 ~ 크하하하하!"

"히미코, 오랜만이니까 이번엔 그냥 넘어갈게, 하지만 앞으로는 조심해서 행동해!"

카오리와 나는 사이가 나쁜 건 아니었다. 종종 이런 식으로 장난을 치기는 해도….

그때였다.

"카오리, 히미코! 여기야 여기!!"

나와 카오리는 그 소리에 뒤를 돌아보았다.

흰색 원피스 차림에 긴 푸른색 머리카락을 하늘하늘 바람에 휘날리며 바이크를 몰고 오는 한 소녀가 있었다.

"미호!! 아아아~악!!"

나는 바로 그 자리를 피하고 싶었다. 미호는 나랑은 주변에서 견원지간이라 할 정도로 사이가 나빴기 때문이다.

사실 오늘은 내가 고향인 마사루 마을을 떠났다가 3년 만에 돌아온 기념으로 단짝이었던 카오리와 둘이서 오랜만에 이야기꽃을 피워보려 했지만 아무래도 그건 힘들 것 같아 보였다.

미호가 다가와서는 나와 카오리의 머리를 쓰다듬으며 반가움을 표현했다.

"언제 돌아온 거야. 히미코? 마사루 마을에 돌아왔으면 나부터 찾아야지!!"

미호가 내 두 손을 꼭 잡아주며 곧바로 포옹을 해주었다. 미호의 이런 행동에 놀라며 나도 모르게 미호를 뿌리쳤다! 미호가 땅에 있던 돌부리에 걸려 넘어지는 순간, 미호의 찰랑거리는 은은한 푸른빛이 감도는 머릿결이 내 뺨을 스쳤고 내 두 눈에 들어온 미호의 두 눈동자는 무덤덤한 눈빛으로 보였고 곧바로 쓰러졌다.

주변은 순간 조용했고 미호는 두 번 다시 일어날 기색이 보이지 않아 보였다.

"히미코! 아무리 미호가 예전 같지 않다고 해서 그렇게까지 놀랄 필요는 없잖아?"

나는 카오리의 말이 순간 들리지 않는 듯 주변을 살펴보았지만 적막감만이 낡은 상점가 건물과 나와 카오리를 감싸고 있는 듯 느껴졌다.

"히미코!! 히미코!!"

카오리의 부르는 소리에 정신이 들었다.

"미호가 움직이지 않아! 미호, 괜찮니?"

카오리가 재빨리 미호에게 다가가 미호의 상태를 살펴보았지만 겉으로는 아무 이상이 없어 보였다.

"꺄~~악!"

낮은 비명소리와 함께 방금 전까지 미호의 옆에 있던 카오리가 500m 지점까지 날아가 버렸다. 나는 지금 내 눈앞에서 일어난 이 광경이 믿기지 않았다.

나는 순간적으로 미호가 쓰러진 곳을 보았을 때 몸이 얼어 붙었다.

거기엔 미호의 흰색 원피스가 갈기갈기 찢긴 채 나뒹굴고 있었고, 미호의 모습은 어디에도 보이지 않았다. 등 뒤에서 으스스한 기운을 느끼며 돌아보고 싶었지만 몸이 말을 듣지 않았다.

그때 무언가 내 목을 스치는 느낌이 살짝 들며 나는 힘없이 앞으로 쓰러졌다.

그 순간 내 두 눈에 비쳐 보인 것은 미호의 얼굴이 아닌 사자의 얼굴이었다. 몸은 거대한 독수리에 몸과 날개와 팔 대신 뱀의 기다란 머리가 달려 있었으며, 다리에는 말발굽에 기다란 상어 꼬리가 달려 있었다.

하지만 흉칙한 괴물의 신체 여기저기에는 미호가 걸치고 있던 옷 조각들이 들러붙은 채 바람에 휘날리고 있었다.

그렇다! 여러 동물들을 합성한 것처럼 생긴 괴물의 정체는 두말할 것 없는 나의 친구 미호였다!

그런 미호의 모습을 마지막으로 본 나는 소리도 지르지 못한 채 정신을 잃었고, 어디선가 울려퍼지는 총성이 귓가에 흐릿하게 들리고 있었다.

"제1 기동대, 전원 FR시스템을 작동시켜라!!"

"위잉~ 위잉!"

"시노노 박사님, 이번 녀석은…."

"아마 여성형 디렉터일 겁니다. 15년 만에 다시 등장한 여성형 디렉터예요! 부디 생포해 주십시오!"

조용했던 상점가에 엄청난 굉음과 함께 처음 보는 우주선 비슷한 머신이 지하에서 치솟아오르고, 붉은색 원피스 차림에 이어폰을 끼고 검은색 긴 생머리를 한 차가운 눈빛의 소녀들이 방금 전까지 미호라 생각되었던 괴생물체를 완전히 포위했다.

"FR시스템에 작동을 확인, 메인 시스템 접속을 승인합니다."

"토모카!! 스캔을 시작함과 동시에 T인젝션을 기동준비!"

"1기동대, 시노노 박사님 명령 들었지? 모두 스캔과 동시에 T인젝션 발동!!"

내가 정신을 완전히 잃기 전에 한번 더 눈을 떴을 때는 얼음보다도 차디찬 눈빛과 저물어가는 태양보다 붉은 빛이 도는 원피스와 녹색으로 빛이 나며 이글이글 타오르는 형체를 알 수 없는 무언가가 눈앞의 이름 모를 소녀의 손에 들려 있었다.

소녀의 긴 검은 머리가 바람에 휘날리며 나는 알 수 없는 기분에 온몸을 감싸 안는 기분이 들며 의식을 잃어가고 있었다.

제1화

엇갈린 만남과 타이타노 빌딩

수수께끼의 지하병동 안에 한 병실

"미호! 미안해! 나는 너와 줄곧 으르렁대며 좋은 사이로는 지내지 못했지만 마음속 깊이 널 싫어하거나, 무시하거나, 마음 아프게 하고 싶지는 않았어!"

미호가 나를 감싸 안아 주었고 나도 선뜻 미호의 품속으로 뛰어들었다. 그 순간!! 미호의 모습은 온데간데 없고 추악한 괴생명체가 내 몸 전체를 휘감는 느낌을 받으며 동시에 눈을 떴다.

"아~~악!" 눈을 뜬 내 앞에 처음 눈에 들어온 건 큰 가슴에 볼륨 있는 간호복 복장을 한 늘씬한 한 여자였다.

"진정하세요! 기분 나쁜 꿈이라도 꾸신 것 같아 보이네요."

내 손을 따뜻하게 잡아주며 내 얼굴 가까이 갸름한 얼굴에 작고 옅은 보랏빛 루즈를 바른 입술에서 나를 걱정해 주는 목소리가 들려왔다. 너무 얼굴이 가까운 나머지 나도 모르게 본심이 아닌 말이 나오고 말았다.

"누구세요? 누구신지는 모르지만 너무 얼굴이 가까우니 치워 주세요."

"왠지 당신 얼굴을 보고 있으면 주변 공기가 무거워지는 기분이 들어요!"

그 간호사는 나에게서 얼굴을 치우며 기분 나쁜 옅은 웃음을 보이며 내 오른팔과 왼팔을 붙잡고 귓가에 속삭이기 시작했다.

"당신과 살아남은 당신 친구는 이제 우리 소유물이에요. 앞으로 즐거운 실험들이 당신과 당신 친구를 기다리고 있지요."

간호사는 기분 나쁜 옅은 미소로 내 귓가에서 아까보다 더욱 음흉하게 웃었다.

"무…무슨 말이에요? 여긴 도대체 어딘가요? 내 친구들도 살아 있는 건가요? 당신들은 대체 누구죠? 미호도 살아 있나요?"

나는 큰소리로 여러 가지 질문들을 던졌다. 하지만 질문에 비해서 돌아오는 답변은 그리 많지 않았다. 간호사는 내 양팔을 침대에서 놓아주며 이렇게 말했다.

"정말 시끄럽게 구는군요! 앞으로 제가 단단히 교육시켜 드리지요! 크~크크크!"

"히미코! 당신에게 대답해 줄 권리와 의무는 없지만 한 가지만은 확실히 말해 두도록 하죠."

"당신은 앞으로 내가 담당하는 실험에 실험 대상이고, 그 실험에 모든 미래가 걸려 있다는 것만 말해 두도록 하죠!"

지금까지 간호사 복장이라고 생각했던 원피스 가슴 부분에 '토미죠 아야세 박사'라고 쓰여 있었다. 토미죠 박사는 병동 건물을 나가며 다시 한 번 뒤를 돌아보며 말했다.

"걱정하지 말아요! 어스 프로젝트에 있어 당신은 꼭! 필요한 존재입니다. 절대로 실패하지 않을 테니!"

박사는 알 수 없는 수수께끼 같은 말을 남기고는 유유히 방을 빠져나갔다. 주변을 살펴보니 일반병원은 확실히 아니라는 것을 한눈에 알 수 있었다.

일반병원에서는 한 번도 본 적 없는 다양한 기계장치들이 주변을 차지하고 있었고, 복도가 보이는 길다란 직사각형 창문 너머로는 많은 사람들이 바쁘게 돌아다니는 모습이 간간이 보였다.

'카오리는 괜찮은 걸까?'

나는 카오리가 괜찮은지 마음속으로 걱정되기 시작했다.

집중 치료실

"02 실험체의 상태는?"

"내부 장기 파손이 심한 편이라 장기를 원래대로 복구하기에는 좀 더 많은 시간이 필요해 보입니다."

'02 실험체'라고 적혀 있는 커다란 시험관 속에 푸른색과 붉은색으로 물들어 있는 단발머리의 사람 형태가 투명한 액체에 잠겨 있는 모습이 어렴풋이 보이고, 시험관 앞에서 시노노 박사와 조수인 카스미가 이야기를 나누고 있다.

심각한 얼굴의 시노노 박사가, "이 이상 시간이 길어지면 실험체에 부담이 가중될 뿐, 카스미! TX 바이러스를 투여하도록 해!!"

"TX 바이러스를 사용하기 전에 02와의 융합 가능성을 확인하지 않

으면 안 됩니다. 그렇지 않아도 TX 바이러스는 불완전체라는 별칭이
붙어 있어서 모두들 사용을 꺼리는 바이러스인데…"

"전 TX 바이러스의 사용을 거부합니다. 박사님!"

카스미는 박사에게 애원의 눈길을 보내며, 시노노 박사의 두 손을
붙잡고는 간청을 하고 있다.

"카스미 자네가 못하겠다면 내가 하도록 하지!"

"그만두세요!!"

시노노 박사가 카스미의 손을 뿌리치자 카스미가 시노노 박사를 몸
으로 막는다. 둘 사이에는 육탄전이 벌어지고 있었다.

어느 순간 "쿵~쿠~쿵!" 하는 소리와 함께 카스미가 실험실 바닥에
쓰러지고, 그 틈을 이용해 시노노 박사가 '위험! 사용금지!'라고 써 붙
여진 시험관을 실험실 바닥에 던져서 깨어버리자 안에서 회색빛의 작
은 캡슐이 하나 튀어나왔다.

시노노 박사가 그 캡슐을 집어서 기계 조작부로 다가가 붉은색 버
튼을 누르자, 조그마한 통로가 열리며 작은 캡슐 사이즈에 맞는 홈이
드러났다. 시노노 박사는 이 순간을 기다렸다는 듯 열어젖힌 홈에 캡
슐을 곧바로 넣고 녹색 단추를 눌렀다.

스크린에 'TX 바이러스와 에볼루션을 실행하시겠습니까?'라고 나
오며, 또 다른 스크린에는 02 실험체의 상세정보와 함께 기계장치에
노란색 불이 깜박이고 있었다.

"진정한 변화는 생명 그 자체에 담겨 있다!"

단추를 누르며 이렇게 말하고 있는 시노노 박사의 표정은 한껏 상기
되어 보였다. 카스미는 그때 쓰러지면서 어딘가에 강하게 부딪히며 기

절해 버렸던 것 같다.

얼마나 시간이 지났을까? 카스미는 가까스로 눈을 떴다.

"아~ 아아음!!"

'02 실험체'라고 적혀 있는 실험실에는 적막감만이 주위를 감싸고 있었지만 시험관 안에서는 무수히 많은 움직임이 벌어지고 있었다.

마치 생명의 창조와 변화가 되풀이하는 듯한 작업이 조그마한 실험관에서 활발히 진행되는 것 같아 보였지만 그 광경을 지켜보는 사람은 나 말고는 아무도 없었다. 카스미는 눈앞에서 벌어지는 광경에 경악하며, 오른손으로 옆에 있던 방송용 마이크의 스위치를 ON으로 올리고 입을 열었다.

"전 시노노 박사의 조수이자 〈B1 브리핑실〉 부책임자인 카스미라고 합니다."

"비상 상황을 알려드립니다. 비상 상황을…."

"각 시설 관계자는 지금 즉시 모든 일을 멈추고 주변에서 제일 가까운 비상 엘리베이터를 타고 〈B3 자연환경 적응실〉로 모여 주시기 바랍니다."

수수께끼의 지하병동 안에 한 병실

카스미의 목소리가 마이크를 타고 건물 전체에 울려 퍼져 나갔다.

(나도 물론 그녀의 목소리를 스피커를 통해서 들었지만 내가 취할 방법이 없어 보였다.)

"쿵 콰콰콰콰쾅!!" 엄청난 진동과 함께 건물이 위아래로 심하게 흔들리기 시작했다.

침대 여기저기가 심하게 요동치다가 나를 억압하고 있던 장치가 뜯겨 나가며 나는 침대 바닥에 내동댕이쳐졌다.

잠시 후 진동은 멈추었고 나는 정신을 차려 일어났고, 손목에는 각각 자물쇠가 채워진 은으로 된 팔찌가 그대로 채워진 상태였지만 발 양쪽에 있는 발찌는 부서져서 완전히 떨어져 나가 있었다.

아마 조금 전에 심한 충격을 받고 부서진 것 같았다. 내 입가에서는 '이젠 자유롭게 움직일 수 있어!'라는 말이 스며 나왔고, 다른 친구들이 있을 수도 있으니 주변에 있는 병실을 찾아봐야겠다는 생각이 들었다.

수수께끼의 지하병동

휘청거리는 다리로 조심조심 나는 병실에서 걸어 나왔다. 복도를 따라 양옆으로 무수히 많은 병실들이 늘어서 있는 것이 맨 처음 눈에 들어왔다.

뒤를 돌아보았을 때 내가 있던 병실 옆에 큰 글자로 '특별구역'이라고 표시되어 있었고, 병실로 이어지는 복도는 너무나도 조용했다. 눈앞에 직선으로 길게 보이는 복도를 천장에서부터 비추고 있는 등만이 간간이 불빛을 깜빡이고 있었다.

"아무도 없나요?"

"누구 있으면 대답해 주세요!"

적막감에 휩싸인 복도를 거닐며 나도 모르게 소리를 질렀지만 주변에서는 아무런 응답도 없었다. 음산한 분위기… 공포영화에서 본 듯한 그 분위기가 나를 반사적으로 병실 복도 끝을 향해 미친 듯이 달리게 하였다.

병실 복도를 달리면서도 틈틈이 주변 병실들을 창문을 통해 들여다 보았지만 대부분의 창문은 먼지 때 등으로 찌들어 있어 안이 거의 보이지 않았다.

그나마 창문이 덜 더럽혀진 곳을 발견해 안을 들여다보니 병실 안은 최근에 사용한 흔적을 찾을 수 없었다.

그때 "쿵! 쿵! 쿵!" 내가 달려가는 길 500m쯤 앞에서 누군가가 세차게 문을 두드리는 소리가 들려왔다.

나는 숨을 죽이며 달리던 걸음을 멈추고는 소리가 들리는 방향을 향해서 조심조심 한 발 한 발 내디디고 있었다.

바로 그 순간!! 문이 "와자자작!!" 소리와 함께 산산이 부서지면서 내 앞에 이름 모를 소녀가 나타났다.

나는 너무 놀란 나머지 급기야 뒤로 넘어져 버렸다.

그 소녀는 금발에 트윈테일의 머리에 눈은 파란색으로 맑고 투명해 보였으며, 한쪽 눈에는 검은색 안대를 착용했고, 가슴은 풍만했으며, 가슴골 중앙이 드러나 보이는 검은색 드레스를 입고 있었다. 한 손에는 처음 보는 금색에 붉은색 구슬이 하나 박혀 있는 가시 형태의 큰 팔찌가 착용되어 있었다.

다리는 길고 허벅지는 부드러운 복숭아색 이었으며 구두는 어느 정도 높이가 있는 검은색 힐 같은 것을 신고 있었다. 그리고 작은 핑크색 딸기 문양의 가방을 옆으로 메고 있었다.

소녀는 나에게 성큼성큼 다가와서 손을 내밀었다.

"제가 여기서 당신을 탈출시켜 드리지요."

나는 그녀의 눈동자에 매료되어 버린 듯한 느낌을 받으며 그녀가 내민 손을 붙잡았다.

"쉬이~익!"

내가 그녀의 손을 붙잡고 일어서자 그녀의 손목에 채워져 있던 팔찌의 붉은 구슬 같은 부분이 순간 가시처럼 변하며 내 손목을 찔렀다.

"아!!! 꺄아아아악!!!"

순간 나는 심한 고통과 함께 몸속의 피가 얼어붙으며 온몸으로 퍼져가는 듯한 느낌이 들었지만 어느 순간 그런 느낌은 사라지고 내 손목을 찌르고 있던 붉은 바늘도 형체가 사라져 버렸다.

"이런! 이런! 제 소개가 늦었지요? 저는 나가세 유이라고 합니다. 앞으로 유이라고 불러 주세요."

"내 몸에 대체 무슨 짓을 한 거야?"

"요노모리 히미코. 저도 당신을 히미코로 부르도록 하겠습니다."

"멋대로 친하게 부르지 말라구!! 그것보다 내가 묻는 말에 제대로 대답이나 해달란 말이야!!"

히미코는 몹시 화가 나 있는 모양이었다. 그것도 그럴 것이 생전 처음 보는 상대에게 주사처럼 생긴 바늘로 공격 아닌 공격을 당했으니 그런 말이 나와도 당연하였다.

"히미코 당신 몸에 제가 방금 한 짓은 지금 잠깐 고통이 동반됐을지도 모르나, 나중을 생각한다면 조금 전 저의 행동에 분명 감사하게 될 거예요."

"지금 당신이 하는 말은 저로서는 도저히 이해하기 어렵네요!"

무너지는 수수께끼의 지하병동, A1 주차장

"쾅콰콰콰쾅!"

"이런! 이런! 지금은 말보다는 행동부터 먼저 생각해야겠군요."

유이는 내 손을 붙잡아서 자신의 어깨에 걸치고는 나를 들어 안았다.

"윽! 이런! 이 감촉은?"

나를 유이가 안았을 때 내 가슴과 유이의 가슴이 맞닿는 바람에 순간 내 입에서 나도 모르게 "윽!" 하는 소리가 입술 사이로 새어나오고 말았다. 유이의 가슴이 나보다 더 큰 것을 아주 잘 느낄 수 있었기에 병동에서 탈출할 때까지 나도 모르게 얼굴이 붉어져 있었다.

"자! 이제 여기서 탈출할게요. 저를 꼭 붙잡고 계세요."

"잠…깐…만…요!"

"네??"

"제 친구들이 이 병동 어딘가에 아직 있을지 몰라요! 저만 여기서 탈출할 수는 없어요!!"

유이는 얼굴에 미소를 띠며 "걱정 마세요! 카오리, 미호 그 두 분은 여기 없어요! 이곳에 잠입하기 전 이미 치밀하게 알아봐서 그 점에 대해서는 걱정하지 않아도 돼요."

"쿠구구쿵! 콰콰콰쾅!"

말이 끝나기도 전에 병실이 그 어느 때보다도 심하게 흔들렸고, 유이는 나를 품고 "레이핀!!"이라고 외쳤다.

순간 유이의 등에서 얼음 형태의 날개가 돋아나며 날개가 크게 펄럭이며 무너진 계단을 통해 날아올랐다. 짙은 푸른색 날개가 펄럭일 때마다 주변에 반짝거리는 가루가 휘날렸다. 그 가루가 점점 날개 주변에 많아지면서 더욱 빠르게 가속도를 내는 것으로 보였다. 우리는 무너져 내리는 병동을 간신히 빠져나와 〈A1 주차장〉이라 적힌 층까지 올라와서야 겨우 위기를 모면했다.

"유이 님, 고마워요! 덕분에 구사일생으로 탈출할 수가 있었어요."

아무리 날 구해 주었다고는 하지만 조금 전까지 나에게 크나큰 고통을 선사한 상대에게 나도 모르게 고마움을 표현할 정도로 조금 전 상황은 손에 땀을 쥐게 만드는 상황이었다.

"저에게 님자까지 붙여서 불러 주시다니, 저도 앞으로 히미코 님이라 불러 드릴게요."

"이제 제 친구들을 찾으러 가요!!"

"히미코 님, 지금 두 분 친구들을 찾기 전에 먼저 가야 할 곳이 있어요."

유이는 나의 팔을 잡아끌고는 다시 한 번 손을 앞으로 뻗어서 "레이핀 2막의 전개!!"라고 외쳤다. 동시에 조금 전 유이의 등에 돋아난 얼음날개보다 2배 정도 커졌다.

그리고는 더욱 커진 얼음날개를 펄럭이며 앞으로 날아올랐다. 조금 전보다 날고 있는 움직임도 안정적이었고, 속도도 더욱 빠른 편이었다.

나는 유이의 손을 붙잡고는 힘들지 않게 주차장을 벗어나고 있었다. 주차장에는 차는 몇 대 남아 있지 않았고, 주차장 벽면, 바닥면 등도 상처 하나 없었다. 마치 조금 전 병실 붕괴가 꿈처럼 느껴졌다.

유이를 물끄러미 올려다보며 말했다.

"유이 님 등에 돋아난 얼음처럼 생긴 날개는 뭔가요?"

유이는 나의 물음에 아무런 대답도 하지 않고 앞만 바라보며 날아가고 있었다.

〈A1 주차장〉을 빠져나온 후 앞에 보이는 것은 푸른 숲이었다.

"유이 님, 지금 어디로 가는 건가요?"

"네?"

"지금 뭐라고 했나요?"

나는 유이가 내 말을 못 알아들었다고 생각하고는 다시 한 번 같은 말을 반복했다.

그때서야 유이는 정중히 대답해 주었다.

A3 인공생명타워

"지금 우리가 가는 곳은 〈A3 인공생명타워〉입니다."

"거긴 무슨 건물인가요? 여기서 먼가요?"

"지구에 사는 생명체들을 지하 깊숙이 모아놓은 또 하나의 작은 지구라고 표현할 수 있어요."

"이해되셨나요?"라는 유이의 질문에 나는 머리를 약간씩 갸우뚱거리며 "작은 동물원 같은 건가요?"라고 물었다.

유이는 내 쪽을 향해 애써 웃음을 참아 보이며 "뭐~ 비슷하다고 할 수도 있고, 좀 다르다고 할 수도 있어요!" 하고 말했다.

"저기 눈앞에 보이는 건물에서 조금 쉬었다가 가도록 하죠!!"

유이는 허름해 보이는 탑 형태의 건물 옆에 나와 함께 내려앉았다.

유이는 자신의 작은 가방에서 물병을 꺼내어 나에게 건넸다.

"목마르시죠? 자! 받으세요."

물병을 받으며 유이를 보니 조금 전까지 유이 등에서 반짝이는 가루를 뿌리던 얼음 형태의 날개가 순식간에 어디론가로 사라져 버리고 그 흔적조차도 남아있지 않았다.

"유이 님! 조금 전까지 등에 있던 얼음 형태의 날개는 뭔가요?"

유이는 설명하는 대신 자신의 옷깃을 갑자기 급하게 풀어헤치기 시작했다.

"뭐하시는 거예요?"

나는 순간 당황해서 고개를 숙였다. 그런 내 모습을 본 유이는 내 손을 잡아 끌어 자신의 가슴과 양쪽 쇄골 사이에 올려놓았다.

"고개를 들어 보세요."

나는 내 손을 타고 전해지는 그 풍만함과 부드러운 맨살의 느낌에 더욱 고개를 들지 못하였다.

그런 나를 유이가 바라보며 말했다.

"부끄러워하지 말고, 자! 여기를 보세요. 이것이 히미코 님이 알고 싶어 하시는 진실이에요."

나는 그 말을 듣고 나서야 고개를 들었다. 내 앞에 보이는 건 마법 문양과 비슷해 보이기는 하지만 가운데 있는 그림은 처음 접하는 것이었다.

"이것이 뭔가요?"

"이 문양은 오래전에 멸종한 공룡의 DNA를 이용하여 만들어진 문양이에요! 이 문양의 이름은 '페르미온'이라고 불리죠. 유인원의 후손이라 할 수 있는 우리 인간에게는 크게 나눠서 황인종, 백인종, 흑인종이 존재하지만 인간의 DNA는 그 안에서도 더 개개인만의 유일한 특성이 존재합니다.

그리고 그 많은 인간 안에서도 특히 DNA 염기서열의 특정 부분이 특이할 정도로 강하게 나타나는 인간을 우리는 '제브론'이라고 부르고, 이런 제브론 안에서도 특수한 제브론 유전자를 지닌 자에게 '공룡에게서 가져온 문양' 즉 '다이노 바이블' 다른 이름으로는 '종언의 마법이라 불리는 페르미온!!'을 결합하게 되면 각자 개성에 맞게 그 힘이 현실로 나타나게 되는 거죠."

"그리고 이렇게 특수한 제브론 유전자와 종언의 마법이 결합해서 탄생한 인간을 '유리엘'이라고 부르지요!"

"아… 그리고… 그 유리엘에도 종류가 있는데…"

나는 유이의 말을 모두 이해하며 듣기에는 버거웠다. 그렇게 깊은 밤이 되도록 유이 님의 설명은 계속되었다.

B3 자연환경 적응실

한편, 〈B3 자연환경 적응실〉에서는 많은 연구원과 사람들이 모여서 이야기를 나누고 있다.

"그럼, 프로젝트 6500을 위한 회의를 시작하겠습니다."

하얀색 가운을 걸친 여러 사람이 원탁형 의자에 착석했다.

"응? 시시노 박사가 보이지 않습니다만…?"

비어 있는 시시노 박사 자리에 모든 사람의 시선이 향했다.

"저는 이번 사건과 직접 관련이 있는 카스미 조수라고 합니다. 시시노 박사는 사용을 금지한 〈TX 바이러스〉를 〈집중치료실〉에 있는 〈02 시험관〉에 사용하려 들었고, 그 사용을 제가 저지하려 했으나 결국 시시노 박사가 〈TX 바이러스〉를 사용해 버렸습니다.

제가 정신을 차렸을 때는 이미 시험관에서 일어나고 있는 현상에 놀라서 비상 마이크로 방송을 한 후 곧바로 〈집중치료실〉을 뛰쳐나와서 〈A5 작전회의실〉로 이번 일에 대해 보고를 하러 근처에 있는 엘리베이터를 타고 〈A5〉층으로 올라갔습니다.

가던 도중에 〈B3〉층에서 노란색 불이 깜박이며 긴급하게 엘리베이터가 멈추는 바람에 〈B3〉층에 내려서 연결된 복도를 통해 〈B3 자연환경 적응실〉로 도착해 확인한 결과 역시 예상대로 B층 전체에 기계적인 큰 문제가 발생한 것으로 파악되었습니다.

모든 인원을 긴급히 〈B3〉층으로 모여 달라고 실험실에서 방송한 나의 예감이 직감으로 바뀌며, 다시 엘리베이터를 타고 내 옷에 달린 배지를 떼어낸 후 엘리베이터의 비상버튼을 누른 후 들어간 부분에 배지를 집어넣은 후 노란색의 깜빡임이 사라지고 '지금부터 모든 B층의 엘리베이터는 긴급비상용 엘리베이터로 전환됩니다.'라는 안내가 나왔습니다.

이어서 '비상용으로 전환된 후 또 다른 문제로 인해 엘리베이터가 비상정지를 할 상황이 발생할 때는 〈B3〉층 전체를 제외하고 모든 B층 엘리베이터는 〈A1〉층에 비상정지합니다.'라는 음성이 들렸습니다.

방송이 나온 지 얼마 되지 않았을 때 "쿵~ 콰콰콰쾅! 쿵~ 콰콰콰쾅!!" 소리가 나며 제가타고 있던 엘리베이터가 〈A1〉층에 긴급정지하였고, 저는 걸어서 〈A5〉층에 도착했습니다."

카스미의 설명이 끝나자 회의장 주변에는 많은 사람이 모여들었다. 그중에 여러 명의 이름 모를 하얀 가운을 걸친 박사 여럿이 카스미에게 말을 걸었다.

"어째서 〈B3〉층에 모이라고 방송을 하신 건가요?"

"〈B3〉층으로 가는 것보다 〈A1〉층으로 올라가는 것이 안전하지 않나요?"

카스미는 그들의 질문에 정중히 설명을 이어갔다.

"〈B3〉층은 아주 중대한 상황 발생시 〈B3〉층 전체를 건물에서 분리하여 긴급히 〈A5〉층까지 자동으로 올라가는 거대한 비상 엘리베이터 구조로 되어 있기 때문에 〈B3〉층으로 모여 달라고 방송한 것입니다."

"그리고 주어진 시간 내에 일반 엘리베이터를 사용해서 B층을 벗어나는 것보다는 〈B3〉층 전부를 이용한 긴급 탈출이 사상자와 부상자 수를 최대한으로 줄일 수 있고, 더 많은 사람을 한꺼번에 구할 수 있기 때문입니다."

카스미의 설명에 대부분의 사람이 이해를 했다는 표정을 지어 보였다. 카스미는 곧바로 설명을 이어나갔다.

"이번 일로 인하여 현재 B동 전체는 완전 붕괴한 것으로 확인되고 있으며, 그 원인은 앞서 설명한 대로 〈TX 바이러스〉 유출과 큰 관련이 있다고 생각됩니다."

회의실이 다시 술렁거리기 시작한다.

"〈TX 바이러스〉 외에 다른 바이러스들은 모두 어떻게 보관되고 있습니까?"

"〈TX 바이러스〉가 유출되어 사용까지 되었는데 안전한 건가요?"

회의장에 모인 박사들이 여러 가지 질문들을 한꺼번에 던지기 시작한다.

토미죠 박사가 그 와중에 갑자기 일어나서 말했다.

"여러분, 걱정하지 마십시오! 물론 〈TX 바이러스〉에 대해 잘 아는 여러분이기 때문에 많은 걱정을 하는 점도 이해는 됩니다. 하지만 〈TX 바이러스〉 사건은 B동과 밑에 있는 병실동 사이에 존재하는 〈집중치료실〉에서 일어난 것으로 B동의 파괴로 인하여 모든 것이 깊은 지하로 사라지며 〈실험체〉, 〈TX 바이러스〉 모두 소멸한 것으로 판단됩니다."

"B동의 파괴가 무엇 때문에 일어났는지는 명확하지 않아, 앞으로 그에 대한 철저한 조사와 원인 규명을 실시할 생각입니다."

"프로젝트 6500이나 바이러스 연구에는 앞으로도 큰 차질이 생기지는 않을 것입니다."

회의장은 차츰 차분한 분위기를 찾아가는 것 같았다.

A3 인공생명타워 근처 풀숲

유이의 이야기를 듣다가 나도 모르는 순간 어느새 잠이 들어 버린 것 같았다.

근처 풀숲에서 "슥~ 스르르륵! 스윽!" 무언가가 이쪽으로 다가오는 듯한 소리가 들렸다. 그 소리가 들리는 곳에서 풀숲을 헤치고 나온 건 처음 보는 단발머리 남자였다.

그 남자는 눈에 초점이 없는 듯이 보였고, 움직임도 사람이 걷고 있다는 느낌보다는 인형이 실에 엉성하게 조종되는 듯한 느낌으로 천천히 나와 유이 님 주변으로 걸어오고 있었다.

"터벅! 터벅! 터벅!"

옷차림은 평범한 제복처럼 보였으며 제복 위에는 〈제3 특별기동대〉

라는 이름과 오른쪽 어깨에는 오래전 TV에서 한 번쯤 본 적이 있는 듯한 오래된 군대의 상징마크가 너덜너덜해진 상태로 붙어 있었다.

"히미코! 물러서!!"

"타다다다닥!" 유이가 제복 입은 남자에게 급하게 달려들었다.

"레이첼!!"이라고 외친 순간 유이의 손이 빛을 내는 별 문양으로 빛나면서 손 안에서부터 미세한 입자가 서서히 그 형태를 잡아간다.

양끝이 말려 올라가고 미끄러지는 듯한 굴곡 선이 앞부분을 향하며 곧 다다른 용 문양의 머리에 있는 콧구멍에서는 연기가 한두 차례 내뿜어지며 짙은 연두빛 석궁의 형태가 탄생하였다.

곧이어 유이의 다른 한 손을 백색으로 빛을 발하는 석궁 줄을 튕기며 "여기, 당신의 무력한 외침이 바람이 되기를 기도합니다."

석궁 주변에서 미세한 새하얀 가루들이 유이의 주위를 둘러싸는 듯이 보였다.

"찌이~익! 찌직! 찌이익~ 찌직!"

군인 제복을 입은 남자의 몸이 부풀면서 팔다리가 뜯기고 몸이 제복과 함께 찢기며 거대한 몸집에 꼬리는 얼룩말, 다리는 사자, 몸은 들소, 머리는 뱀의 이상한 형태의 괴물이 출현했다.

덩치도 상당해서 나는 그 모습을 보고, 그 자리에 주저앉아서 떨고 있었다.

"저건… 미호 때와 똑같아!!…"

지금 내 앞에서 벌어지는 광경에 충격을 받아 주저앉고는 뒷걸음치느라 정신이 없었지만 머릿속에서는 마지막 미호의 눈에 비친 모습이 선하게 떠오르고 있었다.

내가 정신을 놓고 공포에 질려 있는 사이, 괴물이 형태를 나타내며 유이를 발톱으로 공격하였다. 나는 큰소리로 유이에게 도망치라고 소리쳤다. 하지만 내 귓가에도 내가 소리친 소리가 들리지 않았다.

나는 그때까지 모르고 있었다. 마음속으로는 누구보다도 큰소리로 도망치라고 외치고 있었지만, 나 스스로가 겁에 질려서 입을 두 손으로 꾹! 누르고 있다는 사실을. 내가 겁에 질려 숨 쉬는 소리도 못 내는 사이에 유이는 점프를 하여 두 번에 걸친 연속 발톱 공격을 피하였고, 동시에 "에이션즈!! 바람이여, 창이 되어 그를 깨워라!"며 외쳤다.

유이는 자신의 왼손으로 주변의 새하얀 가루로부터 무언가를 가지고 오는 듯이 보이는 행동을 취하며 곧바로 석궁 위에서 손을 떼었다. 순간!! "부우우웅!" 석궁의 줄이 모습을 감추며 "크아아아아악~ 크아아아악!" 괴물의 비명과 함께 괴물의 한쪽 발등에 흰색으로 빛나는, 화살이라고 생각하기에는 좀 커 보이는 창이 박혀 있었다. 괴물은 미친 듯이 우왕좌왕하며 위아래로 바쁘게 돌아다니며 창의 손잡이 부분을 뱀의 목으로 칭칭 감은 채 물고는 발등에서 뽑기 위해 잡아당겼다.

그 순간 창의 손잡이 부분에서 다른 조그마한 날카로운 주삿바늘 크기보다 조금 더 큰 크기의 빛 덩어리가 분산되며 괴물의 다른 발등과 몸통 속으로 수없이 박혀 들어가며 사라졌다.

"크아아아아앙!"

괴물은 더욱 심하게 날뛰며 저항하였다. 괴물의 발등에 처음 박힌 화살의 크기는 아마 다른 사람들이 본다면 대부분의 사람이 화살이 아니라 창이라고 말할 정도의 말 그대로 창과 다름없어 보였다.

괴물은 계속 고통스러워하며 발버둥을 치고 있었다.

"쿠아아아아아아앙!"

유이는 옅은 미소를 띠며 외쳤다.

"스콜로펜드라!! 나의 심복이여, 어둠을 삼켜라!!"

유이의 말이 끝나기 무섭게 석궁의 손잡이 부분에서 녹색 빛을 발산하고 있었다.

동시에 주변에 새하얀 가루들이 석궁으로 전부 모여들며 석궁에 흡착하듯이 달라붙었으며, 유이가 석궁의 시위를 잡아당겼다. 순간 석궁 자체가 서서히 사라지며 괴로워서 발버둥 치는 괴물의 주변을 그 가루가 감싸 안는 듯이 보였다. 곧이어 하나의 큰 뱀 형태가 갖춰지고, 그 뱀은 똬리를 틀듯이 괴물의 몸 구석구석을 휘감고는 쫘아아악!! 조여대며, 마지막에는 괴물의 머리를 물어뜯은 채 밤하늘의 물안개처럼 사라져 버렸다.

나는 이 광경이 신기하면서도 한편으로는 무섭기도 했다. 유이가 미소를 지어 보이며 내게 걸어와 아직 겁에 질려 있는 나에게 손을 내밀었다.

"괜찮은가요? 히미코 님?"

"히미코 님? 히미코 님?"

내 두 눈에서는 눈물이 두 뺨을 타고 흘러내렸고, 입을 억누르고 있던 손을 거두고 유이가 내민 손을 붙잡았다. 하지만 일어설 수는 없었다.

내 마음속은 유이에게 구해졌다는 감사와 유이에게 도망치라고 소리치는 것도 하지 못하는 나에 대한 책망으로 엉망진창 이었다.

유이는 그런 나를 부둥켜안으며 귓가에 속삭였다.

"무서운 일을 당하신 지 얼마 되지 않았는데, 또 같은 경험을 하게 만들어서 제가 더 미안해요."

A3 인공생명타워 건물 내부

말이 끝나기 무섭게 유이는 나를 들쳐 안고는 건물 속으로 들어갔다. 건물 안은 칠흑처럼 어두웠다.

"뚜벅! 뚜벅! 뚜벅!" 발걸음 소리만이 조용히 건물에 울려 퍼지고 있었다.

"유이 님, 이제 저도 괜찮아졌어요. 내려주세요!"

유이가 나를 내려놓았다.

어둠 속에서 유이의 뒤를 따라 걸으며 어두워서 길이 잘 보이지 않으니 조심하라고 말했다. 유이는 발걸음을 멈추고 자신의 손을 나에게 내밀었다.

"이제부터 나를 그냥 유이라고 불러줘!! 나도 히미코라고 부를 테니!!"

나는 어둠 속에서 유이를 바라보며 고개를 끄덕였다. 얼마나 지났을까?

"히미코, 잠시만… 여기 뭔가가 있는 것 같아!"

"끼이이익~ 철컥, 철컥, 철컥!"

유이가 무언가를 만지는 듯한 소리가 들렸다.

"히미코, 눈을 감고 있다가, 내가 눈을 뜨라고 하면 그때 다시 눈을 뜨도록 해!!"

"응, 알았어!"

잠시 후 "이제 눈을 떠도 돼, 히미코!"라는 유이의 말이 끝나기가 무섭게 눈을 뜨자 빛줄기가 눈을 통해 들어왔다. 유이와 내가 있는 곳은 커다란 방이었다. 바닥에는 몇 개의 시험용 플라스크 병들이 굴러다니고 있었으며, 책장에는 무수히 많은 투명 병에 여러 생물의 생체표본 같은 것들이 즐비하게 늘어서 있었고, 그 주변에는 큰 책상 두 개가 있고, 컴퓨터와 컴퓨터 파일 등이 책상 위에 놓여 있었다.

"밤이 늦었으니 오늘밤은 여기서 지내고, 내일 출발하자!"

유이와 나는 책상을 등받이로 이용해서 기대어 앉았다. 유이의 몸을 전등불 밑에서 보니 부드럽고 새하얀 속살이 더욱 하얗게 보였다.

"유이는 누구의 부탁을 받고 나를 구해주러 온 거야?"

"와장창~ 쨍그랑!"

내 말이 끝나기 무섭게 우리 뒤에 있던 커다란 창문이 산산이 깨지며 무언가가 방안으로 들어온 것 같았다.

순간 "훅!~ 스르륵! 쉬익~ 쾅!"

우리 앞에 있던 책상과 그 위에 있던 컴퓨터가 동시에 두 동강이 나며, 그 자리에는 검은색 망토를 뒤집어쓴 누군가가 서 있었다. 창문을 통해 들어온 달빛이 검은색 망토를 비췄고, 망토 오른쪽으로 검은색의 기다랗고 날렵한 칼날이 달빛을 반사하며 반짝이고 있었다.

"히미코를 넘겨라!!"

망토 사이로 뿜어나오는 강렬한 눈빛과 함께 굵으면서도 가느다란 듯한 목소리가 방 전체에 울려 퍼졌다.

처음 듣는 목소리에 나의 시선은 망토로 향했지만 곧 강렬한 눈빛에 시선을 피할 수밖에 없었다. 달빛을 받아 은은한 푸른색으로 빛을 발산하고 있는 긴 칼날에 나의 시선과 마음이 곧 고정되었다.

몸과 마음은 조금 전에 겪은 충격이 가시기도 전에 또 다른 공포를 마주하는 것만 같았다. 하지만 나와는 다르게 유이는 벌떡 일어나서 상대의 눈을 예의주시하였다.

"넌 누구냐? 무슨 목적으로 히미코를 노리는 것이냐?"

유이의 질문에 검은 망토를 두른 수수께끼의 인물은 자신의 오른쪽 칼을 앞으로 겨누고 유이에게 곧장 달려들었다.

"이야~~ 히얍!!"

"쿵!~ 와장창!~"

유이는 순간적인 직감으로 재빨리 피했고 순간적으로 옆에 있던 책장이 두 동강 나며 책장 안에 들어 있던 여러 생체표본이 바닥에 떨어져 산산이 부서진 채 나뒹굴고 있었다.

유이는 어느 순간 다른 책상 위에 올라서 있었고 옷자락 안에서 삼각형 형태의 무언가를 꺼내어 들고는 앞으로 내밀며 "무장!! 디노 프테라!!" 이렇게 소리치자, 삼각형 형태의 돌처럼 생긴 물체가 "기가~가가 가가각!" 하며 커다란 검은색의 울긋불긋한 형태가 서서히 날카롭고 차가운 느낌의 짙은 푸른색 날이 달린 낫 형태를 갖추었다.

푸른색 낫의 가운데에는 붉은 선홍빛이 도는 다이아 형태의 보석이 박혀 있었고, 별빛 하나 없는 밤하늘처럼 푸른색으로 빛을 발하는 낫의 예리한 날에 망토를 입은 자가 검을 들고 있는 모습이 비쳐 보였다.

망토를 뒤집어쓴 자는 유이의 손에 들린 낫을 바라보고는 망토 밑으로 옅은 미소를 띠며 말했다.

"역시, 벌써 여기까지 손을 써놨군! 잠시, 실력을 시험해 볼까?"

상대의 말에 발끈한 유이는 큰 낫을 휘두르며 말했다.

"누군지는 모르나 내 임무를 방해한다면 용서치 않겠다!!"

"탕!~ 탕! 쉬이~익 탕!"

누구랄 것도 없이 둘은 한꺼번에 동시에 달려들며 서로의 칼과 낫을 공중에서 끊임없이 부딪쳐댔다. 쇠끼리 격렬히 부딪치는 소리와 함께 불꽃이 함께 연신 튀고 있었다.

둘 다 뒤로 물러난 후 유이가 망토를 뒤집어쓴 자를 향해서 낫을 겨누며 소리쳤다.

"파생하여라!! 아마조네스!!"

낫이 붉은색으로 점점 물들고, 순간 낫의 칼날 끝 부분부터 "쩌억~쩌억!!" 소리가 나며 갈라지기 시작하더니 갈라진 틈 안에서 붉은색의 찬란한 불빛이 비치더니 혼령 형태의 여자 모습이 나타났다!

혼령처럼 생겼다고 하더라도, 다리와 발 등 모든 신체 부위가 존재했으며, 모습은 어깨까지 오는 긴 생머리에 이목구비는 또렷했으며, 작은 보랏빛 입술에 에메랄드빛의 영롱한 큰 눈망울이 인상적이었다.

얇은 푸른색 천이 풍만한 가슴을 더욱 돋보이게 감싸고 있었고, 잘록한 허리를 통해 긴 다리로 이어지는 옅은 분홍빛 허벅지가 검붉은 치맛자락 사이로 이따금 보이며, 은색 크리스탈 구두를 신고 팔목에는 처음 보는 고대 문양의 금색 팔찌를 착용하고 있었다.

한 손에는 기다란 창끝에서 은색 돌이 떠 있고 그 사이로 드라이아이스 같은 연기를 주변으로 내뿜으며 떠 있는 은색 돌 주위로 붉은색, 녹색, 노란색 돌이 주변을 돌고 있었다. 유이가 망토 입은 자에게 달려들자 동시에 그 혼령도 망토 입은 자에게 공격을 가했다.

"팅팅팅!~ 팅!~ 팅!~ 팅!"

처음엔 망토 입은 자가 칼로 막아내서 받아치며 버텼으나 어느 한순간 혼령의 창처럼 생긴 봉을 땅에 여러 번 두드리자 주변이 검은 불꽃으로 둘러싸이며 망토 입은 자의 주변을 뱅글뱅글 돌기 시작했다.

그러다가 갑자기 불꽃이 사라지고는 망토 입은 자의 주변이 얼어붙기 시작하며 "우드득! 우득~ 우드윽우득!" 순식간에 망토 입은 자를 주변 공기와 함께 얼려 버렸다.

하지만 "우지끈~ 우지끈~ 탁!" 하는 소리와 함께 유이가 "이런 얼음이 깨져 버리겠는걸!!" 하고 소리치며 낫 형태의 무기로 망토 입은 자를 덮쳤고, 망토 입은 자는 가까스로 피했지만 그만 바닥으로 넘어지고 말았다.

"생각했던 것보다 대단하군!! 그럼 나도 그에 대한 보답으로 새로운 기술 하나를 보여주지!!"

망토 입은 자가 일어나서 손에 들고 있던 검을 바닥에 내리꽂은 후, "원소 결박!!" 하고 소리치는 순간 검이 꽂힌 바닥 주위로 색깔이 변하는 동시에 "공기 백화!!" 하고 다시 외쳤다. 주변 공기가 무거워지며 안개처럼 눈앞이 잘 보이지 않게 되더니 순식간에 한 치 앞도 알아보기 힘들게 되어 버렸다.

"사사사사~~삭!" "사사사사~삭!" 망토를 두른 자가 여기저기로 흩어졌다. 유이는 움직임을 멈추고 낫을 한 손에 쥔 채 다른 한 손을 하늘 높이 펴들고는 "포네우 베스파!!"라고 외쳤다. 동시에 편 손바닥에서 방 천장을 향해서 금색 빛 형태가 나아가다 망토 입은 자의 뒤를 쫓기 시작하자 각기 다른 방향으로 퍼져 나간 금색 빛은 금세 여러 방향의 망토 입은 자를 찾아내어 "파파파파파~파박!!" 소리와 함께 "지지지지~직!" 1만 볼트의 전기에 감전되며 모두 사라질 때쯤!

"진짜는 대체 어디로 사라진 거지?!"

칼이 꽂혀 있던 바닥 주변의 색이 아까보다 더욱 어두운 색으로 변해 있었고, 순간 무언가가 그 방바닥을 뚫고 지나가는 듯이 보였다.

"다다다다~닥!" 급하게 다가가 보았지만, 조금 전 검은 망토를 두른 자 한 명이 방바닥에 있던 히미코를 안고는 방바닥을 이미 통과하고 있었다.

유이는 한 발 늦게 방바닥을 통과해 가는 나를 발견하고는 나를 따라서 방바닥으로 들어오려 하였으나 방바닥을 통과할 수는 없었다.

"필적!! 오사이푸스!!"

방바닥에 꽂혀 있던 검이 "와장창!" 하는 소리와 함께 산산조각으로 깨어지고 순간 물컹물컹한 공 모양의 무언가가 나타나더니 깨져서 주변으로 흩어지고 있던 검 조각이 전부 그 안으로 흡수되었다.

그리고는 곧이어 "푸지직~ 푸직!!" 공이 찢어지며 커다란 크기의 다리가 여러 개 달린 꿈틀꿈틀거리는 애벌레가 가위처럼 생긴 주둥이를 쩌억 벌리고는 유이에게 마치 몸통박치기를 하듯이 힘껏 달려들었다.

유이가 낫을 든 손을 앞으로 내밀며 "이그니스!!"라고 외치자 낫 주위가 얼음으로 얼어붙기 시작하더니 순식간에 커다란 원 모양의 굵은 방패 형태가 되었다. "콩!~ 콩!~" 애벌레는 몇 번이고 사력을 다해 얼음 장벽에 몸을 날렸으나, 그럴 때마다 반대 방향으로 튀어나왔다.

애벌레는 입에서 실을 토해내며 유이를 또다시 공격하려 했으나 유이는 가볍게 몸을 피해 덩치 큰 애벌레에게 얼음 장벽이 된 방패를 빙글~ 빙글~ 빙글~ 빙글 돌리다 애벌레를 향하여 내던졌다.

애벌레는 날아오는 얼음 방패를 향해 실을 내뿜었다. 하지만 실은 방패를 조금 붙잡아서 움직임을 멈추게 하는 듯이 보였으나 금세 방패의 날카로운 단면이 실을 끊어버리고는 애벌레의 배 부분을 통과하여 등으로 관통해 나왔다.

"캬아아악!~ 캬아아아악!!"

애벌레는 엄청난 괴성을 내지르며 달려들었다.

"아마조네스! 육단의 화법!!"이라 외치며 아마조네스의 다른 빈손을 펴자 마법진 같은 문양이 여러 개 나오며, 순간 커다란 회오리 불꽃이 애벌레를 향해 달려들었다.

애벌레는 "아아앙악!~ 아아아! 쉐쉐에에~엑!" 하며 뭔지 모를 녹색 액체를 내뿜어서 자신의 몸을 감싼 채로 불꽃을 견디었다.

유이는 자신의 손으로 다시 돌아온 얼음 방패를 빠르게 공중에서 좌우 위아래로 흔들며 "블라스트!"라고 외쳤다.

순간 방패의 움직임으로 큰 회오리바람이 일어나며 "찰칵! 찰칵! 찰칵!" 소리와 함께 방패 형태의 두꺼운 얼음이 조각조각 나며 큰 회오리바람과 뒤섞여서 애벌레를 덮쳐 애벌레의 고치가 깨졌다.

"와장창! 와장창! 찌익!~ 찌익!"

"지금이다! 아마조네스! 육단의 화법!!"

다시 엄청난 기세의 불꽃 회오리가 애벌레를 덮쳤으며 "끼이이이~~익!" 애벌레는 순식간에 타버렸고 흔적조차 남지 않았다.

그와 동시에 건물의 벽과 창문들 일부가 엄청난 폭발력에 의하여 산산조각이 나 버렸다. 내 손에는 어느샌가 원래 상태로 돌아온 낫이 들려 있었다.

유이는 곧이어서 "레이핀!!" 순간 유이의 등에서 아까와는 전혀 다른 어두운 색깔의 수정 형태의 날개가 돋아나자마자 검은 망토를 뒤집어쓴 자의 뒤를 맹렬히 쫓았다.

유이의 눈가는 히미코를 되찾겠다는 마음으로 이미 가득 차 있었다.

리앙스 386 비행기 주변, 기내

내가 정신을 차렸을 때는 검은 망토를 뒤집어쓴 자에 의하여 나는 하늘 어딘가로 끌려가고 있었고, 얼마후 "콰콰콰콰쾅!!" 큰 폭발음과 함께 뒤를 돌아보니 조금 전 유이와 함께 있던 건물에서 엄청난 크기의 불꽃이 솟구치고 있었다. "히미코!! 히미코!! 내가 널 꼭 구해줄게!!"라는 유이의 마지막 목소리가 아련히 머릿속에 떠오르며, 나는 유이가 무사하기만을 마음속 깊이 바라고 있었다.

나는 망토를 쓴 자를 향하여 매섭고 눈물이 섞인 눈동자로 올려다보며 말했다.

"나에게 왜 이러는 건가요? 도대체 나를 데려가서 어쩔 생각인가요?"

나의 말에 망토를 뒤집어쓴 자는 아무런 대답도 하지 않았다.

"여기는 오라클!! 리앙스, 응답하기 바란다!!"

망토를 쓴 자의 말을 듣고 앞을 쳐다보자 커다란 비행 수송기가 눈앞에 들어왔다.

"여기는 리앙스!! 임무는 어떻게 되었나?"

"여기는 오라클!! 임무는 성공이다. 지금 스피카를 데리고 접근 중!! 포탈인의 사용을 허가 바란다."

"여기는 리앙스!! 포탈인을 허가한다!"

망토를 쓴 자가 주머니에서 작고 긴 펜 형태를 꺼내어 버튼을 누른 후 앞으로 던지자 "팡!" 소리와 함께 여러 사람을 감싸 안을 만한 반투명의 반짝이는 그물이 만들어졌고, 망토를 쓴 자는 나를 안은 채 그 안으로 달려들었다.

나는 겁이 나서 눈을 질끈 감았다. 무언가 물컹거리는 곳을 통과하는 느낌이 들었다가 사라지자 눈을 떠보니 어느새 비행수송선 안에 들어와 있었고, 주변에는 처음 보는 남자 두 명이 망토 입은 자와 같은 복장을 하고 있었다. 나를 안고 있던 망토 입은 자는 나를 내려주고는 머리에 쓴 망토를 벗었다.

순간 나는 놀라서 입이 다물어지지 않았다. 내 앞에 망토의 머리 부분을 벗고 나타난 자는 다름아닌 미호였다!!

"미호!! 무사했구나!?"

나는 이렇게 외치며, 그리웠던 미호의 품에 달려들었다.

"미호…!! 누군가와 착각하신 것이겠지요? 저는 히미코 님이 말하는 미호가 아닙니다!!"

눈이 휘둥그레졌다.

"저의 이름은 호시오키 리사라고 합니다. 당신을 〈웨더 시티〉로 인도하는 임무를 부여받았습니다."

그녀가 입을 열자 그녀의 목소리가 미호와는 전혀 다르다는 걸 알았다. 멍하니 녹색의 눈망울을 하고 그녀를 올려다보며, 양쪽 귀로는 그녀의 이야기를 들었다.

호시오키라는 인물이 검은색 망토 속에서 조그마한 신용카드 크기의 단말기를 꺼내 녹색의 스위치를 누르자 "드르르륵~띵!" 소리와 함께 기동되며 인물 파일창이 떴다. 검색했던 목록을 불러오기 버튼으로 클릭하자, '칸자키 미호'라고 표기된 파일이 나타났다. 파일에는 미호의 얼굴 사진이 비추고 있었고, 옆에는 붉은색 큰 글자로 〈실험 실패로 인한 개체 폐기!!〉라고 쓰여 있었다.

그 영상을 보고 나는 곧이어 감정이 복받쳐 오르며 눈시울이 붉어지며 뺨을 타고 눈물이 흐르고 있는 것을 느낄 수 있었다. 이런 내 모습을 바라보고는 호시오키 님은 고개를 떨구고는 무거운 말투로 나에게 말을 걸어왔다.

"죄송합니다. 히미코 님!"

나는 호시오키 님의 풍만한 품 안에 안겨서 펑펑 울었다. 울고 있는 내 뺨 사이로 흘러내리는 다른 물줄기의 느낌이 들어서 올려다보니 호시오키 님이 나를 꽉 껴안아 주며 나를 위해 진심 어린 눈물을 흘리며, 같이 슬퍼해 주고 있었다.

지금에 와서 생각해 보면 그때가 처음으로 호시오키의 진심 어린 마음을 처음 알게 된 때라고 생각된다.

"호시오키는 나를 부축해 비행기 좌석에 앉히고는 친절하게 벨트를 채워주고 자신의 망토를 벗어 나의 엉망이 된 환자복을 가리며 감싸주었다.

"디펜스 기능을 켜고 웨이더 시스템 부팅 후 이 구역을 벗어난 후 웨더 시티를 향하여 전속력 전진!!"

"디펜스 시스템 작동 중…!! 웨이더 시스템 작동 5초 전!! 4 , 3 , 2 , 1 웨이더 시스템 기동!!"

비행기에 디펜스 기능이 켜지자 비행기 주변에 이름 모를 큰 마법진 문양이 나타나며, 비행기 주변 500m를 감싸 안고 사라졌다. 그와 동시에 비행기 전체 모습은 한순간에 사라져 버렸다.

"피~웅!!"

큰 폭발이 일어난 후 A3 인공생명타워 주변

"어디로 간 거지!? 눈으로는 보이지가 않아!"

유이는 등에 돋아난 검은 날개를 접은 상태로 급속도로 하늘 높이 올라가 사방을 둘러 보았지만 검은 망토를 걸친 자의 모습이나 끌려간 히미코의 모습을 찾지는 못했다.

"이대로 있다가는 놓쳐 버릴 수도 있어. 한시가 급해!!"

유이는 두 눈을 지그시 감고 낫의 날이 달린 부분을 자신의 부푼 가슴 사이에 끼워 놓고는 왼손으로는 낫의 날의 날카로운 부분을 잡고, 오른손으로는 자신의 가슴 언저리에 올려놓으며 말했다.

"검은 협곡의 자린 이여! 내 마음의 길잡이가 되어라!!"

낫의 매끄럽던 날 부분에 금이 가고 그것이 톱니 모양으로 변하더니, 톱니 사이에서 떨어진 낫의 날 부분이 자신의 가슴에 녹아들자 가슴 주변은 짙은 바다와 같은 푸른색으로 물들어 갔다.

"프테리온!!" 하고 입으로 외치자! 가슴에 올려놓은 오른손 주변이 전체적으로 찬란하게 빛을 발하며, 순간적으로 자신을 기점으로 해서 주변으로 노란색으로 되어 있는 고대의 상형문자 테두리가 생기며 주변으로 퍼져 나갔다.

몇 초 지나지 않아서 그 찬란한 노란색의 빛은 유이에게 되돌아왔다.

"안 되겠어! 히미코나 검은 망토의 인물은 흔적조차 잡히지 않고 있어!!"

프테리온을 사용하면 주변의 화석이나 땅 속에 남아 있는 화석을 이용하여 목표물을 탐지할 수 있다. 하지만 그것이 전혀 감지되지 않고 있는 것이다. 말 그대로 흔적도 없이 사라진 것이다.

유이는 숲으로 내려와서 그 자리에 주저앉아 흐느끼며 울음을 터트렸다.

"흑…흐흐흑!"

하지만 지금 자신이 울며 걱정하는 것은 히미코의 안전이 아니라 유이 자신이 앞으로 겪게 될 일에 대한 걱정이었다.

"히미코를 놓쳐 버린 것을 알게 된다면 토모카 대장에게 뭐라고 보고해야 하지?!"

유이는 히미코가 누군가에게 납치되어 버린 사실을 토모카 대장에게 보고해야 한다는 것이 가장 마음에 걸렸다. 그리고 그에 따른 처벌은 생각만 해도 온몸에서 식은땀이 나고 숨이 탁 막히는 것만 같았다.

지금의 유이는 조금 전까지 히미코와 같이 있던 자신과는 너무도 다른 자신이었다.

자기 자신의 마음속 어딘가에서는 히미코에게 미안한 감정이 남아 있었지만 지금은 감당이 되지 않는 토모카 대장의 너무도 차갑고 무서운 얼굴이 자신의 머릿속에 아른거렸다.

"프로텍션!!"

유이가 들고 있던 낫이 "기기긱가가가~각 철컥!!" 소리를 내며 본래의 삼각형의 금속 모양으로 돌아갔다.

그와 동시에 자신의 옆에 있던 아마조네스의 몸이 점점 흐릿한 녹색 가루를 내뿜으며 사라져 가고 있었고 자신의 가슴을 중심으로 생겨났던 짙은 푸른색의 문양도 사라졌다.

"대체 나에게 아무 말 없이 공격을 가하고, 히미코를 납치해 간 자는 누굴까? 히미코를 대체 어쩌려는 걸까? 하루라도 빨리 본부에 도착해서 토모카 대장에게 보고해야 해!!"

유이는 "펄쩍!" 하고 하늘 높이 도움닫기를 한 후 본부가 있는 북서쪽을 향해서 있는 힘껏 바람을 가르며 날아가기 시작했다.

리앙스 386 비행기 기내

"여기는 웨더 시티!! 리앙스 386, 응답하라!"

"여기는 은하연맹 소속 리앙스 386! 웨더 시티로의 도킹을 요청한다!"

"여기는 웨더 시티 관제소, 도킹을 허가한다!"

"3-A 터널로 도킹하기 바란다."

"드르르르륵~ 드륵!"

나는 비행기가 요동치는 소리에 눈을 떴다.

조금 전까지 격렬히 싸우던 지역으로부터 웨더 시티로 출발하기 전까지의 일은 기억나지만 그 뒤로 잠시 잠이 들었던 모양이다. 내가 눈을 뜨고 옆 좌석을 보니 호시오키가 내 옆에서 잠들어 있었다.

미호와 닮은 얼굴과 옅은 푸른색으로 하늘하늘거리는 치마 깃에 얇은 허리 곡선을 따라서 흰색 프릴이 달린 반팔 티셔츠에 가슴 위로 봉긋하게 솟아서 은은하게 반짝거리는 갑주가 어깨선을 따라 분포하고 있었다. 다리에도 은색으로 반짝거리는 갑옷으로 된 장화를 신고 있었다.

그리고 갑옷으로 된 장화와 옅은 파란색 치마 사이에는 핑크빛이 감도는 허벅지가 어느 정도 보였다.

'아무리 봐도 미호와 너무 많이 닮은 것 같아. 코, 눈 얼굴형까지 말이야!!'

나는 손으로 자는 호시오키의 얼굴과 머릿결을 쓰다듬다가 알게 된 것은 머리를 묶어서 올렸다는 것이었다. 묶어 올린 머리카락을 풀어 헤친다면 미호와는 많이 다른 얼굴이 될 것 같다고 생각하니 나도 모르게 "피식~ 크크크크크!" 하고 입가에서 웃음이 새어 나왔다. 내 웃음소리에 호시오키가 눈을 떴다.

나는 눈을 뜬 호시오키와의 어색한 분위기를 피해서 비행기 좌석 앞쪽으로 걸어나왔다. 비행기의 앞 창문으로 바깥 풍경이 눈에 들어왔다. 커다란 크기의 여러 가지 형태의 각이 잡혀 있는 건물들이 즐비하게 늘어서 있었고, 그중에서도 가운데에 가장 높이 우뚝 솟아 있는 빌딩이 나의 시선을 끌었다.

"저 빌딩이 우리가 도착할 장소인 웨더 시티의 중심이며, 은하연맹 아시아 지부 이름하여 〈타이타노 빌딩〉입니다!"

호시오키가 어느새 내 옆으로 다가와 자세히 설명해 주었다.

"히미코 님, 제 옆으로 오셔서 자리에 앉아 주세요."

호시오키가 나의 손을 "확!" 붙잡고는 방긋 웃으며 다시 비행기 좌석이 있는 자리로 인도했다. 좌석에 앉자마자 다시 안전벨트를 착용시켜 주었고, 그때 스쳐 지나간 호시오키의 머릿결에서 상쾌한 향기가 은은하게 내 얼굴에 스며들었다.

비행기가 비스듬하게 앞으로 하향선을 타는 각도가 되었고 곧이어

앞에 보이는 천장 부근의 녹색으로 빛나던 좌석 불빛이 붉은색으로 빛나더니 "곧이어 비행기는 3-A 터널 주변으로 착륙하겠습니다. 비행기 안을 돌아다니지 마시고 좌석에 앉아 안전벨트를 꼭 착용해 주시기 바랍니다." 하는 소리가 들렸다.

"위우-우-우-우-웅!!"

비행기가 활주로를 향해 "끼이이익! 철컹!!" 하는 소리와 함께 점점 내려앉았다.

비행기 앞과 양옆으로 여러 개의 바퀴가 드러나며 착륙을 시도하자 활주로의 주변이 갈라지며 비행기 바퀴에 맞는 크기의 규격장치가 나타났다. 착륙과 동시에 "피우-우-웅! 찰칵! 찰칵! 찰칵!!" 소리를 내며 비행기 바퀴가 활주로에 닿기 전에 자동으로 감지하여 바퀴 자체에 락을 걸어 잡아서 고정한 후 비행기 전체 시스템이 나가며 규격장치와 활주로 자체가 마치 기차가 레일 위를 달리는 듯한 부드러움으로 속도를 서서히 줄여나가며 3-A터널에 도착하였다.

웨더 시티

호시오키와 나는 좌석의 전 벨트를 동시에 풀었다. 호시오키는 나보다 먼저 일어나서 손을 내밀며 "무사히 도착했습니다. 자! 제가 곁에서 에스코트하겠습니다."라고 말하며 다시 방긋 웃어 주었다. 나는 그 손을 붙잡고 비행기 문앞으로 다가갔고 "기이이이잉 찰칵!!" 하는 소리와 함께 커다란 비행기의 문이 열렸다.

그 앞에는 처음 보는 여러 사람이 양쪽 주변으로 서 있었으며 내가 호시오키의 에스코트를 받으며 등장하자 기뻐하며 박수와 환호를 보내 주었다.

　나는 어쩔 줄 모르는 표정으로 호시오키의 귓가에 입을 대고는 조용히 말을 건넸다.

　"무슨 일인가요? 저를 위해서 이렇게 환영해 주는 건가요?"

　호시오키는 미소를 지으며 내 귓가에 대고는 "히미코 님도 웃어주시면 분명 모두 좋아할 거예요"라며 대답하였다. 나는 최대한 웃어 보이려 했다. 그렇다고 너무 크게 웃거나 누군가를 비웃는 그런 웃음은 아니다.

　비행기에서 내려오니 멋진 노란 머리에 파란 눈을 하고 곱슬 형태의 단발머리와 흰색 프릴이 달린 하늘색 정장 차림의 남자가 다가와 형형색색의 꽃다발을 내 품에 안겨주며 말했다.

　"어서 오세요! 미래를 꿈꾸는 도시 웨더 시티에…"

　"스피카!! 당신을 뵙게 되어 무한한 영광으로 생각합니다. 저는 웨더 시티의 관제탑을 책임지고 있는 에드워드라고 합니다. 앞으로 잘 부탁드립니다."

　모두들 반가운 인사를 표현해 주었다. 내 두 볼은 그 어느 때보다 붉게 물들어 갔고 가슴은 콩닥콩닥거리고 있었다. 나는 어쩔 줄 몰라 하며 "저도 반…가…워…요…!"라고 말을 더듬으며 에드워드에게 수줍은 웃음을 지었다.

　"자! 이쪽으로 오시지요."

　에드워드는 나를 에스코트하는 호시오키와 나의 조금 앞쪽에서 걸으며 우리를 리무진 차가 준비된 주차장으로 안내해 주었다.

　"여기 웨더 시티는 찬란한 미래와 모든 것이 갖추어진 하이브리드 도시입니다. 다른 평범한 도시와는 다르게 웨더 시티는 아무나 들어와서 살 수 있는 곳이 아니며, 모든 시스템과 연료는 하이브리드 즉, 자연친화적으로 만들어내고 있습니다."

에드워드의 설명을 들으며 걸어가다 보니 어느새 주차장 앞에는 커다란 검은색 리무진이 우리 앞에 그 모습을 드러내었다.

"그럼! 두 분 모두 조심해서 들어가십시오. 스피카 님을 모시게 된 것은 저에게 있어서 너무나도 큰 영광이었습니다. 호시오키 님, 스피카 님을 잘 부탁드립니다."

에드워드는 꾸벅 공손하게 인사를 하며 리무진 문을 닫아 주었고 리무진은 우리의 목적지인 〈타이타노 빌딩〉으로 향하였다.

호시오키와 내가 탄 리무진은 운전사도 없이 자동 시스템으로 움직이고 있었다.

"부릉~~ 부우우우웅!"

일반 자동차보다는 조용한 느낌이 들지만 속도는 일반 자동차와 다르지 않았다. 창밖을 내다보니 도로 주변으로 싱그러운 녹색 빛을 한껏 뽐내는 크고 작은 이름 모를 꽃들과 나무들이 장관을 이루고 있었는데 그것은 마치 도로 길에 마련되어 있는 엄청 큰 정원을 지나는 것 같았다.

호시오키는 이런 나를 물끄러미 바라보고 있었다. 나는 호시오키의 시선이 신경 쓰여서 고개를 호시오키가 있는 쪽으로 향하기가 어려웠다. 조용한 적막감이 리무진 내부의 공기를 무겁게 만드는 것 같았다.

"호시오키 님! 조금 전 에드워드나 다른 사람들이 저를 왜 스피카라고 부르는 건가요?"

나는 적막감에 못 이겨 자연스럽게 먼저 호시오키 님에게 질문을 던졌다. 그러나 호시오키 님은 대답 대신 내 손을 붙잡고는 자신의 어깨에 나 있는 갑옷의 연결고리를 풀고 등 뒤의 지퍼를 살짝 내렸다.

그러자 호시오키의 새하얀 등과 어깨선이 보였으며, 목선을 따라 내려오는 가슴 부분에는 흘러내려 온 갑옷과 옷이 가슴 중앙에 가깝게 힘없이 걸쳐져 있어서 가슴의 크기가 더욱 돋보였다.

그 모습을 본 나는 얼굴을 붉히며 순간적으로 고개를 돌렸지만, 나도 모르게 눈길은 호시오키의 가슴 부근을 몰래몰래 주시하였다. 내 입에서는 '같은 여자지만 저 정도로 성장이 좋아지려면 대체 무엇을 얼마나 먹어야 하나?'라는 혼잣말을 작은 목소리로 중얼거렸다.

호시오키는 그런 내 얼굴을 자신의 두 손으로 붙잡고는 자신의 어깨 쪽으로 끌어당기듯이 향하며 말했다.

"같은 여자끼리 너무 부끄러워하시네요! 크…크…크… 자! 저의 오른쪽 어깨를 봐 주세요!!"

나는 홍조를 띤 얼굴로 호시오키의 어깨를 바라보았다. 어깨에는 처음 보는 별 모양의 점들이 가슴 가장자리를 향해 어떤 형식으로 나열되어 있었다.

"히미코 님!! 여기 보이는 별 문양의 점들을 서로 연결하면 별자리가 됩니다. 저희 은하연맹의 최고 담당 기관인 〈네이처 필링〉은 별자리의 운명을 가진 자들입니다.

그리고 히미코 님은 우리들의 아주 큰 상징이시자 우리의 존속에 관여할 정도의 힘을 가진 자입니다.

스피카라는 이름은 별자리 중 처녀자리를 뜻하며, 당신이 가지신 힘이 저희의 야망을 이루는 데에 꼭! 필요합니다."

"야망?! 존속?! 아무래도 무언가를 잘못 알고 있는 것 같아요! 저는 그런 별 문양도 없고, 게다가 신비한 힘 같은 것도 없답니다. 아무래도 사람을 착각한 것 같아요, 호시오키 님!"

나는 아무리 생각해도 내가 아닌 다른 사람을 설명하는 듯한 호시오키 님의 말에 내가 아니라고 거듭 두 손을 흔들어댔다.

"아니에요! 분명 히미코 님이 맞으세요! 그에 대한 확실한 증거는 지금 우리가 향하고 있는 〈타이타노 빌딩〉에 도착하면 자연적으로 알게 되실 겁니다."

호시오키는 흐트러진 옷자락을 정리하며 설명을 이어갔다.

"옷에 지퍼를 올려 주세요!"

호시오키는 내게 등을 내보이며 다른 때보다 더 여린 목소리 톤으로 말을 건넸다.

나는 호시오키의 그런 모습에 왠지 모르게 더욱 얼굴을 붉히며 옷의 지퍼를 다시 올려 주었다.

"고맙습니다. 히미코 님!!"

다시 나를 돌아본 호시오키의 얼굴도 붉은 홍조를 띠고 있었다.

나는 지금의 이런 어색한 분위기를 바꾸려고 화제를 돌려 말했다.

"호시오키 님, 우리가 타고 있는 리무진은 왜 이리 조용하게 움직이는 건가요? 속도를 올려도 그다지 덜컹거리거나 시끄러운 엔진 소리도 들리지 않아서요."

"우리가 타고 있는 리무진에는 일반 화석연료가 아닌 자연친화적인 곤충의 혈액에 녹아 있는 무수히 많은 적혈구 입자가 사용되고 있어요!"

"곤충의 혈액 속 적혈구요?"

"네! 곤충의 혈액 속에 사는 적혈구는 공기 중의 산소를 80% 그 이외의 물질은 20%를 받아들여 그것으로 더많은 산소를 만들어 낸답니다. 그리고 우리는 그런 곤충의 혈액을 대량으로 배양 생산하여 생활에 적용해서 자연친화적 이면서도 편리한 생활을 누릴 수 있게 되었어요."

"앞으로 우리가 사용하는 기술을 차차 전 세계에 보급하여 세상 사람들이 좀 더 자연친화적이고 편리한 생활을 할 수 있기를 바래요."

나는 호시오키의 설명에 감탄하며, 내가 지금까지 살아온 세상과는 차원이 다른 세상이 존재한다는 것이 신선한 충격으로 다가왔다. 다시 창가를 내다보자 이번에는 푸른 초원이 넓은 면적은 아니었지만 길게 펼쳐져 있었다. 주변에 큰 건물이나 빌딩이 밀집해 있음에도 이름 모를 나무, 풀잎, 꽃들이 펼쳐져 있는 광경은 비행기에서는 보지 못한 장면들이어서 넋을 놓고 바라보고 있었다.

타이타노 빌딩

"히미코 님! 저 앞에 보이는 푸른색으로 반짝이는 크리스탈로 만들어진 고층 건물이 우리들의 목적지인 〈타이타노 빌딩〉입니다."

"우~~~와!!" 나는 입에서 탄성을 내뱉었다.

눈앞에는 푸른색 빛깔이 마치 햇빛에 춤을 추듯이 반짝거리는 모습이 지금까지 다른 도시의 밤 풍경에서 볼 수 있는 네온사인과는 비교할 수 없을 정도로 아름다운 광경이 펼쳐져 있었기 때문이다.

내가 〈타이타노 빌딩〉의 모습에 넋이 빠져서 바라보는 사이에 리무진은 빌딩 앞에 멈춰 섰고, "찰컥~~ 스으윽" 소리와 함께 문이 자동으로 열리자 멋진 턱시도 차림의 신사가 손을 내밀며 방긋 웃어 주었다. 푸른색으로 빛나는 단발머리에 녹색의 반투명한 눈동자와 갸름한 얼굴선을 한 사람이었다.

"자!~ 스피카 님!! 저의 손을 잡고 내려주세요."

나는 그의 눈을 응시하며 손을 잡은 채 리무진에서 내렸다. 턱시도 차림의 그 신사는 내 손을 붙잡고 있는 손이 아닌 반대편 손도 내밀며 "호시오키 님!! 제 손을 잡아 주세요." 하고 말했다.

호시오키는 아무 거리낌 없이 그 손을 붙잡고 리무진에서 내리다가 "어~아아아!!" 하는 소리와 함께 발이 미끄러지며 리무진 뒤로 넘어지려고 했다. 그러자 턱시도 차림의 신사가 호시오키의 손을 붙잡고 있던 손을 놓고 재빠르게 호시오키의 매끈한 허리선을 감싸 안았다.

"괜찮으세요? 호시오키 님!"

호시오키는 얼굴을 붉히며 "네! 괜찮아요. 붙잡아줘서 고…마…워…."

작은 목소리로 마치 부끄러움을 타는 듯이 고개를 숙이며 작은 목소리로 말을 했다.

"크~~크크크크! 요즘 시대에는 보기 드문 천연 말괄량이신 호시오키 님도 이런 얼굴을 할 때가 있군요. 크크크크!"

신사의 말에 호시오키는 얼굴을 더욱 붉히며, 내가 옆에 있다는 사실도 잊어버린 채 "후다다다다닥!!" 빌딩의 입구로 뛰어들어갔다.

나도 그런 호시오키의 행동을 보고는 얼굴에서 자연스럽게 옅은 미소가 생겨났다.

"아!… 이런!~ 이런! 죄송합니다. 스피카 님! 제가 호시오키 님을 놀리는 바람에 혼자가 돼 버리셨네요. 실례가 되지 않는다면 제가 먼저 가버린 호시오키 님을 대신해서 에스코트를 해드려도 될까요?"

턱시도 신사가 말했다.

"네!… 잘 부탁해요."

"크크크크크! 죄송합니다. 지금까지 제가 알던 호시오키 님과는 너무나도 다르게 이렇게 귀여운 표정도 짓는구나! 라고 생각하니 저도 모르게 놀리고 싶어졌네요. 크크크!"

신사는 나를 한 손으로 에스코트하며 천천히 빌딩 입구로 안내했다.

"실…실례가 안 된다면 이름이 어떻게 되시는지…?"

"제 이름은 카가미 타카야라고 합니다. 카가미라고 불러 주세요!"

"네! 호시오키 님과는 잘 아는 사이신가요?"

신사는 나를 보며 고개를 크게 양쪽으로 저어댔다.

"아니요… 저처럼 말단 자리에 있는 자는 소문과 방송으로만 호시오키 님을 보았습니다.

호시오키 님에 대한 방송이나 소문을 들으면서 '과연 실제로는 어떤 사람일까?'라고 생각하면서 호시오키 님을 동경해 왔었습니다. 물론 스피카 님에 대해서도 소문으로만 정보를 들었답니다. 스피카 님을 실제로 보는 건 처음이지만 정말 아름답네요."

나를 보며 카가미가 방긋 웃었다. 빌딩의 정문에 거의 다 왔을 무렵 "후다다다닥!" 뛰어나오는 호시오키가 보였다.

"죄…죄송합니다! 히미코 님! 너무 당황한 나머지 히미코 님이 곁에 계셨던 사실조차 잊어버리고 말았습니다."

호시오키는 내 손을 붙잡고는 머리를 숙이며 정중히 사과했다.

"괜찮아요! 어서 고개를 드세요."

나는 호시오키의 양어깨에 손을 가볍게 올리고는 다독여 주었다.

그 모습을 옆에서 보고 있던 카가미는 나에게 고개를 숙여 사과하는 호시오키에게 다가가서 말했다.

"정말 죄송합니다. 저의 짓궂은 장난으로 이런 일이 벌어지다니!… 정말 죄송합니다. 호시오키 님! 스피카 님!"

"괜찮아요. 고개를 들어요. 저도 카가미 님이 호시오키 님을 놀렸을 때 얼마나 재미있었는지 몰라요. 오히려 카가미 님께 감사해요. 덕분에 호시오키 님과의 딱딱했던 분위기가 부드러워질 수 있었으니까요!"

내 말을 들은 호시오키가 나를 올려다보며 "여…여…역시 히미코 님도 속으로는 절 비웃고 계셨군요! 흐…흐…흑!" 하며 금방이라도 울 것 같은 표정을 지었다.

"아…아…아니 내 말은 호시오키의 붉게 물든 얼굴을 비웃은 것이 아니라…!!!"

호시오키는 화난 표정으로 나를 뚫어져라 올려다보며 "그럼 무엇 때문에 웃으신 건가요?!"라며 나를 몰아붙였다.

나는 곰곰이 생각할 여력도 없이 "내가, 나 자신이 이렇게 미인이랑 미남에게 에스코트 받고 있다는 것이 좀 웃겨서… 상상도 해 본 적이 없는 일인걸…"라고 말하자 호시오키는 잠시 무언가를 진지하게 생각하는 듯한 표정이 되었다.

"그러셨군요. 그럼 그렇다고 말을 빨리 해 주셨으면 좋았을 텐데…"

호시오키는 다시 나를 애처로운 듯 바라보며 말했다.

"그렇지 않아요! 히미코 님은 충분히 에스코트 받을 자격이 있으신 분이니 그런 생각은 하지 마세요!"

우여곡절 끝에 결국 잘 해결을 봐서 다행이었다.

카가미는 "호시오키 님도 만나셨고 얽힌 문제도 잘 해결되었으니 전 그만 돌아가 보겠습니다." 하며 말을 이었다.

"웨더 시티의 자랑이자 철연의 유희라 일컬어지고 있는 호시오키 님과 웨더 시티의 차기 지도자라 불리며 우리를 구원해 줄 전설에 등장하시는 구세주 스피카 님을 모신 것은 저에게 있어 큰 영광이었습니다."

카가미는 급하게 자리를 떠났다.

나는 호시오키와 손을 맞잡고는 빌딩의 엘리베이터 앞에 다가섰다.

"호시오키라고 불러도 될까?"

나는 조금 전 벌어진 헤프닝을 계기로 호시오키와 좀 더 가까워진 느낌을 살려서 친하게 다가가고 싶었다.

"물…론입니다. 언제든지 저를 거리낌없이 호시오키라고 불러 주신다면 좋겠습니다." 호시오키는 약간 붉게 물든 얼굴로 대답했다.

"위~~잉 띵!"

엘리베이터가 도착하며 문이 열리자 나와 호시오키는 엘리베이터에 올라타고 문이 닫히자 호시오키가 17층 최고층을 눌렀다.

"호시오키는 몇 살이야?"

"저는 올해로 21살입니다."

"그래!! 그럼 동갑이구나!! 나도 편하게 히미코라고 부르도록 해!!"

"죄송합니다. 저는 앞으로도 계속 히미코 님이라 부르겠습니다."

호시오키의 냉정한 대답에 나는 더 이상 말을 잇지 못하였다.

"위~~잉!"

부드럽고 소음도 거의 없어 움직이는 느낌이 거의 들지 않았지만, 엘리베이터의 벽 부분이 모두 유리처럼 투명하게 만들어져 있어서 빠른 속도로 움직인다는 것을 실감할 수 있었다.

"띵!"

순식간에 17층에 도착했고 문이 열리자 내 눈앞에는 전혀 다른 세상이 펼쳐져 있었다.

"우~~와!! 이것들이 전부 뭔가요?"

"여기가 정말 빌딩 건물 안이 맞나요?"

"이름 모를 여러 식물이 서로 뒤엉켜서 정원… 아니!! 정글을 이루고 있는 듯이 보였다.

엘리베이터에서 내려서 다리는 거의 움직이지 않은 채로 주변 경관에 넋이 나가 입을 크게 벌린 채 서있는 내 모습을 호시오키가 돌아보며 말했다.

"여기가 〈타이타노 빌딩〉 최고층인 회장님이 계시는 곳입니다."

호시오키의 설명에 나는 다시 한 번 내 귀를 의심했다. 왜냐하면 17층 어디에도 방처럼 생긴 곳이 보이지 않았기 때문이다.

"어디에 회장님 방이 있다는 거야?"

"아~아아앗!!"

"괜찮으세요? 히미코 님!?"

내가 앞만 보며 발걸음을 재촉하다가 발에 식물의 넝쿨이 걸려 넘어질 뻔했지만 그 순간 호시오키가 나를 감싸 안아 주었다.

사실 넘어지면서 겁을 먹어서 소리를 질렀다기보다는 넘어짐과 동시에 내 가슴 부분이 호시오키의 가슴 부분과 딱! 맞닿았으며 그 폭신한 촉감에 나도 모르게 더욱 놀라며 나온 소리였다.

호시오키의 가슴은 같은 여자인 내가 보아도 풍만해 보여서 부럽다고 느껴질 정도였다. 나도 모르게 얼굴을 붉히며 고개를 숙이자 호시오키가 내 손을 붙잡고 말했다.

"이쪽이에요, 발밑에 식물의 넝쿨이 많은 편이니 주의하세요."

나는 호시오키의 손에 이끌려서 회장실 앞에 도착할 때까지 고개를 숙이고는 발밑만 주의 깊게 살펴보며 줄곧 호시오키를 따라갔다.

"자~! 여기가 회장님이 계시는 회장실이에요."

고개를 들어보니 갈색의 나무로 만들어진 문 위쪽에 작은 명판으로 '회장실'이라 쓰인 것이 눈에 확! 들어왔다.

"회장님! 임무를 무사히 마치고 여기 히미코 님도 안전하게 모시고 왔습니다."

"오~~!! 어서들 들어오도록 해요!"

문득 귀에 익은 목소리가 방 너머에서 들려오고 있었다.

호시오키는 화려한 곤충 무늬가 수놓아진 문 손잡이를 잡고 회장님 방문을 열었다.

"끼이이익!"

방문이 열리며, "어서 와라! 히미코!" 하는 소리가 반갑게 들려왔다.

그때 몸집이 좀 있는 중년의 남자가 순식간에 나를 향해 달려와서는 튼실한 두 팔로 꼬옥! 나를 껴안았다.

"네가 무사히 집에 돌아와 줘서 얼마나 기쁜지 모른단다!"

나는 듬직하고 무거운 목소리톤만으로 10여 년 동안 만나보지 못한 그리운 아빠라는 걸 알 수 있었다. 나의 아빠는 어릴 적에 고아원에서 나를 거두어 물심양면으로 가르치고, 먹여주시며, 태어나서 느껴보지 못한 사랑과 행복함을 선사하며 진짜 가족으로 받아들여 주신 소중한 분이다.

"아빠!~~ 정말 아빠가 맞는가요?"

내 두 눈은 또 눈시울이 붉어지며 곧바로 눈물을 터트렸다!

"엉~~엉~~흑~~흑~~흑!"

"아빠를 다시 볼 수 있는 날이 올 거라고 굳게 믿고 있었어요. 흑~흑!!"

"나도 우리 히미코를 다시 내 손으로 안아볼 이날을 마음속 깊이 기다려 왔단다."

물컹!~물컹!~물컹!!

나는 금방 울음을 그치고는 두 눈을 순간 크게 떴다.

"아~~빠!! 이게 무슨 짓이에요!"

내가 화들짝 놀란 이유는 아빠가 나의 몸을 더듬고 있었기 때문이다.

"우리 히미코도 호시오키 못지않게 여러모로 성숙해졌구나!!"

"무슨 짓이에요 아빠!"

"욱!!"

"오야마 시장님! 이건 대체 무슨 짓입니까?! 시장님의 성희롱 소문을 접해보고 평소의 행실을 봐서 설마설마 생각했지만 이 정도일 줄이야!!"

"잠…잠깐만! 리사! 내 말 좀 들어봐! 이건 어디까지나 오랜만에 재회한 기쁨과 딸이 얼마나 성숙했는지를 알기 위한 아빠의 사명이라고 할까?… 성희롱이 절대 아니라니깐!"

"그걸 지금 말이라고 하세요!"

"문답 무용! 정벌!"

호시오키는 내 아빠를 향해서 공중으로 점프한 후 내려오며 아빠의 머리를 두 발로 내려 차고는 쓰러지는 아빠의 엉덩이를 바람처럼 빠르게 다시 한 번 걷어차자! 아빠는 회장실 바닥에 맥없이 쓰러지셨다.

"휴우~ 괜찮으신가요, 히미코 님!"

"고마워, 호시오키! 난 괜찮아! 그것보다도 아빠가 아무리 잘못했어도 조금 전에 공격은 너무 과격한 거 아냐?"

"걱정 마세요! 자주는 아니지만, 이따금 시장님이 내 앞에서 여러 여성에게 성희롱할 때마다 치르는 일인 걸요."

"저 정도의 공격으로 크게 다친다거나 하지는 않으시니 걱정 마세요. 그보다는 히미코 님의 마음에 상처를 입으셨을까 봐 그것이 저에겐 더 큰 걱정이 되네요."

아빠가 곧 정신을 차리며 말했다.

"변함없이 넘쳐 흐르는 힘이야! 리사 양에게는 농담이 통하지 않는다니깐!"

허리를 한 손으로 붙잡으며 다른 손으로는 탁자를 붙잡고 힘들게 일어난 아빠의 모습을 보며 나는 조금 전 호시오키의 걱정하지 말라는 말을 들었지만, 마음속으로는 내심 아빠가 많이 다치시지 않았을까 하는 걱정에 휩싸여 있었다.

내 손을 붙잡고 있는 호시오키의 두 눈에서 왠지 모를 불길이 활활 타오르는 것을 느낄 수 있었다. 어느 정도 헤프닝도 진정되자 호시오키가 입을 열었다.

"아직 시간이 걸리나요?!"

불평불만이 섞인 호시오키의 눈길과 말투에 아빠는 헛기침을 하며 말했다.

"어~험! 그럼, 본론으로 들어가마 히미코!"

다시 진지한 표정으로 돌아온 아빠가 이야기를 이어갔다.

"히미코, 너는 이 세상을 움직이는 힘이 무엇이라고 생각하니?!"

"뭐, 돈이나 권력 등이 아닐까요?!" 내가 말했다.

"그 말도 틀린 말은 아니지! 하지만 실제로 그 돈과 권력은 일부의 인간들이 한정적으로 사용하는 거란다. 그리고 돈과 권력 등으로 세상을 움직이는 자들의 대부분은 마음이 더럽혀져 있단다. 거기다 돈만으로는 절대적으로 해결할 수 없는 문제들도 있지!… 대부분의 사람은 그런 사람들을 욕하고 부정하고 나쁘게 보는 편이지… 하지만 그런 사람들의 마음이 애초부터 더러웠던 것은 아니란다."

"네?! 아빠가 하시는 말을 어려워서 못 알아듣겠어요!"

"잘 들어보렴, 히미코! 지금 지구에서 사람들이 가장 많이 사용하는 석유 같은 화석 연료가 편리하고 여러 분야에서 폭넓게 활용되어 지구에 사는 대부분의 사람이 이제는 화석연료 없이는 살아가기 힘든 상황에 처해 있지!…"

나는 아빠의 말이 연설처럼 길고 따분하게 느껴져 아빠의 말에 귀를 잘 기울이지 못했다.

"히미코! 여기서부터가 본론이란다. 좀 길 수도 있지만 잘 들으렴!"

아빠가 내 두 손을 맞잡고는 이야기를 이어 나가셨다.

"아빠가 아주 젊을 때부터 오랜 기간 연구한 결과에 의하면, 인류가 화석연료를 사용하면서부터 지구환경이 나빠진 건 물론이고, 사람의 마음까지 심각하게 타락해 버렸다는 것을 알게 되었단다.

정확히는 지구상의 그 어떤 동물에게도 찾아보기 힘들 정도로 사람에게만 마음이라는 크나큰 내면이 존재하는 이유를 알게 되었단다.

화석연료는 과거에 지구에 존재했던 생물이 죽어서 남긴 시체가 액체화 또는 고체화한 것이라고만 단순히 생각하고 있지만 사실은 화석연료 자체에는 크나큰 실체가 숨겨져 있단다."

"어떤 실체가 숨겨져 있다는 건가요??"

"미안하지만, 그에 관한 자세한 이야기는 다음에 기회가 된다면 설명해 주도록 하마! 지금부터는 그것보다 더욱 중요한 이야기를 해 주도록 하마!"

"히미코, 너도 학교에 다닐 때 과학시간에 배웠겠지만, 인간은 유인원이라는 일명 원숭이로부터 진화했다고 배웠을 거다."

"네, 그건 아마 대부분의 사람들이 알고 있는 기본상식이잖아요!"

"대부분의 사람은 모르고 있는 이야기지만 유인원에서 진화한 인간만이 세상에 존재하는 건 아니란다."

"무슨 말씀이세요??"

"석유 같은 화석연료를 지구에 퍼트린 사람들을 조사하다 보니, 그 사람들과 관련이 있는 사람 중에는 우리가 알고 있는 인류와는 다른 존재라는 것을 알게 됐단다.

그들은 정확히는 이미 공룡시대에 나타난 인류! 즉 나는 개인적으로 그들을 일컬어 '로스트 휴먼'이라 부르고 있고, 그 사람들이 관련된 단체를 '바인드'라 부르고 있단다.

대부분의 실체는 깊은 수수께끼에 덮여 있는 거대 조직으로 그 크기를 상상만으로는 가늠하기 힘들 정도란다."

아빠가 차분하게 말을 이어 갔다.

"정확한 이유는 아직 모르지만, 그들은 지금의 지구를 돈과 권력 등으로 지배하는 실질적인 존재들이며, 그들이 바라고 추진하는 일이 결실을 보게 된다면 그 결과물의 부산물로 인류에게는 아니! 지구 전체에 큰 재앙이 되리라는 것 정도와 여러 가지 자잘한 정보 정도만이 밝혀져 있단다.

나는 그들을 막아낼 방법을 찾아 나섰단다. 그리고 어떤 사람의 크나큰 도움으로 여러 가지 커다란 단서를 찾게 됐고 그 결과 그 단체에 대항할 방법을 알아냈단다."

이야기 도중 피곤함을 참지 못한 호시오키가 아빠의 말에 끼어들었다.

"저…기 오야마 시장님!! 감동의 재회의 시간도 구체적인 설명을 할 시간도 중요 하시겠지만, 저도 피로가 쌓여서 한시라도 빨리 제 방으로 가서 쉬고 싶습니다만…."

"아!~ 미안하네! 조금만 더 기다려 주게!"

아빠는 잡고 있던 나의 두 손을 놓고는 자신의 책상 서랍을 열고 서랍 안에서 검은색 실크로 뒤덮인 목걸이 상자를 나에게 건네주며 말했다.

"히미코, 이건 너를 위해 내가 특별히 준비한 선물이란다!"

"언젠가 너에게 도움이 절실히 필요할 때 반드시 큰 도움이 될 테니 한시라도 몸에서 떼지 말고 꼭 몸에 지니고 있거라!"

검은색 실크로 되어 있는 목걸이 상자를 열어 보니 전체가 은색으로 반짝이는 나비 형태의 너무 크지도 작지도 않은 적당한 크기의 장식이 달린 목걸이었다.

"와~!! 엄청나게 예쁜 나비 모양이네요. 반짝거리는 모습이 너무나 마음에 들어요! 고마워요. 아빠!"

아빠는 나에게 목걸이를 목에 걸어 주며, "히미코! 절대 잊지 말거라! 언제나 네 자신이 올바르다고 생각하는 길을 가도록 하여라!"

아빠는 나에게 목걸이를 걸어 준 후 나의 얼굴을 바라보며 말했다.

"아빠는 언제나 너의 편이란다. 비록 의붓딸이지만 히미코 넌 나에게 있어 자랑스러운 딸이란다. 아빠는 언제나 널 사랑하고 믿고 있단다."

아빠의 진지한 모습 뒤로는 피곤함을 참지 못하는 듯한 호시오키의 이글거리는 눈초리가 매섭게 아빠를 바라보는 듯했다.

"아…아! 리사 양, 미안하게 됐어요. 히미코와의 재회가 너무나 반가운 나머지 나도 모르게 이야기가 길어졌네요."

아빠는 호시오키의 시선이 따가워서인지 헛웃음을 지어내 보였다.

"하!~하!~하!! 오늘은 이런저런 일로 많이 피곤할 테니 이만 방으로 가서 쉬도록 하세요!"

"리사 양! 오늘부터 우리 히미코와 한 방에서 지내도록 하세요. 잘 부탁해요. 리사 양!"

호시오키에게 억지로 크게 웃어 보이는 아빠의 모습이 왠지 안쓰럽게 보이기까지 했다.

"걱정 마세요. 오야마 시장님! 히미코 님은 제가 곁에서 꼭 지켜 드리겠습니다."

나도 호시오키도 몹시 피곤한 하루였던 것 같다. 호시오키와 손을 맞잡고 회장실을 나와 다시 엘리베이터가 있는 자리까지 가며 말했다.

"호시오키, 우리 아빠를 왜 시장님이라고 부르는 건가요?"

"오야마 시장님은 말 그대로 여기 웨더 시티의 시장님이시며 타이타노 빌딩의 회장님이기도 하십니다!"

"아빠가 이 큰 도시의 시장이라고요?!"

내가 알고 있는 아빠의 모습은 언제나 변함없이 나에게 상냥하게 대해 주시는 좋은 아빠지만, 덩치와 맞지 않게 다른 사람과의 작은 다툼이나 싸움 등을 피하려 하는, 사람들을 이끄는 리더가 될 만한 그런 부분을 본 적도 없고 상상해 본 적도 없기에 그런 아빠가 한 도시의 시장이라는 게 믿기지 않았다.

아빠와의 만남은 예전부터 꿈꿔 오기는 했지만 아빠가 시장이라는 이야기를 들었을 때는 그 놀라움이란 이루 말할 수 없었다.

"히미코 님이 아시는 시장님의 이야기는 저도 처음 들어요. 시장님은 이 도시에 사는 그 누구보다도 결단력이 있고 시민들을 배려할 줄 아시는 분이에요. 단지… 아까와 같은 여자를 많이 밝히시는 부분은 저도 좀… 문제라고 생각해요."

엘리베이터의 문이 열리자 나와 호시오키는 엘리베이터에 올라탔고 문이 닫히자 호시오키는 13층을 눌렀다.

"히미코 님은 시장님과 어떤 일을 계기로 못 만나게 되신 건가요?"

"아빠가 예전부터 곤충을 연구해 온 곤충학자라는 건 알고 있었지만, 어느 날 갑자기 무언가 중대한 연구를 할 기회가 찾아왔다며 집을 떠났어. 해외로 멀리 가게 된 후로 편지로 연락을 주고 받다가 어느 날부터 연락이 두절되면서…"

"네… 참으로 가슴아픈 이야기네요!"

"호시오키는 우리 아빠가 언제부터 여기서 시장이나 기업의 회장 일을 하게 된 지 알고 있어?"

"저도 정확한 건 모르겠습니다. 제가 여기서 일하기 전에, 그러니까 이 도시가 만들어진 초기부터 지금의 자리에 계셨던 걸로 기억해요!"

나와 호시오키가 아빠의 이야기를 하고 있는 사이에 엘리베이터는 어느새 13층에 다다랐다.

"띵!" 소리와 함께 문이 열리자 넓은 복도 주변으로 방문 여러 개가 보였다.

"저를 따라오세요."

호시오키의 안내를 받으며 리사라고 쓰여 있는 방문 앞에 도착하였다.

문앞에서 호시오키는 얼굴이 조금 붉게 상기된 표정으로 "저…기… 히미코 님! 지금부터 제가 하는 말에 질문하지는 마시고 순순히 제 말에 따라주시겠어요? 부탁드릴게요!"

호시오키가 공손히 두 손을 모아서 말하며 나에게 넙죽 고개를 숙였다.

"응, 알았어! 무슨 일인지는 잘 모르지만 순순히 따라줄게!"

호시오키의 말과 행동에 왠지 이유를 대면 안 될 것 같다는 느낌을 받고 순순히 따라주는 게 좋겠다고 생각했다.

"두 손으로 양쪽 귀를 막고 눈을 감아 주시겠어요?!"

"응!"

나는 양손으로 귀를 막고 두 눈을 질끈 감았다. 호시오키는 그런 나를 보고는 문앞으로 더욱 다가섰다.

내가 두 눈을 질끈 감고 귀를 두 손으로 막고 있는 상황에서 벌어진 시추에이션은…!

"거울아! 거울아! 이 세상에서 누가 제일 예쁘지?"

문앞에서 음성이 흘러나오자!

"세상 누구보다도 아름다운 나! 한 송이의 꽃봉오리를 닮은 리사!"

문앞에서 음성이 흘러나온 지 얼마 되지 않아 내가 심한 재채기를 하는 바람에 호시오키가 문앞에서 한 말을 잠깐 들었다. 문제는 호시오키가 취하고 있는 포즈였다.

"엣~취!! 엣~취!!~ 엣~취!!" 나도 모르게 재채기라는 생리현상이 발생하자 순간적으로 눈을 크게 뜨고 말았다.

내 눈앞에 펼쳐진 광경은… 호시오키가 엉덩이를 뒤로 쭈욱! 빼며 허리에는 굴곡을 최대한 주고 가슴 부분을 크게 앞으로 내밀며 자신의 섹시한 S라인을 과감히 엿보여 주고, 왼손은 허리춤에 얼굴은 입술을 최대한 부드럽게 내밀며 오른쪽 눈으로는 윙크를 하고, 오른손으로는 자연스럽게 튀어나온 입술에 나머지 손을 대고 연신 문을 향해 키스를 날리고 있었다.

"크~~윽!"

나는 아무 일 없다는 듯이 최대한 재채기 이후 곧바로 손을 귀에 눈은 질끈 감았다.

하지만 내가 본 광경에 놀란 나머지 나도 모르게 크게 딸꾹질이 나오고 말았다. 그나마 불행 중 다행인 것은 더 이상은 재채기와 딸꾹질을 하지 않게 되었다는 것이다. 하지만 눈을 감고 있는 내 뇌리에는 강한 시선이 느껴졌다.

"아~~아 으~~흠! 음~~~! 여보세요! 혹시 들리나요?!"

호시오키가 나를 시험하듯이 내 곁으로 다가와서는 목소리를 크게 질렀다.

아마도 아니! 절대적으로 호시오키의 시선이 나를 노려보고 있는 게 틀림없어 보였다! 하지만 지금 내가 처한 이 상황을 확인하려 눈을 뜰 수는 없는 일이었다.

뒷머리에서는 식은땀이 나는 것만 같았다.

말 그대로 1초가 1시간처럼 느껴졌다. 바로 그때였다.

"인증이 확인되었습니다!"

"어서 오세요 리사 님!"이라는 음성이 문 쪽에서 들렸고 호시오키가 말했다.

"이제 되었습니다. 히미코 님! 그만 손을 내리고 눈을 뜨셔도 됩니다."

"나는 기다렸다는 듯이 눈을 뜨고 손을 내렸다.

"무슨 일이 있었어?!"

"아니요! 아무 일도 없었습니다!"

"나는 조용히 있다가는 오히려 의심을 살 것이라 판단하고는 오히려 무표정으로 호시오키에게 궁금하다는 듯이 말을 걸었다. 호시오키도 그제서야 내가 아무것도 보지 않았다고 안심을 하는 듯이 보였다.

자동문이 "스르륵!" 열리자! 내 눈앞에 마치 공주님 방을 꾸며 놓은 듯한 아기자기한 방이 나타났다.

핑크빛으로 물들어 있는 벽과 천장 그리고 천장 주위에는 녹색의 커다란 리본으로 마치 다리로 감싸 안는 듯한 품격있는 장식이 달린 하늘색 커튼이 있었다. 커튼 사이로는 커다란 창문이 양쪽으로 나란히 자리를 잡고 있고 나무로 된 고풍스러워 보이는 창틀과 커다란 핑크빛 침대가 하나 놓여 있었다.

침대 위에는 여러 가지 동물이나 곤충 형태의, 보면 꼭 안아주지 않으면 안 될 것 같은 귀여운 모습의 인형들이 놓여 있었다. 크지도 작지도 않은 스텐으로 된 은빛으로 반짝이는 주방과 넓지는 않지만 아늑해 보이는 거실 바닥에는 토끼 문양이 들어가 있는 파란색 커다란 카펫이 깔려 있었다.

침대 옆에 전등이 하나 있고, 잎이 자라고 있는 넝쿨 끝자락에 여러 송이의 살구색 빛을 발하는 꽃 형태의 2개의 천장 등이 아름답게 빛을 내리비추고 있는 듯이 보였다. 방은 전체적으로 아기자기하게 꾸며져 있었다. 여기서 말하는 아기자기라는 말은 방이 작다는 의미가 아니라 방 자체가 풍기는 이미지를 말한다.

"우~~와!"

나도 모르게 방안으로 뛰어들어간 후에는 방 구석구석을 둘러보고, 호시오키의 침대라고 생각되는 침대 위에 있는 봉제 곤충 인형을 껴안아 보며 나는 행복에 빠져들었다.

"히미코 님! 여기가 지금까지 혼자 지내 온 제 방이랍니다. 앞으로는 히미코 님과 같이 지내게 될 방이기도 합니다. 마음에 드시나요?!"

히미코는 걱정스러운 표정으로 내 눈치를 살피며 물었다.

"너무 화려한 것 같지요?!"

"히미코 님! 방이 마음에 드시나요?!"

"응~응! 아주 마음에 들어. 꿈에 그리던 공주님 방이야! 이렇게까지 세세한 부분까지 신경써서 방을 꾸며줘서 고마워!"

난 호시오키의 손을 맞잡고는 마음속으로부터 우러나오는 고마움을 표현하였다. 호시오키도 "히미코 님이 마음에 들어하신다니 영광입니다."고 했다.

"이 방을 준비하면서 저와 취미가 맞지 않다거나 공주님 방을 싫어하시면 어쩌나 내심 걱정했지만 히미코 님께서 이렇게까지 좋아하시니 저도 기쁩니다."

호시오키도 그제서야 나를 향해 그 어느 때보다도 방긋 웃어 보이며 기쁨을 표현하고 있었다.

그리고 이번 기회로 인하여 호시오키도 마음속으로는 공주님처럼 대접받고 싶다거나 공주 님 같은 아기자기한 귀여운 것들을 너무너무 좋아한다는 것도 새삼 알게 되었다.

"아! 히미코 님, 깜박 하고 말씀드리지 못한 사항이 있습니다!"

"응, 어떤 건데?!"

"기본적으로 간단히 데워 드시는 음식이나, 음료, 물, 과일 등 디저트 들은 공동으로 사용하는 넓은 면적의 다과실에 가시면 드시거나 여기로 가지고 올 수 있습니다. 다과실은 엘리베이터의 반대 방향으로 쭉! 가시면 큰 방이 하나 있는데 그 방문 앞에 다과실이라고 붙어 있습니다."

"응! 알려줘서 고마워, 호시오키!"

"급하게 들어오느라 미처 다과실을 보여 드리지 못한 점 죄송합니다."

호시오키가 나를 향해서 고개 숙여 사과를 했지만 나는 그런 호시오키를 꼭 안아주며 말했다.

"처음엔 호시오키를 적이라 생각하고 호시오키의 마음을 있는 그대로 받아들이지 못했지만 지금은 그때와는 달리 날 생각해 주는 호시오키의 진심어린 마음을 느낄 수 있어!"

날 바라보던 호시오키는 언제나처럼 방긋 웃어주며 나를 안아 주었다. 나무로 된 창문 틀을 열어보니 이미 해가 저 멀리 사라지고 별들이 반짝반짝 빛을 바라는 밤이 찾아와 있었다.

"끼익! 스르륵~스륵!" 나는 다시 창문을 닫았다.

"히미코 님! 여기 히미코 님의 옷을 준비했습니다. 어서 갈아입으세요."

호시오키는 여러 색과 문양으로 장식된 개성 넘치는 장롱을 열고는 내가 갈아입을 수 있는 옷을 준비해서 가져다 주었다.

"옷이 히미코 님 사이즈에 맞으실지 모르겠네요. 아! 맞다! 잠시만 기다려 주시겠어요. 히미코 님?"

호시오키는 장롱문을 열고는 직사각형 크기의 나무로 된 사람 얼굴 하나 가릴 만한 크기의 거울을 꺼내 왔다.

"히미코 님이 거울로 보시면 히미코 님의 모습을 더욱 자세히 보실 수 있을 거예요."

호시오키는 내 앞에서 거울을 들고는 여러 방향으로 여러 각도로 나를 비추어 주었다.

"호시오키 나를 생각해 주는 그 마음은 고맙지만, 거울이 크지 않은 편이라 이리저리로 계속 움직이려면 불편하지 않겠어?"

"괜찮아요. 이 정도는 힘들지 않아요. 크~힛!"

호시오키가 들고 있는 거울에 비친 내 몰골은 너무나도 엉망이었다. 겉옷은 호시오키가 빌려 준 망토였다. 여기저기에 진흙이 묻어 있었고, 안에 입은 하늘색 계열의 환자복은 여러 가지 오물로 더럽혀져 있어서 환자복만 걸친 채로 이 도시 주변을 배회하면 분명 수상한 자로 오인받아 붙잡힐 수 있을 정도의 복장이었다.

"아!~ 너무 창피해!"

"무슨 일이신가요?! 히미코 님!"

나는 지금까지 너무나 여러 일들이 발생하여 내 모습에 대해 크게 생각하지 않아서 더욱 지금의 옷차림이 창피하게 느껴져 왔다.

지금의 내 모습이 너무나도 창피하기도 하고 이 모습으로 이 도시에 와서도 여러 사람을 만난 기억이 나를 더욱 창피하게 만들었다. 호시오키는 얼굴을 붉히고 머뭇거리는 나를 향하여 다가와서는 과감하게 나에게 걸쳐 준 망토를 벗기며 소리쳤다.

"아~앗! 거울을 똑바로 바라보세요. 지금 히미코 님이 걸치고 계시는 환자복은 히미코 님이 어딘가에 억압되어 있다가 탈출한 것을 의미한답니다."

"응?! 그 말이 무슨 뜻이야?!"

내 말뜻을 히미코 님께서 이해하기 힘들어하시는 것 같다고 생각하여 다시 설명해 드렸다.

"즉! 히미코 님이 여러 고난을 이겨내며 당당히 돌아오셨다는 의미를 담는다고 생각해요. 지금 자신의 모습을 창피해하지 마시고 오히려 그 모습에서 긍지를 가지셨으면 합니다!"

그제서야 히미코 님도 알아들으셨다는 듯이 고개를 위아래로 크게 몇 번 흔들고는 말했다.

"정말 고마워, 호시오키! 나 호시오키에게 부끄럽지 않은 사람이 되도록 노력할게!"

"아아아앗! 히미코 님! 정말 죄송합니다. 저도 모르게 순서를 뒤바꿔서 옷을 갈아입을 준비를 먼저 하고 말았네요. 하하하하~핫!"

호시오키는 자신의 실수를 만회해 보려는 표정을 지으며 웃고 있었다.

"괜찮아요. 그럼 욕탕은 어디에?"

"죄…송…합니다! 욕탕은 이 방안에는 존재하지 않습니다."

"그럼 어디에 있는 건가요?!"

"저를 따라오시면 자세히 알려 드리겠습니다."

나는 호시오키에게 더 이상의 민폐를 끼치고 싶지 않다고 생각했다.

"괜찮다면 욕탕까지 가는 길을 말해 주시겠어요?"

"혼자서도 괜찮으시겠어요?"

"욕탕이 멀리 있나요?"

"아니오. 멀지는 않아요. 이 방을 나가서 방금 전에 설명해 드렸던 다과실을 지나면 두 갈래로 나뉘어지는 복도에서 오른쪽으로 가시면 바로 나와요!"

"응, 알겠어요. 그럼 갔다 올게요."

"저…정말 괜찮으신가요?! 제가 같이 가드리면…."

"괜찮아요! 어디 멀리 가거나 복잡한 곳으로 가는 건 아니니 너무 걱정하지 말아요!"

"그럼 갔다 올게요!"

방문을 나서는 나를 배웅하면서도 호시오키의 표정은 내심 걱정을 하는 것 같아 보였고 나와 같이 욕탕에 가고 싶어 하지만 참는 말투로 "어쩔 수 없네요!"라고 말했다.

"조심해서 다녀오세요!~ 어~호호호호" 하며 괜스레 호탕하게 웃으며 방문을 닫아 주었다.

하지만 나에게 그런 모습을 보여 줄수록 실수를 해대는 호시오키에게 민폐를 끼치고 싶지 않다는 생각이 들기도 했지만, 무엇보다도 가장 큰 이유라면 같은 여자지만 호시오키와 알몸으로 욕탕에서 서로를 바라보며 대화를 나눈다는 사실이 왠지 부끄럽고 민망해서였다.

호시오키가 건네 준 옷을 품고 발걸음을 재촉하였다.

"어디 보자. 그러니깐! 여기서 엘리베이터의 반대 방향으로 가야 한다고 했지!?"

복도는 방금 전에 처음 도착했을 때처럼 붉은색 양탄자에 화려한 무늬가 수놓아져 있었으며 천장은 단순하게 하늘색 바탕에 구름들이 여기저기 그려져 있었다.

복도를 거니는 사람은 거의 보이지 않았으며 호시오키의 방 주변으로는 5개 정도의 방이 복도를 따라 내가 지나가는 방향으로 엇갈려 줄지어 있었다.

"크크크크~크! 이 방 주인들도 모두 아까 호시오키의 모습처럼 방에 들어가기 전에는 그런 행동들을 하겠지?!"

혼자서 방금 전 방문 앞에서 호시오키가 보여준 말투와 행동이 떠오르며 입밖에는 내지 않고 머릿속으로만 생각하고 있었다.

엇갈려서 줄지어 나있는 방들을 지나자 커다란 녹색 문에 큰 규모의 방이 모습을 나타냈다. 방문 위에는 '다과실'이라고 친절하게 큰 글씨로 쓰여 있었다.

나는 방문을 열어서 다과실 방안을 보고 싶다는 생각을 하고 방문 손잡이를 붙잡았을 때였다.

"그리고 보니 리사가 돌아왔다고 하던데 소식 들었어?!"

"소식?! 무슨 소식?? 아~~아! 혹시 그걸 말하는 건가?!"

"그거라니?!"

"나도 노리코에게 들은 이야기지만 리사가 부여받은 특별임무가 이 도시의 운명을 건 특별한 사람을 데려오기 위해서라는 소문이 있어!"

"특별한 사람이라면…어떤?! 혹시 다른 나라의 대통령이나 아니면 우리나라에 관련된 높은 사람?!"

"아니~ 아니! 내가 들은 소문으로는 이 도시에 전설처럼 내려오던 분이라고 하던데!"

"내가 알고 있는 사실로는 리사가 누군가에게 특별임무를 내려받고 출전한 건 알고는 있었지만, 임무 내용이나 장소까지는…."

"아마 다른 때와 조금 다른 임무를 부여받은 거겠지! 무사히 돌아왔다니 그걸로 된 거 아니야?! 호호호!!!"

방안에서 이런 대화가 여러 사람 사이에서 오가는 소리가 들려 왔다. 나는 조심스럽게 잡은 방문의 손잡이를 다시 손에서 떨어뜨린 채로 발걸음을 목적지인 욕탕으로 조심조심 옮겼다.

욕탕은 핑크색 문으로 아까 전에 문의 크기보다는 작아 보여서 앙증맞아 보였다. "끼~이익!"

나는 방문을 열고 욕탕으로 들어섰다. 욕탕에 들어서자 아무도 없는 듯이 입구에는 신발이 단 한 켤레도 보이지 않았다.

"휴~ 다행이다, 아무도 없어서. 지금의 내 모습을 누군가에게 보이지 않아도 된다니 정말 다행이야! 호호호~~"

나는 다른 사람이 욕탕에 없다는 사실에 안심하였다.

들어가기 전에 구두를 벗어서 가지런하게 놓고 옆에 보이는 여러 개의 바구니함에 내가 입고 있는 옷들을 벗어 놓고는 다른 바구니에 호시오키에게 받은 옷을 넣어 두었다. "룰루랄라!" 콧노래를 흥얼거리며 욕탕 문을 열자 안은 온통 김이 서려 있어서 잘 보이지는 않았지만 사람의 인기척은 없어 보였다.

나는 욕탕 문을 살며시 닫고는 비어 있는 샤워대로 가서 뜨거운 물과 차가운 물을 적절히 섞어 틀었다.

"샤샤샤샤샤!" 요란한 물줄기에 나는 몸을 맡겼다.

오랫동안 머리 모양을 포니테일 형태로 유지해서인지 머리에 달라붙은 이물질이 잘 떨어지지 않는 느낌이었다.

머리 자체도 포니테일 형태 그대로 굳어버린 것처럼 딱딱한 느낌이 들었고 머리에서 냄새도 나는 것 같아서 한편으로는 너무너무 창피했고, 그때 머릿속으로는 나와 만난 사람들의 얼굴들이 하나둘씩 스쳐지나갔다.

"아! 흑흑~흐으으 으흑!!"

내 머릿속에서 스쳐 지나가던 얼굴 중에 친구인 카오리와 미호의 얼굴이 갑자기 떠오르며 내 두 뺨을 타고 눈에서 눈물이 또다시 주르륵 흘러내렸다.

"흐으으흑~ 미호와 카오리를 또다시 볼 수 있기를… 흐흐흐흑~ 미안해!! 카오리, 미호! 너희들이 너무 보고 싶어!! 흐흐흑~흐흐흑! 미호도 카오리도 내가 울고만 있기를 바라지는 않을 거야!! 너희들을 위해서라도 힘낼게."

나는 흐르는 눈물을 손등으로 닦아낸 후에 굳은 결심을 한 표정을 지었다.

온천탕 안에서는 나의 흐느끼며 우는 소리와 샤워기의 물소리만이 조용히 울리고 있었다. 머리를 여러 번 감으며 며칠 전 도시에서 살던 고향인 마사루 마을로 돌아오는 날 했던 포니테일이 이제서야 해제되었다.

그 느낌을 표현한다면 오랫동안 무겁고 딱딱한 갑옷을 입고 있다가 정말 오랜만에 무거운 갑옷을 벗어 버린 것 같았다.

"쓱싹!~쓱싹!~쓱싹!" 온몸에 충분히 물기를 묻혀 가며 손으로 닦아내다 보니 겉으로는 잘 드러나 보이지 않던 다리나 팔 여기저기에 긁히고 부딪힌 상처 자국들이 눈에 들어왔다.

거품 타올에 거품을 내며 온몸을 구석구석 씻고 난 후 커다란 탕이 내 눈앞에 펼쳐져 있었다.

온천탕의 바닥과 주변 벽면은 사파이어와 에메랄드로 장식되어 화려한 색조를 나타내었다. "첨벙!~첨벙!~첨벙!" 온천탕의 물 온도는 뜨겁지도 너무 차지도 않은 딱 알맞은 온도였다.

'아!~ 살아나는 기분이야! 으으으음~아아하!'

나는 발부터 담근 후 천천히 몸 전체를 온천탕에 담그며 다시 살아나는 듯한? 아니! 지금 이 순간 살아 있어서 다행이라는 느낌을 마음껏 온몸으로 맛보며 힘차게 기지개를 켰다.

온천탕에 몸 전체를 담그고 머리만을 내놓고 천장을 올려다보니 천사와 인간의 하모니 같은 벽화가 수놓아져 있었다.

'이제 슬슬 나가 볼까?!'

"첨벙!~첨벙!"

그때 물 속에서 물컹물컹한 무언가가 내 오른손에 잡혔다.

'응?! 뭐지??'

물 속에서 붙잡은 물컹거리는 걸 살짝 잡아올려 보니 풍만한 여자의 가슴 부분이었다! 곧바로 얼굴을 살펴보자! 노란 단발 커트머리를 한 내 나이 정도의 여자가 의식을 잃은 채 탕 속에 쓰러져 있었다!

"여보세요? 정신 차리세요!!~ 여보세요?"

나는 그 노란 단발머리의 의식을 확인하려고 얼굴을 살짝 때려가며 흔들어 보았지만 의식이 없어 보였다.

"첨벙 ~ 첨벙! ~ 첨벙!"

나는 그 단발머리 여자아이를 품에 안고는 허겁지겁 온천탕에서 급히 나왔다.

"의식이 없는 것 같아!! 안 되겠어!! 인공호흡을 해야겠어!"

나는 의식을 잃은 단발머리 여자의 머리를 뒤로 최대한 젖히고 기도를 확보한 후, "후웁~후웁~후웁~하!! 후웁~후웁~후웁~하!!" 그리고 가슴을 두 손으로 강하게 압박하며! 다시 "후웁~후웁~후웁~하!!" 인공호흡을 실시했다.

나는 도시에 살면서 긴급구조사를 직업으로 삼아서 해왔기에 이 정도의 돌발상황에는 대처할 수 있었다.

"욱!! ~ 왜에에에엑!!"

노란 단발머리의 여자는 물을 입에서 연신 토해 내며 가까스로 정신을 차리게 되었다.

"정신이 들어요?!"

"어~어~웅!"

단발머리 여자는 정신을 차렸는지 주변을 둘러보며 일어나려 했다.

"어~어! 제 손을 잡아요. 조심~조심!! 정신이 들었나요?!"

"네! 정말 고마워요! 뭐라고 감사해야 할지 모르겠어요! 당신이 아니었으면 큰일 날 뻔 했네요."

"철퍽! ~ 철퍽! ~ 철퍽!!"

"끼이이~익!"

단발머리 여자는 내 오른쪽 어깨에 부축을 받으며 욕탕 입구로 나왔다.

"이름이 어떻게 되시나요?"

단발머리 여자가 나에게 물었다.

타올로 온몸의 물기를 닦아 내고 있는 단발머리 여자의 등에는 별 모양의 점들이 여기저기 흩어져 있었다. 나는 소녀의 뒷모습에 얼굴이 붉어지며 고개를 반대로 돌리고는 부끄러운 듯이 대답했다.

"요노모리 히미코라고 해요!!"

"털썩!!" 주저앉는 소리와 함께 단발머리 소녀의 입에서 놀라는 듯한 말투를 내뱉었다.

"당…당신이 소문의 그 스피카 님?!"

단발머리 소녀의 표정은 겁에 질려 있는 듯이 녹색과 맑고 투명한 붉은색의 각각의 두 눈동자는 더욱 커져 있었고 파란색이 감도는 입술은 "아!" 소리가 나올 정도로 벌어져 있었다.

양손은 지그재그로 얼굴의 위아래를 막는 듯한 포즈를 하며 놀라는 표정이었다.

"네에에에!! 이 도시에서는 저를 알아보는 분들은 대부분 저를 스피카 님이라고 부르더군요… 하하하하!"

나도 단발머리 여자의 행동에 놀란 나머지 아까 전에 호시오키가 나에게 보여준 것과 닮은 어설프게 웃는 표정을 짓고 있었다.

"스피카 님을 알아보지 못하다니, 정말 죄송합니다. 저는 나카지마 히요리라고 합니다. 나이는 17살입니다. 다른 이름은 황혼의 여객이라 불리우고 있습니다. 앞으로 잘 부탁 드립니다."

히요리는 나에게 넙죽 엎드리다시피 공손히 인사를 했다.

"네에에에! 저야말로 잘 부탁드려요!"

"저기 스피카 님!"

"네?!"

"꽈다다당!"

나카지마가 몸에 남은 물기를 타올로 제거하고 있던 나에게 말을 걸며 다가오다가 실수로 발판을 밟으며 내 쪽으로 넘어졌다. 그 바람에 서로의 타올이 공중으로 날아오르며 둘의 알몸이 겹쳐져 버렸다!!

"크으으웅?! 물컹!~물컹!" 서로의 가슴이 서로의 가슴골에 들어가며 나카지마와 나의 눈이 마주쳤다. 나카지마는 나에게 웃음을 씨익! 보이며 말했다.

"저…를 히요리라고 불러 주시겠어요!? 그리고… 히미코 언니라고 불러도 되나요?!"

"으_호_호_호! 그런 말은 이런 상태로 하는 건 아닌 거 같은데 좀 비켜 줄래?!"

"아이이잉!~ 저를 히요리라고 불러 주세요! 물컹!~ 물컹! 히미코 언니라고 불러도 되나요?! 아이이~잉 허락해 주세요!! 네에에에?!"

나카지마는 자신의 풍만한 가슴을 나의 가슴에 밀착시키며, 자신을 히요리라고 불러 달라고, 나를 히미코 언니라고 부를 수 있게 해달라며 온몸으로 어리광을 부린다.

"알았어!! 알았으니깐 히요리! 그만 일어나 주겠니?"

"네에에! 히미코 언니!"

나는 그런 히요리의 모습에 얼굴을 붉히며, 될 수 있는 한 떨어지려고 바둥바둥거렸다.

나는 일어서자마자 타올을 온몸에 휘감았다. 히요리는 다시 알몸으로 달려들더니 "히미코 언니, 앞으로 잘 부탁해요!"라며 밝은 표정으로 내 가슴에 얼굴을 품고는 비벼댄다.

그런 히미코에게 나는 욕탕 바닥에 떨어진 타올을 주워 건넸다.

"히요리! 적당히 하세요!! 그러다가 감기 들겠어요. 자~! 어서 이 타올로 몸을 감아서 몸에 온기를 보존하도록 하세요!"

"네!~ 히미코 언니!"

내가 건넨 타올을 히요리가 받아 들고는 큰소리로 대답하더니 곧바로 자신의 몸을 감쌌다.

나는 머리를 드라이어와 브러시를 이용하여 머리카락을 말려 가며, 머리 모양을 다잡고 있는데 어느 순간부터인가 뒤쪽에 신경이 쓰여서 얼굴을 조금 움직여서 거울에 비친 히요리에게 시선을 옮겼다.

역시 예상대로 히요리가 드라이어로 머리를 말리며 내 뒤태를 살짝!~ 살짝! 훔쳐 보고 있었다.

"으흠!!" 나는 그럴 때마다 헛기침 소리를 내었다.

히요리는 나의 헛기침 소리가 들릴 때마다 깜짝! 깜짝! 놀라 드라이어로 머리를 말리는 척하며 시치미를 뗐다!

"히요리! 머리를 신경 써서 말리지 않으면 눅눅해지거나 감기에 걸릴 수 있어요!"

이런 말을 하며 실질적으로 내가 해주고 싶은 말을 피했다.

사실 나는 머릿속으로는 "히요리! 그렇게 알몸에 타올만 하나 걸친 채로 머리를 말리고 있는 나를 훔쳐보는 건 매너 없는 행동이에요!!" 라든가 "내 뒤태에 눈길이 그렇게 가나요? 뭐~ 그 정도로 내가 아름답다는 건 알고 있지만, 그렇다고 나에게 반하면 안돼요.~ 쪽!"

이런 식으로 말을 하면, '죄…죄송해요. 히미코 님 앞으로는 조심하겠습니다.'라고 히요리가 순순히 사과해 줄까??라며 혼자 머릿속으로 이런저런 상상을 해보니 나도 모르게 웃음이 흘러나왔다.

"크크크크!"

나는 손에서 브러시를 내려놓고는 입을 가리며 흘러나오는 웃음소리를 애써 참았다.

"무슨 일 있으신가요?! 히미코 님!"

머리를 말리던 히요리는 나의 웃음소리를 듣고는 머리를 말리다 말고는 내게로 다가와 내 어깨에 한 손을 올린 채로 내 표정을 살펴보았다.

히요리의 각각의 녹색과 붉은색 눈망울에 물기가 조금 어려 있는 것이 내 눈에 들어왔다.

나를 정말로 걱정하는 것 같아서 금방 웃음을 멈추고는 "아…니! 아무것도 아니에요."라고 얼버무렸다.

"정말 아무 일 아닌 건가요?? 언니?"

히요리는 나에게 얼굴을 좀 더 가까이 다가오며 '정말? ~ 정말 아무 일도 아닌 건가요?! 언니!'라며 나를 압박하는 것 같아 보였다.

"예전에 즐겁고 재미있던 일이 생각나서 나도 모르게 웃음이 터져 나온 거예요!"

히요리의 가까워지는 시선에 나도 모르게 거짓말을 하고 말았다.

"히미코 언니! 나에게도 히미코 님이 방금 전 생각하셨던 재미있고 즐거웠던 일을 말해 주실 수 있나요?"

히요리는 방금 전까지의 나를 걱정하던 태도에서 흥미를 가지는 태도로 180도 바뀌었다. 얼마나 기대에 찼는지 눈에서는 마치 거부할 수 없는 반짝이는 별빛으로 가득해 보였다.

"아…아! 지금은 시간이 너무 늦었으니 다음 기회에 해줄게!"

나는 히요리의 반짝이는 시선을 똑바로 바라보지 못하고 시선을 피해서 대답하였다.

"정말! 정말! 꼭 이야기해 주세요! 기대하고 있을게요!"

"으ㅇㅇ응!"

내 대답에 너무 좋아하는 히요리를 향해 웃어 보이며, 이 약속을 사과할 방법을 머릿속으로 궁리 중이었다.

히요리는 "룰룰루룰~룰룰루룰!" 처음 들어보는 독특한 콧노래 소리를 내며, 자신의 자리로 돌아가서는 드라이어를 집어들고 다시 머리를 말리기 시작한다. 나는 그런 히요리를 거울로 보며 나도 다시 브러시와 드라이어를 들고는 머리를 말리기 시작한다.

"위이이이잉!~ 위이이이잉!"

손은 머리를 말리고 있지만 머릿속으로는 방금 전에 나를 힐끔힐끔 훔쳐보던 히요리를 보며 상상했던 내 말들을 생각하며 지금까지의 히요리를 볼 때 내가 상상한 대로 진지한 대답이 나오기는 힘들 것 같다는 생각이 들었다.

무엇보다 말이 안 되는 건 내가 그런 식으로 나 자신을 자랑한다거나 꾸짖는 듯한 강한 어조로 말해 본 적이 거의 없기에 그런 말은 말이 안 된다고 스스로 생각하며, 머릿속의 생각들이 정리되어 갈 때쯤 거울을 들여다보니 거울 앞에는 긴 생머리의 내가 서 있었다.

나는 평상시에도 허리까지 오는 긴 생머리를 할 때가 많지 않아서 오랜만에 머리를 풀어헤친 내 모습이 조금은 거부감이 들기도 했다.

"히요리, 머리 정리는 끝났니?"

"네~! 히미코 언니!" 히요리는 당찬 목소리를 내며 나에게 달려들어 안기며 말했다.

"어서 갈아입고 나가요, 언니!"

나도 호시오키에게 받아온 옷으로 갈아입는 도중에 "다 입었어요. 히미코 언니?" "언니 제가 옷 갈아입는 걸 도와 드릴까요?!"라는 말에 나는 왠지 모를 살기를 느꼈다.

"아니! 거의 다 입어가니 안 도와줘도 돼!" 사실 옷은 상의를 거의 입어 가는 중이었다. 아래는 아직 팬티 말고는 하나도 입지 않아서 타올로 아래를 가리고 윗옷을 입고 있는 도중이었다.

그런 나를 보고 히요리는 포기하지 않고 "제가 도와 드릴게요!"라며 내가 갈아입을 옷을 넣어놓은 바구니를 뒤지다가 치마를 꺼내 나에게 입히려 애를 쓰고 있었다.

"내가 갈아입을 테니 그냥 거기에 둬!!"

"아니에요. 제가 도와 드릴게요!"라며 치마를 입히려 드는 히요리를 말리려 하다가 "쿵!···쾅!!" 소리와 함께 나와 히요리가 넘어졌다. "아야! 웅!? 히!!~~꺄!!"

넘어진 후 일어나려고 손을 땅에 짚고 일어서려 했을 때, 내 반쯤 입혀진 치마 사이로 왠지 나의 아래부분에서 뭔가가 꿈틀꿈틀거리는 느낌을 받고는 놀라서 소리를 크게 질러 버렸다.

나는 급하게 일어나려 애썼지만 그럴 때마다 나의 중요 부분에서 무언가가 꿈틀거리는 느낌에 또다시 "꺄~!!"라고 나도 모르게 소리지르며 온몸에서 힘이 빠졌다.

히요리가 붉게 상기된 얼굴로 내 밑에서 일어나며 "제 손을 잡아요, 히미코 언니!"라며 말했다.

나는 히요리의 손을 잡고 힘들게 일어난 후 역시 붉게 상기된 얼굴로 다리 사이에 걸쳐진 치마를 똑바로 입었다. 축축한 느낌이 들고 무언가가 팬티에 묻은 것 같아 손으로 팬티를 만져보니 끈적끈적한 무언가가 내 손에 묻어났다.

나는 히요리의 붉게 상기된 얼굴 표정과 입술 주변에 길게 늘어나 붙어 있는 침자국을 오른손으로 만지고 있는 히요리의 부끄러워하는 행동을 보자 나도 모르게 더욱 얼굴이 붉어졌다. 구두를 들고 도망치듯 욕탕을 뛰쳐나와 곧바로 호시오키가 있는 방으로 향했다. 히요리는 "히미코 언니!···"라며 무언가를 말하고 있었지만 욕탕을 급하게 뛰쳐나가는 나에게는 그 뒤의 말은 들리지 않았다. 어느 순간 이미 발걸음은 호시오키의 방문 앞에 멈춰 있었다.

방문에 달린 벨을 누르려 하다가 잠시 멈춰 숨을 고르며, 두근두근 빠르게 뛰는 맥박을 진정시키려 했지만, 금방이라도 히요리가 나를 쫓아올까 봐 두려워서 평정심을 쉽게 찾을 수 없었다.

다시 마음을 가라앉히고는 방문에 달린 벨을 눌렀고 "띵동~ 띵동! 스르륵!" 소리와 함께 방문이 열리며 호시오키가 나를 반갑게 맞이해 주었다.

"어서 오세요! 히미코 님!"

나는 히요리가 나의 뒤를 쫓아올까 봐 신경이 쓰여 반갑게 나를 맞이하는 호시오키에게 그 어떤 짧은 인사도 건네지 못한 채 방문을 열어 주자마자 방으로 들어가서 급하게 문을 닫았다.

나는 방에 들어와서도 조금 멍하게 문앞에 서 있었다. 그런 나를 보고도 호시오키는 "무슨 일 있으셨나요?"라든지 "누가 밖에서 쫓아오나요?"라든지 하는 말도 하지 않은 채 언제나처럼 얼굴에 가볍게 미소를 띠며 말했다.

"목욕은 즐거우셨나요?"라는 호시오키의 두 번째 말에도 히요리가 신경 쓰여서 대답을 못하고 있자 또다시 "목욕은 즐거우셨나요?"라는 물음에 나는 정신을 차리고 "응!"이라는 짧디짧은 대답만 했다.

내 대답에 호시오키는 "히미코 님이 즐거우셨다니 저도 기쁘네요. 그럼 밤도 깊었으니 어서 잠자리에 들까요?" 히미코의 물음에 그제서야 나는 제대로 된 대답을 할 수 있었다.

"응 그럼 잘까?"

침대 위에 이불을 덮고 누운 호시오키는 주변을 서성이고 있는 나를 바라보며 "안녕히 주무세요. 히미코 님!" 하며 눈을 감았다. 나는 그제서야 정신을 차리고 침대 옆 탁자 위에 놓여 있는 거울을 집어들었다. 나의 모습을 비춰보니 몰골이 욕실에서 느긋하게 씻고 있다가 "불이야!! ~ 불이야!!"라는 외침에 놀라서 대충 옷을 입다 말고 대피한 사람 같았다.

치마는 구겨져 뒤는 접혀서 반쯤 말려 올라가 있었고, 위에 입은 티셔츠는 여기저기 구김이 심하고 손목 주변이나 목 주변에 단추는 하나도 채워지지 않았으며, 맨발에 구두만 오른손으로 들고 있었고, 내가 입고 있던 환자복 같은 옷과 머리끈도 놓고 나왔다.

호시오키는 반갑게 맞이해 주면서도 나의 지금의 이런 몰골에 대해서는 아무것도 묻지 않은 채 잠자리에 들었다. 실례가 될 것이라고 생각해 물어보지 않은 것이라고 여긴 나는 잠들어 있는 호시오키의 귓가에 다가가 "신경 써 줘서 고마워!"라고 작은 소리로 말했다.

나는 곧바로 잠자리에 들려 하다가 호시오키의 머리 모양이 바뀐 것을 알아챘다. 잠이 든 호시오키의 얼굴을 보며 "머리 모양과 머리 색깔만 미호처럼 바꾼다면 틀림없이 미호처럼 보일 텐데…"라는 혼잣말을 했다. 어느샌가 이런저런 복잡했던 여러 일들이 모두 떠오르며, 문득 날 구하겠다며 물심양면으로 힘을 써주었던 유이의 모습도 머릿속에 떠올랐다.

'유이가 지금의 내 모습을 본다면 분명 놀라겠지?! 나를 납치한 자와 한 침대에서 한 이불을 덮고 자는 모습은 아마 상상도 못할 거야!?'

혼잣말을 하고 있자니 나도 모르게 얼굴에 웃음기가 돌았다.

'유이는 아무 탈 없이 잘 있을까??'

나를 꼭 구하겠다던 유이의 마지막 말이 지금도 내 귓가에 전해지는 듯했다. 히요리에 대한 생각을 문득 하니 방금 전 일이 떠올라서 얼굴이 붉어지며, 양쪽으로 고개를 크게 휘저었다.

'히요리에 대한 생각을 말자!'며 마음속으로 생각하고 있었지만 내 생각과는 다르게 히요리를 비롯하여 여러 생각들로 머릿속이 복잡해서 잠이 안 올 것 같아 보였지만 어느샌가 나도 모르게 푹 잠이 들어 버렸다. 아무래도 여러 일들을 겪으며 몸에 피로가 축적되어서 그런 것 같다.

등불 하나 없는 방에서 곤하게 잠이 든 호시오키와 나를 창문에서 들어오는 별빛과 달빛이 내리비추고 있었다.

그럴 때마다 내 목에 걸려 있는 목걸이가 아름답게 은색의 빛을 발산하였다.

제2화
움직이기 시작한 음모

A3 인공생명타워에서 멀리 떨어진 북서쪽의 외딴 숲속

"헉!~ 헉!~ 헉!"

"너무 많은 에너지를 소비한 모양이야! 지금의 이런 상태로는 본부까지 도착하려면 제 시간에 도착하기는 힘들겠는걸! 헉~ 헉!~ 헉!! 숨도 차오르는 것 같으니 좀 쉬어 가야겠다!"

얼마나 날아왔을까?

나는 본래 기지로 돌아가서 히미코를 데려오지 못한 사실을… 임무가 실패했다는 사실을 본부에 전달하지 않으면 안 되는 입장이 되었다.

무거운 마음을 안고 열심히 기지가 있는 방향을 향해 날아가다가 한숨 돌리기 위해 하늘에서 땅 위로 잠시 내려왔다.

"아!~ 살 것 같다."

나는 나의 마음이 탁해진 것처럼 보이는 펼치고 있던 검은색 빛깔을 발산하는 얼음날개를 반쯤 접은 후, 주변에 자리를 마련한 후 자리에 앉아서는 주섬 주섬 가방 안에서 검은색 석탄으로 보이는 물체를 꺼내어 바닥에 쌓아두고는 라이터를 꺼내어 불을 붙였다.

불꽃은 활활 타오르며 주변을 환하게 밝히며, 따뜻한 열기를 내뿜고 있었고, 나는 가방에서 물병을 꺼내어 마시고는 "아!~ 맞다!" 가방 깊숙이 손을 넣어서 뒤적이다가 초콜릿과 비상시에 먹을 조그마한 알루미늄 포일 덩어리를 찾아내어 내 손에 올려놓고는 "꿀꺽!" 군침을 삼키며 포일을 열어젖히자!

그 안에는 여러 개의 훈제 닭고기 조각이 나타났다.

나는 또다시 "꿀꺽!" 하고는 군침을 삼키며 훈제 닭고기 조각 중에 닭다리 부분의 조각을 한 손에 들고는 "아그작! ~ 아그작!" 하며 한 입 가득 베어물어 뜯어서 입안 가득 물고는 " 쩝쩝!"거리며 꼭! 꼭! 씹어가며 도중에 물을 한 가득 들이키고를 반복하다가 잠시 먹는 걸 멈추고는 여기저기 뭉개구름이 낀 하늘을 바라보며 생각했다.

'히미코 님은 무사하실까?? 대체 그 녀석은 뭐지? 히미코 님을 보호헤서 안전히 데려오라는 임무라서 가벼운 마음으로 임무에 임했었던 건 사실이지만… 임무 중반까지만 해도 이번 임무는 크게 어렵지 않은 임무라 생각했었는데…. 휴~! 갑자기 어디서 튀어나온 누군지도 모르는 녀석에게 히미코를 납치당하게 되다니!

그런 처음 보는 힘을 사용하는 녀석이 나타날 수도 있다는 보고나 정보를 임무 전에 주었더라면… 이렇게 일이 꼬이는 일도 없었을 텐데….

히미코 님! 당신을, 망토를 뒤집어쓴 납치범의 손아귀로부터 구해내겠다는 저의 의지를 못 지킨 저를 용서해 주세요!'

나는 혼잣말로 불평을 하며 히미코 님에 대한 마음속의 불편한 마음을 조금이나마 내비치며 히미코 님에게 사과하고 다시 허겁지겁 남아 있는 훈제 닭고기를 먹으며 모닥불에 몸을 녹이고 있었다.

　"뚜벅, 뚜벅, 뚜벅!"

　"스르륵! ~ 스르륵! ~ 스르륵!"

　"응!?"

　풀숲에서 식사를 하고 있는 나를 향하여 다가오는 발소리가 여기저기서 들려오고 있었다.

　"뚜벅, 뚜벅, 뚜벅!" "스르륵! ~ 스르륵! ~ 스르륵!" 발소리가 풀숲을 헤치며 점점 나를 둘러싸듯이 가까이 들려오더니 순간 남자 형태의 군인복과, 건설 노동자복을 차려 입은 여러명이 풀숲에서 갑자기 나타났다.

　내가 피워놓은 모닥불을 보고 몰려든 듯이 보였다.

　"하~! 대체 여기에는 얼마만큼의 디렉터들이 존재하는 거야!"

　"으으으아아악!"

　나에게 다가오는 남정네들은 하나같이 모두가 사람의 형태는 하고 있었으나 걸음걸이가 좌우로 심하게 뒤뚱거리며, 팔은 양옆이나 앞으로 쭈욱 늘어뜨린 채 걸어오는 말 그대로 좀비 같은 느낌을 어느 정도 주지만 확실히 좀비와는 전혀 다른 더욱 위험한 존재 바로 디렉터들이다.

　여기서 말하는 디렉터란 간단히 말해서 〈인공생명타워 3〉 주변에서 히미코와 나를 덮쳤었던, 예전에 로이드 휴먼에 의해서 비밀리에 자행되었던 게놈 실험의 실패작을 말한다.

　"후다다다닥! ~ 후다다다닥!"

대여섯 마리의 디렉터들이 나를 향해 동시에 달려들었다.

"칫~! 편안히 식사를 즐길 여유도 시간도 주질 않는군!"

나는 반으로 접고 있던 칠흑처럼 검은 빛깔의 얼음날개를 펼쳐내며 내게로 달려든 5~6 마리의 디렉터들을 "쿠쿠쿠쿵!" 소리와 함께 뒤로 날려 버렸다.

주변 풀숲으로 날아가버린 디렉터들은 서서히 다시 땅을 짚고 일어나더니 "으으으아아아악!!" 하는 괴성 같은 울부짖음을 토해 냈다. 놈들의 군복과 작업복이 갈기갈기 찢겨 나가며, 여러 동물을 융합시킨 괴생명체로 본 모습을 드러내고 몸집도 그만큼 커져서 일반 사람의 최소 3~5배 크기로 커졌다.

"크아아아악!! 크아아아악!!"

아까와는 다른 한 번도 들어본 적이 없는 서로 다른 짐승과 같은 울부짖음을 하늘이 찢어져라 울부짖고는 나를 향해 동시에 달려들었다.

나는 자리에서 일어난 후 '귀찮게 되었군.' 하다가 '아! 이번 기회에 그 기술을 사용해 봐야겠군~!' 하는 생각이 떠올랐다.

모닥불에 펼친 얼음날개 끝부분을 갖다대며 "포네우 만다 파도리나!!"라고 외치자 순간 날개 끝으로 모든 불꽃의 기운이 흡수되는 듯한 일이 일어나며 검게 변한 날개 전체가 서서히 불그스름한 기운을 뿜어냈다.

이어서 "칠흑의 날개여! 불꽃의 염원이 되어 저들에게 아름다움을 선사하라! 다크플로아!!"라고 소리치는 순간 날개가 마치 불사조의 날개처럼 날개 전체가 불타올랐다. 날개를 사용하여 나에게 달려든 모든 디렉터들을 순식간에 "사사사사삭!!" 소리와 함께 베어 버렸고, 순식간에 모두 조각조각이 나서 땅바닥에 널브러져 버렸다.

널브러진 시체 조각들은 차가운 얼음 조각으로 변하여 "쨍그랑! ~ 와자장창!" 소리를 내며 산산이 부서져 말 그대로 아름답고 반짝이는 가루로 변해 바람에 흩날리며 사라져 갔다.

"정말이지, 이 부근은 오랫동안 머물 곳이 못 되는군! 빨리 본부 기지로 돌아가서 편하게 쉬고 싶다."

나는 피곤에 지친 기색이 역력한 얼굴을 이리저리 흔들며 붉게 타오르는 날개를 펼친 뒤에 가방을 챙겨는 하늘높이 날아오른 후에 주변을 둘러보고는 본부가 있는 방향을 향해 전속력으로 날아갔다.

바람을 가르며 내 피부에서 느끼는 체감 속도는 통상 레이핀을 사용한 속도보다는 6~7배 정도 빠른 속도로 느껴졌다. 그래서인가. 얼마 가지 않은 것 같은데 벌써 일본의 도시 가까이에 다가서게 되자 속도를 줄여 갔고 얼마 가지 않아서 속도는 거의 제로 가까이가 되었고, 활공을 하는 느낌으로 도시 외곽에 내려앉았다.

 # ??? 도시 외곽

내려 앉은 후 바로 "리플렉션!!"이라고 외치자 등에 돋아나 있던 날개가 불타오르던 날개 그대로 순식간에 얼어붙어 산산이 부서진 후 주변에 떨어졌다. 나는 얼음 조각에 다가가 살펴봤지만 역시나 평범한 얼음 조각으로만 보였다. "쿵쿵쿵~ 쿵쿵쿵!" 도시의 한적한 골목 외곽을 빠져나오며 어디선가에서 풍겨오는 냄새에 내 코는 민감해져 있었다.

골목을 빠져나온 나는 몸에서 냄새가 나는 듯하여 지나가는 사람들이 가장 적어 보이는 큰 거리의 모퉁이에 자리를 잡고 몸에서 나는 냄새를 맡아 보았다. 주변 사람들 때문에 크게 소리지르지는 못했으나 몸에서 나는 냄새에 나는 소스라치게 놀랐다.

'그러고 보니 이번 임무를 받은 후로 제대로 된 목욕 한 번 한 적이 없는 것 같아!'

'빨리 옷을 갈아입고 제대로 온몸 구석구석을 깨끗이 씻어 내야겠어!'

'우선 이 겉옷이라도 벗어버리면 좀 나아질지도 모르겠다.'

나는 길거리에서 벗어난 인적이 드문 곳으로 "후다다닥!" 달려가 만약을 위해서 다시 한 번 인적이 없는지를 확인한 후에 아무렇지도 않게 드레스를 훌렁 벗어서 잘 접은 후 주변의 쓰레기통에 버렸다.

'킁킁킁~ 킁킁킁! 음!!~ 이제서야 냄새가 70% 정도 줄어든 것 같아!'

검은색 브래지어에 바람이 스쳤다.

'으으으으… 아! 추워라! 엣취!! 빨리 옷을 만들어 입어야겠어! 지금 나의 속옷 차림을 누군가가 보기라도 한다면!… 안돼!! 그것만큼은 절대로 말이야!!'

나는 아직도 안심이 되지 않는지 주변을 살피고 나서 좀 더 조심조심하며 손을 재빠르게 가슴 양쪽에 각각 올리며 외쳤다.

"나의 각인의 문양을 조율하는 마타샤의 주박이여! 나의 차디찬 마음을 나타내는 허물을 나의 눈앞에 보여라! 발퀸스 리온!!"

주문이 끝나기가 무섭게 몸 전체를 감싸안는 가슴 전체에서 흘러나오는 새하얀 실타래들이 서로 겹겹이 겹쳐지며, 온몸으로 번져 나가더니 순식간에 새하얀 원피스 하나가 완성되었다.

원피스를 완성한 것은 괜찮았지만, 나의 속옷 차림을 누구에겐가 들킬지도 모른다는 압박감에서 해방되면서 입에서는 작은 탄성이 흘러나왔다.

"아!~휴!"

마지막으로 사람들이 다니는 거리로 나가기 전에 옷자락을 잘 정리하며, 아무렇지도 않게 가장 가까운 버스 정류장을 찾아서 길을 걷기 시작하였다.

"터벅! 터벅! 터벅!"

걸음을 걷기 시작한 지 얼마 되지 않아서 어느 정도 크기의 버스 정류장에 다다랐다. 버스 정류장에는 아주머니와 대학생 정도로 보이는 사람들과 회사원으로 보이는 젊은 아가씨 두 명이 한 줄로 서서 버스를 기다리고 있었다. 나도 그 뒤로 줄을 섰다.

내가 소속되어 있는 본부는 대부분의 일을 일반인에게 보이지 않게 진행하는 것이 기본이고, 본부 기지도 겉으로는 일반 회사들처럼 어느 정도 크기 이상의 여러 계열사로 나누어져 있으며, 신약 개발과 같은 의약 부분부터 시작해서 인공위성 개발에 이르기까지 여러 부분에 걸쳐서 활동을 왕성하게 하고 있다.

최대 사원의 60% 정도는 나와 같은 어둠의 일을 맡아서 활동하고 있다. 하지만 이런 회사를 운영하는 것은 단순히 눈속임일 때가 많은 편이며, 이런 회사를 조직의 빛이라 부른다면, 어두운 면을 담당하는 소속기관이나 본부도 생각보다 많이 존재하고 있으며, 그 장소는 모두 1급 기밀로 처리되어 있다.

일반사원이나 어느 정도 계급이 되는 사람들조차 알 수 없는, 1급 정보 안에도 들어 있지 않을 정도로 그 흔적조차 찾을 수 없을 만큼 완벽하게 외부에 드러나지 않는 조직이다. 그러나 확실히 존재하고 있으며 그 힘은 조직 안에서도 아주 막강하다.

하지만 나와는 큰 상관이 있는 일들은 아니었다. 지금까지 내가 도맡아 온 일들 중 임무라고 해도 어느 학교나 회사에 신분을 속이고 잠입하여 누군가를 데려온다거나 암살한다거나 기밀문서를 빼오는 정도의 일이었다.

대부분의 내 동료들도 나와 같은 일을 하는 경우가 대부분이라고 들었다. 그런데 이번처럼 정말 정글 같은… 버려지다시피 하여, 무선통신도 불가능한 지역으로 누군가를 구출하러… 게다가 도착해 보니 우리 조직의 마크가 여기저기에 선명히 남아 있는 장소여서 충격을 받았던 적은 이번이 처음이었다.

베일에 싸인 본부 조직의 어두운 부분을 내 눈으로 확인한 것도 이번이 처음이었다. 게다가 실패한 임무도 태어나서 이번이 처음이었다. 너무도 처음 겪는 일이 많아서 내 마음이 많이 불안정한 상태인 것 같다.

회사에 가지고 있는 불만은 많은 편이기는 하지만, 역시 가장 큰 불만이라면 대부분의 작전 임무에 움직이는 일에는 버스나 기차 택시 등의 대중교통을 이용해야 한다는 점이다. 특별한 경우에 한하여 헬리콥터 등을 이용해서 이동할 때도 있지만 그것은 정말 특별한 임무에 한해서만이다.

"부르르르릉 치~이익! 덜컹!" 버스가 버스 정류장에 도착하고 문이 열리자 모두들 순서대로 버스에 올라타며 버스요금을 냈다. 내 차례가 되자 나도 아무런 거리낌 없이 버스에 몸을 맡기고는 요금을 내는 순간 버스 안에 있는 승객들의 시선이 나에게 쏠리는 것을 감지하였다.

특히 남자 승객들의 시선이 따가울 정도로 온몸에 꽂혀오는 것만 같았다.

"우~와!"라는 소리에 시선이 향하는 쪽을 보니, 언제 어디서 젖었는지 가슴 부위가 물기로 심하게 젖어 안에 입고 있던 검은색 브래지어가 비쳐 보이고 있었다.

나는 "꺄아아악!!" 하며 소리를 크게 지르고는 버스에 자리를 잡고 앉았다.

자리에 앉아 있는 나를 향해서 "아가씨! 여기 잔돈 안 받아 갈 거야?"라는 버스 기사 목소리에 용기를 내서 거스름돈을 받아 들고 오니 뒤에서 킥킥거리는 소리가 들렸다. 그 시선을 따라가 보니 내가 입고 있는 원피스의 스커트 허벅지 안쪽 부분이 진흙이 묻어난 자국들이 그대로 보이고 있었다. 팬티에도 어느 정도 진흙이 묻어 있다는 걸 손으로 만져 본 후에 알게 되었다.

아마도 날아오면서 바람에 의하여 허벅지 부근에 묻어 있던 진흙 덩어리가 팬티 주변으로 번진 것 같았다.

나는 "보지 말아 주세요!"라고 큰소리로 말하며 얼굴을 붉히고는 가방으로 엉덩이를 가리고 버스 맨 뒤쪽 자리에 앉았다. 버스에서 내리기까지 너무나도 창피해서 얼굴을 제대로 들기가 어려웠다. 어떤 의미에서 생각해 보면 이번 임무 중에서 가장 힘들었던 것 같다.

"다음 역은 니시모리 주식회사 앞!"이라는 안내방송이 흘러나오자 "부르르르릉!~ 치익! 덜컹!" 소리와 함께 버스 문이 열리며 고개를 숙인 상태로 젖어서 비쳐 보이는 옷을 가방으로 가리고는 서둘러서 버스에서 내렸다.

버스에서 내린 후 고개를 들어서 주위를 살펴보니 주위에는 이미 어둠이 깔려 있었고, 가로등이 버스 정류장 주변으로 띄엄띄엄 한 줄로 늘어서서 어두운 밤길을 비춰 주고 있었으며 '니시모리 주식회사' 앞에 도착한 나는 가방에서 주섬주섬 보안키를 꺼내 회사 안으로 발걸음을 옮겼다.

니시모리 주식회사

17층짜리 거대 빌딩에서는 여기저기 듬성듬성하게 환한 불빛들이 흘러나오고 있었다. 회사에서 관리하는 보안업체 직원이 "신분증 카드를 지참하여 보여 주십시오."라며 정중히 말을 걸어 왔다.

나는 회사 문앞을 통과하기 위하여 가방에서 꺼낸 내 이름이 적혀 있는 보안카드를 보안업체 직원에게 내밀어 "여기 있어요!"라고 말하며 고개는 다른 곳으로 돌렸다.

"음… 여기 있습니다. 나가세 유이 님, 수고하셨어요!"

"수고하세요. 잠시만요! 가방을 보여 주실 수 있으신가요?"

"이봐요! 신분이 확인됐으면 들여보내 주면 되지 가방까지 꼭 뒤져야 하나요?"

나는 기분나쁜 얼굴을 하고는 아까와는 다른 태도를 취하며 경비원에게 화를 냈다.

"아무래도 그 가방 안에 무언가가 숨겨져 있는 듯하군요! 어서 가방을 내놓으세요!"

경비원도 더욱 완강하게 나를 대하며 내 가방을 붙잡아 강제로 잡아당겨 댔다. 그러던 중 "물컹!~ 물컹!" "꺄아아아악!!" 나는 소리를 지르며 눈물이 조금 맺힌 매서운 눈초리로 경비원을 바라보았다. 경비원은 자신의 손에 전해지는 부드럽고 물컹거리는 촉감에 놀라며 "죄… 죄송합니다."며 고개 숙여 여러 번 사과했다. 흰색 원피스에 젖어서 비쳐 보이는 풍만한 검은 브래지어가 살짝 가방 사이로 비쳤다.

"정말 죄송합니다."

"용서 못 해요! 감히… 처녀의 가슴에 멋대로 손을 대다니!!"

나는 경비원의 거기를 신고 있던 구두힐로 "뻥!" 차버리고는 "흥~! 다음부터 조심하도록 하세요!"라는 말을 던지고는 엘리베이터를 향했다.

"또각, 또각, 또각!" 소리를 내며 엘리베이터 앞으로 다가가 버튼을 누르자 "스르륵!" 소리와 함께 문이 열렸고, 카드키를 엘리베이터 카드 단말기에 대자!

"중앙홀에서 그랜드홀로 이동합니다."라는 방송과 함께 문이 닫히며 "위이이잉!" 소리를 내며 엘리베이터가 위로 움직이기 시작한다.

"휴… 이제부터가 정말 문제인데, 토모카 대장님에게 뭐라고 보고를 드려야 한단 말인가?…"

눈앞의 걱정을 생각하고 있던 차에 어느새 엘리베이터는 "띵!" "그랜드홀입니다. 이용해 주셔서 감사합니다."라는 음성과 함께 문이 "스르륵!" 열리며 눈앞에 각 대장과 소대장의 방들이 즐비하게 늘어서 있는 곳에 멈춰 섰다.

여기서 말하는 대장과 소대장이란 유리엘 안에서도 강한 능력과 힘을 겸비한 자들을 일컫는 말이다. 내 방도 이 안에 포함되어 있기는 하다. 그렇지만 지금은 내 방에 갈 때가 아니다. 토모카 대장님이 나를 기다리고 계시기 때문이다.

그들이 각각의 명령체계 안에서 각 소대의 대장과 소대장의 임무를 띠기도 하지만 기본적으로는 각각의 대장이 특별하게 하달되는 일 이외에는 모든 책임을 소대장이 맡도록 되어 있다.

"또각, 또각, 또각!" 소리를 내며 여러 방들을 지나쳐 걸어가자 '이나미 토모카 대장'이라고 쓰여진 방문 앞에 다다랐다.

나는 침을 "꿀꺽!" 힘들게 삼키고는 '그래 부딪쳐 보자! 이렇게 된 거 숨기지 말고 자초지종을 잘 말하면 분명 토모카 언니도 아니!! 대장님도 내 마음을 알아주실 거야!'라고 마음속으로 다짐하고 문을 "똑똑!" 두드렸다.

"누구시죠?!"

"저 유이입니다."

"어서 들어오도록 해요."

"끼이이익!" 문이 열렸다 굳게 닫히고 "자! 어서 여기로 와서 앉아요." 토모카 대장은 나를 아주 반갑게 맞이해 주었다.

대장은 언제나처럼 따뜻한 미소와 밝은 표정으로 마치 선물 꾸러미를 둘러멘 산타클로스를 만난 아이처럼 들떠 있는 듯한 목소리였다. 위아래로는 검은색 계열의 스커트 차림 정장을 입고 있었으며, 군복에 어울리는 굽이 조금 높아 보이는 갈색 부츠를 신고 있었다.

"혼자 왔어요?? 히미코 님은??" "아~아! 오랜 여행에 피곤해서 유이 방에서 쉬고 있나 보군요?!"

"아하하하하!…" 토모카 대장님의 지레짐작에 나는 아무런 대답을 못하고 그냥 웃어넘겼지만 나를 바라보고 있는 토모카 대장은 히미코 님에 대한 이야기를 듣고 싶어 하는 것 같았다. 아니!! 이야기보다는 히미코 님을 직접 만나 뵙고 싶어 하시는 것 같았다.

나는 헛웃음을 지어내며 점점 상황이 안 좋게 변해 가고 있다는 느낌을 받고 있었다.

"사…사실 토모카 대장님!" 내가 힘겹게 말문을 열자!

"응?! 무슨 일인가요? 설마!! 히미코 님 몸 상태가 안 좋으신가요?"

내 얼굴 표정을 바라보던 토모카 대장은 히미코 님의 몸 상태가 많이 안 좋은 거라 여기고 "아이쿠!! 이러고 있을 때가 아니지!" 하며 자신의 책상에 놓인 수화기를 급하게 들고는 다이얼을 누르기 시작했다.

"나 토모카 대장인데, 지금 긴급한 환자가 발생했으니 엠블런스를 이리로 보내 주도록 하세요! 그리고 혹시 모르니 이 도시에서 최고의 병원에 연락해서…"

토모카 대장이 최신식 병원에 엠블런스를 다급하게 부르는 것을 보고 나는 허겁지겁 토모카 대장이 들고 있던 수화기를 빼앗아 "아, 방금 전 대장님의 명령은 전부 잘못된 정보이니 엠블런스도, 좋은 병원도 취소해 주세요!"라고 외치고 수화기를 뚝! 하고 내려놓았다.

순간 몇 초간 적막감이 흐르고 "이게 무슨 짓이야! 유이!" 하며 큰소리를 지르는 토모카 대장의 앞에 "정말, 죄송합니다!" 허리를 숙여 사과할 수밖에 없었다.

"히미코 님을 지하병동에서 구출한 후 얼마 동안은 모든 행동을 같이 하며 제가 곁에서 지켜 주었습니다만…"

"다만?!"

나는 중요사실을 말할 용기가 나지 않아서 말끝을 흐리며 망설이고 있었다.

"그래서!! 대체 어떻게 되었단 말이야!!"

토모카 대장은 더욱 화가 난 목소리로 자신의 커다란 책상을 "쾅! 쾅! 쾅!" 두드리며 말했다.

나는 두 눈을 질끈 감고는 황급히 허리를 굽히고 큰 목소리로 말했다.

"여기로 히미코 님을 모시고 오던 중에 망토를 뒤집어쓴, 정체 모를 자의 습격을 받아서 히미코 님을 빼앗겨 버렸습니다. 정말 죄송합니다!!…."

토모카 대장은 목소리를 조금 가라앉힌 후에 점잖은 목소리 톤으로 물었다.

"그 녀석의 정체는 물론 어디로 히미코 님을 납치해 갔는지도 파악하고는 있는 거겠지?!"

"죄…죄송합니다. 저도 되도록 빨리 손을 쓰려 했으나 상대의 얼굴 한번 제대로 보지 못하였고, 어디로 도망쳤는지도 결국 알아내지 못했습니다. 정말 죄송합니다…."

말이 끝난 순간 다시 몇 초의 침묵이 흘렀고, 얼마후 "고개를 들도록 해 유이!" 부드러운 목소리에 평상시의 토모카 대장의 목소리가 들렸다. 나는 고개를 서서히 들어서 토모카 대장의 표정을 살폈다.

대장은 나를 처음 이 방에 맞아 주었을 때와 다름없는 부드럽고 온화하게 웃는 표정을 짓고 있었다.

순간! "퍼어억!" "꺄아아아악!" "감히, 내 얼굴을 더럽혀!"

처음에는 무슨 일이 일어난 건지 몰랐다. 나는 안대를 찬 부분을 무언가 강한 힘으로 맞는 듯한 느낌을 받으며 토모카 대장의 손을 보았을 때 녹색과 노란색이 뒤섞인, 이글거리는 오라를 내뿜고 있는 것을 보았다.

나는 순간 "헉! 저건!!" 하고 외마디 소리를 질렀다.

그렇다! 새파랗게 겁에 질려 벌벌 떨고 있는 나는 지금 토모카 대장의 손을 휘감으며 뻗어 나오는 오라의 정체를 알고 있었다.

"시…신기!!"

토모카 대장은 자신이 가진 신기를 사용하여 나의 안대를 찬 얼굴을 때린 것이었다.

여기서 말하는 '신기'란 유리엘 안에서도 부대를 이끌며 통솔하는 대장에게만 하사되는 독특한 기술로, 토모카 대장의 경우는 두 손을 통하여 자신이 가진 전체 근육량의 300~500%에 해당하는 힘을 순간적으로 만들어낼 수 있으며 상황에 따라서 힘 조절까지 얼마든지 자유롭게 가능하다.

신기 자체는 유리엘보다도 상위 7%의 존재들이 예전에 만들어낸 생물학적 물질이 각각의 대장들의 몸 안에 투입되어 만들어진 힘이다.

토모카 대장은 곧이어서 신기를 발산하는 손으로 나의 배를 세게 가격하였다. 나는 "커어어억!!" 하며 방 주변으로 전해지는 큰 충격에 책장으로 날아가 "쿵!" 하고 부딪혔고, 그 바람에 책장에 꽂혀 있던 책들이 쓰러진 나의 몸 위로 모두 쏟아졌다.

"커어억!~ 커억! 죄…죄송합니다, 대장!"

방금 전에 받은 공격으로 많은 양의 침을 바닥에 흥건히 흘려대며 나는 고개를 들어 토모카 대장을 바라보았다.

대장은 아무 말 없이 지금까지 한 번도 나에게 보여주지 않은 얼음보다도 차가우며 매서운 눈길로 나를 향해 걸어왔다. "뚜벅, 뚜벅, 뚜벅!"

대장은 자신의 신기를 내보이며 "다른 녀석들보다는 조금은 이용가치가 있어 보여서 잘해 줬더니 감히 내 얼굴을 더럽혀!" 하고 말했다.

대장은 한 손으로 내 머리채를 잡고는 침을 흘려대는 나를 바닥에서 일으켜 세워 책장으로 다시 집어던졌다.

"콰과과과쾅!!" "으아아아악!!"

책장은 부서져 버렸고 나는 부서진 책장 안에 그대로 낀 채 버려졌다. 내가 입고 있던 흰색 원피스도 갈기갈기 찢겨 버리는 바람에 검은색 브래지어가 다 드러나 보였다.

대장은 신기로 이글거리는 손을 불끈 쥔 채 내뻗었다.

"잘 보살펴 주고 실제 언니처럼 대해 주었더니, 나에게 이런 실망을 안겨?!"

"아아아아아!! 각오해!"

신기를 사용하는 손이 한 손에서 두 손으로 바뀌더니 처음에는 얼굴을 두 번 "퍼어어억! 퍼어어억!" 공격하더니 내 머리채를 신기의 오라가 흘러나오는 다른 한 손으로 부여잡은 채 다른 손의 오라로 내 가슴을 여러 번 가격하였다. "파파파팍~ 파팍!"

그 충격으로 "케게게켁!" 내가 피를 토하자 토모카 대장은 내 머리채를 잡은 손을 잡아당기듯이 들어올렸다.

"히미코 님은 반드시 찾아내 보이겠습니다. 부디 용서해 주세요!"

대장은 이런 나를 얼음처럼 차가운 시선으로 여전히 바라보며 "퉤

~!" 침을 뱉었다.

"히미코 님!! 으흐흐! 히미코!? 그년도 나에게 있어서는 결국 벌레보다도 못한 더러운 버러지일 뿐! 네가 내 밑에서 잘 움직여만 주었더라면 그년을 위쪽에 넘겨서 한몫 단단히 챙기고 미래도 보장받을 수 있었는데…. 역시 너도 결국엔 너의 친구 아야카와 같은 제브론!!‧‧‧ 말 그대로 더럽고 수치스러운 버러지야!~ 퉤!"

나는 나의 오래전 기억에서 지워져 버린 아야카라는 친구가 갑자기 머릿속에 떠올랐다.

본명은 후지오키 아야카, 나도 처음에는 그와 같은 보잘것없는 제브론 중 하나에 지나지 않았다. 하지만 아야카는 다른 제브론들과는 달리 자기 자신이 학대받는 제브론이라는 발전성 없는 미천한 존재라는 것에 실망하지 않고, 유리엘이 될 수 있을 거라며 나와 함께 꿈을 키워 왔다. 학창시절 창문 너머로 보이는 이 빌딩을 바라보면서…. 나도 그런 아야카가 곁에 있었기에, 혼자서였다면 분명 꿈꾸지도 못했을 제브론에서 벗어나 유리엘이 되겠다는 꿈을 이룰 수 있게 되었다.

나와 아야카는 둘 다 꿈을 이루어서 유리엘이 되었지만, 첫 임무에서 각기 다른 임무를 부여받은 우리 둘은 그때를 마지막으로 두 번 다시 아야카를 보지 못하였다. 그 뒤로 아야카의 소식을 몇 년간 동기들 사이에서 수소문해 봤지만 한 번도 듣지 못하였다.

그런 아야카에게 굴욕을 입히는 토모카 대장의 행동에 나는 불만을 제기했다.

"아야카를… 아야카를 모욕하는 발언을 당장 취소해 주세요 언니!! 토모카 언니!!"

"으흐흐흐. 오래전 너의 친구 아야카가 그리운 거냐!? 내가 너의 곁에서 상냥한 언니 역할을 오랫동안 해주었더니!~ 퉤! 나를 이렇게 배신해?!"

나는 토모카 대장이 여러 번 내뱉은 침에 더러운 굴욕을 느끼는 듯한 표정을 지었다. 그런 내 표정을 보고 토모카 대장이 말했다.

"그래! 바로 그 표정이야!! 너에게 지금까지 숨겨 왔던 중요한 사실 하나를 알려 주도록 하지! 아야카?! 그 더러운 제브론 계집이 어째서 모습을 안 보이는지 진실을 알려 주도록 하지! 크크크크!!!"

토모카 대장은 침으로 범벅이 된 내 얼굴을 바라보며 경멸하는 듯한 웃음소리로 비웃으면서 말했다.

"아야카가 첫 임무에 나서기 전에 필요한 일이 있어서 잠시 내 방에 와서 커피 좀 타라고 했건만 제대로 커피를 못 타더라구. 그래서 조금 벌을 줬더니 금방 망가져 버리더군. 아니!~ 아니지! 처음엔 내 체벌에 반항심을 보이며 제브론 주제에 다른 제브론과는 다른 눈빛을 나에게 보이며 반항하길래 좀 더 강력한 체벌을 가했더니 망가져 버렸지 뭐야! 망가져 버린 그 제브론 계집을 나는 실험실에 실험재료로 쓰는 시체 사이에 다른 부하를 시켜 살짝 버리고 왔지만 그 뒤로 어떻게 되었는지는… 크크크크크!~ 하하하하!"

아야카를 비웃으며 즐기고 있는 토모카 대장을 보며 나는 가슴속 깊숙이 치밀어오는 울분과 결코 용서하지 않겠다는 굳은 의지가 들끓어 오르고 있었다.

이런 나를 바라보던 토모카 대장은 "너 같은 쓸데없는 년을 사용하다니… 퉤!" 하고 다시 침을 뱉었다. 대장은 내 머리채를 다시 잡고는 자신의 연이은 침 세례로 더러워진 내 얼굴을 바라보았다.

"실험실의 온갖 실험을 당하다가 갈기갈기 찢기어 좋은 실험재료가 되는 게 너 같은 제브론 계집의 마지막으로는 딱! 어울릴지도…."

방금 전 전화기로 다가간 토모카 대장은 번호를 누른 후 "나, 토모카 대장이다! 여기 지금 문페이트 증상을 보이는 자를 잡아 두었다. 즉시 003부대를 출동시켜서 수거처리하도록!!"

– 토모카 대장님! 문페이트 증상을 일으킨 자가 대체 누군가요??

저쪽에서 누군가가 묻는 소리가 들렸다.

"에잇! 나가세 유이다."

– 나…나가세 유이라면 설마 그 유이 님을 말씀하시는 건가요?

"그래! 내 말에 토 달지 말고 시키는 대로 처리나 해!"

– 네! 알겠습니다.

전화를 끊은 토모카 대장은 "역시 제브론들은 말을 한번에 제대로 들어먹는 녀석이 없단 말이지!"하고 혼자서 중얼거렸다. 방금 전까지 내뿜던 신기는 사라지고, 토모카 대장은 손끝에서 파란색 불꽃을 일으켜 검은색 시가에 불을 붙여 물었다.

"후~! 아~ 맞다! 이건 더 이상 너에게 필요없으니 도로 회수하도록 하지!"

대장은 피를 흘리고 있는 내 몸 여기저기를 뒤지더니 머리채를 붙잡아 자신의 얼굴로 당기더니 소리질렀다.

"유이! 너의 결박 조각은 어디 있는 거냐?"

"쿠에에엑!" 나는 피를 토하며 반쯤 정신이 나간 표정으로 헛웃음을 지어 보이며 말했다.

"그러게 어디에 있는 걸까? 이미 여기 오기 전에 어딘가에서 잃어 버렸을지도…. 으하하하하!"

나는 아야카에 대한 원한과 증오심으로 가득찬 눈매로 토모카 대장을 바라보며 말했다.

"아!~ 저기 굴러다니는 네 가방에 혹시 있을지도…"

뒤적거리는 소리가 들리더니 "찾았다!" 토모카 대장의 기뻐하는 목소리가 들려왔다.

토모카 대장은 나를 깔보는 시선으로 바라보며 말했다.

"이건, 너 같은 제브론 계집이 가지고 있기에는 너무나도 아까운 물건이야!"라며 결박 조각을 들고 조금 흥분한 말투로 말했다.

나는 '지금이다!!!'라고 생각하며 토모카 대장이 나에게서 시선을 거두고 손에 든 결박 조각에 한눈을 팔고 있는 사이에 순간적으로 있는 힘껏 양팔로 가까이 서 있던 토모카 대장의 다리를 잡아당겼다.

"으아아악!" "쿵!" 순간 토모카 대장은 큰소리로 엉덩방아를 찧으며, 손에 올려 놓았던 삼각형 형태의 결박 조각을 놓쳐서 가방에서 좀 더 떨어진 자리로 굴러가다가 멈추었다.

얼마 지나지 않아서 토모카 대장은 다시 일어났다. "감히 내가 방심한 틈을 이용해 다리를 잡아당겨 넘어뜨리다니!"

"제브론 계집 주제에 나를 놀라게 하는군."

토모카 대장은 나를 향해 걸어오더니 여성 군복에나 어울릴 것 같은 갈색 부츠로 지그시 내 손을 눌러 밟으며 고통을 주었다.

"아아아아아!" 나는 고통에 비명을 질렀지만 그럴 때마다 토모카 대장은 "피식!" 하고 웃으며 더욱 세게 눌러댔다. 나는 다른 한 손을 뻗어 좀 더 멀리 떨어진 나의 결박 조각을 향하여 손을 뻗으려 안간힘을 쓰고 있었다.

"좋아!~ 좋아!"

땅을 기는 듯한 표정으로 결박 조각을 손에 넣기 위해 안간힘을 쓰는 나의 모습에 토모카 대장이 만족스러운 듯 말했다.

"너의 지금의 몰골을 보아하니 꼭 길바닥에서 동냥하는 더러운 창녀 거지꼴이 따로 없구나! 하하하하하!!!"

내 깊은 마음속에서부터 무언가가 급속도로 들끓는 듯한 느낌이 밀려오면서 "달그락~ 달그락~ 달그락!" 하며 나의 결박 조각이 자기 멋대로 방바닥 위에서 이리저리 마구 요동치더니 짙은 검은색 오라가 뿜어져 나왔다.

토모카 대장은 땅바닥에서 요동치는 나의 결박 조각 가운데 부분에서 짙은 검은색 오라가 뿜어져 나오는 광경을 놀라는 듯한 표정으로 바라보고 있었다.

바로 그때였다. 결박 조각의 "달그락!"거리던 움직임이 멈추더니 뿜어져 나오던 검은 오라가 하나의 응집체가 되며 결박 조각 위에 어느 정도 크기의 검은색 공 덩어리로 되었다. 그것은 점점 커지더니 나와 토모카 대장의 코앞에까지 이르렀다. 다시 순간적으로 "우이이이잉!" 소리를 내며 급속도로 작아지면서 칠흑 같은 어둠을 방 전체에 발산하며 "콰과과과과쾅!" 소리와 함께 큰 폭발이 일어났다.

알 수 없는 어둠의 공간

"으아아아아아악!!" 토모카 대장은 비명소리와 함께 벽을 뚫고 옆방으로 날아가 버렸다.

눈을 떠 보니 칠흑처럼 어두운 곳에 나 혼자 덩그라니 남아 있었다.

"누구 없어요?!" 본능적으로 아무도 없을 거라는 걸 알면서도 나도 모르게 소리쳐 봤지만 역시 들려오는 대답은 없었다. 혼자 있다는 것만 빼고는 이 칠흑처럼 어두운 공간에 거부감을 느끼거나 기분이 나빠지거나 무섭거나 하지도 않았다.

"방금 전에 무슨 일이 일어난 거지?!"

나는 혼자 의문을 가진 채 주변을 두리번거렸다. 방금 전까지 있던 토모카 대장의 방이라고는 믿어지지 않는 공간이었다.

"유이!"

놀란 나는 소리가 나는 쪽으로 시선을 고정시켰다. 이 목소리는 나에게는 보이지는 않았지만 분명 그리운 아야카의 목소리였다.

"아…아야카!? 아야카 너 거기 있는 거니?!"

떨리는 목소리로 주변을 두리번거리고 있을 때 "스르르륵!" 내가 알고 있던 아니 마지막 임무에 나가기 전 입고 있던 제복 그대로의 형상으로 내 앞에 아야카가 갑자기 나타났다.

'이건 꿈인가?! 아야카가… 아야카가 살아 있다니!?'

나는 눈앞에 나타난 아야카의 모습에 혼란을 일으키고 있었다.

아야카는 머리에 베레모 형태의 푸른색 모자와 잘 정리정돈되어 보이는 붉은색 단발 커트머리를 하고 녹색의 맑고 큰 눈동자로 나를 바라보고 있었다. 베레모와 같은 색상의 반팔 형태의 스커트 정장에 흰색 구두를 신고 있었다.

　다만, 희미하게 그 모습이 비쳐 보인다는 것과 공중에 붕! 떠 있다는 것은 아야카가 이미 죽었다는 걸 의미하는 듯 보였다. 흥분해있는 나에게 아야카의 그림자가 말을 걸어온다.

　"저는 아야카가 아닙니다!"

　"네?! 그럼 아야카의 형상을 하고 있는 당신은 대체 누군가요?"

　아야카의 형상을 한 여자는 얼굴에 미소를 띠며 말했다.

　"겨우 이야기를 할 수 있게 되었군요! 처음부터 말씀드리면 저는 아야카가 아닙니다! 아야카의 형상을 빌린 아마조네스입니다."

　"아…아마조네스! 아마조네스가 말을 할 수 있었나? 소환하면 나의 컨트롤대로 기술을 사용하는 인형 같은 존재라고 지금까지 여겨 왔는데…."

　나는 아야카의 형상을 한 것이 아마조네스라는 사실을 듣게 되자 혼란이 좀 가라앉는 듯했다.

　"어째서 아마조네스가 아야카의 모습을 빌려 나타난 거야?"

　"저는 제 스스로의 형태로는 나타날 수 없기에 당신의 기억에서 가장 친밀감 있는 아야카라는 인물의 모습을 빌려서 나타나게 된 것입니다. 더 이상 길게 이야기를 나눌 시간이 없어 쓸데없는 말은 가급적 줄여서 말해 드리겠습니다. 참고로 저는 인간이나 신 같은 인물로 보이지만 사실 저를 구성하고 있는 건 오래전 무차별적인 죽임을 당한 프테라노돈들의 영혼의 집합체입니다. 제 스스로가 어떻게 마력을 사용할 수 있게 되었는지는 저 자신도 알지 못하므로 이유를 말해 드리지 못하지만, 한 가지 확실한 건 저는 당신과 깊은 관계로 이어져 있습니다."

"깊은 관계?"

"저와 유이 님은 영혼의 결합뿐만이 아니라 종언의 마법에 의하여 하나가 되어 둘이 하나인 존재로 지내 왔습니다."

"둘이 하나인 존재?! 말이 어려워서 못 알아듣겠어!"

"간단히 말해서 저는 유이 님의 무기 안에 잠들어 있는 존재가 아니라 사실은 유이 님의 마음속 안에 잠들어 있다가 유이 님의 명령에 의하여 소환되는 존재입니다. 결박 조각은 그 사이를 이어주는 매개체 정도의 역할만 할 뿐입니다."

"언제나 유이 님의 마음속 깊은 곳에 잠들어 있었지만 갑자기 유이 님의 마음속 깊은 곳으로 원망, 증오심 등의 마이너스 마음이 저에게 계속 전해지며 엄청나게 악한 기운의 파동을 흡수하여 이렇게 모습을 드러낼 수 있었습니다."

"유이 님! 유이 님의 몸에 위기가 닥친 것을 인식한 저는 유이 님을 저의 어둠이 둘러싼 공간으로 데려온 것입니다. 유이 님! 지금이야말로 저와 진정한 계약을 맺어 주십시오!"

"진정한 계약이라니? 난 그런 말을 들어본 적이 없는걸!"

"진정한 계약이란 유이 님처럼 어느 정도 수준 이상을 넘어선 특별한 유리엘이 자신의 결박의 조각이라는 껍질을 벗어버리고 종을 뛰어넘어 영혼과 육체를 하나로 맺는 의식을 말합니다."

"그럼… 정말 강해질 수 있어?!" 나는 떨리는 눈동자로 아야카를 바라보며 물었다.

"물론입니다. 지금의 유이 님과는 비교할 수 없을 정도로 강해질 수 있습니다."

"그래! 그럼 어서 진정한 계약을 맺자!"

나는 한시라도 빨리 더욱 강한 힘을 얻어서 아야카를 잔인하게 죽인 토모카 대장에게 복수하고 싶다는 열망으로 마음속이 들끓고 있었다.

"제 손을 맞잡고 제가 하는 말들을 읊어 주세요!"

"응!" 나는 아야카의 모습을 한 아마조네스의 손을 맞잡고 아마조네스의 말을 따라 읊었다.

"나, 고대의 기억에 따라 기억의 조각을 바치어 빛의 계약을 맺노라!"

"나, 고대의 기억에 따라…"

"영혼과 영혼은 하나로! 육체와 육체를 하나로! 나! 여기 닫혀진 절대 신의 염원이 깃들어 있는 기억의 문을 열지니! 이 문을 통해 나오는 자는 그 뼛속까지 검게 그을린 죄의 허물이 될지니! 나와의 맹세가 검은빛의 심장이 되어 칠흑으로 세상을 물들이리라!! 프레온루틱스!! 어둠이여! 탐욕의 결정이 되어 진리가 되어 영원히 찬양되어라!!"

"영혼과 영혼은 하나로! 육체와 육체를 하나로! 나! 여기…"

다 읊은 뒤에 아야카가 내 이마에 키스를 하자 몸이 뜨겁게 타오르는 듯한 느낌을 받으며 머리끝부터 발끝까지 전신이 화상을 입을 정도로 뜨거워지더니 곧이어 안대를 걸친 동공을 칼로 째는 듯한 고통이 동반되어 두 눈을 질끈 감았다.

"꺄아아아아아악!!" 하며 두 손으로 안대를 감싼 채 하늘도 찢어 버릴 듯한 비명을 지르며 그 자리에 무릎을 꿇었다. 또다시 "꺄아아아아아악!!" 하며 입에서 비명을 지르자마자 입으로부터 녹색의 무언가가 "우에에에엑!" 하고 구역질하는 소리와 함께 쏟아져나왔다.

구역질을 하면서 안대를 찬 눈에서는 계속해서 고통이 전해졌고 구역질을 하며 나오던 녹색의 정체 모를 물질이 나오지 않게 되자 동시에 주변을 감싸고 있던 짙은 어둠이 내 입을 통하여 모두 몸속으로 들어갔다. "우에에엑!" 헛구역질을 하다 멈추자 몸 전체가 가벼워진 느낌이 들고 심장의 고동소리에 맞춰 안대를 했던 동공의 아픔도 멈추고 내 심장소리에 맞춰서 동공이 두근거리는 것을 강하게 느낄 수 있었다.

순간 전신의 혈관을 통해서 갑자기 넘쳐 흐르는 무언가가 내 세포세포마다 전달되게 만들며, 온몸 구석구석에서 힘이 넘쳐 흐르는 것만 같았고, 강하게 두근두근 뛰는 심장 소리가 들리지 않게 되자 나는 감고 있던 눈을 떴다. 주변은 방금 전의 신비한 공간이 아니라 토모카 대장의 방으로 돌아와 있었다!

토모카 대장의 방

나는 피를 많이 흘리고 몸 여기저기에 멍든 상태가 아닌 멀쩡한 상태로 돌아와 있었다. 다만, 흰색 원피스의 가슴 부분은 여전히 너덜너덜해져 있었고, 스커트 부분도 여기저기가 더럽혀지고 찢어져 있었다.

"쿵! 또각, 또각, 또각!" 토모카 대장이 내던져진 방에서 이쪽을 향해 걸어오는 사람 형태의 그림자가 있었다.

"흥~! 제법이군! 방금 전에 그 폭발은 뭐냐?! 나에게 상처를 내다니!"

"답례를 해주지 않으면 안 되겠지!?"

토모카 대장의 머리에는 여기저기 긁힌 상처와 붉은 피가 이마를 타고 얼굴에 흘러내리고 있었다.

"감히 내 미모에 상처를 내다니! 각오해!"

토모카 대장은 이마에 흐르는 피를 손으로 닦아낸 후 한 손을 나를 향하여 펼친 채 외쳤다.

"결속하는 마신이여, 어둠의 계곡을 넘어 지금 내 앞에 모습을 나타내라!" "살라만다라!!"

토모카 대장의 펼친 손 안에서 마법진 모양이 그려지며, 어느 정도 크기의 불꽃으로 온몸을 감싼 도마뱀이 모습을 나타냈다.

도마뱀은 나의 주변으로 순식간에 다가와서는 손목과 팔목을 순식간에 몇 번 오고 가더니 손목과 팔목을 이어주는 붉은색으로 빛나는 굵은 사슬을 만들고는 내 눈앞에서 콘크리트 땅속을 파고 들어가 버렸다.

"앗!~ 이런!" 나는 순식간에 팔과 손목을 서로 엇갈리게 이어 묶은 붉은색 사슬에 묶인 채 팔을 움직일 수 없게 되었다.

"에잇!~ 도대체 이 사슬은 뭐야!? 팔과 손목을 움직일 수 없어!"

나의 이런 모습을 본 토모카 대장은 "아직 당황하기에는 이르지!" 하며 내가 당황해하는 틈에 다른 손을 땅에 대고 외쳤다.

"결단하는 자를 마신의 제물로 바치오니 결속의 테두리를 넘어 신을 넘는 자로 다시 환생하여 나의 심복이 되어라!"

말이 끝나자마자 "우르르르르~ 우지끈!" "우르르르르~ 우지끈!" 소리와 함께 방바닥의 커다란 콘크리트 조각들이 내 발 주변으로 갑자기 치솟아올랐다. 발부터 다리 그리고 몸 전체를 억압해 나무가 자라

듯이 순식간에 얼굴을 제외한 몸 전체가 콘크리트 나무에 뒤덮이고 말았다. 그리고 조금 전에 콘크리트 바닥 속으로 사라진 살라만다라가 나의 결박 조각을 입에 물고 다시 나타나더니, 눈앞에서 삼각형 형태의 결박 조각을 마치 맛있는 삼각 샌드위치를 먹듯이 물어뜯어 "아그작!~ 아그작!~ 아그작!" 금속 물체를 씹어먹는 소리를 내며 순식간에 먹어 치웠다.

나는 "안돼!! 이~ 괴물 녀석! 당장 나의 결박 조각을 내놓지 못해!"라며 소리를 질렀다.

결박 조각을 먹어치운 살라만다라는 이에 아랑곳하지 않고 몸이 점점 풍선처럼 부풀더니 어느 순간 "펑!!" 소리와 함께 두 발에는 금색의 구두를 신고 있는 녹색 머리의 꽃미남이 나타났다. 윗옷은 걸치지 않은 채 근육 덩어리로 뭉쳐진 팔과 배, 가슴 등을 내보이고 있었고, 하체에는 검은색의 가벼운 런닝바지를 입고 있었다.

"정식으로 내 소개를 하도록 하죠! 나는 당신의 결박 조각을 영양분으로 하여 탄생한 드라큘라다!"

"에~엥? 드라큘라라면 TV 공포영화 프로에 나오던 그 드라큘라?!"

"그렇다! 크하하하하하! 드라큘라가 딱 봐도 그런 바보처럼 보이는 근육질 몸매에 위에는 옷도 안 입고 아래는 가벼운 추리닝에 금색으로 반짝이는 구두라니! 크하하하하하!"

나는 너무나 웃긴 옷차림에 자기 자신을 드라큘라라고 하는 녀석을 보고는 웃음보가 터져 나왔다.

"에이~잇! 내가 이런 모습이 된 건 다 네 녀석 유이! 너의 탓이다!"

"그게 무슨 소리냐!? 난 이렇게 웃긴 옷 입는 센스는 가지고 있지 않아!"

드라큘라는 자신의 모습이 좀 창피한 듯한 표정을 지으며 "본래 이 주문은 네가 꿈꿔왔던 이상형의 형태를 갖추게 되어 있으니 이런 우스운 모습이 된 건 다 너의 탓이다, 유이!"

"에이~잇! 무슨 작당들을 하는 거냐! 드라큘라! 녀석을 없애 버려라!"

토모카가 불같이 화를 내며 소리쳤다.

"네! 알겠습니다, 토모카 님!" 자신을 드라큘라라고 말한 남자는 나에게 주먹을 휘두르며 달려들었다. 나는 순간적으로 고개를 이리저리로 피하려 했지만 드라큘라는 콘크리트로 묶여서 움직일 수 없는 나의 몸을 정확히 공격했다.

"내 몸은 콘크리트 파편과 함께 벽 구석으로 날아가서는 "쾅!" 소리와 함께 부딪쳤다.

"어? 아무렇지도 않잖아!"

나는 상처 하나 없는 몸을 일으켜서는 다가오는 드라큘라를 향하여! "대지의 여신이여 당신의 은총으로 나를 보호하소서! 스위트 바리어!!"

드라큘라 앞으로 투명한 얇은 막 형태의 여러 겹으로 된 하늘색 마법진 모양의 방패가 생성되며, 드라큘라를 막아서서 나에게 접근해 오지 못하게 했다.

나는 손가락으로 드라큘라를 가리키며 외쳤다.

"대지의 흐름은 곧 생명의 흐름! 대지의 온기여 나에게 대적하는 자의 생명을 얼음보다도 차갑고 해저보다도 깊은 안식을 선사하여라! 퓨

어솔라인!!"

여러 개의 방패막이 다시 여러 개로 분리되며, 드라큘라를 감싸고는 방패들이 맞닿은 면이 얼어붙기 시작하더니 순식간에 드라큘라의 몸 전체를 얼음으로 바꿔 버렸다.

나는 그 순간을 놓치지 않고, 얼어붙은 드라큘라에게 달려들며, "대지의 여신의 가호로 나! 여기서 맹세의 검이 되리니! 윈드 파인!!"

내가 순식간에 다섯 명으로 분열되며 각자의 머리카락이 불꽃, 얼음, 바람, 번개, 어둠의 형태를 띠며, 각기 다른 형태의 무기와 옷들로 치장한 후 순식간에 다섯 명이 서로 돌아가며 순차적으로 재빠르게 각각의 공격을 시작했다.

"와장창창!" 소리와 함께 순식간에 얼어붙은 드라큘라를 산산조각 내어 버렸다.

"파이어 슬레쉬! 바우칸 프리징! 라홀드! 키잔부르틱스! 카오스폴른!"

"피식!~ 아직 끝난 게 아니다! 진짜 즐거움은 지금부터야, 유이!!"

토모카 대장은 얼음처럼 차가운 눈빛을 어느 때보다 매섭게 반짝이며,

"역시 유이! 너 같은 제브론이라는 덜 떨어진 존재가 사용하던 결박의 조각도 주인을 닮아서 그런지 쓰레기나 다름이 없군!~ 퉤!"

부서진 얼음 조각이 녹아서 지면에서 사라지자 거기엔 산산이 부서진 나의 결박 조각이 나타났다.

부서진 나의 결박의 조각에 침을 뱉어 버리고는 긴 머리를 손으로 한 번 튕기며, "뭐~ 좋아! 진정한 유리엘이 진정한 결박의 조각을 사

용하면 어떻게 되는지 이 토모카가 몸소 보여주도록 하지!"

"방금 전의 저와 같다고 생각하신다면 큰 오산이에요! 대장!!"

나도 토모카 대장을 향하여 큰소리를 쳤지만 사실 마음속에서는 곤란한 상황이었다. 그도 그럴 것이 진정한 무기 자체를 불러내는 법도 전혀 모르는 상태고, 방금 전 기술을 다시 사용하기에는 체력 소모가 심해서 불가능한 상태에 처해 있는 상황이었다. 어느새 토모카 대장의 손에는 팔각형 형태의 결박의 조각이 손에 들려 있었다.

토모카 대장은 결박의 조각을 들고 있는 손을 높이 들어 보이며 "무장!! 디노프로다우스트 !!" "기기가~ 가가가각!" 소리와 함께 붉은빛이 총신구에서부터 손잡이 라인을 타고 흐르듯이 생성되며, 길다란 총신구의 옆면에는 오색의 보석으로 비늘의 형태를 갖춘 살라만다라의 형태가 나타나며 꼬리부터 손잡이 부분이 머리가 되며 붉은색에 검은 빛깔을 뒤섞은 검붉은색 커다란 산탄총 형태의 무기가 토모카 대장의 손에 쥐어져 있었다.

"피~식! 그럼 어디 슬슬 진정한 헌팅을 시작해 볼까?!" 토모카 대장은 나를 향하여 총구를 겨누고는 방아쇠를 당기었다.

"탕! 탕! 탕!" "철컥!" 자동으로 3발이 연이어 발사되었고 나는 동시에 내 뒤에 있던 콘크리트 벽에 재빨리 몸을 숨겼다.

"타다다닥!" "쾅! 쾅! 쾅!" 큰소리와 함께 두꺼운 콘크리트 벽에 커다란 구멍이 순식간에 3개나 생겨났다.

"허!~억! 이렇게 커다란 구멍이 가볍게 생기다니!…." "이대로는 정말 위험해! 빨리 무기를 불러내는 법을 생각해 내지 않으면…..!"

나는 발을 동동 구르며, 아야카의 모습을 하고 있던 아마조네스에게 무기의 사용법이나 불러내는 법을 듣지 못하여 어떻게 해야 할지 몹시 당황하며, 곧바로 다른 콘크리트 벽으로 이동하였다.

"타다다닥!" "흥~! 도망쳐도 소용없다! 내가 너의 도주방법을 모를 거라 생각하니!?"

"내 마룡무기 드라그나비티의 사격 범위에서 벗어날순 없어!! 더군 다나 너는 지금 결박의 조각이 없는 단순한 제브론에 지나지 않아. 그 런 네가 이제 와서 나의 드라그나비티의 사격 범위에서 벗어난다는 건 100% 무리인 이야기야!"

나는 토모카 대장의 협박성 목소리에 오히려 차분함과 냉정함을 되 찾고는 도망칠 방법을 생각하고 있었다.

"자~! 유이!! 옛정을 생각해서 마지막으로 기회를 주마! 순순히 나 와서 나에게 항복을 하고, 두 번 다시 내 말에 거스르지 않고 복종하 겠다고 하면서 나의 부츠에 키스한다면, 지금까지의 일은 물에 흘려보 내고 용서해주고 다시 기회를 주겠다."

중얼거리며 나를 찾고 있는 토모카 대장에게는 관심을 전혀 두지 않 고, 나는 이 틈을 이용하여 탈출할 방법을 생각하느라 필사적이었다!

'이 방법밖에 없어!! 우선 이 건물에서 탈출하자!! 내가 탈출하면 동 시에 10Km 밖에 있는 도시를 향하여 최대속도로 날아가서 도시 근 처 후미진 곳에 내려서 북적이는 인파 안에 숨어들자!'

'페르미온을 사용하거나 하늘을 날 수 있다거나 무기를 사용하는 장 면을 일반 시민들에게 들키게 되면 절대 안 되는 조직의 엄격한 금기 사항이니 이 점을 최대한 이용하는 거야!'

나는 머리를 콘크리트 밖으로 살짝 내밀고는 주변을 살폈다. 토모카 대장은 천천히 걸음을 옮기면서 조금 전 '용서해 준다'는 혼잣말을 반복하며 서서히 이리로 다가오고 있었다.

나는 다시 머리를 콘크리트에 숨기고 생각했다.

'그래! 지금이 기회야! 될지 안 될지는 모르지만 우선 지금은 부딪쳐 보자! 이대로 지금처럼 기본 페르미온 말고는 사용 못 하는 상황에서 저런 무기에 한 방 제대로 맞기라도 하면 정말 죽을 수도 있으니깐 말이야!'

"레이핀!!" 등에서 반투명 얼음날개가 돋아나며! 동시에 나는 등에 돋아난 날개를 빠르게 위아래로 움직이며, 커다란 유리창을 향하여 돌진하였다.

"흐~음! 잡았다!~" "탕! 탕! 탕!"

"퍼~어억 팍!! 와장창창!"

날아오는 총탄을 두 발은 피했지만, 마지막 탄에 오른쪽 얼음날개에 정통으로 맞으며, 오른쪽 얼음날개가 산산이 부서지며 동시에 땅으로 추락하고 있었다.

"잡았다!~ 그런 빈약한 얼음날개로 내 눈을 벗어날 순 없어!! 하하하하하!"

토모카 대장은 내 얼음날개가 총에 맞아서 산산이 부서지는 장면을 보고는 자신의 손등을 자기 턱밑에 대고는 입을 벌리고 큰소리로 비웃기 시작하였다.

'이렇게 여기서 허무하게 죽을 순 없어!! 이렇게 된다면 모 아니면 도야!' 나는 떨어지며 다시 주문을 외쳤다.

"칠흑의 날개여!! 불꽃의 염원이 되어 저들에게 아름다움을 선사하거라!! 다크 풀로아!"

주문을 외치자마자 동시에 부서진 오른쪽 얼음날개가 없어진 등부터 시작하여 왼쪽 얼음날개가 달린 부분으로 붉게 빛나며 활! 활! 불타오르는 큰 날개가 돋아나더니 나는 동시에 거친 날개짓을 하며 "파드득~ 파드득!" 다시 한 번 정면에 보이는 창문을 향해 몸을 던졌다.

니시모리 주식회사 밖, 외딴 숲의 하늘과 숲속

"와장장장창!"

창문이 깨지는 소리를 듣고 당황한 기색이 역력한 표정이 된 토모카 대장은 "이…이럴 수가! 숨겨둔 다른 기술이 있었단 말이야?!" 발을 동동 구르며 허둥지둥 대더니 내가 깨진 창문 너머로 사라지는 모습을 보며 소리쳤다.

"이대로 놓칠 수는 없지! 레이핀!!"

토모카 대장의 등에서도 날개가 돋아났고 동시에 나를 뒤쫓아서 날아오르더니 내가 방금 지나온 깨진 창문을 통하여 내 뒤를 맹렬한 기세로 뒤 으며 여러 번 드라그나비티의 총신을 나에게 겨누고는 쏠 자세를 취해 보지만 역시 바람의 영향으로 자세가 흐트러져 날고 있는 스피드가 떨어졌다.

'에이이~잇! 안 되겠어! 방향 중심을 잡기 어려워… 우선은 유이 녀석을 끝까지 추적하는 게 급선무야!'

이렇게 마음속으로 생각하며, 토모카 대장은 나와의 거리가 많이 좁혀지자 또다시 나를 유인하는 유인책적인 말을 내뱉는다.

"유이! 내가 졌다. 내가 졌어. 네가 이긴 대가로 히미코를 놓친 일부터 지금까지 벌어진 일을 다 물에 흘려보낼 테니… 우리 다시 시작하자!"

"내가 모든 일에 사과를 할 테니 멈춰서 지상으로 내려가서 이야기를 허심탄회하게 하자!"

나는 토모카 대장의 말이 전혀 안 들린다는 듯이 눈길 한 번 주지 않고 뒤도 안 돌아보며 오로지 날아서 제일 가까운 도시에 내리는 것만을 생각하고 있었다.

"에이이~잇! 이렇게 된다면 할 수 없지. 중심이 잘 안 잡히기는 하지만 여기서 끝을 보는 수밖에!…"

다시 드라그나비티의 총구를 나에게 향하며 방아쇠를 당겼다!

"탕! 탕! 탕!" 세 번 다 공중에서 사라졌다. "에이이~잇! 이렇게 된다면 연사다. 연사!" "탕! 탕! 탕!" "철컥!" "탕! 탕! 탕!" "철컥!"

여러 번 반복하며 연사를 하는 틈에 '지금이다!'라고 생각하고는 이글이글 불타고 있는 날개를 최대한 접어서 가속도를 붙여 순식간에 토모카 대장을 따돌릴 수 있었다.

"으아아아아!! 내 손아귀에서 벗어나다니!… 용서 못해!… 용서 못해!" "탕! 탕! 탕!" 가슴속 깊숙한 곳에서 뿜어져 나오는 화를 이기지 못하며, 스스로 주변 나무, 꽃, 풀잎 등을 향하여 토모카 대장의 드라그나비티의 총신이 불을 뿜는다!

순식간에 주변의 푸른색의 풍경이 붉은색으로 이글거리는 화염의 숲으로 바뀌어 버렸다.

나는 뒤에서 들리는 총신 소리 뒤에 무언가 타는 듯한 냄새를 맡고는 속도를 줄여서 뒤를 돌아보니 이미 내 뒤의 숲들은 검붉은 빛의 화염에 휩싸여 있었다.

나는 그 장면을 보며 토모카 대장의 숨겨진 본모습을 보자 왠지 눈시울이 붉어졌다. "휘이이이익!" "탁!" 나는 불이 번지는 나무들 사이에서 가장 가까운 나무 아래로 내려와서는 토모카 대장의 행동을 지켜보았다.

불행 중 다행히도 내가 발동한 다크풀로아의 영향으로 불타오르는 붉은빛이 도는 내 날개도 주변의 화염의 불길과 동화되어서 찾을 수 없었다. 게다가 화염의 뜨거운 열기에도 아무렇지 않을 수 있었다.

화염은 순식간에 불길을 점점 키워가며 검은 잿빛 연기를 연신 내뿜어대고 있었으며, 한치 앞도 잘 보이지 않는 잿빛 연기 사이로 이글이글 타오르며 방출대는 어둡고 무거운 오라는 조금 떨어진 거리에 있던 나에게도 확실히 전달되고 있었다.

'저 정도의 어둡고 무거운 오라를 마음속에 숨기고 평상시에는 나를 친절로 대하며 밝은 표정과 부드러운 말투로 대했단 말이지!!'

나는 몸이 파르르 떨리는 것을 감지하고 있었다. 지금까지 상대했던 그 어떤 적보다도 강한 상대라는 것을…. 토모카 대장은 몸에서 "케에에엑!~ 퉤!" 검붉은 피로 가득한 침을 공중에서 땅으로 내뱉으며 말했다.

"이번엔 어쩔 수 없이 넘어가지만, 다음번에 만났을 때는 반드시!…나에게 입힌 상처의 원한은 반드시 100배 이상으로 갚아 주겠다!"

토모카 대장이 자신의 왼손을 불타오르는 발밑의 숲을 향하여 주먹을 쥐어 보이며 "파신의 연화! 앱솔뉴트!!"라 외치자 왼쪽 주먹 주변으로 회색빛의 가느다란 실들이 엉켜 붙으며, 점점 손과 하나가 된 검을 완성한다.

검은 회색빛이 돌며 언뜻 보기에는 두껍고 무거워 보이는 대검처럼 생겼으나 자세히 보면 검의 날 전체에 반짝이는 실타래 같은 가냘픈 실들이 검의 날 전체 주변을 타고 나 있으며, 손잡이 부위는 존재하지 않고, 왼손과 일체화가 되어 있다.

"휘이이~익!" 하고 크고 가볍게 불이 번지는 곳을 향하여 검을 휘두르자 하늘하늘한 반짝이는 실타래들이 화염으로 뒤덮인 숲으로 내려오더니 하늘을 향하여 불타오르던 불꽃들이 갑자기 공중으로 높이 치솟으며 검 속으로… 정확히 말하면, 검의 날 부분으로 모두 옮겨붙는다.

"쉬이이이이익!" 소리와 함께 어느새 지상에서 불타고 있던 불꽃들이 전부 왼손의 대검에 모여들었다. 발산하는 불꽃의 크기가 크지는 않지만, 그 검날에서 내뿜는 화력은 불에 사는 요정 살라만다라도 금세 잿가루로 만들어 버릴 정도였다! 어느 정도의 불꽃을 발산하며 쉬지 않고 타오르고 있었다.

이미 지상에는 불꽃이나 연기 하나도 남지 않았다. 토모카 대장이 "화이어힐!!"이라고 외치자 대검의 날 전체에서 활활 불타오르던 불꽃은 순식간에 검의 날 안으로 흡수되며 토모카 대장의 몸 전체가 푸른 빛을 띠며, 몸 전체의 여러 상처들이 급속도로 치유되어 가며 그 속도에 맞추어서 왼손의 대검도 빠르게 부식되어 산산이 부서졌고, 부서진 대검 안에서 왼손이 다시 나타났을 때에는 이미 아무런 상처도 남아 있지 않아 보였다.

'역시 대장은 저런 회복술도 필수로 가지고 있구나!'

나는 식은땀을 흘리며 대장의 회복술에 놀라고 있었다. 나는 상처를 입거나 부상을 당하는 경우 상처가 가벼우면 응급처치로 치료를… 심하면 본부 직속 병원에서 수술받는 방법밖에는 아직 방법이 존재하지 않는다.

나중에 습득한다면 몰라도 지금 상황에서는 나에게는 저런 몸을 회복시키는 형태의 페르미온은 구사할 수 없기에 만약 내 자신이 토모카 대장만큼 강해졌다고 자만하고, 토모카 대장을 급습하거나 공격한다면 설사 공격으로 치명상을 주었다고 해도 치유력의 힘을 빌려 자신의 몸을 순식간에 회복시킨 토모카 대장에게 역습을 당하여 죽을 확률이 높다.

하지만 그렇다고 해서 내가 완전히 풀이 죽은 건 아니다! 그건 토모카 대장을 쓰러트릴 방법이 아주 없는 건 아니기 때문이다.

'토모카 대장을 쓰러트리기 위에서는 무엇보다도 일격에 완벽히 쓰러트릴 기술이 필요해!'

나는 불이 꺼진 나무숲에서 발걸음을 재촉하며 점점 멀어지며, 토모카 대장의 모습을 처음부터 끝까지 유심히 지켜본 나는 대장이라는 칭호가 간단히 주어진 게 아니라는 생각을 방금 전에 일어난 광경을 보고는 온몸으로 알 수 있게 되었다.

토모카 대장을 예전에 누구보다도 존경하고 따랐다는 스스로에게 심한 모멸감을 느꼈다.

'여기서 더 머물러 있는 것은 좋지 않겠어! 어서 도시를 향해 날아가자!'

??? 도시

아까보다는 좀 더 속도를 줄여서 다시 날아올랐다. 얼마 날아가지 않아서 오늘 밤에 도착 했던 도시에 다다르며 도시 주변의 한적한 곳에 내려앉았다.

"휴~ 겨우 따돌렸네!"라며 혼자서 큰 한숨을 내쉬며 몰골을 보니 옷 여기저기가 찢어져 있어서 이대로 사람이 많은 거리로 나간다는 건 무리라고 생각하여 오른손을 하늘을 향해서 쭈우우욱! 높이 펴고는 소리쳤다.

"얼음의 대지여, 극한의 서리로 나를 보호하라! 모타몰브!"

나의 찢겨진 옷 주변으로 바람이 불기 시작하더니 내가 입고 있는 옷 주변 가까이로 바람이 옥새처럼 조여오며 내가 입고 있던 여기저기 찢어진 옷을 모두 갈기갈기 찢어버렸다.

바람 주위로 반짝이는 가루들이 내 알몸에 휘몰아치는 바람에 녹아들며 위에서부터 점점 옷의 형태를 갖추어 가며 이목구비를 타고 내려와 어느새 한 벌의 반짝이는 하늘색의 하늘하늘거리는 프릴이 가슴에 많이 돋아난 원피스가 내 몸을 감싸안았다.

마지막으로 몸을 감싸고 남은 소용돌이 바람은 머리 위로 올라가서는 귀에는 눈에 결정 모양의 독특한 빛깔을 발산하는 귀걸이와 머리 가장자리에는 흰색 사슴 모양을 나타내는 머리핀이 오른쪽 옆에 그리고 발부분에서는 내가 원래 신고 있던 구두를 감싼 마지막 바람이 구두 표면에 들러붙어서 구두 전체에 얼음 서릿발이 낀 구두의 모습을 갖추더니!

"쨍그랑! 와장창!" 소리와 함께 하얀색으로 표현된 자유롭게 뛰노는 돌핀의 모습이 새겨진 짙은 푸른색 구두가 그 모습을 드러내며 바람의 소용돌이는 모습을 감추었다. 나는 서둘러 거리로 나와서 수많은 인파 속에 내 몸을 숨겼다.

건물이 엉망이 돼버린 니시모리 주식회사

그 시각… 토모카 대장은 다시 완전히 회복한 몸으로 〈니시모리 주식회사〉 본부로 돌아가고 있었다.

"칫~! 벌써 시간이 이렇게 됐나!? 유이에게 화가 치밀어서 이렇게 시간을 오래 끌어버리다니!"

토모카 대장은 불길의 자욱한 연기가 사라진 하늘 위를 바라보며 달이 많이 움직였다는 것을 알아차리고, 혀로 윗입술을 차며 동이 트기 전에 회사로 돌아가서 건물을 복구하지 않으면 안 되겠다고 생각하며 본부, 즉 〈니시모리 주식회사〉를 향하여 있는 힘껏 날아갔다. 10분 정도 지났을 무렵 본부에 도착할 수 있었다.

"에~에에엑!" 이 정도로 심하게 건물이 파괴될 때까지 모를 정도로 유이에게 극도로 화가 치밀어 있었다고 생각하니 또다시 화가 치밀어 올랐다.

'유이!! 너 같은 제브론년 하나 때문에 내 건물을 이 정도로 망치게 되다니!… 용서할 수 없어!' 혼잣말을 하며 크게 화를 내다가도 금세 "진정하자! 진정하자! 하~~후! 하~~후! 하~~후!" 하며 크게 심호흡을 해 스스로의 마음을 진정시켜 나갔다.

그리고 건물 주변을 보니 회사의 보안 경비를 담당하는 부서에는 너무 늦은 시간이라서 아무도 없다는 사실에 그나마 조금은 안심했다.

"그럼, 다시 한 번 힘을 써볼까?! 우선 그 전에⋯ "프로텍션!!"

"기기가가각기기기가~가각!" 소리를 내며 드라그나비티는 원래 팔각형의 결박 조각 형태로 되돌아가자 그걸 자신의 품속에 넣고는 양손을 부서진 건물 벽과 내벽을 향하여 펼친 후 소리쳤다.

"화산의 신, 드라미우스여! 흑욕의 보석의 다니우스가 명하노니! 흙으로 돌아간 자들의 시간을 나누어 나에게 선사하여라! 유간드라 밀티야!!"

양 손바닥에서 노란색의 빛이 발하며, 부서진 벽의 콘크리트 잔해와 깨진 유리와 오래된 나무 창틀들이 모두 자신의 원래 상태로 복구되었으며, 안에 어질러진 책들과 부서진 책장 들도 다 원래 있을 자리로 돌아가고 부서진 책장도 원래 상태로 돌아왔다.

"휴~! 이제 좀 살겠다. 이 페르미온만 쓰면 체력이 많이 소모되는 느낌이 든다니깐!"

나는 이마에 송글송글 맺혀 있는 땀방울을 손으로 닦아내며 한숨을 돌렸다. 땅으로 내려온 나는 옷차림이 엉망이 된 것이 이제야 눈에 들어왔다.

몸은 머릿결부터 해서 몸 전체가 깨끗해져 있었지만 옷은 여기저기가 찢어지고, 뜯어지고, 정말 다른 사람이 보았다면 거지꼴로 보일 정도의 엉망인 꼴이었다.

다시 왼손을 하늘로 높이 들고 외쳤다.

"뜨거운 태양의 환영이여! 당신의 빛으로 밤하늘을 수놓는 별빛의 아름다움을 나에게 선사하여라! 문 크라이스!!"

높이 든 왼손으로 달빛이 지그시 비추어오기 시작하자 온몸을 가리고 있던 옷이 다 갈기갈기 찢어지며, 달빛의 푸르름이 벚꽃 이파리에 물든 듯한 옅은 핑크빛 스커트가 내가 서 있는 풀밭을 주변으로 다리 부터 올라와 두 다리에 살포시 엉켜붙으며 위쪽을 향해 온몸으로 번져 나갔다. 왼손을 타고 옅은 달빛의 색깔이 점점 아래를 향하여 내려가며 옅은 핑크빛 치마와 달빛의 푸르름을 담고 있는 옅은 푸른색이 서로 교차하며 손목부터 약간의 프릴이 달리고 점점 가슴 윤곽을 타고 따라가더니 복숭아 모양으로 가슴을 확실히 감싸 안는 듯한 블라우스가 완성되었다.

그 위로 달빛의 푸르름이 녹아 있는 장미꽃 무늬가 왼쪽 가슴에 확실히 새겨지며, 푸른색 블라우스에 핑크빛 프릴이 여기저기 들어간 치마에 핑크빛 니삭스에 오른쪽 허벅지에 푸른색의 매섭게 생긴 전갈 그림이 그려졌다. 매서운 오른쪽 눈동자 주변을 타고 약간 구부러진 모양의 날카로운 상어 이빨 모양을 구현하는 붉은색으로 물든 리페이팅 모양을 한 무늬가 선명히 남아 있었다.

검은색 부츠 위로 핑크빛이 감돌며 크기가 점점 줄어들어 내 발 전체를 꽃잎으로 감싸 안은 듯한 모습으로 바뀌더니 "팟!~ 팟!" 소리와 함께 내 발을 감싼 꽃망울이 터졌다. 밤하늘에 꽃이 피어나듯이 핑크빛으로 물든 구두에 옅은 푸른색의 일렁이는 파도 물결을 표현한 무늬가 구두 끝에서 끝으로 이어져서 나타나고, 커다란 박쥐 날개 모양 머리핀이 긴 머리카락을 뒤에서 단단히 고정시켜 단정한 모습을 만들어 주며 완벽한 패션을 완성해 주었다.

"또각~또각~또각!" 소리를 내며 내 방으로 향하였다.

"부르르르르룽!" "응?!" "차~아아악! 탁!"

요란한 소리와 함께 하얀색 일반 엠블런스보다는 좀 더 크기가 있어 보이는, 하얀색과 녹색의 두 줄이 들어간 엠블런스 여러 대가 차 윗부분에 달려 있는 사이렌과 특유의 경광등을 내보이며 내 뒤로 멈춰 섰다. 여러 명의 군의관이나 구급대로 보이는 하얀 가운에 안전모를 쓰고 청진기나 여러 의료도구가 들어 있을 법한 상자를 든 자들이 내 앞으로 다가왔다.

"처음 뵙겠습니다. 일동 차렷! 토모카 대장님께 경례! 수고하십니다!"

"토모카 대장님! 저희는 003부대의 문페이트 전속 처리반입니다! 대상인 유이 님은 지금 어디에 계시나요?!"

나는 떨떠름한 표정을 지으며, "아~아! 그게 유이는 문페이트 증상이라고 했는데 잠시 뒤에 보니 단순한 감기 증상이라서 자신의 방으로 돌아가 쉬라고 데려다 주고 온 거야."

"착각이셨다니… 그럼 저희가 유이 님이 머무는 방으로 찾아가서 문페이트 증상이 아닌지 확인하고 아니라면 저희가 직접 감기 치료를 해주도록 하겠습니다."

나는 마음속으로 다급해지고 있었지만 얼굴 표정으로는 절대 나타나지 않도록 보이며,

"괜찮아! 내가 옆에 있으면서 좀 전까지 간호해 주고 왔으니 신경 쓸 것 없어! 그러니 되돌아가도록 해!"

"이건 명령이야!" 토모카 대장은 화를 내며 말을 했다.

"네! 그럼 저희도 이만 물러가 보도록 하겠습니다."

"타다다다닥!" 모두들 다시 돌아가서 "끼이익!" 소리와 함께 차문

을 열어 제치고는 "그럼, 저희는 이만 물러가 보도록 하겠습니다!"

"쿵!"

차 문을 세게 닫으며 "부르르르릉!" 하고는 돌아갔다. 그제서야 마음을 놓으며 양쪽으로 고개를 크게 휘저으며, '안돼~ 안돼! 아무리 이번 상황을 모면하기 위해서 유이를 걱정하는 척 하다니! 나는 지금 내 앞날을 빛내줄 계획을 엉망으로 망친 유이를 엄청나게 증오하고 있어!' 라고 혼잣말은 했지만 내심 마음속 어딘가에는 조금이라도 유이를 친언니처럼 대한 따뜻한 마음이 남아 있는 느낌이 들었다.

나는 마음을 다시 가라앉히고는 "자!~ 그럼 이제 슬슬 나도 잠을 청해야겠어 아아아아하~함! 하품이 몰려오네!"

나는 피곤함으로 크게 하품이 나오는 입을 오른손으로 가린 채 나른한 몸을 이끌고 회사 안으로 들어갔다.

??? 도시의 변두리에 있는 소원의 찻집

"헉! 헉! 헉!~ 좀 쉬었다 가야겠어! 어디 쉬어 갈 만한 곳이 없을까?!" 나는 주변을 살펴 보았다. "응?! 저기 커피숍 발견!" 나는 눈앞에 발견한 커피숍 문앞으로 발걸음을 옮겼다.

"어디 보자!~ 어라?~ 어라라?! 지갑이 없다!!" "아~! 그러고 보니 토모카 대장의 방안에서 토모카 대장에게 맞으며 가방을 방바닥에 놓쳐 버렸지!?"

"어떡하면 좋지? 이럴 줄 알았더라면 비상금이라도 만들어 놓을 걸… 휴~~!"

지갑을 잃어버린 걸 커피숍 앞에서 알게 된 나는 스스로에게 한탄하며 큰 탄식을 담은 입김을 길게 내뱉었다.

"그러고 보니 제대로 씻지도 못했네. 휴~~!"

또다시 내뱉은 입김을 내 뒤에 있던 누군가가 듣고는 나에게 말을 걸어왔다.

"곤란한 모양이시네요. 실례가 안 된다면, 저희 가게로 모셔도 될까요?!" 뒤를 돌아보니 큰 저택에서 일하는 메이드나 하녀들이 입을 것 같은 검은색 메이드복을 입은 붉은색 긴 머리의 처음 보는 메이드가 나에게 말을 걸어왔다.

"죄송한데 저기… 제가 지금 개인적인 사정으로 인하여 수중에 돈이 없어요! 처음 보는 저에게 도움을 주시기 위해서 말을 걸어 주신 마음만은 고맙게 받겠습니다."

정중히 메이드를 향하여 허리를 어느 정도로 굽히며, 감사의 말을 건네자, "어머! 그런 문제라면 걱정 마세요! 돈은 주시지 않으셔도 된답니다. 부담 갖지 마시고 저에게 맡겨 주세요."

메이드는 나의 팔을 잡아 끌면서 자신이 일하는 가게로 안내했다.

"이쪽이에요! 제가 안내해 드릴게요. 나는 가게까지 반강제로 끌려가며 메이드를 좀 의심하며 말했다.

"이름이 어떻게 되세요?"

끌고 가던 팔을 놓고는 "저의 이름은 카구라 사유리예요!"라고 말했다.

"나는 나가세 유이라고 해요!"

"에~! 나가세 님은 나이가 어떻게 되나요?"

"전 21살이에요 카구라 님은?" "저두 21살이에요 동갑이네요! 우리

서로 사유리, 유이라고 부를래요?!"

나는 길에서 처음으로 나에게 은혜를 베풀어준 마음을 보고는 "그래. 사유리!" "응 유이!" 서로 인사했다.

사유리는 안심했다는 표정을 지으며, 이번엔 내 손을 붙잡아 끌며 "너는 어디 살고 있니? 유이!"

"나는 회사에서 자체 운영하는 기숙사에서 머물고 있어!"

"넌 이 도시에 사는 거야?!"

"아니! 분명 태어나서 자란 곳은 이 도시이지만 지금은 다른 곳에서 살고 있어!"

"그럼 이 도시의 가게에서 일을 하며 집은 다른 곳에 있어서 출퇴근 하는 거야?!"

나의 물음에 대답하기도 전에 "여기야!~ 분위기 어때 보여?!"

내 눈앞에 나타난 가게는 오래돼 보이는 나무 간판에 '소원의 찻집' 이라고 삐뚤빼뚤한 독특한 글씨체를 보여 주며 건물도 오래된 붉은색 벽돌로 지어졌고, 나무틀로 된 창문이 문 양쪽으로 하나씩 나있으며 나무 문의 위쪽에는 조그마한 노란색 종이 매달려 있어서 들어가고 나가는 손님들을 쉽게 알아볼 수 있는 듯한 찻집이었다.

"어서 들어와!"

"다녀왔어요! 쿠키 언니!"

"덜컹!"

"이제서야 들어오냐?! 간단한 심부름을 하는데 대체 얼마나 걸리는 거야?"

내부의 소박한 장식이나 비어있는 테이블만 가득 있는 가게 내부를 둘러보고 있는 내 앞에 보이는 녹색의 페인트가 여러 번 덧칠해진 문이 큰소리로 열리며 "나와 같이 두 눈 중 한쪽 눈에 검은색 안대를 찬 몸집이 마르고 키가 작은 편인 요리사 복장 차림의 흰색 앞치마에 짙은 갈색으로 된 여기저기 수선한 자국이 나있는 원피스 차림의 한 여자가 나를 데리고 들어온 사유리를 바라보며 호통을 쳤다.

"응~! 누구?! 손님이야?! 손님을 데려오느라 시간이 이렇게 걸린 거야?!"

사유리는 자신이 쿠키 언니라 부르는 언니가 물어보는 질문에 말을 흐리며, "아… 그게… 손님이라면 손님인데… 어떤 의미로는 일반손님이랑은 좀… 다르다고 할 수 있지요!"

사유리의 이도저도 아닌 말에 쿠키라 불리는 언니는 화를 내며, "그게 대체 무슨 말이야!?

손님이면 손님이고, 아니면 아닌 거지! 왜 확실하게 대답을 못 하는 거야?" 사유리는 쿠키 언니의 눈치를 보며,

"방금 전에 저기 큰길가에서 어쩔 줄 모르며 고민에 빠져 있는 것 같아서 도와줬는데… 실은 도… 돈이 없어서 커피숍에 못 들어간다는 걸 듣고는 가게로 데려왔어요!" "사유리의 이야기를 다 듣고 나서 나에게 다가온 쿠키 언니는 "옷차림새를 보아하니 돈이 없을 것 같지는 않은데…."

내 옷차림을 여기저기 유심히 둘러보던 쿠키 언니는 "당신! 정말 돈이 없나요?! 혹시 우리 사유리에 대한 소문을 접하고 그걸 이용해서 이익을 보려는 건 아니겠지?!"라며 내 두 눈을 30초 정도 지그시 노려보더니 말했다.

"음… 좋아요!"

"하지만 완전히 의혹이 풀린 건 아니니 끝까지 지켜보겠어요!"

"그럼 유이에게 음식을 대접해도 되죠?! 쿠키 언니?!"

이야기가 큰 오해 없이 잘 풀린 것 같아서 다행이라는 듯한 표정을 지으며 쿠키 언니에게 확인을 하는 듯이 보였다.

"우선 저기 왼쪽에서 3번째 테이블에 앉도록 하세요. 사유리! 저 유이라는 사람에게 음식과 차를 대접해 드려라!"

"네! 고마워요, 쿠키 언니!"

"이번 일은 오랜만에 와서 가게의 이런저런 일들을 도와준 답례야! 단 두 번은 없는 줄 알아!"

"명심해 사유리!"

쿠키 언니는 사유리에게 허락을 내린 후에 잠시 자리를 비웠다.

내 쪽으로 다가온 사유리는 내가 앉아있는 자리 바로 정면자리에 앉아서 나를 바라보며, "음식이 나오려면 조금 걸릴 것 같아… 하지만 맛 하나는 내가 보장할게!"라고 말했다.

"아! 아까 전에 가게 들어오기 전에 물어본 건데… 여기서 일하며 다른 지역에서 출퇴근 하는 거야?!"

"아니! 여기 쿠키 언니에게 도움을 받은 일이 많아서 가끔 이 도시에 돌아오면, 이렇게 가게 일을 돕고 있어!"

"응 그렇구나! 그런데 왜 저분을 쿠키 언니라고 부르는 거야?" 아~ 그건 말이야! 언니가 만든 쿠키가 세상에서 가장 맛있는 쿠키라고 생각해서 언제부턴가 주변 사람들에게 그렇게 불리우고 있어!"

사유리를 보고 있으니 방금 전에 싸움이나 우울했던 기분도 싸악 가시는 것만 같았다.

"식사 마친 후에 바로 기숙사로 들어가지 않으면 안돼?!"

사유리는 나에게 조심스럽게 말을 걸었다.

"사실… 개인적 사정이 있어서 기숙사는 당분간 돌아갈 수 없는 상황이야!"

"저기~ 정말 미안한데 음식이 나오기 전에 몸을 좀 씻을 수 있을까?"

내 말에 내 몸 여기저기를 훑어보고는 "위층에 내가 예전에 쓰던 방이 있는데 그 방안에 욕탕을 쓰면 될 거야!"

"고마워! 그리고 미안해! 처음 보는 나에게 욕탕을 빌려줘서. 최대한 빨리 씻고 나올게!"

나는 콘크리트 계단을 "타다다다닫!" 하고 뛰어올라가서는 사유리가 알려준 방문을 돌려서 "끼이이익!" 하고 열고는 방안에 들어와서 방문을 닫고, 욕탕 문을 열고 들어가 바로 문을 닫았다.

욕탕 문에는 잠금장치가 되어 있어서 "찰칵"하고 잠금장치를 해놓은 다음, 욕조의 수도꼭지를 돌리자, "끼이익! 쏴아아아아!" 소리와 함께 큰 하얀색 타일이 전체적으로 붙어있는 콘크리트로 된, 요즘에는 찾아보기 힘든 왠지 정겨운 분위기의 욕조에 적당한 온도의 뜨거운 물을 받으며, 마법으로 만든 옷과 안대, 장신품을 "홀렁!" 벗어놓고는 바구니에 담아 놓고 욕조 수도꼭지를 잠근 후에 "첨벙! 첨벙!" 소리를 내며, 발부터 시작해 몸 전체를 하얀색 타일로 된 욕조에 담갔다.

"아~! 피로가 풀리는 것 같아. 온몸 구석구석까지 몸이 데워져서 편안해지는 이 느낌!… 천국이 있다면 바로 이런 느낌일 거야! 아~! 따뜻

해라!…. 마음속까지 뜨겁게 달아오르는 것만 같아!"

나는 욕조 끝부분에 목을 기댄 채 몸 전체가 "푸~욱!" 잠길 때까지 몸에 힘을 빼고는 뜨거운 물에 몸을 담갔다.

"윽! ~ 으으으으으윽!" "첨벙! 첨벙!"

갑자기 정말 몸 전체가 심하게 달아오르는… 아니! 달아오른다기보다는 온몸이 끓어오르는 것만 같았다.

"부글! 부글! 부글!" "뻐끔! 뻐끔! 뻐끔!" 소리가 나며 욕조 전체가 들끓기 시작하며 욕조 위로 거품이 보글보글 올라오고 있었다.

내 몸은 심장의 고동이 매우 빠르게 뛰는 것처럼 느껴졌다. "두근! 두근! 두근! 두두두두근!" "으아아아악"

심장소리와 함께 벗어놓은 안대를 찾던 눈동자가 또 다른 심장이라도 된 것처럼 점점 빠른 맥박이 느껴지는 것만 같았다. 욕실 창문이 방음이 되는 창문인지 밖에서는 나의 이런 비명이 들리지 않는 것만 같았다.

"나… 나가야겠어! 우선 욕조에서 나가야겠어! 탁! 쩌어어억! 쩌어어억!"

나는 뜨거워진 몸에 빨라진 심장 박동과 눈에서 느껴지는 맥박에서 벗어나기 위하여 오른손으로 콘크리트 욕조를 잡고 나오려는 순간 손으로 잡은 욕조 부분이 "쩌어어어억!" 소리를 내며 순식간에 균열이 가며 욕조 전체로 번져가더니, 순식간에 "와자장창!" 소리를 내며 욕조 전체가 산산이 부서졌다.

욕조가 부서지면서 그 안에 가득 들어있던 뜨거운 물도 동시에 사방으로 흩어졌고, 나는 부서진 욕조 조각 위에 "쿵!" 소리를 내며 널브러진 상태로 "아아아아아! 으으으윽!" 소리를 내며 괴로워하는 내 몸에서 몸 전체의 연한 핑크빛이 돌던 발끝, 손끝으로부터 몸 전체로 점점 짙은 검은색의 뭔지 모를 물질이 피부 표면을 타고 도배하듯이 감싸기 시작했고, 이윽고 얼굴까지 몸 전체를 감싸 버렸다.

"타닥! 타닥! 쩌어어억!" 소리가 나며 몸 여기저기에 변화가 나타나고 있었다.

"몸… 몸이 이상해! 내 안에 있는 무언가가!… 무언가가!…. 으아아아아악!"

손은 점점 커지더니 손톱도 더욱 날카롭고 길어졌으며, 팔은 가시 돋은 비늘이 돋아나며 감싸 버렸고, 가슴 부분을 무언가로 확실히 조이는 듯한 느낌을 받으며, 등부터 가슴 전체를 조이는 듯한 형태에서 점점 크리스털 형태의 비늘이 돋아나 배에서 가슴 전체로 반짝이는 비늘이 돋아났다. 다리는 허벅지의 근육이 더욱 튼실해지며 발부분에 비늘이 점차 돋으며 크기도 점점 커지더니 손에서 돋아난 크기와 같은 발톱이 돋아나 발표면 면적도 커지고 등에서는 여기저기에 칼날처럼 생긴 비늘이 돋아났다. 그것은 폭이 2m는 조금 넘을 크기의 박쥐처럼 비막이 달린 날개가 등에서부터 쩍! 하고 튀어나와서는 끈적거리는 타액이 떨어지고 있었다. 양어깨 부분으로는 작은 깃털이 돋아났으며, 얼굴 전체에 짙은 검은 물질이 하나의 덩어리로 뭉쳐져서는 굳어지다가 어느 순간 떨어져 나가고 커다란 뿔 주변에 자잘한 조그마한 뿔이 여러 개 달리고 주둥이가 길다란 용 형태의 얼굴이 나타났다.

"크아아아아! 캬아아아아오!"

엉덩이 부분으로 나머지 짙은 검은 물질이 덩어리지며 굵고 긴 꼬리를 형성하며 검은색으로 삐죽삐죽 튀어나온 각각이 50cm 정도나 되는 커다란 뿔이 4개나 꼬리 끝에 튀어나오더니 신장도 조금씩 커지더니 3m 정도의 크기가 되며 순간! "콰광쾅쾅쾅!" 소리와 함께 욕실의 콘크리트 벽이 무너지며, 사유리가 빌려준 방으로 용 한 마리가 모습을 드러냈다!

2층이 심하게 부서진 소원의 찻집

"이게 무슨 소리지?! 유이가 들어간 2층 방에서 나는 소리잖아!"

"타다다다닥!"

부엌에서 요리를 하고 있던 쿠키 언니가 2층에서 들려온 큰소리에 놀라며, 부엌에서부터 달려나왔다.

"이이이… 이게 무슨 소리냐?! 사유리!"

"캬아아아아아아오!"

"이 고막이 찢어질 듯한 소리는 뭐지!? 아무리 생각해도 사람의 목소리 같지는 않아!"

사유리는 유이가 있는 2층 방을 향하여 "타다다닥!" 계단을 뛰어올라가 부서진 문을 열어제치자!

"드… 드… 드래곤!?" "캬아아아아!" 소리와 함께 사유리를 향하여 드래곤으로 변한 유이가 날카로운 손톱을 들이밀며 달려들었다.

"쾅!" "아이~ 쿠!" 순간적으로 두 발짝 뒤로 가서는 계단에서 뛰어내렸다!

"어… 어… 어째서 여기에 상상의 동물 드래곤이 나타난 거지?!"

사유리는 침을 삼키며 드래곤의 두 눈을 지그시 바라보고는 "유…

유…유이!? 사람이 어떻게 상상의 동물 용이 될 수 있는 거지?"

순간 사유리 자신의 머릿속에 무언가가 빠르게 스쳐 지나가고 있었다. "서…설마! 이것이 그분이 말하던 세상의 위기!?"

사유리가 이러고 있는 사이에 쿠키 언니는 "괴괴괴… 괴… 괴물이다!" 소리를 지르고는 엉덩방아를 찧으며 그 자리에 힘없이 주저앉아 버렸다.

"크아아아아!" 포효를 하며 쿠키 언니에게 달려드는 드래곤을 향하여 두 개의 동그란 반짝이는 무언가를 드래곤으로 변한 유이를 향하여 던졌다. "펑! 번쩍!~ 번쩍!" 소리와 함께 동그란 물체에서 번쩍하며 큰 빛이 터져 나오자, 드래곤은 뒤로 물러났다.

"이런이런, 방심할 수 없네요!"

"뒤적! 뒤적!"

"아~! 여기 있다! 미안하지만 유이! 제가 당신을 정화하겠어!!"

사유리의 손에는 하트 모양이 들어간 은색으로 된 호루라기가 나타났다.

"휘이이이이!" 호루라기를 입에 대고는 힘차게 불었다.

하트는 핑크빛으로 물들며, 꽃잎이 만개하듯이 하트 모양의 튤립 꽃잎이 사방으로 흩어지며, 은색의 호루라기 전체가 밝은 빛을 발하자!

"신의 은총이 염원의 결정으로! 악의 집합체는 소멸의 심판으로! 하늘의 빛나는 별들의 빛이여, 나, 이제 천국을 지키는 수호자가 되리니! 번개를 부르는 천마! 파플리온!!"

밝은 빛을 내뿜어 대던 호루라기는 사유리가 주문을 외자 더욱 밝은 빛을 내뿜으며, 일순간 사유리 앞에 흩어진 튤립이 다시 나타나며,

커다란 그리스 상형 문자가 나타나더니 온몸을 감싸는 하늘하늘한 천으로 된 옷으로 변하며, 석고와 비슷한 색깔의 갑옷이 되어 여기저기 팔, 다리, 허리, 가슴, 머리 등에 착용되어 마지막에는 양끝이 U자 모양을 한 창과 같지만 어떤 면에서는 창 같지도 않은 이상한 형태의 커다란 은색 무기가 오른손에 쥐어졌다. 밝은 빛이 사라지기 전에 핑크색 하트 모양의 꽃잎들이 입혀진 투구의 오른쪽 눈 부위를 시작으로 사선으로 온몸을 감싼 갑옷을 타고 발목까지 이어지는 화려한 말의 형태를 갑옷 전체에 새기며 사라져 버렸다!

"각오하세요!"

사유리는 나를 향해서 커다란 U자 형태의 창 비슷한 무기를 내밀고는 "하늘을 지키는 천벽의 레이스타여! 신성한 빛으로 악을 멸하여라! 템페스트!"

"지지지직! 지직!" "지지지직!" 소리와 함께 U자 안의 전체적으로 구부러진 면에서 번개가 나에게 발산되었다!

"휘이이익!" 순간! 나는 날개로 힘차게 날아올라서 피할 수 있었다. "아! 왠지는 모르겠지만 아까 처음 드래곤이 될 때만 하더라도 내 의식이 없었는데 이제서야 의식이 들었다.

하지만 중요한 브레스는 정작 입에서 나오지 않았다!

의식이 갑자기 돌아온 나였지만 내 눈앞에 처음 보는 갑옷을 온몸에 두른 처음 보는 자가 U자 형태의 은빛의 찬란한 모습을 보이는 처음 보는 무기를 가지고 나에게 공격을 가하고 있는 상대가 사유리라는 것을 이유는 알 수 없었지만 확실하게 느낄 수는 있었다.

지금은 어느 정도 용으로 변한 내 자신을 컨트롤이 가능한 것 같다.

하지만 말과 공격 등의 기본적인 움직임은 역시 취할 수 없었다.

고작 "크아아아아!" 하며 포효 비슷한 울음소리를 내는 것이 고작이었다. 이런 나에게 사유리는 무차별적인 공격을 가해 와서 이미 가게 바닥은 여기저기에 시커먼 그을음이 나 있었다!

"대단하군요! 나의 템페스트 공격을 피하다니! 그러면 이것도 피할 수 있을까요?!"

사유리는 특이하게 생긴 U자로 된 창을 오른손으로 자신의 머리 위에서 "빙글~ 빙글~ 빙글!" 돌리며, 다른 한 손을 돌리고 있는 창을 향하여 "쫙!" 펴보이고는 "바람이여! 번개여! 세상을 뒤흔드는 자멜라의 창이여! 그 진정한 위력을 내 앞에 보이거라! 프리징 크래쉬!!"

창을 향하고 있는 왼손에서 녹색의 전류 비슷한 것이 돌리고 있는 창으로 한동안 주입되더니 머리 위에서 한 손으로 창을 돌리던 속도가 상당히 빨라지며,

"주변에 회오리바람을 일으킬 것만 같아 보일 정도로 내가 날개를 펴고 날아오르거나 하는 것 자체가 무리일 정도로 심한 바람이 불기 시작했다!

"후이이이이이잉~ 휘잉!"

가게 안에 달린 등이 땅바닥으로 떨어지며 "와장창!" 소리를 내며 깨지고, 의자가 쓰러지고 창문 유리들이 모두 "와장창!" 소리를 내며 산산이 부서져 버렸지만, 사유리는 창을 돌리는 힘을 조금도 늦추지 않았다.

"천군의 심판의 일격을 받아라!"

사유리는 돌리던 것을 순간 멈추고는 나를 향하여 창을 내던졌다!

"휘이이잉!" "척!" "크아아아아아!"

사유리의 손을 떠난 창은 나에게 맹렬히 돌진해 오면서도 창을 둘러싼 바람이 멈추지 않으며 순식간에 나의 가슴을 관통하여 가슴 깊이 박혔다!

나는 말소리는 내지 못했지만, 두 손으로 창을 잡고는 창 사이로 흘러나오는 검붉은 피가 은빛의 창과 내 손을 타고 흐르고 있었다.

"유이! 당신을 오늘 처음 만났다고는 하지만, 악의 기운을 가진 당신을 살려 둘 수는 없어요!"

약간의 핑크빛이 흰색과 뒤섞인 투구 안에서 보이는 사유리의 눈동자는 토모카 대장에게 견주어도… 아니! 그 이상으로 차갑지 못해서 새하얀 김을 내뿜어대는 드라이아이스처럼 살기를 눈동자에서 내뿜고 있었다.

"터벅! ~ 터벅! ~ 터벅!"

나를 향해서 점점 다가오는 사유리를 바라보며,

"크아아아아아! 어떻게 된 거지? 고통이 극심하지만 죽을 수가 없어!!"

이유는 잘 모르겠지만 이로 말할 수 없을 만큼의 극심한 고통과 뜨거운 피가 깊이 박혀 있는 은빛의 창과 그 창을 붙잡고 있는 나의 두 손을 거쳐서 땅바닥에 흥건히 고여 가고 있지만 나는 죽지 않고 있었다.

고통이 너무 심해서 차라리 죽는 편이 편할 것이라고 생각할 정도였다!

"이…이…이럴 수가!? 죽을 수가 없어! 죽을 것같이 고통스럽지만 죽지 못해!"

내가 머릿속으로 이런 생각들을 하고 있는 사이에 사유리는 어느새 내 앞에 다가와서는 "천국의 문이 열린다 해도 너의 영혼은 지옥을 영원히 헤매게 될 것이다!"

사유리가 나에게 저주 섞인 말을 퍼붓듯이 말하며, 내 가슴 깊이 박힌 창을 빼려고 안간힘을 쓰고 있을 때 심한 고통과 가슴속 깊은 곳에서 밀려 올라오는 듯한 분노로 나는 창을 잡고 있던 두 손으로 "크아아아아!" 큰소리를 지르며, 창을 뽑아내자!

뽑혀 나오는 창에서 녹색의 번개 입자들이 내 손을 타고 나에게 방출되며 극심한 고통을 선사했다! 하지만 아무리 고통스러워도 창 자체에 깊이 박혀서 피를 흘리는 고통에는 비할 것이 못 되었다!

순간! 나는 사유리의 가슴을 향하여 이따금 녹색의 번개를 발산하고 있는 은색 빛깔의 창으로 "푸우우욱!" 소리와 함께 두터워 보이는 갑주를 간단히 뚫어버리고는 사유리의 가슴 깊이 박혔다!

"꺄아아아악!" 하늘이 찢어지는 듯한 큰 비명소리와 함께 쓰러진 사유리의 뚫려버린 갑주 표면을 타고 녹색의 번개가 사방으로 흐르고 있을 때였다.

"접대 테이블 쪽에서 벌벌 떨면서 이쪽을 바라보고 있는 눈동자를 보고는 나는 심한 부상을 당한 몸을 일으켰다.

하지만 창을 빼낸 이후로는 어디도 아프지 않았다.

"어! 상…상처가 없어졌다!" 창이 깊이 박혀 있던 상처는 온데간데없이 사라져 있었다! 나를 본 쿠키 언니는 살금살금 기어서 가게에서 도망치려 하고 있었다.

나는 "휘이이익!" 하고 날개를 펴고 날아가서는 쿠키 언니 앞에 내려

앉아서 "살려줘요! 제발 살려줘요!" 하며 눈물을 흘리는… 쿠키 언니를 한 손으로 붙들고는 갑주가 자신의 창으로 뚫어진 채 숨을 거둔 사유리가 입고 있던 갑주 표면을 타고 녹색의 번개가 흐르고 있는 사유리 옆으로 다가가고 있었다.

"괴물아!! 죽어! 어서 나를 놓지 못해! 죽어! 어서 그 더러운 손을 놓지 못해!"

"팅!~팅!~팅!"

금세 울음연기를 그만둔 쿠키 언니는 품에 숨겨 두었던 큰 과도를 사용하여 내 단단한 피부를 인정사정없이 찌르면서 욕을 퍼부었다! 과도로 내 피부를 찌를 때마다, "팅!" 하며 맑은 철끼리 부딪치는 소리를 내며 팅겨져 나왔다.

"휘이익!" 하고 죽은 사유리 옆에 쿠키 언니를 던져놓자마자 사유리의 흐르던 번개 줄기가 갑주에 닿은 쿠키 언니의 피부를 타고 사유리의 갑주와 쿠키 언니의 피부를 타고는 번갈아 흐르면서 "꺄아아아아악!" 하며 나지막한 비명소리가 여러 번 들리더니 얼마 지나지 않아서 "펑!~ 콰과과과쾅!" 소리와 함께 커다란 녹색 불꽃을 일으키며, 폭발하여 둘 다 반짝이는 녹색 가루가 되어 사방으로 흩어졌다.

가게 바닥에는 사유리의 것으로 보이는 핏자국과 내가 흘린 흥건한 핏자국이 남아 있는 정도였다.

사태가 수습되자, 주위에는 반짝이는 녹색 가루가 휘날리는 한가운데 내가 서 있었으며, 나는 휘날리는 미립자 형태의 반짝이는 녹색 가루들을 본능적으로 날개를 "쫙~!" 펴놓고 몸 전체를 뒤덮은 우둘투둘한 드래곤의 피부로 받아들이기 시작했다.

작은 미립자로 된 가루들은 어느새 내 몸 전체를 통하여 내 자신의 어떤 욕망을 채워주는 듯한 느낌을 나에게 안겨 주었다.

그 욕망이란?… 배고픔, 피곤함 등과 가장 흡사한 종류의 기본 욕망, 욕구처럼 느껴졌다.

마치… 숨을 쉬지 않으면 안 되는 것처럼…. 그렇다! 지금 내가 하고 있는 온몸을 통해 폭발로 발생한 미립자를 흡수하는 행동은 내 스스로가 제어가 불가능했다.

미립자가 가게 안에서 거의 다 사라지자 울퉁불퉁 거칠었던 드래곤의 피부는 언제 그랬냐는 듯이 매끄러워졌고, 피부 표면에서는 빛이 반사될 정도로, 마치 대리석을 곱게 자르고, 깔끔하게 가공한 후의 모습처럼 보였다.

"지지직! 우지끈! 쿵!" 소리와 함께 나의 커다란 날개와 내 등을 연결해 주던 굵은 날갯죽지에 금이 가더니 순식간에 부러져서는 뒤로 떨어지며 산산이 부서졌다.

금이 간 날갯죽지를 따라서 드래곤 몸 전체에 금이 "우지끈! 쩌어어억!" 가더니 "와장창창!" 소리를 내며 가게 바닥으로 쏟아졌다.

이제야 정신이 든 나는 주변을 둘러보고는 산산이 부서진 돌 조각들과 발 부근에서 아직 금이 가 있기는 하지만 부서지지 않은 부분의 조각 안에서 발을 이리저리로 흔들자, "우두두두둑!" 소리와 함께 쉽게 빠져나올 수 있었다. 나는 알몸으로 천 조각 하나 걸치지 않은 몸 상태였으며, 갑자기 부끄러움이 온몸을 타고 몰려오며 그 자리에 주저 앉았다.

"내… 내가 어떻게 된 거지?!" 얼굴까지 붉게 물든 나는 방금 전에 있었던. 사유리와의 싸움 그리고 본명도 못 들어본 쿠키 언니를 해치운 것만은 감촉이나 기억이 생생했다.

하지만 어째서인지 그 일들에 대해서는 분노나 슬픔 등의 어떠한 감정도 느껴지지 않았고. 오히려 태연하게 먼지를 털어내며. 일어서서는 '입을 수 있는 옷을 찾아서 어서 여길 떠나야겠어!' 하는 생각이 들었다.

나는 엉망이 된 가게 1층 복도를 뒤에서부터 달려와 "타다다다닥!" 2층을 향해 있는 방향으로 부서진 테이블을 도움닫기를 이용하여 "타닥!" 2층으로 올라갔다.

계단은 여기저기가 사유리가 사용한 바람의 영향으로 오랜 기간에 걸쳐서 심하게 부식이 된 것처럼 콘크리트의 여기저기가 부서져서 철근이 훤히 다 보이는 부분도 여러 부분 있을 정도로 부식이 진행되어 있었으므로. 계단을 이용하여서 2층으로 올라가는 것은 위험하다고 판단했기에 뛰어서 도움닫기를 이용한 말 그대로 학교에서 뜀틀을 뛰어넘는 법과 마찬가지 방법으로 올라간 것이다.

'콘크리트 잔해 사이에 묻혀 있는 옷을 꺼내기 위해서는 조그마한 콘크리트 조각부터 치우는 게 좋겠어! 아!? 이런!… 우선 옆방에서 입을 만한 옷이나 옷 대신 걸칠 수 있는 걸 찾아봐야겠어!'

"뚜벅! 뚜벅! 뚜벅!" "끼이이익!"

'역시나! 장롱도 없잖아! 그럼 어쩔 수 없이 다시 페르미온을 사용해볼까?'

"얼음의 대지여, 극한의 서리로!…"

어라?! 아무 일도 일어나지 않는다!

다시 한번 "얼음의 대지여, 극한의 서리로!…"

역시나… 페르미온을 사용할 수 없다.

방금 전 드래곤에서 다시 내 본모습으로 돌아온 영향일까? 나는 단념한 표정을 지으며 생각했다.

"페르미온을 지금 사용할 수 없다면, 주변의 물품을 이용해서 옷 비슷한 걸로 만들어 몸을 가리는 수밖에 없어!"

나는 될 수 있는 한 옷을 만들 수 있는 것을 찾아 헤매며 이것저것들을 주워 모았다.

'자~! 그럼 침대보, 빨래집게, 이 정도밖에 없지만 상황이 상황이다 보니…'

긴 머리카락을 들어올려 침대보로 오른쪽 어깨 부위에서 등으로 묶은 후에 가슴 윗부분을 기준으로 어깨 밑으로 몇 바퀴 휘어감은 후 옆이나 주변에서 최대한 걸리적거리지 않을 만한 장소에 준비한 빨래집게로 마무리 고정했다. 옆방으로 가서 부서진 콘크리트 조각을 작은 것부터 치워서, 원래 내 옷을 찾아야겠다는 생각이 들었다.

"뚜벅! 뚜벅! 뚜벅!" 부서진 옆의 욕실에 도착한 나는 꾸부정한 자세로 작은 콘크리트 조각들부터 치우며 콘크리트 잔해 안에 묻혀 있는 옷을 찾기 시작했다.

"위이이이잉! 두두두두두둥!"

'웅? 이게 무슨 소리지?!'

내가 부서진 욕실에서 콘크리트 조각을 치우고 있는 사이에 하늘에서 울려퍼지는 헬리콥터가 날고 있는 특유의 엔진소리가 귓가에 울려퍼졌다.

그렇게 헬리콥터가 내 주변에 여러 대가 나타난 지 얼마 되지 않아서 나를 향하여 헬리콥터에 달린 여러 개의 스포트라이트가 달빛 아래 구부정한 자세로 나에게 비추었다.

'눈이 부셔! 다른 곳으로 숨어야겠다! 하지만 대체 어디로 숨으면 좋지?!'

나를 비춰대는 스포트라이트에 눈을 가리며 일어나서 다른 곳으로 숨을 장소를 찾고 있었지만, 그 어디에도 숨을 만한 장소는 마땅히 없어 보였다.

여기저기 심각하게 부서진 채로 2층 벽면 한쪽과 지붕의 어느 정도가 완전히 붕괴되어 밖에서… 특히 하늘 위에서는 너무나도 잘 보였다.

잠시 후….

"이나미 토모카 대장의 직속 부하이자, 특별 행동대원 번호 301-2A번 나가세 유이! 지금 하고 있는 모든 활동을 중지하고, 두 손을 머리 뒤로 하고 스포트라이트 앞으로 나오십시오"

헬리콥터에 탄 한 사람이 확성기를 꺼내 들고는 나를 향하여 스포트라이트가 비치는 자리로 나오라고 했다.

"이런!~ 젠장! 아… 알겠습니다. 지금 나갑니다."

나에 대해 자세히 아는 것을 보니 토모카 대장이 보낸 자기 직속 행동대원들로 꾸며진 일명 '유령 사냥꾼!'이라는 부대로. 토모카 대장의 명령으로 나를 붙잡기 위하여 온 것이라고 생각했다.

'아!~ 눈부셔… 제대로 앞을 바라보지도 못하겠어!'

헬기 안에는 헬기 한 대당 로켓런처, 16밀리 자주포 미사일, 10밀리 게틀링건 등 말도 안 되는 여러 가지 화력 무기들을 동원한 최소 7명

정도로 구성된 사람들이 타고 있는 것으로 보였다.

"스포트라이트 좀 꺼주세요!…. 그리고 여기는 도시 안이라구요. 수많은 사람들이 나와 볼지 모르는데, 확성기와 스포트라이트 좀 꺼주세요."

헬기가 가게 2층 가까이 내려오더니, 커다란 검은색 밍크코트 차림을 한 녹색에 굽이 꽤 높아 보이는 고급 구두를 신은 여자가 헬기에서 내가 있는 2층에 내렸다.

머리에는 챙이 크고 화려한 금색 모자를 눌러 쓴 여자가 한 손에는 금색의 고급 가죽장갑을 착용한 손에 검은색의 크기가 굵은 시가처럼 생긴 것을 들고는 다른 한 손으로 가리고는 "탁!" 소리와 함께 라이터로 불을 붙이자 시가처럼 생긴 끝에서 점점 타들어가며 영롱한 연기가 뿜어져 나왔다.

여성은 나를 향해 "또각! 또각! 또각!" 소리를 내며, 영롱한 연기를 내뿜고 있는 시가처럼 생긴 것을 챙이 큰 화려한 금색 모자 밑으로 가져가더니 모자 밑으로 보이는 짙은 검붉은 색의 두터운 입술에 물고 "음~퍼! 음~퍼!" 하듯이 연신 소리를 내며 연기를 연신 흡입하고 있었다.

그 모습을 보고 있자면, 여자인 나도 왠지 모르게 매료가 될 것만 같은 마성의 입술이었다. 마성의 입술을 가지고 그 여자는 천천히 발걸음을 옮기며, 내게로 다가오며 스포트라이트에 비친 밍크코트에는 〈레귤러 넘버 10〉이라고 새겨진 〈금색으로 반짝이는 스테고사우루스의 형상〉이 들어간 배지가 스포트라이트에 빛을 받아서 더욱 찬란하게 빛을 발하고 있었다.

'아…아니야! 그럴 리 없어!' 나는 태어나서 처음으로 느끼는 공포를 넘어서는 허무감과 기쁨이 교차하며 이루 말할 수 없는 감정의 교차로 인하여 두 눈동자에서는 나도 모르게 눈물이 흐르고 있었다.

등에서부터 식은땀이 줄줄 등줄기를 타고 흘러내리고 있었다.

'레…레…레귤러!! 소문으로만 듣던 실제 존재한다고 생각해 본 적도 없었던 존재!…'

레귤러에 대해서는 여러 가지 소문과 전설이 전해지는데 어떤 이는 레귤러를 만나게 된다면, 지금까지 느껴보지 못한 축복을 얻을 수 있다거나, 또 다른 이들은 레귤러를 만나기 위하여 강령술 같은 오컬트를 사용하게 된다면 그 자리에 나타난 레귤러가 자신을 불러낸 자에게 크나큰 공포… 죽음을 선사하기도 한다는 등의 여러 가지 소문이나 전설이 조직의 여러 사람들의 입을 통하여 전해진다고 나도 들어본 적은 있다.

지금 내 앞에 모습을 나타낸 자는 토모카 대장처럼, 조직에서 직속으로 일을 하는 부류와는 거리가 전혀 없는 더더욱 높은 자리에 있는 말 그대로 조직에서 그들의 모습을 직접 본 사람들은 거의 존재하지 않는다고 할 정도로 조직에 있어서는 신과 같은 존재들….

그들이 레귤러!! 나는 그녀 앞에 무릎을 꿇었다. 내 앞으로 가까이 다가온 그녀의 얼굴은 큰 챙으로 된 모자로 가려져 있어서 두텁고 매력적인 입술 말고는 보이지 않았으며, 고개를 들지도 못한 채 두 눈에서 내 양쪽 뺨을 타고 뜨거운 눈물이 연신 흘러내려서 욕실 바닥을 적시고 있었다.

"또각! 또각! 또각!" 연신 같은 템포로 들려오던 걸음소리가 내 앞에서 멈추고는 잠시 동안 적막감이 도는 듯했다.

"이름이 어떻게 된다고 했지요?!"

레귤러의 물음에 나는 겁에 질려서 떨리는 목소리로 겨우 말했다.

"나…나…나가세 유이라고 합니다."

"응, 그럼 나도 유이라고 불러도 되겠나요?!"

"네! 그렇게 불러주시는 것만으로도 영광입니다."

"유이는 지금 자신의 몸에서 일어나고 있는 일이 어떤 일인지 아시나요?!"

"아…아니요! 제 몸에서 어떤 일이 일어나고 있는지 알지 못합니다."

레귤러 님은 자신이 입고 있던 밍크코트를 벗어서 고개 숙인 채 눈물을 흘리며 대답하는 나의 양어깨에 덮어 주고는 "그럼, 유이는 지금 자신의 몸에서 일어나는 일을 알고 싶나요?!" 하고 물었다.

"네… 될 수 있으면 알고 싶어요!"

"그럼 좋아요! 유이, 저를 따라오겠어요?! 유이에게 새로 머물 장소와 기댈 수 있는 힘이 되어 드릴게요."

레귤러 님은 나의 흐르는 눈물을 금색으로 된 가죽장갑을 벗어서 매끈하고 부드러운 감촉의 손으로 닦아주며 말했다.

"이제 더 이상 힘들게 마음 아파할 필요는 없어요!"

내 볼과 눈꺼풀 사이에서 느껴진 레귤러 님의 피부의 감촉은 촉촉하지만 일반 인간과는 다르게 얼음처럼 매우 차가운 피부의 느낌이었다.

하지만 얼음보다 차가운 피부에서 나의 오래된 친구 아야카의 마음의 온기와 같은 나의 얼어붙은 깊은 마음속까지 녹일 수 있는 따뜻함으로 나를 맞이해 주는 것 같아서 기분이 좋았다.

"네… 레귤러 님을 따라가겠습니다."

레귤러 님이 손을 흔들어서 신호를 주자 기다렸다는 듯이 다른 헬기에서 머리에서부터 발끝까지 스포트라이트 때문에 자세히는 보이지 않았지만, 온몸을 검은색으로 두른 듯한 처음 보는 독특한 생김새의 갑옷을 입은 여성 둘이 나를 부축해 일으키며, "자~! 이쪽으로 저희의 양어깨에 당신의 양팔을 걸쳐 주세요."라고 말했다.

"타박!~ 타박!~타박!" 두 사람에게 부축을 받으면서 가게에서 검은색 헬리콥터로 천천히 걸음을 옮기며 살펴보니, 헬기 옆에 〈TJX-53F 엔젤포트〉라고 쓰어 있었다.

부축을 받으며 헬기를 타는 사이에 벗어 놓았던 금색 장갑을 다시 손에 착용한 후 다른 헬기가 레귤러 님을 맞이해 주었다.

나와 레귤러 님을 실은 헬리콥터는 "두두두두두둥!" "두두두두두둥!" "두두두두두둥!" 커다란 프로펠러 여럿이 큰소리를 내며 요란하게 움직이자 커다란 헬리콥터들은 차례차례로, 좌우로 크게 동체를 흔들면서 무리를 지어 적막한 도시에서 벗어나기 시작했고, 헬리콥터에 나있는 유리창 문으로 아직도 어두운 달밤과 인적이 없는 조용한 거리를 바라보며 속으로 나는 생각했다.

'오늘은 그 어느 때보다 길고 긴 밤을 보낸 것 같다! 오늘 있었던 여러 일들은 잊고 싶지만, 잊어버리기가 힘들 것 같아!'

아직도 방금 전 흘리던 눈물로 인하여 붉게 충혈된 두 눈으로 점점 멀어지는 도시를 바라보고 있자니 "두두둑! 두둑! 두두둑!" 소리와 함께 여러 방울의 물줄기가 헬리콥터에 나있는 창문에 길다랗게 여러 번의 얇은 물 자국을 내는 것 같더니, 순식간에 "쫘~아아아!" 소리와 함께 헬리콥터 전체를 동시다발로 때리는 굵은 빗줄기가 되어서 내리기 시작하였다.

내 귓가에 울려 퍼지는 굵은 빗줄기가 내리며, 헬리콥터 본체와 부딪치는 소리가 마치 전쟁터에서 빗발치듯 날아오는 수많은 총알소리로 들려왔다.

굵은 빗줄기 소리에 정신을 잠시 다른 곳에 둔 사이에 헬리콥터들은 "두두두두두둥!" 하는 요란한 엔진소리를 사방으로 퍼트리면서 이 도시를 거의 완전히 벗어나고 있을 무렵, 나는 다시 창문 밖으로 얼굴을 향했다.

거기에는 거의 건물이 보이지 않는 숲길이 이어지다가 순간! 커다란 건물 하나가 눈에 들어왔다. 헬기가 지나가며 살짝 비쳐 보인 문구에는 〈니시모리 주식회사〉라는 문구가 세차게 내리는 굵은 빗줄기 사이로 내 눈에 들어왔다.

나는 숲 가장자리에 자리 잡고 있던 커다란 건물이 내 눈앞에서 보이지 않을 때까지 무표정으로 단지 뚫어져라 쳐다만 보고 있었다.

세차게 비가 내리고 있는 니시모리 주식회사

"으으으음!… 으으으음… 이리 와! 어서 이리 오지 못해!…"

"와장창!~ 쨍그랑!"

"웅!?"

나는 악몽을 꾸다가 눈을 떴다. 눈을 뜬 내 앞에 보이는 건 커다란 독수리가 날개를 펴고 내려앉는 박제였다.

주변은 어두침침했고, 단지 침대 옆에 있는 조그마한 등불이 켜져 있을 뿐이었다.

'여…여기는!? 아~! 맞다! 내 방이지!'

나는 잠시 필름이 끊어졌다가 이어진 것처럼 멍해 있다가 정신을 차렸다. 거미 문양이 들어간 나무틀로 된 창문을 바라보니 "쏴아아아아아!" 소리와 함께 엄청난 기세로 굵은 빗줄기가 창문을 연신 두드리고 있었다.

일어나서 슬리퍼를 신고는 세차게 비가 내리고 있는 창문으로 다가가서 비가 내리는 바깥 풍경을 바라보고 있을 때였다!

어디선가 "두두두두두둥!" 하며 천둥소리처럼 헬리콥터의 프로펠러 돌아가는 소리가 들려오자 나는 지체없이 창문 위쪽을 바라보았다. 순간! 커다란 프로펠러가 두 개씩 달려있는 커다란 헬리콥터 여러 대가 무리를 지어서는 북남쪽 방향으로 빠른 속도를 내며 날아가고 있었다!

'이 한밤중에 웬 헬리콥터지?! 어디서 온 거야?! 이런 한밤중에 다른 지역에서의 훈련이야기는 들은 적도 없지만 우리가 사용하고 있는 헬리콥터 기종도 아닌 것 같은데…'

헬리콥터 무리가 지나가자 나는 내 손에서 도망쳐 버린 유이에 관한 일이 다시 생각나며, 아직 이른 시간이기는 하지만 유이에 대한 기록 등을 처분하고, 상부에 보고해야겠다는 생각이 들었다.

나는 다시 걸음을 서재로 향할 때 발길에 무언가가 "쾅!" 부딪치며 "아야야~아야!"하며 손으로 발가락을 감싸안았다. 발밑을 내려다보니 두꺼운 술잔이 깨져서 방바닥에 굴러다니고 있었다.

"아니! 대체 이 술잔은 왜 여기 떨어져서 깨져 있는 거야?" 순간 잠들기 전에 피곤하지만 스트레스 때문에 잠이 오지를 않아서 술 몇 잔을 마시다 말고 침대에 누워 있다가 잠꼬대를 하다가 내가 밀어 떨어뜨린 기억이 어렴풋이 들었다.

깨져 있는 두꺼운 술잔 조각을 치우며 문득 떠오른 옛 과거에 깨진 술잔 조각을 집어들던 내 손에 움직임이 멈춰지면서,

'깨져버린 이 두꺼운 술잔처럼 나와 유이의 관계도 더 이상 옛날로는 돌아가지 못하는 걸까?… 두터웠던 인간과의 관계도 이 깨져버린 술잔 조각처럼 간단하게 산산이 조각날 수도 있구나!'라는 생각이 들며 슬퍼서 금방이라도 눈물이 "왈칵!" 쏟아질 듯한 분위기가 되면서 함께 웃으며 언니 동생으로 유이와 지내오던 옛일이 머릿속에서 주마등처럼 수많은 장면으로 스쳐 지나가고 있었다.

나는 내 뺨을 양손으로 때려가며, "찰싹! 찰싹! 찰싹!" 붉게 충혈된 볼에 아픔 때문에 눈물이 "왈칵!" 하고 쏟아지는 상황을 면했다.

'정신 차리자! 이걸로 된 거야!… 이걸로! 유이가 이 이상 나와 같이 있다가는 내가 속한 조직이 얼마나 무섭고… 비열한지를 알게 될 테니… 게다가! 유이에겐 거짓말보다 더한 것을 해서라도 내쫓지 않으면….'

유이의 결박의 조각에 몰래 심어 놓았던 〈DGH-X피연의 응고체〉 다른 이름은 〈죽음을 부르는 헬포션〉이라 불리우는 조직의 간부들이 모든 기술과 시간, 방대한 금액을 사용하여 만들어 내는 데에는 성공했지만 완성품은 단 하나뿐인 완성품이지만 완성품이라 불릴 수 없는 물질…. 그후로는 조직의 큰 비밀 보관소에 보관되어 오던 〈금단의 물질 넘버5〉로 엄격하게 관리해 오던 것을 어느 날 내 앞으로 날아온 여

러 장의 공과금 고지서 안에 교묘하게 섞여서 들어와 내역서 안에 들어있던 〈코드네임: 베로니카, 코드네임: 인어의 눈물〉이라고 적힌 자가 보내온 조직의 어두운 과거와 미래의 계획 중 일부가 들어 있었다.

그 정보 안에는 예전에 유이랑 가장 친하게 지내던 아야카 사건에 대한 진실도 일부 포함되어 있었으며, 나를 가장 크게 소스라치게 만든 건 유이에 대한 진실이었다.

다른 자료들과는 다르게 유이의 과거와 기타 유이에 대한 국가에서 관리하는 신체 등록 상황 등 아주 세세한 자료가 담겨 있었다.

일반 택배 상자에 담긴 검은색 고급 케이스에 여러 겹의 강철로 된 사슬이 겹겹이 쳐진 곳에 〈위험! 1급 급성 감염물질〉이라고 적힌 빨간색 테이프! 나는 〈베로니카, 인어의 눈물〉 이 두 인물이 보내준 조직의 어두운 과거와 미래의 계획 일부를 접한 후 무언가에 홀린 듯, 미친 듯이 검은색 케이스를 열었다.

거기에는 보라색 빛깔의 반투명 물질이 가득 들어있는 시험관 하나가 절대로 깨지지 않도록 안전하게 고정되어 있었다.

나는 설명서대로 보라색 빛깔의 반투명 물질을 이용해서 일반 결박의 조각과는 차원이 다른 결박의 조각을 만들어낸 후 친동생처럼 나를 믿고 따르던 유이에게 두 손으로 건네주며 유이의 양손을 꼭 붙잡고는 언젠가 그리 멀지 않은 날에 다가올 비극의 날에 내 손으로 유이의 결박의 조각에 담긴 〈죽음을 부르는 헬포션〉의 힘을 유이를 위해서 건네 주리라!….

설령 내 손에 유이가 죽는 일이 발생할 정도로의 극한 상황으로 몰아가다 유이가 죽게 되더라도… 〈죽음을 부르는 헬포션〉의 힘을 이끌어내지 못한다면….

유이에게는 죽음보다 더한 고통의 시간과 조직의 공포에 떨면서 도망치며 살아가게 되고 무엇보다 큰 미래를 바꿔야 하는 자신의 운명을 저주하게 될 거야!….

유이가 앞으로 감당할 일이 너무 무겁기에 아야카에 대한 일은 내가 뒤집어써서 유이가 아야카에 대한 걱정을 하지 않도록 하고 싶었고 마지막에는 유이에게 그 어떤 때보다 심하게 대하는 것으로 인하여 나와 거리가 아주 멀어지도록 한 계획을 포함한 대부분의 계획이 성공을 거두었다!

설령 이 일로 인하여 유이에게 엄청난 미움과 증오심을 살지라도 앞으로 유이가 걸어갈 길에 비하면 별것 아니라고 생각했다!

그렇지만 오늘 반나절 동안 내 마음 한 구석에서는 샘물이 솟아나듯이 눈물이 솟아났다. 지금 생각해 보면 그건 아마도 친동생처럼 아끼던 유이에게 경멸, 증오심 등을 느껴서라기 보다는 앞으로 찾아올 유이가 겪게 될 고통과 고난들을 생각해서였던 것 같다. 하지만 겉모습으로는 다른 사람을 연기하듯이 전혀 다른 보습을 보여 주며 연기가 들키지 않도록 힘을쏟았다.

앞으로의 유이를 위해서… 나는 정신을 다시 가다듬으며, '휴~! 안 그래도 할 일이 많은데… 이번 일을 계기로 술잔은 침대 주변에 가지고 오지 않도록 해야겠어!'라고 혼잣말을 중얼거리며 방바닥에 깨져서 너저분하게 널린 유리조각을 직접 치우고 바닥에 엎질러져 버린 술을 닦았다.

'아! 이제서야 정리가 끝났네! 그럼 어디 서재로 가볼까?'

나는 발걸음을 옮기던 중 내 발밑에 버려진 유이의 지갑, 결박의 조각과 여러 수첩 등의 소지품을 가방에 담은 후 그걸 들고 서재로 다가가며 다시금 알게 되었다.

"또각! 또각! 또각!"

어느 때보다 무거운 발걸음을 옮기며 이렇게 커다란 건물에 사람이 거의 없다는 사실을….

본래라면 시끌벅적할 정도로 사람도 많겠지만 대부분의 일반 사원들이나 나와 같은 계급의 대장들은 3일간의 휴가로 인하여 당번인 나와 몇 안 되는 그룹의 부하들 말고는 다 모레 오전에야 돌아온다.

말 그대로 하늘이 도와줘서 큰일이 일어나지 않고 지나가게 되었다. 큰 서재에 도착하자 마자 나는 책상 옆에 있는 전화기의 수화기를 들고는 번호를 눌렀다!

신호음이 가며 "뚜~ 뚜~ 덜컥!"하는 소리와 함께 "네, 여기는 005 부대 특수 공작 부대 입니다!"

"토모카 대장이다! 신데렐라의 유리구두를 찾았다! 반복한다! 신데렐라의 유리구두를 찾았다!"

"여기는 005부대, 왕자님이 도착했다! 반복한다! 왕자님이 도착했다!"

"뚜욱! 띠! 띠! 띠!"

다른 방에 있는 전화기는 항상 도청을 당하고 있기에, 가장 안전성이 떨어지는 외부와의 통신을 마음 편히 하는 곳으로 사용되어 온 서재에 설치된 전화기를 사용했다. 서재에는 밤낮없이 언제나 사람들이 많은 편이기에 여기 설치된 전화기는 도청을 하지 않는다는 걸 사전조사를 바탕으로 나는 누구보다도 잘 알고 있었다.

게다가 내가 005부대를 나의 전속 친위대를 사용하여 만든 이유도 만일의 사태에 급하게 사용할 수 있는 나만의 전속부대가 필요했기 때문에 대장의 신분을 이용하여 005부대를 창설하게 되었던 것이다.

나는 수화기를 제자리에 내려놓고는 책장 옆에 있는 창문으로 다가가서 하얀색 밴 2대가 근처에 도착하는 걸 확인한 후 책장 옆에 창문의 잠금쇠를 풀어내고는 활짝 창문을 열어 주었다.

밴에서 내린 방금 전의 복장에 방독 마스크를 뒤집어쓴 여성들이 10명 정도가 내가 열어놓은 창문을 통해서 순차적으로 들어왔다. 다 들어온 후에는 일렬로 서서는 나에게 예의를 갖추며 인사를 했다.

"005부대, 일명 토모카 대장 친위대 여기 모였습니다!"

"토모카 대장님, 여기 방독 마스크입니다."

"나는 건네주는 붉은색 해골에 푸른 장미가 그려진 방독 마스크를 뒤집어쓴 후··· '탈칵! 탈칵!' 방독 마스크에 달린 잠금장치를 잠근 후 말을 이어갔다.

"자! 작전을 실행한다. 이번 작전이 잘만 된다면 나와 여러분의 조직에 가담한 정보는 이건물 전체와 함께 모두 사라질 것이다! 그건 다시 말해 자유의 몸이 된다는 것이다! 그럼 모두 각자의 구역으로 가서 B3RT 접이식 플라스틱 폭탄을 설치한다! 구역별로 먼저 다운로드된 이 건물의 전체 설명도에 표시된 부분마다 10분 안에 설치를 마치고 각 구역별로 무전을 통해서 순차적으로 보고한다!

내가 말을 이어갔다.

작전이 개시되면 전원 착용한 전자시계를 03시에 맞춘다! 10분 안에 설치를 완료하고 다시 이 자리로 집합한다! 나머지 3명은 나를 따라서 기밀파일 폐기번호 목록에 바이러스를 주입하고 각자 할당된 중요기밀 파일을 USB에 저장하여 내 앞에 제출하도록!"

나는 내 부대원들 각각에게 스마트폰으로 이 건물의 전체 도면을 다운로드하여 전해 준 뒤에 무전기와 기본적인 MK16 기관총, 8구경 리볼버 권총 등의 총기를 건네 주고는 방독 마스크에 장착된 무선 마이크로 말했다.

"여기는 신데렐라! 호박마차 응답하라!"

"여기는 호박마차! 잘 들립니다."

"시계 바늘이 12시를 가리키는지 확인하여 보고하라!"

"여기는 호박마차! 시계 바늘이 12시를 가리키고 있습니다! 보고 드립니다! 시계 바늘이 12시를 가리키고 있습니다!"

차량에서 기다리고 있는 정보병들에게 주변의 감시를 부탁한 뒤 나는 말했다.

"지금부터 인류의 자유를 쟁취하기 위한 작전에 돌입한다! 인류의 자유로운 미래와 조직의 숨겨진 실체를 규명하기 위해서 우리의 명예로운 싸움에 신의 가호가 함께 하기를…. 작전돌입!"

나의 목소리에 내 전속 친위대원들은 자기가 맡은 임무를 위해서 "다다다닥! 다다다닥!" 요란한 발소리를 내면서 맹렬하게 목표 지점으로 돌진하며 서재를 빠져나갔다.

나는 서재에 앉아서 이 건물 어디로라도 연결되어 있는 쓰레기 처리 시설, 일명 〈소각로〉와 연결되어 있는 서재의 쓰레기 투기함에 문을 열어젖히며, 방금 전 주운 유이의 가방에서 유이의 소지품 등을 하나하나 빼내어 소각로로 이어지는 쓰레기 투기함에 집어넣고 있다.

"툭! 툭! 툭!"

그러던 중에 우연히 땅에 떨어진 유이의 수첩을 들자 그 사이에서 오래된 사진 한 장이 뒤집힌 채 서재 바닥에 떨어졌다.

무의식적으로 바닥에 떨어진 사진을 집어든 내 두 눈에서는 눈물이 핑!~ 돌았다.

"흑~흑~흑!"

"무슨 일 있으신가요? 토모카 대장님!"

내가 조용히 훌쩍이는 소리를 듣고는 주변에 있던 대원이 나에게 급하게 말을 걸어왔다.

"아니! 아니야, 아무것도…"

"네!… "

오른손에 들고 있는 사진에는 유이와 내가 같은 핑크색의 화려한 드레스를 입고 들판에서 파란색 카펫을 깔고는 나무로 짠 고풍스러운 도시락통에 샌드위치, 사과 파인애플, 소시지등을 가득 담아 놓은 채 방긋 웃고 있었다. 내가 유이의 손을 맞잡고 다른 손으로 유이의 어깨를 감싸안고 찍은 행복해 보이는 피크닉 사진이었다.

사진을 소각로로 이어지는 통로에 넣을지 말지를 망설이고 있는 나의 귓가에 갑자기 "여기는 A팀! 목표 완료! 지금부터 다시 서재로 복귀하겠음!"이라는 소리와 함께 "여기는 B팀! 목표 완료! 지금부터 다시 서재로 복귀하겠음!"이라는 보고가 들려왔다.

나는 황급히 당황해하는 표정을 지으며, 전자시계를 들여다보자 벌써 시간이 10분이 지나고 있었다!

내가 그리운 옛 추억의 감상에 빠져 있는 사이에 시간이 생각보다 많이 지나버렸다. 망설이는 내 마음을 그만두고는 유이와 같이 찍은 추억이 담긴 사진을 차마 버리지 못하고 곧바로 내 품속 깊숙이 집어 넣었다.

그리고는 나머지 "빈 껍데기뿐인 결박의 조각을 비롯하여 나머지 물품을 소각로 입구에 가방째 밀어 넣고는 "정보 B팀 극비자료의 파괴를 맡도록 해! A팀 바이러스 투입과 동시에 필요한 중요자료를 USB에 옮기도록!"이라고 지시를 내렸다.

"얼마나 걸릴 것 같나?"

"전체 시스템에 자료와 단절된 서버의 개요를 파악했을 때 늦어도 7분이면 끝납니다!"

나는 정보팀들의 예상 시간을 듣고는 곧바로 "좋아! 바로 시작해!"라고 명령을 내린 후에 자리를 비우고는 복도를 가로지르는 큰 엘리베이터 두 대 앞으로 "다다다다닥! 다다다다닥!"소리를 내면서 힘차게 달려가서는 엘리베이터 버튼을 눌렀다.

엘리베이터 문이 "스르르륵!" 열리자마자 모든 버튼 위에 자리잡은 별 문양의 육각형 표시에 내가 대장의 자격으로 가지고 있는 동그란 두꺼운 황금색의 용이 똬리를 틀고 있는 그림이 새겨진 배지를 두 손으로 부여잡고는 힘껏 구부리자 "우두드득!" 소리가 나며 황금색의 용이 새겨진 배지는 산산이 부서지며 안에서 작은 크기의 별 모양 두 개가 나타났다.

나는 별 모양을 엘리베이터의 별 모양에 갖다 대자 "위이이잉~! 위이이잉~!" 하며 시끄럽게 사이렌이 울려 퍼지면서 층을 표시하는 기판에 '경고! 긴급 폭파 준비!'라는 말이 나타났다.

나는 바로 옆에 있는 엘리베이터로 다가가서 문을 여는 버튼을 누르자 "스르르륵!" 소리와 함께 엘리베이터 문이 열리자마자! 엘리베이터로 뛰어들어가서 똑같은 표시의 별 모양을 붙여넣자 '긴급 폭파 준비 완료!'라는 문구가 기판에 표시되며 곧바로 건물에 설치되어 있는 전체 스피커로 커다란 음성이 〈니시모리 주식회사〉 건물 전체로 울려 퍼지면서 "위이이이이잉~! 위이이이이잉~!" 소리가 났다.

"알립니다! 본 건물은 건물 자체와 건물 거주자들에 대한 보안 및 안전에 지대한 영향이 미치는 최악의 상황이 발생함으로 인하여 철저한 보안을 위하여 본 건물은 잠시 후 자동 폭파됩니다. 거주자 및 관련자들은 15분 이내에 대피하여 주십시오. 대피할 때에는 자동으로 점멸되는 비상 안내등을 따라서 안전하고 신속하게 대피해 주십시오!"

"반복하여 알려드립니다! 지금 본 건물에 긴급한⋯."

귓가에 크게 울려 퍼지는 사이렌과 반복되는 방송소리를 들으며, 나는 다시 서재로 발걸음을 향하며 한 손으로 방독 마스크의 오른쪽 귀 밑부분을 살며시 누르고는 "신데렐라가 왕자님을 만났다! 반복한다! 신데렐라가 왕자님을 만났다!" "다다다다닥!"소리를 내며 발빠르게 서재에 도착했다. 서재에 도착하자마자 기다렸다는 듯이 보고가 이어졌다.

"A팀, B팀 모두 임무 완료했습니다!"

"좋아! 즉시 탈출한다!"

나와 내 친위대는 열어 놓은 창문을 통해서 순차적으로 밖으로 나와서 준비되어 있던 하얀색 밴 두 대에 각각 나누어 타고는 건물에서 벗어나기 시작하였다.

방금 전까지도 세차게 내리고 있던 빗줄기가 어느새 그쳐 있었지만 아직 우중충한 구름이 밤하늘을 뒤덮고 있었다.

얼마나 지났을까?! 대원 중 한 명이 "토모카 대장님! 건물에 남아 있던 사람들은 어떻게 되었나요!?"라고 물어왔다.

"그들은 우리와는 다르게 조직에게 충성을 바치는 놈들이야!…"

"그럼 다 죽게 되나요?!"

"걱정 말도록 해! 우리는 조직과는 다르게 불필요한 살인은 저지르지 않을 생각이야!… 아마도 지금쯤이면 방송을 듣고 모두가 허둥대면서 건물 밖으로 도망쳤을 거야!"

"쾅!!~ 쾅!! 콰콰콰콰쾅!~ 콰콰콰콰콰쾅!~ 콰쾅!~ 콰콰콰콰콰쾅!" 모두가 차량 안에서 뒤를 돌아보자 기다렸다는 듯이 엄청난 굉음을 내며 건물 가운데 부분에서 큰 폭발음과 함께 큰 불길이 솟구치면서 삽시간에 불길이 번지는 듯 보이다가 연이어서 큰 폭발음과 함께 치솟는 불길이 건물 전체를 세로로 가로지르며 "와르르르르륵! ~ 와르르르르륵!" 소리를 내며 순식간에 산산이 부서지며 무너져 내렸다.

너무나 큰 폭발에 의하여 건물 1층 전체가 지하로 매몰돼 버리면서 건물 전체가 형상을 전혀 알아볼 수 없는 여기저기가 큰불에 활활 타오르는 단순한 콘크리트 조각 더미들에 지나지 않게 되었고, 가끔씩 치솟는 불꽃을 보고 있으면 그 안에서도 작은 폭발이 연이어 일어나고 있는 것처럼 보였다.

"토모카 대장님! 이젠 어디로 향하면 될까요?!"

운전을 담당하는 부대원이 나에게 말을 걸어왔다.

"우선은 이대로 북쪽으로 쭉 가다가 큰 고속도로에 접어들면 수많은 차들 사이에 섞여들어 가서 우리의 모습을 최대한 노출시키지 않도록…!"

"네!… 알겠습니다!"

남쪽으로 10km 정도 가면 가장 가까운 고속도로 톨게이트에 다다를 수 있지만 그쪽으로 가는 길 대부분이 평야지대인데다가 만일의 사태에 몸을 피해서 숨어들 만한 장소를 찾기가 어렵기에 좀 더 시간이 걸리지만 우거진 풀숲과 많은 편은 결코 아니지만 그래도 어느 정도의 건물들이 주변에 있기에 나는 북쪽 루트를 선택하게 되었다.

나는 다시 방독 마스크의 오른쪽 귀 밑부분을 누르며 "여기는 신데렐라! 호박마차 들리는가?!"

"여기는 호박마차 잘 들립니다! 말씀하십시오!"

"왕자님이 유리 구두를 찾고 있다!"

"여기는 호박마차! 왕자님이 유리 구두를 찾게 되면 보고드리겠습니다!"

나는 암호를 뒤따라오는 밴에 보내어서 혹시 모를 적의 출현에 대비했다.

 # 니시모리 주식회사 북쪽 도로

"부르르르르릉~! 부르르르릉~!"

여기는 호박마차! 왕자님이 유리 구두를 찾았다! 반복한다! 왕자님이 유리 구두를 찾았다!"

긴박하고 다급한 목소리가 울려퍼졌다.

"이런!…젠장!"

본 건물에서 폭발이 일어난 지 10분도 되지 않아서 우려했던 일이 현실로 다가와 버렸다.

우리 뒤를 따르던 흰색 밴에서 들려오는 다급한 응답 후 10초 정도 경과한 뒤 "두두두두두두둥! 두두두두두둥!" 하늘에서 크게 울려퍼지는 헬리콥터의 프로펠러 소리와 함께 엄청난 속도로 돌아가는 커다란 프로펠러가 일으키는 바람이 휘몰아쳤다.

헬리콥터에 달린 스피커를 통해 목소리가 들려왔다.

"아! 아!~ 잘 들리나요? 여기는 A반 FRJ-35 칠흑의 레드문 사단장을 맡고 있는 코미야 유키라고 해요! C반 FRB-37 화염의 옥류 사단장 이나미 토모카! 당신은 지금 조직의 중요 베이스 기지 폭파 및 조직에 반기를 든 혐의를 받고 있어요! 지금 당장 차를 멈추고 투항해주세요! 아항~!"

"이 목소리는!…"

나는 헬리콥터에 설치된 스피커에서 흘러나오는 목소리를 듣자 전신에 나있는 솜털이 모두 한꺼번에 일어서는 듯한 끔찍할 정도의 소름이 온몸으로 돋아났다. 아마도 말끝마다 "아항~!" 하는 특유의 코웃음 소리의 영향이기도 했지만, 가장 큰 영향은 그 코웃음 소리 안에 숨겨진 무서운 무언가의 영향으로, 나도 모르게 목소리의 주인을 만나서는 절대 안 된다는 것을 몸이 먼저 알아차리고 있었다. 만약 만나게 된다면 끔찍한 일이 벌어질 것만 같은 느낌을 아주 강하게 느끼고 있었다.

"어떡할까요?! 토모카 대장!"

"에잇! 이대로 멍하게 있다가 당할 순 없지! 각자 이번 작전 중에 나누어 준 MK16 기관총을 준비하도록! 내가 신호를 하면 각자 창문을 깨고, 공중의 헬기들을 향해서 총을 발사하도록 해!"

"대장님! 저 정도의 헬기라면 분명 무기도 엄청난 것들을 준비해 왔을 텐데요. 우리들이 가진 건 기관총 한 자루에 권총 한 자루가 전부라서 과연 대응이 가능할까요?"

"확실히 그 말도 일리는 있군! 모두들 MK16 기관총의 탄창을 분리해 보도록 해!"

나를 제외한 나머지 부대원들은 조금씩 흔들리는 차량 안에서 MK16 기관총의 탄창을 "찰칵!" 소리와 함께 분리해 보고는 물었다.

"와!~ 이 파란색 총알들은 뭔가요?!"

"내가 이런 일이 발생할 걸 예상하고 비밀리에 조직이 경영하는 군사물자회사 연구소에서 비밀리에 개발된 총알을 입수해 두었지! 자세한 건 나도 공급받은 업자로부터 듣지는 못했지만 위력이 대단하다는 것만은 확실히 들었기에 아마 쓸 만할 거야!"

"그럼 모두 다시 탄창을 채우고 내 신호에 맞춰서 각각의 창문을 부수고 총격을 가하도록해!"

나는 점점 다가오는 헬기의 추적에도 아랑곳하지 않고 오히려 도로를 향해서 자동차 액셀러레이터를 밟으며 속도를 더욱 올렸다.

"이런… 이런… 이러면 안 돼요! 아항~! 더 이상 저항한다면 어쩔 수 없이 무력을 행사하겠어요! 벌…칙…타…임…을…내…릴…거…에…요! 아항~! 그렇게 되기 싫으시다면 차를 어서 멈춰 주세요! 아항~!"

"대장님! 헬리콥터에 달린 스피커에서 흘러나오는 저 목소리 어떻게 안 되나요?! 저 온몸에 소름이 돋았어요! 같은 여자가 들어도 치가 떨릴 정도로 거부감이 드네요!"

부대원들은 헬리콥터 스피커를 통해서 들려오는 목소리에 커다란 거부감을 나타내듯이 나에게 항의를 해왔다!

"좋아! 모두들 잘 들어! 여기서 좀 더 북쪽으로 올라가면, 굽어진 도로가 나오는데 그 도로에서 내가 신호를 하면 공격을 하도록 해!"

"네! 알겠습니다!"

"모두들 끝까지 묻지도 않고 내 작전에 따라줘서 고마워!"

우리를 태운 흰색 9인용 밴은 내가 차량 안에서 간단히 부대원들에게 고마움의 마음을 표현하고 나자마자 곧바로 방금 설명한 굽어진 도로로 들어섰다.

"모두들, 3! 2! 1! 총격 개시!!"

"와장창!~ 와장창!~ 와장창!~ 와장창!"

"철컥!~ 철컥!~ 철컥!"

부대원들이 기관총에 안전장치를 풀고 차 유리를 깨고는 MK16 기관총의 총구를 하늘을 향해서 밖을 향해 내놓고는 방아쇠를 당기자 "철컥! 철컥! 철컥!"하는 소리와 함께, "토모카 대장님! 총구에서 총알이 발사되지 않아요!!"라는 다급한 목소리가 들려왔다.

나는 총이 발사되지 않는다는 말을 듣고는 옆의 대원에게서 총을 건네 받아서 확인한 결과 방아쇠가 당겨지지가 않았다.

"어? 이게 왜 이러지??"

나는 있는 힘껏 방아쇠를 당겨 보았지만, 역시나 방아쇠는 꿈쩍하지 않았다.

"대장님! 토모카 대장님! 어떻게 하면 좋을까요?!"

나는 급하게 받아든 MK16 기관총의 탄창을 분리해서 총알을 빼려 했지만 총알이 탄창에서 나오려 하지 않았다.

나는 힘을 줘서 총알을 잡아당기자 그제서야 총알이 탄창에서 겨우 분리가 되었다. 분리된 탄창과 총알을 비교해 본 나는 소리쳤다.

"아아아아아!! 이럴 수가! 이건 말이 안돼! 타…타…탄창이! 총알과 사이즈가 안 맞아!!"

"그…그…그럴 리가 없어!! 난 그때 분명히 업자에게 내가 적은 탄창과 총알 사이즈를 꼼꼼히 준비해서 적어서 보내기까지 했는데… 뭐… 뭐…뭐가 잘못된 거지?!"

"대장! 토모카 대장! 우리는 이제 어떻게 해야 되나요?! 토모카 대장!"

나는 차량 안에서 고독하게 혼자서 지금까지 준비한 것과 다르게 된 적이 한 번도 없었을 정도로 철저하게 준비해 왔었는데… 이렇게 말도 안 되는 상황이 최악의 순간에 겹쳐서 일어나자 심각한 충격에 빠져서 말 한 마디는 커녕 주변의 아우성치며 도움을 요청하는 부대원들의 목소리조차 들리지 않을 정도로 패닉 상태에 빠져 있었다.

이나미 토모카가 이끄는 헬리콥터 안

나는 협박조의 말투가 아닌 놀리는 듯한 어눌한 형태의 말투를 사용하여 차를 멈추라고 말했지만, 토모카 대장과 부하들은 오히려 패닉 상황에 빠져서 내 말이 전혀 들리지 않아서 차를 멈추려는 행동이나 속도를 줄이는 행동을 아랑곳하지 않았다.

나는 헬리콥터 안을 둘러보며, HTM 이마즈 제녹스 레크레인G 다른 이름은(악몽을 부르는 지옥의 전자쇼크), KBA자주연장 로켓포 등을 둘러 보고는 옆에 있는 부대원에게 소리쳤다.

"부대원 A조 5번! KBA자주연장 로켓포를 타겟 2를 대상으로 발사해!"

나의 명령에 의문을 품고 있는 듯한 말투로 부대원 A조 5번이 나에게 되묻는다.

"네!? 지…진심으로 하시는 말씀이세요?"

"그래!! 녀석들, 내 말은 귓등으로도 들으려 하지 않다니! 얼마나 나를 즐겁게 만들어 주고 싶은 건가요?! 지금부터 5초 안에 차를 멈추지 않으면 벌…칙…타…임…에…들…어…가…겠…어…요! 5! 4! 3! 2! 1! 0! 짠짜잔~!"

"드디어 고대하고 고대하던 벌…칙…타…임!"

"벌써부터 기대가 되는군요! 으~히!~히!"

"나는 너무 가지고 싶어요! 놀아보고 싶은데 호박마차 여러분도 나와 같은 기분일까요?! 으~히!~히!"

나는 배가 고플 대로 고파 있는 상태에서 오래 기다리던 음식이 내 눈앞에 나타났을 때의 즐거움에 빠진 표정을 지으며, 멈추지 않는 침을 질질 흘려대는 입가를 오른쪽 손등으로 급하게 몇 번이나 닦아내고 있었다.

맛있는 음식을 먹는다는 기쁨에 찬 눈빛이 더욱 빛을 발산하는 상태를 주체 못하는 소리가 입에서 흘러나오며 한 번 들으면 트라우마가 되어서 두 번 다시 잊지 못할 것 같은 웃음소리가 헬리콥터 안에서 밖으로 울려 퍼졌다.

"으~히!~히!"

내 모습을 보고 있는 주변의 부대원들은 무서워서 아무 말도 못하고 는 짤막하게! "알겠습니다!"라고 대답했다.

"KBA자주연장 로켓포 1단 2단에 C4미사일포탄 단착!! 목표 코드 명 호박마차!"

부대원 중 짧은 머리를 한 여성대원이 자신의 왼쪽 어깨에 KBA자 주연장 로켓포를 올려 놓고는 타겟을 지정한 후 사용하려 들자 부대원 들 중에서 어디선가 갑자기 튀어나온 긴 머리의 다른 여성대원이 조준 기 앞을 가로 막아 섰다. 반짝이는 귀걸이가 흔들리며 A조 7번 이라고 적혀 있었다.

"유키 님! 처음부터 KBA 자주연장 로켓포를 사용하면 타켓 2에 타 고 있는 자들이 모두 죽을 수 있습니다! 저희들의 이번 임무는 저들의 제거가 아니라 저들을 항복시켜서 〈마단의 격벽〉으로 복귀하는 것입 니다! 부디 다시 한 번 생각해 주십시오."

"으~히!~히!~히! 내가 분명히 지금은 벌…칙…타…임!이라고 말했 을 텐데!"

나는 목소리 톤을 어느 정도 강하게 바꾸고는 "A조 7번! 감히 내 앞 을 가로막아! 부대원 주제에!!

아~하! 너도 즐기고 싶은 거로구나? 벌…칙…타…임!을 으~히!~히! 그럼 할 수 없지. 조금만 놀아줄게! 절대로 망가지지 말아 줘! 으~히!~ 히!~히!"

"탁! 찰싹! 찰싹! 찰싹! 쿵!"

나는 내 명령에 반항하는 긴 머리의 A조 7번 여성대원의 손목을 붙잡고는 강하게 싸대기를 양쪽 뺨에 여러 번 번갈아 가며 갈겨댔다.

"꺄아아아아!!"

긴 머리의 여성대원은 마지막 싸대기를 맞고는 헬기 바닥에 널브러져 버렸다.

"으으윽~ 아! 유키 님, 부디… 저 밴 안에는 저의 친한 친구가 타고 있습니다! 부디 같은 부대원인 저를 봐서라도 한 번만 자비를 베풀어 주세요!"

나의 불꽃무늬가 화려하게 들어간 발목을 넘어지면서 까져서 피가 흐르는 손으로 애써 붙잡고는 애절한 눈빛으로 부어오른 양 뺨을 한껏 보이며, 하소연에 가까운 부탁을 하는 긴 머리 A조 7번 부대원을 벌레 보듯이 바라보며 말했다.

"씨이이익!" 비웃으며 말했다.

"더러운 손으로 나를 만지지 마!! 소모품 주제에!"

내 목소리와 억양에 A조 7번 부대원은 놀라는 표정을 지었다.

"친구라고?! 소모품에게 친구라… 그럼 이번만큼은 A조 7번 대원을 봐서 참 좋은 걸 보여 주도록 하지! KBA 자주연장 로켓포를 이리 내!!"

"팡!~ 슈우우욱! 퍼~~어어엉!~ 콰콰콰쾅!!"

"으~하하하하하하하! 소모품에게는 친구 따윈 필요없어!! 물건 주제에 친구라니 역겨워!" 내가 벌인 일에 A조 7번 여성은 두 눈이 튀어나올 정도로 심각한 얼굴 표정을 보이며, 소스라치게 놀라 크게 벌어진 입에서는 괴성에 가까운 소리가 터져 나왔다.

"아…아아안돼!! 사쿠라!!!…"

흰색 연기를 불꽃과 함께 힘차게 내뿜으면서 고속으로 도로 위를 달리고 있는 흰색 밴에 정확히 맞자마자 큰 폭발이 일어나면서 9인용 흰색 밴은 공중으로 힘껏 치솟으면서 다시 땅으로 힘차게 내리꽂으며 엄청난 화염이 9인승 흰색 밴 내부로 삽시간에 번지고는 세 사람이 온몸에 불이 붙은 채로 밴 밖으로 튕겨 나갔다. 그와 동시에 흰색 9인승 밴의 4개의 고무 타이어와 은색 알루미늄 휠이 동시에 터지며 차 전체로 폭발력이 내부로부터 전해지며 산산이 부서져 버렸다.

안에 타고 있던 사람들은 모두가 비명소리 한 번 질러보지도 못하고 한순간에 한 줌의 재로 변해 버렸다.

나는 그 광경을 헬리콥터 안에서 지켜보며 큰소리로 웃어 버렸다.

"으하하하하하! 으하하하하하!"

나는 엄청난 기세로 큰소리로 비웃어대며 말했다.

"하찮은 부대원 주제에… 나를 거역하다니!"

긴 머리의 A조 7번 여성 부대원은 나를 경멸하듯이 올려다보며 찡그린 얼굴 표정을 지으며 두 눈에서 피눈물을 흘려대며, 피 흘리는 양손으로 내 다른 쪽 발목을 "꽈아아악!" 붙잡고는 "코미야 유키! 당신을 당신을 용서 못해!!"

나를 내 발밑에서 엄청난 기세로 노려보며 소리지르는 A조 7번에게 나는 엄청 화난 표정을 지으며 큰소리로 말했다.

"그 더러운 손으로 내 몸에 닿지 말라고 했을 텐데!!"라며 힘껏 다른 발로 배부분과 얼굴을 번갈아가며 여러 번 걷어차대자 어느 순간에 "퍼어어어억!" "쓰레기 이하의 더러운 벌레주제에! 그 더러운 손으로 내 몸을 만지지 말라고 했잖아!!"

"퍼어어어억!" "우지끈~ 우두두둑!" "꺄아아아악!" 소리와 함께 A 조 7번 부대원은 헬리콥터 밖으로 날아가 버렸다!

헬리콥터 바닥에는 아까보다 많은 선명한 붉은 핏자국이 얼굴이 지면에 닿아 있던 부분과 손부분이 한쪽 방향으로 쓸려가던 자국으로 선명히 헬리콥터에 남아 있었다.

나는 나를 쳐다보며 겁을 잔뜩 먹은 다른 부대원들에게 다가가서는 쏘아붙였다.

"뭘 그렇게 바라보는 거야!? 소모품인 너희들은 대장만을 신처럼 모시고 받들고 생각하면 되는 거야! 내세울 만한 능력도 별로 없는 주제에…. 소모품 역할 말고는 너희가 내 부대에 있을 이유는 없어! 너희는 단지 물건! 고장나거나 필요없으면 버려지는 물건에 지나지 않아! 으하하하하하!"

나는 큰소리로 나를 바라보고 있는 부대원들에게 차가운 시선을 주며, 큰 목소리로 호통을 쳤다.

내 표정과 다른 부대원들 앞에서 같은 부대원을 심하게 대한 나머지 헬리콥터 밖으로 차내버린 사건을 보고는 대부분의 부대원들이 내 눈길을 회피하려 들었다.

나는 지금까지와는 다른 진지한 목소리 톤으로 돌아와서는 "자 그럼 작전을 계속 진행한다!"

토모카 대장이 패닉상태에서 돌아오게 된 것은 자신의 뒤에서 엄청난 굉음과 함께 엄청난 열기가 자신의 몸 전체를 감싸안는 듯한 느낌을 받은 후였다!

"콰콰콰콰쾅!" 엄청나게 큰소리와 함께 모두가 순간 뒤를 돌아보았다. 거기에는 분명 방금 전까지 뒤따라오던 작전 코드명 호박마차의 흰색 밴이 온데간데없이 사라졌다가, 잠시 후에 "쿠~우우우우우우웅!" 엄청난 굉음을 내며 차체가 엄청난 속도로 그대로 지면에 정면으로 내리꽂히는 장면이….

토모카 대장과 다른 부대원들은 차의 속도를 줄여서 결국 폭발지점에서 얼마 떨어지지 않은 자리에 멈춰 섰다.

토모카 대장은 모든 걸 다 포기한 표정으로 아까 전에 패닉상태에선 벗어난 듯하였으나 마음속에 가지고 있던 살아남겠다는 의지는 방금 전의 폭발과 함께 연기처럼 사라진 것처럼 모든 걸 체념한 듯이 행동하였다.

"무조건으로 투항하겠다! 그러니 더 이상의 공격은 중단해 달라!"고 소리치면서 자신과 나머지 살아남은 부대원들은 흰색 밴에서 손을 들고 내렸다.

자신을 뒤따라 내린 부대원들도 아무 말 없이 그저 몇 m 뒤에서 발생한 커다란 폭발로 인하여 도로에는 아직도 커다란 움푹 파인 구덩이가 남아 있었고, 그 움푹 파인 구덩이 안과 주변은 아직도 불길이 활활 타오르고 있었다!

"칫~! 어이~ 이나미 토모카! 좀 더 나를 재미있게 해줄 거라고 생각했는데 말이야! 여기서 간단히 포기해 버리다니!"

이나미 토모카가 이끄는 헬리콥터가 착륙한 북쪽도로 근처 숲속

곧바로 "두두두두두둥! 두두두두두두둥!" 소리가 토모카 대장과 부대원들이 서있는 지표면 가까이로 다가오며, 커다란 프로펠러를 두 개씩 달고 있는 헬리콥터 2대가 나타났다! 그리고는 지면 가까이 헬리콥터가 내려오자 자신의 부대원들을 이끌고 코미야 유키 대장이 토모카 대장과 부대원들 앞에 모습을 드러냈다.

녹색의 작은 독사 모양을 한 머리끈을 이용해서 양 갈래로 딴 긴 갈색에 붉은빛이 도는 머리카락이 어느 정도 뒤섞여 있는 머리색에 코는 오똑하며 눈은 크며 붉은색 눈동자에서는 언제나 살기가 내뿜어져 나오는 것만 같고, 푸른색 입술은 광기로 가득찬 말들을 늘어 놓을때마다 입안에서 보이는 무시무시한 송곳니! 꼭 사자나 호랑이가 가지고 있는 크기만한 송곳니가 이따금 보였다!

보랏빛의 실크 소재로 만들어진 옷은 양쪽 가슴 주변을 시작으로 부드럽게 감싸며 옷이 서로 만나지 않지만 배꼽 부분부터 이어지는 옷은 배꼽 아래부분으로 25cm 정도로 길게 내려오며 엉덩이 라인을 가려주고 있었다.

오른쪽 허벅지에는 금으로 된 지금이라도 곧바로 달려들 것 같은 매서운 고양이 형상이 대각선 방향으로 형성되어 있었고, 고양이의 왼쪽 눈에는 녹색의 보석이 오른쪽 눈에는 노란색 보석이 박혀 있었다.

왼쪽 허벅지에는 발목으로 이어지는 자주색 보석으로 촘촘히 박힌 표면선을 따라서 안쪽에는 거칠게 휘몰아치는 바람을 형상하며 검은 회색에 푸른 하늘이 뒤섞인 색채가 왼쪽 허벅지에서 정강이 부분까지, 그리고 발목에서부터 정강이 부분에 그려진 거칠게 휘몰아치는 바람의 형상과 맞닿는 부분까지 붉은 주황색으로 표현된 활활 타오르는 불바다의 형상이 문신으로 표현되어 있었다.

발목에는 선명하게 핏자국이 여기저기 나있었으며 신발은 자줏빛으로 반짝이는 구두였으며 팔목에는 오른쪽에만 짙은 붉은색의 장미가 처음 보는 고대언어의 문양에 휘감겨 있는 문신이 존재했으며, 가느다란 팔과 손목을 지나자 방금 전 나의 동료들의 목숨을 빼앗아간 KBA 자주연장 로켓포가 들려 있었다.

"이나미 토모카! 반기를 든 죄가 얼마나 무거운지는 내가 설명하지 않아도 잘 알고 있겠지!?"

"모두 손에 수갑을 채워서 연행하도록 해!"

유키 대장의 명령에 갈색으로 빛이 나는 경갑옷을 두른 여자들이 모습을 나타냈다.

그들은 가슴부터 시작해서 허벅지 부근까지 하나로 된 경갑옷을 두르고 있었으며, 검은색 롱부츠를 신고 있었다. 롱부츠의 오른쪽에는 흰색으로 된 고양이가 그려져 있었다. 롱부츠의 오른쪽에 그려진 고양이 그림은 모두가 제각기 행동 모습이 다르게 그려져 있었다.

그리고 얼굴에는 머리 오른쪽으로 3가지 색의 녹색, 노란색, 파란색으로 된 각각 길이가 다른 깃털을 꽂고 있었고, 오른쪽 귀에는 직사각형의 은으로 된 귀걸이 형태의 이름표가 각각의 대원들이 착용하고 있었으며, 은으로 된 직사각형의 귀걸이에는 검은색으로 A조 1번 이라고 새겨져 있었다.

아무래도 유키 대장은 자신의 부하들을 각자 부를 때는 이름이 아니라 'A조 1번' 이런 형식으로 귀걸이에 새겨져 있는 번호로 부르는 것 같아 보였으며, 자신이 각각 한 명씩 지정하지 않을 때는 단체로 '너희 들'이라고 부르는 것 같았다.

유키 대장의 부대원들은 대부분이 편안한 얼굴 모습을 보여주지 않았다. 마음속으로 무언가가 단단히 굳어있는 듯한 표정을 보여주고 있었다.

"네! 모두 압송하겠습니다! 토모카 대장은 어떻게 할까요? 유키 대장님!"

"우선 수갑만 채워 놓도록 해! 대장끼리 긴히 할 이야기가 있으니!…"

토모카 대장의 대원들이 차례로 코미야 유키 대장이 이끄는 부대원들에게 압송되는 중이었고, 토모카 대장에게 다가온 유키 대장은 흰색 밴의 문을 열고는 "이런이런! 이 상자 좀 보라구!…" 하며 밴 문을 열어놓고는 토모카 대장에게 다시 다가와서 말했다.

"분명 기지를 날리기 전에 중요 기밀자료 등을 빼돌렸을 텐데… 지금이라도 늦지 않았어. 더 큰 화를 당하기 전에 빼돌린 자료를 담아 놓은 저장장치를 내놓는 게 좋을 거야! 반항해 준다면 나야 더할 나위 없이 행복할 텐데 말이야!"

토모카 대장은 유키 대장의 말에 순순히 USB를 넘겨 주었다. "정말 고마워~! 처음부터 이렇게 협조적이었다면, 아~! 아니지 처음부터 토모카 대장! 당신이 비협조적으로 나와 주는 덕택에 이번 임무가 시시하게 끝나지 않고, 나에게 조그마한 즐거움을 하나 선사해 줘서 고마워!…. 하지만 마지막은 실망인걸? 최후까지 포기하지 않고 맞서 줬다면 나에게는 더욱 즐거움이 늘었을 텐데 너~무 너~무나 아깝단 말이지!"

"닥쳐! 내 대원들을 그렇게 죽일 필요까지는 없었잖아!"

토모카 대장은 매우 화를 내며 유키 대장의 면상에 큰소리를 쳤다.

"배신자에게 좋은 결과란 있을 수 없다는 걸 아직도 모르겠나?"

유키 대장은 토모카 대장의 이마에서 뺨을 자신의 손으로 쓸어내리며 거들먹거리고는 "토모카 대장도 데려가라!"라고 말했다.

유키 대장의 명령이 떨어지자 유키 대장의 부대원들이 양쪽에서 토모카 대장을 붙잡고는 헬기까지 안내하기 시작했다.

"피~식!" 나는 입가에 비웃는 듯한 표정을 띠고는… "아~! 잠깐! 너희들 두 명, 토모카 대장을 이쪽을 보도록 돌려세우도록!"

"네!"

토모카 대장을 끌고 가던 유키 대장의 부대원들은 잠시 멈추고는 토모카 대장을 다시 돌려세웠다.

"나에게 할 말 없나요?! 이나미 토모카!?"

갑자기 다시 장난치는 듯한 어눌한 말투를 다시 보이며 토모카 대장에게 질문을 던지자!

"없다! 대답할 것도 물어볼 것도…."

토모카 대장의 그 대답을 기다렸다는 듯이 나는 "피~식!" 웃으며 "깜빡하고 빼먹은 중요사실이 있는데 말이야! 유이… 나가세 유이 말이야! 부대원들 사이엔 보이지 않는 것 같은데, 그렇다고 방금 전 내가 폭파시킨 밴에 타고 있었을 리도 없을 테고…. 토모카 대장! 나가세 유이는 어디 있나요?!"

나의 갑작스런 질문에 당황해하지 않으며 토모카 대장은 자신있다는 눈초리로 "유이? 나가세 유이는 방금 전에 포격으로 죽었다!"라고 당당히 말했다.

나는 더욱 더 "피~식!" 하고 웃으면서 "B조 3번, 4번, 5번! 살아남은 005 부대원들을 모두 여기로 다시 데려 와라!"

"네! 알겠습니다!" 얼마 지나지 않아서 수갑이 채워진 토모카 대장의 부대원들이 다시 모두 토모카 대장 앞에 모습을 드러냈다.

"토모카 대장! 기가 막힌 걸 하나 알려 주도록 하지! 마유 이자키!"

"마유 이자키!" 내가 005 부대원들을 대상으로 이름을 부르자 방금 전의 이름에 황당해하는 듯이 서로를 바라보는 005 부대원들 사이에서 한 명이 다른 부대원들과는 다르게 한 발짝 앞으로 나왔다.

"B조 3번! 한 발짝 앞으로 나온 녀석의 수갑을 풀어 주도록!" "철컹 ~ 철컹~!" B조 3번이 수갑을 풀어 주자마자 자기 손으로 방독 마스크를 벗어서 땅에 내팽개쳐 버리고는…"

"아!~ 이제야 살 것 같다! 휴~!"하며 큰 숨을 내뱉으면서 더워서 그런지 손으로 연신 부채질을 해대며, 긴 머리를 좌우로 혼들며 노란 금발머리에 파란색의 눈동자를 가진 여자아이가 모습을 드러냈다.

그 광경을 본 토모카 대장은 "제시카? 어째서?! 제시카를 마유 이자키란 이름으로 부르는거냐?! 코미야 유키!! 대답해!!"

토모카 대장은 갑자기 죽었다가 되살아난 사람처럼 생기를 가진 큰 목소리를 내뱉는 토모카 대장의 화가 난 목소리를 듣고는 "크~하하하하! 제시카?! 아!~ 한때는 그런 이름으로 불리기도 했던 적이 있었지! 자세한 이야기는 나보다는 당사자인 이자키에게 듣는 게 빠를걸?!"

"이자키 아무래도 토모카 대장은 지금 이 상황이 이해가 잘 되지 않는데다가 너를 아직도 믿고 있는 모양새 같구나! 네가 알아듣도록 잘 설명을 해주도록 하렴!"

내가 이자키에게 말을 걸고 있는 동안에도 내 말은 듣지도 않고, 토모카 대장은 계속해서 "제시카! 어서 나에게 묶여있는 수갑을 풀어줘! 제시카! 어서 나에게 묶여있는 수갑을 풀어줘! 제시카 어서 나를 좀 도와서 내가 차고 있는 수갑 좀 풀어줘!"하며 말했다.

수갑에서 풀려난 이자키는 토모카 대장에게 웃는 얼굴로 가까이 다가가서는 수갑을 찬 토모카 대장의 손목을 심하게 비틀어대자,

"아!~~아아아아! 제시카 왜 이러는 거야 도대체?! 제시카 너 설마! 나와 우리 동료들을 배신한 거야?! 방금 전 있었던 MK16 기관총의 탄창의 총알 사이즈를 바꿔서 신청한 것도 네가 한 짓이야??"

토모카 대장의 화가 난 목소리에 내가 갑자기 끼어들며! "그건 내가 한 짓이다! 너의 순탄한 계획에 얼음물을 확~! 끼얹고 싶어져서 말이야!"

"당신이 거래하던 비밀업자에게 내가 다른 신청서로 총알 사이즈를 좀 더 조정해 달라고 다시 신청했지! 바로 토모카 너의 이름으로 말이야!!"

"이 정도로 재미있는 시추에이션이 일어날지는 예상하지 못했지만 그 덕에 즐거운 불꽃놀이 구경도 하고, 너무 고마워서 선물이라도 하나 주고 싶군!"

"내가 너무 말이 많았지? 두 사람이서 해야 할 이야기가 있을 테니 제3자인 나는 그만 대화의 자리에서 비켜 주겠네!"

"감사합니다! 코미야 유키 님!"

"하~하~하! 배신?!"

갑자기 이자키의 얼굴이 얼음처럼 차갑게 굳어지면서 매서운 증오심에 이글이글 불타는 듯한 눈초리를 발산하며 "이나미 토모카! 당신이 그런 말할 자격이 있나요?? 제 마음에 크나큰 배신감을 안겨준 사람은 바로 당신이야! 이나미 토모카!!"

 엄청난 기세로 목소리를 올려서 이나미 토모카에게 큰소리를 지르고 나서는 차분한 목소리로 말을 이어나갔다.

 "저는 여기 있는 코미야 유키 님의 명령으로 원래부터 토모카 친위대에 존재해 왔던 인물을 3년 전 빈틈을 타서 죽이고 제가 스파이로서의 제 임무를 달성하기 위하여 당신 부대의 정보를 최대한 빼내기 위하여 그 자리에 새로 배정받아 들어갔을 때부터 다른 친위대원들과는 너무나도 다른 외국인의 외모와 말투 때문에 팀 적응에 힘들어하던 나를 당신은 언제나 다른 대원들보다도 먼저 챙겨주셨고, 상냥하게 대해 주셨지요. 그 뒤로도 최근까지 2년 정도 당신이 베풀어준 은혜와 가볍게 던져준 말들이 저에게는 큰 힘이 되었어요! 그리고 이따금씩 저의 비밀조차 알려 하지 않을 뿐만 아니라 스파이인 저에게도 다른 부대원들에게 대하는 것 이상으로 따뜻하게 마음을 쏟아부어 주셨어요!

 저는 어느 순간부터 토모카 당신과 함께 여러 임무를 완수하며, 대원들 중에서도 누구보다도 더욱 친밀감이 올라가고 그럴 때마다 제가 다른 부대의 스파이란 사실이 마음속에 크게 걸려서 마치 내 자신이 마음속에 커다랗고 무거운 돌을 얹고 살아가듯이 힘들었지요. 하지만 그때마다 당신이 던져준 가벼운 말들이 나를 더욱 기운 나게 만들어 주었고 한편으로는 점점 더 마음에 돌이 무겁고 커져만 가는 것만 같아서 어쩔 때는 토모카 당신에게 얼굴을 제대로 마주하기가 부끄럽고 죄송할 정도였어요! 하지만 어느 날 처음 만나게 되었던 당신이 아끼는 동생! 나가세 유이! 그래요! 그를 만나지 않았더라면… 그를 만나게 되면서 모든 것이 뒤틀리기 시작했으니깐요!"

"뒤틀렸다니? 대체 제시카! 너에게 어떤 일이 벌어졌기에 친밀했던 우리 관계가 이 정도로 심하게 바뀌어 버린 거니?"

"좋아요! 알고 싶다고 하시니 말씀해 드리지요! 하지만… 지금… 내 마음이 변해버린 이유를 알게 된다면, 분명! 토모카 당신은 후회하게 되겠지요!"

"저는 제 자신도 모르는 사이에 토모카 당신에게 개인적인 감정을 품게 되었고, 나도 처음에 잘 모르고 있던 감정이 당신이 나에게 소개한 나가세 유이를 만나게 된 이후로 점점 확실해지고 커져만 가는 걸 느끼게 되었고, 내가 당신을 향해 품은 커다란 그리움과 사랑이란 감정이 더욱 커다란 증오와 배신감으로 뒤바뀌어 버렸어요!"

"나… 나는 제시카 네가 나에게 그런 감정을 품고 있었다는 걸 전혀 알지 못했구나! 미안해! 만약… 네가 마음속에 품은 감정을 알고 있었더라면… 이런 상황은… 미안하다! 너의 마음을 알아주지 못해서!"

이자키는 자신의 모든 마음을 내 앞에서 토모카 대장에게 밝혔고, 이자키의 이야기를 다 들은 토모카 대장은 미안함에 끝내 말을 이어가지 못했다.

"두 번 다시 저를 제시카라 부르지 말아 주세요! 저의 이름은 마유 이자키! 유키 님이 지어주신 마유 이자키입니다!"

"이젠 다 지나간 마음 아픈 옛날 일이에요! 자!~ 본론으로 돌아가도록 하죠! 이나미 토모카! 당신이 숨겨온 일들을 모두 제가 유키 님에게 보고를 드렸습니다. 만약 지금부터 유키 님이 물어보시는 질문에 정확하고 성실하게 답변해 주신다면 나머지 부대원들은 모두 무사하게 〈마단의 격벽〉으로 돌아갈 수 있습니다.

하지만 조금이라도 거짓을 말하거나 유키 님에게 더 이상 무례하게 구신다면, 대원들은 여기서 생을 마감하게 될 겁니다.

부대원을 통솔하는 대장이라면 어떤 결단을 내려야 할지 잘 생각하며, 질문에 대답해야 할 것입니다!

"잘했다! 이자키 그럼 토모카 대장! 질문을 다시 하도록 하지! 나가세 유이에게 특별임무를 내린 건 당신인가요?"

"그건 너희가 알아서 좋을 게 못 되는 일이다. 참고로 나에게 나가세 유이를 시켜서 특별임무를 내리신 분은 말도 안 되는 분이라는 것만은 말해 두도록 하지! 그 이상 알고 싶다면 아마 목숨을 내놓아야 할 거야!" 나에게 대답을 건네는 토모카 대장의 흔들림 없는 눈동자와 굳어진 표정을 보고 뭔지 모를 거대한 압박에 아무리 호기심과 재물을 좋아하는 나지만, 위험한 일에는 손을 대지 않는 것을 기본 중의 기본 원칙으로 삼고 있기에 나는 토모카 대장에게 신경질을 내며 다른 질문을 던졌다.

"에이이잇! 다음 질문으로 넘어가도록 하지! 나가세 유이는 지금 어디 있나?"

"아마도 이 세상 어딘가에서 정처없이 떠돌고 있겠지!?"

나는 토모카 대장이 방금 전과 다르게 다른 곳을 쳐다보며, 대충 넘어가려는 듯한 아니! 관심을 보이지 않는 듯한 태도를 취하자!

"이나미 토모카! 한 번만 더 기회를 주도록 하지! 제대로 된 답변을 주지 않는다면 이번에는 당신이 피를 보게 될 거예요! 잘 생각해 보고 대답하는 게 좋을 거예요!"

"나가세 유이에게 들은 것을 포함해서 나가세 유이에게 일어난 모든 일에 대한 정보를 나에게 상세히 말하도록!"

토모카 대장을 상대로 심문을 시작한 지 얼마 되지 않아서 A조 8번 부대원이 "내 앞으로 다가와서는 내 개인 핸드폰을 건네주며 말했다.

"유키 대장님! 전화입니다!"

"지금 바쁜데 누구야? 뭐 보나마나 쓸데없는 가입권유 전화나, 방문해 주길 원하는 업자들 전화겠지?! 지금 한창 개인적인 일로 바쁘다고 나중에 전화한다고 해!"

내가 전화를 귀찮아하면서 저리 치우라고 전화기 쪽에 손을 향하고는 저리 가라고 흔들어대자!

내 개인 핸드폰을 들고 있던 A조 8번 부대원이 "저…저기 유키 님! 전화를 빨리 받아 보시는 편이…" "아이, 정말 귀찮게 하지 말고…!!"

"아…아…아! 타…카…타카사키 치토세 부장!!"

전화기를 빨리 받아보라고 권유해대는 A조 8번 부대원을 귀찮아하며 핸드폰을 바라보자 거기엔 내가 제일 꺼리고 나의 위에 위의 상관인 타카사키 치토세 부장님이 많이 화가 난 표정을 억누르고 있는 상기된 표정으로 나를 바라보고 있었다!

전화는 왜 받지를 않고, 신호만 가게 두는 거야?! 도대체 몇 번이나 전화를 했는 줄 알아?? 내가 도대체 몇 번이나 너에게 설교 아닌 설교를 말해야 정신 차리겠니? 거기다! 내가 언제 내 이름을 풀네임으로 부르라고 했니?! 난 그런 허락, 한 적이 없는 걸로 기억하는데 감히 누구 허락을 받고 멋대로 내 이름을 풀네임 그것도 마치 친구 대하듯이 부르라고 했어!!

핸드폰 저 너머로 가냘프면서 커다란 목소리가 내 얼굴을 대고 불을 뿜는다.

"아…아…타카사키 부장님이 맡기신 일을 처리하느라 전화를 못 받았어요! 잘못했어요. 에헤헤헤;;;"

나는 최대한 불을 뿜으며 말하는 타카사키 부장을 향해서 웃음으로 넘길 생각이었지만 타카사키 부장님은 그럴 생각이 전혀 없어 보였다.

"내가 말한 건 C반 FRB-37 화염의 옥류 사단장 이나미 토모카를 조직의 중요 베이스 기지 폭파 및 조직에 반기를 든 혐의로 체포하라고 했지. 누가 멋대로 취조를 하고 거기다! 또 자신의 부대원을 살상하고, 내 허락도 없이 멋대로 무기를 가져가서 일을 키워놓고, 전화는 받지도 않으며, 이젠 나에게 친구처럼 풀네임으로 불러대다니!! 으으으으… 코미야 유키!! 네 녀석의 이번 월급은 감봉! 감봉! 감봉이다!"

나를 향한 타카사키 부장님은 지금까지 참아왔던 화가 몰려 터져 나오며, 나의 마음을 압박했다.

"코마야 유키! 오늘 네가 가져간 무기! KBA 자주연장 로켓포 때문에 큰 문제가 발생했다!"

그때였다! 주변의 공기가 갑자기 무겁게 변하더니… 흰색 9인승 밴이 폭발하여 불타는 주변 숲 언저리에서 풀숲과 나무들이 움직이더니 수많은 무리의 디렉터가 갑자기 출현했다.

"으…으아아아! 으으…으아아아아!" "처벅! 처벅! 처벅!"

나는 원래 흐느적거리는 것을 싫어하는 특징이 있는데 그 중에서도 디렉터, 지렁이, 장어 등이 가장 흔한 예이다!

"코마야 유키! 잘 들어라! 네가 오늘 사용한 KBA 자주연장 로켓포에 사용되는 C4미사일은 미사일 안에 들어있는 켈리포니움이라는 합성물질이 사용되어 있는데 그 물질은 공룡의 후각세포를 이용하여 만들어낸 물질이야!

너도 잘 알겠지만 디렉터가 되어 버린 인간의 몸 안에는 다량의 켈리포니움이 들어있다. 즉! 켈리포니움이라는 물질은 자석의 N극과 S극이 끌어당기듯이 서로를 끌어당기는 효과가 있다.

그런데… 디렉터가 오래전부터 출몰하는 지역으로 지정되어 있는 장소에서 그런 위험한 물건을 멋대로 가져가서 사용하다니!!

내가 멋대로 가져온 무기를 무기에 대한 지식 없이 사용하여 이런 엄청난 결과를 불러일으키다니!… 결과적으로 내가 내 스스로를 내가 가장 싫어하는 공포로 몰아가게 된 것이다!

다른 화력 좋은 무기도 있는데 굳이 KBA 자주연장 로켓포를 가져다가 쓸 필요는 없잖아!"

나에게 화를 내는 타카사키 부장님의 질문에 나는 최대한 가볍게 대답했다!

"하지만 다른 무기보다 최신 무기가 당연히 화력도 좋고 폭발할 때 화려할 것 같아서 가져왔을 뿐인걸요 아항~!"

"그럼 다른 무기를 될 수 있는 한가득 싣고 가면 되잖아!"

"그러면 내 대원들을 다 못 데려 가는 걸요. 아항~!"

"코마야 유키! 대원들을 다 데려 가는데 무슨 특별한 이유라도?…"

"대원을 많이 데려 가면 데려 갈수록 내가 할 일이 줄어들고 편해지고 무엇보다도 어딜 가더라도 수많은 신하들을 거느리고 다니는 여왕님이고 싶으니깐요. 아항~!"

"여…여왕님!! 겉만 여왕님이기 전에 마음속부터 여왕님처럼 만들어라!"

그리고 대원들 다 태우고 무기 가득 싣고 난 후에도 코마야 유키 너하나 탈 자리가 없지는 않을 텐데…"

"무기를 많이 싣고 가면 내가 편안히 갈 자리가 없는걸요. 편안하게 여왕님처럼 누워서 부하들로부터 안마나 맛사지 정도는 받으면서 갈 자리가 꼭 필요하니깐요. 아항~!"

"예전부터 계속되는 '아항~!'이라는 말투는 꼭 해야 하는 거니?"

"귀여워 보이고 싶은걸요?! 겉은 언제나 여왕님처럼 아름다운 여성미를 나타내고 싶고, 마음속으론 소녀처럼 공주처럼 젊고 활기차게 보내고 싶은걸요. 아항~!"

내 말을 듣고는 타카사키 부장님은 모든걸 포기한 듯이 대답도 해주지 않고 팔짱만 끼고 계셨다.

나는 그런 타카사키 부장님에게 아무런 생각 없이 "HTM 이마즈 제녹스 레크레인G 다른 이름은(악몽을 부르는 지옥의 전자쇼크) 사용법 아시나요?! 타카사키 부장님!"

"뭐…뭐…뭐라고!! 악…악몽을 부르는 지옥의 전자쇼크를 지금 유키 네가 가지고 있다고?!"

"유키 이 바보 녀석! 무슨 생각을 가지고 HTM 이마즈 제녹스 레크레인G를 가지고 간 거냐?!"

"2층에 있는 무기보관소에서 무기를 꺼내려 방문했다가 내 마음에 들 만한 무기를 찾으며 걷다 보니 어느새 무기보관소 안에 존재하는 무기연구실에 무심코 들어갔다가 선반에 '블랙박스'라고 적힌 붉은색 유리상자 안에 들어있는 처음 보는 메탈릭으로 코팅된 상자에 HTM 이마즈 제녹스 레크레인G 라고 쓰여 있길래 열어보니 총 종류치고는 세련된 날렵한 총 자체 디자인에 여러 가지 처음 보는 많은 부품이 들어 있길래…."

"이거라면 나에게 딱이겠다! 쓸 만하겠다고 생각해서 가져온 건데 가져오면 안 되는 물건인가요?!"

"HTM 이마즈 제녹스 레크레인G 이건 대량 살상 무기 중에서도 최고로 치는 〈그랜드 파벌〉에 들어가는 무기 중에 하나야!! 그런 무기를 자기 멋대로 들고나오면 어떻게 된다는 것 정도는 잘 알고 있을 텐데 코마야 유키 대장!!"

"아…아…아 그러니깐! 〈그랜드 파벌〉이라구요?! 제가 가져온 무기가? 아…하하하하하!

가능한 빨리 여기 일을 처리하고 나서 무기를 가지고 최대한 빨리 〈마단의 격벽〉으로 돌아가서 무기를 제자리에 살짝! 돌려놓는다면 아무도 모르지 않을까요?! 아항~!"

"…."

"부장?! 부장님?! 타카사키 부장님?! 절벽 부장님?!"

"야~! 누가 절벽이야?! 누가?!"

타카사키 부장님은 방금 전 내 말 한마디에 찔리는 듯한 놀란 눈빛을 하고는 가슴을 양팔로 감싸고는 내 가슴으로 그 원망의 시선이 몰려드는 걸 온몸으로 특히 가슴에 집중적으로 느끼면서 곧바로 엄청 화가 난 표정을 최대한 참으면서 점잖은 목소리로 말했다.

"그럼 그렇게 가슴이 풍만한 유키 대장은 그 자랑스런 풍만한 가슴으로 지금의 난관을 슬기롭게 잘 극복할 거라 믿어요! 뭐!⋯ 얼마나 슬기롭게 극복할지 보지 못해 아쉽지만!"

"그⋯ 그렇게까지 화낼 필요는 없잖아요? 타카사키 부장님! 원래대로라면 부장님이 대답을 안 주시고 입을 꾹 다물고 계셔서 그런 거잖아요. 도와주세요 부장님!"

타카사키 부장님은 웃어 보이시며 "어머, 이를 어쩐담! 나는 유키 대장보다는 가슴이 절벽이라서 도와주고 싶어도 도와 드릴 수가 없네요!"

타카사키 부장님은 얼굴은 웃고 계시지만 뒤에서는 엄청난 기세로 불타오르는 무언가는 전화기를 넘어서 나에게 직접 전해지는 것이 간담이 서늘해지며 너무나도 무서웠다.

"정말 이러시기에요?? 부장님! 부장님이 그렇게 치사하게 나오시면⋯"

"???"

타카사키 부장님은 내 말에 궁금증을 가진 표정으로 바라보고 있었다.

"부장님의 그 절벽 가슴이 부장님의 그 쪼잔한 마음만큼이나 더욱 줄어들어 버릴걸요?!" 나도 화가 나서는 나도 모르게 큰소리로 부장님의 빈약한 가슴을 물고 늘어졌다!

"아!~ 그래요::: 코마야 유키! 아직 혼이 덜 난 모양인가 보군. 난 유키가 가엾다고 생각돼서 어느 정도의 감봉으로 넘어갈 생각이었는데… 잠자는 사자의 코털을 건드리다니 코마야 유키! 기지로 복귀하면 감봉보다도 무서운 형벌을 이 타카사키 치토세가 직접 내려 주도록 하지요! 그것도 아주 느긋하게 시간을 들여서 말이야! 축하해 코마야 유키! 지금의 위기를 뛰어넘으면 더욱 위험하면서도 벗어날 수 없는 절대적 위기를 맞닥뜨리게 될 테니…"

타카사키 부장님은 끝까지 웃음을 풀지 않은 상태로 전화기를 콱! 끊어버렸다!

"뚜~우! 뚜~우! 뚜~우!" 전화가 일방적으로 끊어진 것을 알리는 소리는 나의 소중한 인생의 무언가가 같이 끊어져 버린 것을 알리는 듯한 느낌을 받으며 나는 그 자리에 서있는 채로 하얀 석고상이 되어 버렸다.

어느새 나와 타카사키 부장님이 대화를 격렬하게 주고받고 있는 사이에 숲에서 모습을 나타낸 디렉터의 무리가 점점 이쪽을 향해서 천천히 몰려오고 있었다!

신기한 것은 보통의 디렉터들이라면 인간과 마주하게 되면 자동적으로 인간 형태의 껍질이 갈기갈기 찢어지며, 본래의 여러 동물이 융합한 괴생명체의 모습을 드러내는 게 정석이지만, 이상하게도 우리들 앞에 나타난 디렉터의 수많은 무리들은 아무런 변화를 보이지 않고 그저 한눈에 누가 봐도 인간의 껍질이 탈피하다 만 벌레의 껍질이 본래 탈피한 몸에 달라붙어 있는 듯한 것처럼 인간 피부 여기저기가 늘어져서 간신히 인간의 형태를 유지하며 걸어오는 듯했다.

나는 급한 대로 악몽을 부르는 지옥의 전자쇼크의 사용법을 타카사키 부장님에게 아무 생각 없이 물어보았다가 오히려 큰 화만 돋구는 상태를 만들고 말았다.

내가 혼이 빠져나간 표정을 지으며 멍하니 서있는 사이에 지금까지 조용히 나와 타카사키 부장과의 대화를 지켜보다 전화가 끊어지는 소리를 듣고서는 "어서 이걸 풀어줘! 안 들려? 어서 이걸 풀어 달라고! 이대로 멍하게 있다가는 여기 있는 많은 사람들이 큰 피해를 입을 거란 말이야!"

나는 큰소리를 치며 나에게 뭐라고 말을 걸어오는 토모카 대장에게 "징…징그럽단 말이야! 디렉터란 것들은 왠지 흐느적, 흐느적하고 걷는 폼이… 보고만 있어도 온몸에 소름이 돋는것 같단 말이야!"

"내가 해결해 줄 테니 나를 여기서 풀어줘!"

"그럴 수는 없지! 여기서 토모카 대장 당신을 풀어주면 저 녀석들을 해치우고 나서 도망칠 위험이 있는걸! 거기다! 내가 이 문제를 확실하게 해결해 보이지 않으면 앞으로 대장 자격을 박탈당할지도 모를 거야!"

힘겹게 부들부들 떨려오는 다리를 움직이며, 조금씩 조금씩 걸어나가는 내 모습을 바라보며 토모카 대장은 말했다.

"괜히 바보 같은 생각 하지 마! 내가 나서면 저 정도의 디렉터를 쓰러트리는 건 그리 어려운 일도 아니야!"

갑자기 또다시 거친 빗줄기가 내리기 시작한다!

"쏴아아아아아!~ 쏴아아아아!"

"무슨 일이 있어도 대장 자격을 박탈당할 수는 없어! 이 자리에 올라오느라 얼마나 힘들게 노력했는 줄 알아?!"

내가 입고 있는 보랏빛 실크 옷 전체가 갑자기 내리기 시작한 거친 빗줄기에 젖어있는 상태로 나의 발걸음은 어느새 HTM 이마즈 제녹스 레크레인G 앞에 멈춰져 있었다.

"딸칵! 딸칵!" 소리와 함께 금속 상자에 달린 잠금쇠를 풀고는 안에 들어 있는 은은한 짙은 보랏빛으로 뒤덮인 반짝이는 풀메탈 코팅 기관총처럼 날렵하면서도 총신의 길이는 저격용 소총 정도의 긴 편이었고 끝이 작살 형태로 생긴 은빛으로 뒤덮인 부품이 하나, 금빛으로 뒤덮인 커다란 주삿바늘을 타고 밑부분은 투명한 강화유리 재질로 되어있어 보였고, 그 안에는 녹색의 거품이 뻐끔뻐끔거리며, 금방이라도 끓어오르는 듯한 액체가 가득 들어 있는 부품과 주황색에 은빛으로 수놓아진 포효하는 용의 모습이 새겨져 있는 탄창이 하나! 그리고 파란색에 은빛으로 수놓아진 금방이라도 튀어나와서 사용자를 잡아먹을 것 같은 기세의 상어 그림이 수놓아진 탄창이 하나! 이 정도가 HTM 이마즈 제녹스 레크레인G의 구성품이었다.

나는 우선 그중에서 가장 앞에 놓여 있던 끝이 작살 형태를 하고 있던 부품을 총신의 앞에 끼우고는 우리를 향해서 더욱 가까이 걸어오는 디렉터 무리를 향하여 총의 방아쇠를 당기자!

"위이이이잉! 피이이웅!" 소리와 함께 끝에 달린 작살이 직선으로 디렉터들의 무리를 향하여 공기를 가르며 힘껏 날아가더니!

"투두둑!~ 투두둑!~ 투두둑!" 소리를 내며 하늘과 땅으로 작은 실타래처럼 보이는 끈적거리는 은색의 실을 달고 있는 작은 바늘 돌기가 주변의 디렉터를 포함하여 땅과 하늘 위로 퍼져 나가서는 순식간에 우리 앞에 반경 2km 정도 크기의 은빛의 끈적거리는 액체가 듬뿍 나오는 거미줄이 완성되었다.

정말 신기하게도 거미줄은 우리를 정면으로 바라보듯이 펼쳐져 있었다. 그 광경은 눈에는 보이지 않지만 하늘에 단단한 무언가가 있어서 거기에 단단히 고정되어 있는 듯 보였다.

거미줄이 나타나자 우리 쪽으로 걸어오던 모든 디렉터들이 갑자기 출현한 거미줄에 등불에 몰려드는 나방들처럼 몰려들기 시작하였다!

디렉터들이 거미줄에 가까이 가서는 하나둘 그 거미줄에 끈적거리는 부분에 손이나 신체 일부가 닿자 마치 거미줄이 디렉터들의 신체를 흡수하듯이 끈적한 은빛의 거미줄에 닿은 부분을 시작으로 몸 전체를 마치 음료수를 빨대를 사용하여 한 번에 빨아들이듯이 흡수해 버렸다!

"해냈다! 해냈어! 이걸로 남은 디렉터들도 모두 우리가 손 하나 까딱 안 하고도 소멸시킬 수 있게 되었어! 다행이다 다행! 휴~!" 나는 엄청 신이 난 표정으로 문제가 이미 다 해결이라도 된 것처럼 들떠 있었다!

"뒤를 봐! 유키 대장!" 나는 토모카 대장의 다급한 목소리에 무심코 뒤를 돌아보니 대부분의 디렉터가 끈적거리는 거미줄에 흡수되어 가고 있었다! 끈적거리는 거미줄의 색깔이 은색에서 짙은 보랏빛으로 물들어 있었고, 마지막 디렉터를 흡수하자 주변에 유인하여 흡수할 다른 생명체를 찾지 못한 거미줄은 스스로 땅과 하늘에 박혀 있던 은색의 바늘 형태의 작은 돌기들을 모두 거둬들이며, 거미줄을 동그랗게 말아버리고는 흰색의 비치지 않는 막을 만들어서 땅 위에 내려앉았다.

그 모습은 마치 땅 위에 덩그러니 남아 있는 커다란 알 하나였다. 나는 부하들을 시켜서 커다란 흰색 알을 조사하기 시작하였다.

"A조 8번 9번 그리고 B조 1번부터 3번까지 저기 보이는 흰색의 커다란 알을 조사해 보고 나에게 보고하도록!"

나는 수갑을 차고 있는 토모카 대장에게 다가가서는 "이런~! 안됐군요. 토모카 대장! 내가 디렉터 문제를 해결하지 못했더라면 당신을 사용하였을지도… 하지만 지금 눈앞에 보이는 대로 확실히 처리했으니 이젠 〈마단의 격벽〉으로 돌아가 볼까요?! 그리고 개인적으로 같은 대장의 직급을 가진 자로서 당신에게 무례하게 군 것은 사과드리도록 하지요."

나는 사과의 표현으로 토모카 대장을 꼭 껴안고는 토모카 대장의 귀에 대고 작은 목소리로 "나는 아직 포기한 게 아니에요. 언젠가 확실히 당신의 약점을 찾아서 당신에게 쌓여있는 개인적인 원한을 풀도록 하겠어요! 그리고 당신의 부하들이 활활 불타오를 때의 희열은 으으으음 지금 생각해도 온몸이 짜릿해지는군요. 당신에게는 그 이상의 재미를 선사하고 싶었지만… 시간이 부족해서 말이죠! 당신의 이 아름다운 눈동자에서 피눈물이 흐르고, 이 작고 옅은 입술에서는 고통에 비명 지르는 목소리가 듣고 싶었는데 말이죠. 으흐흐흐흐! 아무튼 〈마단의 격벽〉으로 돌아가면 우리 좀 더 재미있는 시간을 가지도록 해요."

나는 말이 끝나면서 토모카 대장의 얼굴을 내 손으로 쓰다듬으며, 귓가에는 기분 나쁜 웃음소리를 주변에 새어 나오지 않게 들려주고는 토모카 대장의 얼굴을 정면으로 바라보고는 입맛을 다시며 날카로운 나의 손톱을 여러 각도로 쥐었다가 폈다하며 보여주자 내 말에 토모카 대장은 화가 난 표정을 지으며 말했다.

"절대로 너만큼은 용서하지 않겠어! 제시카를 이용하고 내 부대원들의 목숨을 빼앗은 대가를 치르게 해주겠어!"

나는 그 말을 비웃기라도 하듯이 손톱을 하늘 높이 들고는 "차가운 어둠의 손길이여! 얼음보다도 아름다운 미백의 비늘이여! 만년을 살아온 용들의 기억을 빌려 나, 여기 맹세하노니!" "데스 마지션 제1의 악보 템포샬 리미팅!!"

토모카 대장이 바라보는 손톱 말고 반대쪽 손 전체가 얼음으로 되어 있는 피부를 가진 커다란 손이 되어서 순간적으로 토모카 대장의 목덜미를 할퀴었다!

토모카 대장은 아무것도 느끼지 못한 채 정신을 잃었다. 그와 동시에 내 손도 원래대로 되돌아와 있었다.

"A조, B조 조사는 어떻게 되었나요?!"

"커다란 평범한 알입니다. 안에서 무언가가 태동하는 느낌을 받기는 했으나 큰 위협은 되지 않는 것으로 판단됩니다! 어떻게 할까요? 유키 대장님!"

"그럼 될 수 있는 한 빨리 그 알을 헬리콥터에 싣도록 하세요! 아~ 참! 절대로 흔들리거나 넘어가거나 떨어뜨리지 않도록 단단히 고정해서요! 나머지 부대원들은 토모카 대장과 그 일행들을 헬기에 태우도록 하세요. 이자키! 너는 나와 함께 헬리콥터에 타도록 하세요! 자! 모두 주목해 주세요! 빗줄기가 아직 계속 퍼붓고 있습니다! 최대한 시간을 단축해서 일을 끝마쳐 주세요! 정리가 끝나는 대로 〈마단의 격벽〉으로 돌아갈 예정이니! 서두르세요!"

유키의 부대원들은 모두가 바쁘게 움직이기 시작한다.

"유키 대장님, 다름이 아니라 헬기에서 사라진 A조 7번 대원은 어떻게 할까요?!"

"아까 전에도 말했듯이 너희들은 단지 물건에 지나지 않아! 사라진 A조 7번 대원은 찾을 필요 없다! 그럴 시간이 있으면 다른 이들을 도와서 저 커다란 흰색 알을 옮기는 일을 거들도록 하세요! 조금이라도 시간을 아껴야 하니까요!"

나는 말을 끝마치고는 땅에 놓아두었던 HTM 이마즈 제녹스 레크레인G를 다시 주어서는 분리해서 아직 쓰지 않은 부품들과 함께 다시 본래 들어있던 가방에 담고는 "이자키!" "네! 유키 대장님!" "다른 부대원들이 열심히 나머지 작업에 힘쓰는 사이에 나와 같이 이야기나 하자꾸나!" "네!"

나는 이자키와 같이 헬기로 걸어가며, "이자키, 임무를 훌륭히 달성해 줘서 고맙구나! 이자키 네가 토모카 부대에 잠입한 후에 여러 번의 정규 연락 시간에는 연락을 잘 주다가 언제부턴가 정규 연락 시간을 여러 번 어기기도 했다가, 보고 중에 머뭇거리는 모습도 보여준 적도 여러 번 있어서 난 이자키 네가 토모카 대장에게 임무 외의 감정을 가지게 되어 배신할 거란 생각도 해 본 적은 있지만, 절대 내가 손을 대지 않고 기다리기를 얼마나 잘한 판단인지 너는 모를 거야! 이번에 맡은 임무 성공으로 인해서 나의 자리가 좀 더 명확해지게 되었어. 너도 내 정식 보좌관으로 등록이 가능해질 거고… 정말 잘해줬다."

나는 이자키의 눈을 보며 고맙다는 말을 연속으로 했다.

그런 나를 바라보며 이자키는 "방금 전 엄청난 수의 디렉터 대군을 물리치시는 솜씨 정말 대단해 보였습니다. 정말 존경스럽습니다."

나는 이자키의 칭찬에 들떠서는… "처음엔 사용법을 잘 몰라서 많이 당황했지만, 어찌 되었든 생각보다 잘 사용해서 큰 위기를 슬기롭게 극복할 수 있어서 다행이야! 처음에 HTM 이마즈 제녹스 레크레인 G가 〈그랜드 파벌〉이라 불리는 무기 종류로 아무나 다룰 수 없는 무기라고 했는데 어쩌면 본래 무기 사용자보다도 바로 나! 코마야 유키에게 더 잘 어울리는 무기일지도 몰라! 게다가 생각지도 않은 배신자 토모카 대장과 그 부하들, 그리고 수많은 디렉터들이 결합하여 탄생한 수수께끼의 커다란 흰색 알이라는 커다란 수확도 있었고 말이야! 기지로 돌아가면 혼나기는커녕 오히려 큰 사례비나 그에 상응하는 대가를 받게 될지도 몰라!"

"흐흐흐흐 푸~힛! 하하하!"

나는 혼자서 히죽히죽 웃으면서 자기 자신을 자화자찬하며 분위기에 휩쓸리고 있었다! 그런 나를 이자키는 옆에서 바라보며 조용히 내 이야기를 들어 주었다.

그 모습을 보니 마음이 더욱 든든해지는 느낌이었다.

내 옷은 빗물로 다 젖고 반짝이던 구두도 진흙으로 인하여 엉망이었지만 왠지 마음만은 세상의 모든 걸 다 얻은 기분이 들었다!

나는 헬리콥터에 마련되어 있던 전용 비치의자에 몸을 기대고 누워서는 옆에 있는 노란색 수건으로 얼굴과 몸에 묻은 물기를 제거하고는 곧바로 진흙으로 엉망이 된 구두의 진흙을 수건으로 닦아내자 다시 짙은 자줏빛을 되찾았다.

나는 반짝이는 구두를 바라보며 "피식!"하고 입가에 내 나름대로의 미소를 띠며 한숨을 돌렸다.

"보고 드립니다! 모든 준비가 끝났습니다."

"좋아! 그럼 헬리콥터의 시동을 다시 건다 아!~ A조 9번"

"네!"

"옆에 있는 무기함에서 XF 거품형 수류탄을 하나 가져오도록!"

"네! 알겠습니다!"

나는 부대원을 시켜서 무기함 안에서 신형 XF 거품형 수류탄을 받아와서는 수류탄 옆에 있는 빨간색 단추를 누르자 5라는 숫자가 눈금판에 표시되고는 다시 옆의 녹색 버튼을 누르자 위에 달린 검은색 뚜껑이 떨어져 나가면서 3개의 A, B, C 버튼이 등장하자 그중 맨 앞에 A 버튼을 누르고는 토모카 일행이 타고 있던 나머지 하얀색 밴을 향하여 헬기의 이륙과 동시에 신형 XF 거품형 수류탄을 던져넣자 쾅! 소리와 함께 하얀색의 엄청난 거품이 차 내부에서 흘러나오며 순식간에 차 전체를 녹여버렸다.

땅에는 조금의 흰색 거품이 존재할 뿐 그 자리에 방금 전까지 차가 존재하고 있었다는 증거는 아무것도 남아있지 않았다!

"두두두두두두둥!" "두두두두두두둥!"

헬리콥터는 엄청난 프로펠러 소리를 내며 〈마단의 격벽〉을 향하여서 날아가기 시작했다!

제3화
새로운 만남과 마단의 격벽

타이타노 빌딩 13층 호시오키의 방

"따르르릉! 일어나! 일어나! 지금부터 재미있는 모험을 찾아 떠나는 어린이들의 시간이야! 일어나세요! 여러분, 오늘 하루도 신나게 시작해요! 나는 유리! 나는 팡팡! 유리는 주말 동안 어떻게 보냈어? 나는 친구들이랑 가까운 양로원에 가서 봉사활동을 했어! 팡팡은 주말 동안 무엇을 하고 지냈니?

나는 환경미화 아저씨들을 대신해서 일일 환경미화원이 돼서 공원 주변의 쓰레기를 치우기도 하고, 집안에서 엄마를 도와서 집안일을 하기도 했어!

그래! 우리 어린이 친구들은 어떤 주말을 보냈을까? 분명 기분 좋은 주말을 보냈을 거야! 그런 착한 어린이들을 위해서 나 유리와 나 팡팡이가! 준비한 선물이 있어! 짠짜잔~!

안녕! 나는 판타지랜드의 엘리자 공주야! 우리 꼬마 친구들과의 약속시간을 지키기 위해서 유리와 팡팡이와 함께 여러분을 찾아왔어요!

그럼 우리 모두 오늘은 특별히 판타지랜드의 엘리자 공주와 함께하는 즐거운 아침 체조를 시작해 봐요! 자~! 준비됐나요?!

어린이 여러분! 그럼 신나게 어린이 친구들 모두 일어나서 아침체조를 시작해요!"

나는 시끄러운 텔레비전 소리에 눈을 떴다. 내 옆에서 내가 자다가 일어났는지도 모르고 이른 아침 시간에 텔레비전 방송에서 하는 어린이 프로에 심취해 있는 어른 하나가 침대를 양옆으로 약간씩 흔들어대며,

"엘리자 공주다! 저 귀여운 드레스 좀 봐! 저 가냘픈 손과 다리 거기다 한층 업그레이드된 저 금발과 반짝이는 구리로 된 왕관! 으으음~! 정말 못 참겠어! 특히 금으로 된 왕관이 아니라 구리로 된 왕관이라는 점이 정말 못 참을 정도로 좋다니깐! 구리의 은은한 갈색이 금보다는 밝지는 않지만 구리 특유의 많지도 적지도 않은 딱! 알맞는 변색된 은은한 고풍스런 색이 정말! 갖고 싶다는 소유욕을 자극한단 말이야!"

아이들이 춤추는 시간이 되어 판타지랜드의 엘리자 공주와 아이들이 춤을 추기 시작하자! "후다다닥!" 하고 침대를 박차고 일어나서는 화면을 따라서 춤을 추기 시작했다! 나는 그 모습이 너무 웃겨서 "푸흐흐흡! ~ 푸하하하하!" 입으로 가리고 웃다가 웃음이 터져 나왔다.

내가 크게 웃는 소리를 듣고는 고개를 돌려서 나와 눈이 마주친 호시오키는 "으아아악!" 하고 큰소리로 비명을 지르고는 곧바로 이불 속으로 뛰어들어가서는 나오지 않았다!

나는 실수로 보게 됐다면서 사람에게는 다들 말 못하는 비밀 한두 개쯤은 있다고 말하며 이불 속에서 호시오키에게 나와 달라고 달래

보기도 했지만 좀처럼 나오려 하지 않았다!

"호시오키 미안! 일부러 보려고 한 건 아닌데… 미안하게 됐어! 내가 어떻게 해주면 좋겠어?! 이불 속에서 나와 준다면 호시오키의 소원 중 어떤 소원이라도 하나쯤은 들어 줄게!"

"방금 전에 히미코 님이 말씀하신 것처럼 사람들은 정말 누구나가 말 못할 비밀 한두 개쯤은 가지고 있나요?!"

"응 그럼! 모두들 한두 개쯤의 말 못할 비밀 정도는 가지고 있을 거야!"

"그럼… 그럼 말이죠!… 히미코 님도 남에게 말 못할 비밀을 가지고 계시나요?!"

"그럼! 나도 사람이잖아. 당연히 있지!"

"그럼 이불에서 나갈 테니! 히미코 님의 말 못할 비밀을 말해 주세요! 아무에게도 말 안한 비밀로요!"

나는 호시오키를 이불 속에서 나오게 하기 위해서 말을 하다 보니 그런 말을 내뱉은 것뿐인데 이제는 내 스스로의 남에게 말 못할 비밀을 호시오키에게 말하지 않으면 안 되는 상황에 처하게 되었다!

"음!… 사실 나는 아직까지 사랑이라는 걸 해본 적이 없어!"

내 말을 듣고는 호시오키는 "히미코 님, 죄송하지만… 제대로 된 비밀을 말해 주실래요?!"

"제대로 된 비밀?!" 나는 잘 모르겠다는 표정을 지으며, "그렇다면 호시오키가 말해 줄래 나에게서 알고 싶은 비밀을…."

호시오키는 이때를 기다렸다는 듯이 "어젯밤에 몰골이 엉망인 채로 옷가지도 못 챙기시고 급하게 방으로 돌아온 이유를 말해 주세요!"

"나는 호시오키가 답해 달라는 질문에 어젯밤에 목욕탕에서 일어난 일이 다시 머릿속으로 떠오르며, 스스로 얼굴을 홍당무처럼 붉히며, 고개를 숙이고는 어떻게 대답을 해야 하나 하며 잠시 생각에 잠겼다!

"히미코 님?! 히미코 님?!"

내가 대답을 못 하고 가만히 있자 호시오키가 이불 밖으로 고개를 살짝 내밀고는 나를 바라보며, "히미코 님 얼굴이 왜 이리 붉어지셨어요?!"

나는 마음을 가다듬고는 이불 밖에 얼굴을 내밀고 나를 쳐다보고 있는 호시오키를 향해서 말했다.

"사실은 어제 저녁에 욕탕에 들어가서 느긋하게 온천물에 몸에 쌓인 피로를 풀고 욕탕에서 밖으로 나오려다가 욕탕 안에 빠져서 정신을 잃어버린 한 여자아이를 구출하게 되었는데 다행히 그 여자아이는 목숨에는 큰 지장은 없는 것 같아 보였어. 그런데 그 여자아이가 나의 정체를 알고는 어리광을 부리듯이 내 몸에 달라붙어서 엄청 곤란해 하다가 놀래서 방으로 허겁지겁 돌아온 거야!"

"히미코 님을 곤란하게 했다는 여자아이의 이름을 알려 주시겠어요? 이번 기회에 선배로서 단단히 주의를 줄 생각이에요!"

"아…아니! 그렇게까지 크게 뭐라 할 필요는 없을 것 같은데…"

"이름이 어떻게 되나요?"

나는 마지못해 대답하였다. "나카지마 히요리라고 해."

"나카지마 히요리라 히요리… 히요리… 아~! 설마! 나와 같은 조에 포함되어 있는… 같은 여자들 사이에서도 파렴치한 행동을 일삼는다는 그… 히요리를 벌써 만나신 거예요?"

어느샌가 호시오키는 이불 속에서 벌떡 일어나서는 이불 위에 무릎을 굽혀서 앉고는 내 두 손을 자신의 두 손으로 꼭! 감싸쥐며, "걱정마세요! 히미코 님, 제가 그 파렴치한 히요리에게 확실하게 주의를 주도록 할게요!"

나는 고개를 조금 오른쪽으로 돌리고는 눈동자도 호시오키랑 맞추지 않으면서 가끔 호시오키의 강한 의지가 담긴 눈동자를 보고는 "호시오키 고마워! 하지만 지금에 와서 생각해보면 그렇게 크게 주의를 줄 만한 일은 아닌 것 같아서… 히요리도 나름 반성하고 있는 것 같아 보였고, 어디까지나 어쩔 수 없이 일어난 사고 같은 거니깐!"

호시오키는 내가 자신의 눈동자를 제대로 바라보지 못하는 것에 대해서 상당한 의구심을 가진 것처럼 조금 차가운 말투로 "그래서! 제가 같이 욕탕까지 경호해 드린다고 했던 거예요. 이런 불미스런 일이 일어나지 않도록 하기 위해서요. 그런데 결국 이런 일이 벌어지다니!! 저의 불찰이 크네요."

"호시오키는 조금 풀이 죽은 목소리로 말끝을 흐리다가 갑자기 목소리 톤을 높이며, "히미코 님! 확실히 말해보세요. 히요리랑 대체 무슨 일이 있었던 건가요?! 설마 키…키…키스 같은 걸 한 건 아니시겠죠?!"

나는 고개를 위아래로 자연스럽게 몇 번 흔들었다!

"그럼, 혹시 히요리가 가슴을 만지거나 주물렀나요?!"

나는 호시오키의 직설적이고 적중률 100%인 질문에 대답도 하기 전부터 얼굴이 더욱 빨개지면서 이마에는 땀방울이 송글송글 맺혔다!

내 상태를 한눈에 알아본 호시오키는 갑자기 조용해지더니 아직 방송 중인 '유리와 팡팡이의 어린이 동산'을 텔레비전 리모컨으로 "삑!" 소리와 함께 꺼버렸다!

"나는 순간 갑자기 옆에서 으스스한 차가운 기운이 느껴졌지만, 도저히 얼굴이 호시오키를 바라보지 못했다!

"저…저기?! 호시오키!"

내 말이 입에서 나오기가 무섭게 호시오키가 "히…히미코 님! 한 가지 부탁 좀 드려도 될까요?!"

조용하면서 낮은 음의 목소리로 호시오키가 나에게 무언가를 부탁한다는 말을 던졌다.

"무…무슨 부탁인데?"

또다시 한동안 대답이 없던 호시오키가 갑자기 "히미코 님의 가슴을 만지게 해주세요! 저도 히미코 님을 안아보고 싶어요! 부탁이에요!"라고 말했다.

나는 방금 전에 내가 느낀 한기의 정체는 이 대답이 호시오키의 입에서 나올까봐 조마조마하면서 느낀 감정이라고 생각하며,

"안…안돼요! 무…무슨 생각을 가지고 그런 말을 하는 거예요. 방금 전에도 말했지만 그건 어쩔 수 없는 사고에 의해서 일어난 거라구요!"라며 딱! 잘라서 거절했지만 호시오키는 나에게 갑자기 덤벼들어서는 내 가슴에 자신의 얼굴을 깊이 파묻고는 비벼대며 나의 허리를 자신의 두 팔로 꽉! 껴안고는 행복해하는 표정을 가끔 지어보이며 말했다.

"이제 안심이 되는 것 같아요! 왠지 마음이 느슨해지면서 편안해지는 느낌이에요! 마음의 고향이랄까?"

나는 호시오키를 밀어내려 해도 움직이기 힘든 상황이었고, 나보다 조금 더 큰 가슴 사이즈를 가진 호시오키가 내 가슴에 얼굴을 묻고 비벼대는 모습이 꼭 어리광을 부리는 것 같아 보였다!

나는 지금의 상황에서 벗어나고 싶은 마음만이 간절했기에 이야기의 화제를 돌려보려 나에게 어리광을 부리는 호시오키에게 말을 걸었다.

"호시오키! 미안한데 우리 아침은 어디서 먹어야 해?!"

내 가슴에 얼굴을 비벼대던 호시오키는 잠시 고개를 들어서는 나를 바라보고는 "아!~ 지금 몇 시예요 히미코 님?"라고 물었다.

"음… 8시 반 조금 넘었어!"

그럼! 어서 옷 갈아입고 아침 먹으러 내려가요!"

나는 호시오키의 말을 듣고는 곧바로 일어서서 옷을 갈아입으려 하자 호시오키가 다시 내 가슴에 자신의 얼굴을 비벼대며 말한다. "10분 아니! 5분만 좀 더 이러고 있게 해주세요!"

나는 호시오키의 목소리에 모든 걸 포기한 채 방에 걸려있는 시계만을 바라보며 빨리 5분이 지나가기만을 기다렸다. 얼굴을 밑으로 향하면, 호시오키가 내 가슴품에서 비벼대며 어리광을 부리는 모습에 왠지 모르게 얼굴이 붉게 물들어 버릴 것 같았다!

"5분이야! 호시오키 이제 그만 일어나!"

나의 차가운 말투에도 호시오키는 큰 반응을 보이지 않으면서 대답했다.

"네! 오늘의 활력 충전 완료!"

한 손에 거울을 들어서 이리저리 비춰 볼 때마다 엉망인 나의 몰골이 절실히 드러나 보였다. 나는 말려 올라간 치마를 펴보려 애를 써보고는 있지만 하룻밤 동안 말려 올라간 치마는 내 말을 듣지 않았고, 거기다 주름이 심하게 져 있는 상태에 머리카락은 여기저기가 삐죽! 삐죽! 가시처럼 여기저기로 튀어나와 있고 위에 입은 티셔츠는 자면서 무슨 일이라도 있었는지 단추 여기저기가 뜯어져 있었고, 이대로 식당에 나간다면 다른 이들의 눈초리가 따갑게 느껴질 게 분명했다. 하지만 나와는 다르게 호시오키는 자신의 옷장에서 작은 드레스를 꺼내서 입고는 나의 몰골을 바라보고는 "히미코 님이 원하시면 제 드레스라도 입으시겠어요?!"

나는 위아래로 고개를 끄덕이며 흔쾌히 받아드렸다.

"호시오키는 나에게 다가와서는 여러 가지 드레스를 내 몸에 대보고는 녹색에 프릴장식은 없지만 대신에 여러 가지 꽃무늬가 가슴선을 따라서 대각선으로 허리 부분까지 나있는 드레스를 집어 들고는 말했다.

"히미코 님, 잠시 실례합니다!"

내 옷을 벗겨서는 준비된 드레스로 입혀주면서 은근슬쩍 내 허벅지나 뱃살을 만진다

"정말 하얀 피부시네요! 부러워요. 히미코 님! 허벅지의 감촉도 꽃잎처럼 부드럽네요!"

나는 이어지는 호시오키의 그런 말투와 손놀림에 얼굴이 붉어지며, '그래도 참아야 해! 내가 여기서 화를 내거나 하면 자신의 드레스를 안 빌려줄지도 몰라! 구겨진 옷을 입고 나가느니 차라리 조금만 수치심을 참고 드레스를 입고 나가는 게 100배는 나을 테니깐!'라고 혼자서 머릿속으로 생각하며 1~2분 정도 계속되는 드레스 입혀주며 은근슬쩍 나와의 스킨십을 마음껏 해대는 호시오키의 손놀림을 이를 악물

고 참아냈다.

"자 됐어요! 어떠세요? 히미코 님!"

나는 호시오키가 비춰주는 거울을 보자! 방금 전에 거지꼴 같던 옷차림이 마치 어느 백작 집안의 딸처럼 말 그대로 소공녀처럼 보였다!

"고마워! 호시오키! 마음에 쏙 들어!"

나는 호시오키가 들고 있는 거울 앞에서 여러 자세를 취해 보면서 조금 전의 수치심 따위는 잊어버리고 얼굴에 미소를 띠었다.!

이제 문제는 엉망인 머리였다! 내가 머리채를 만지며 '어떻게 해야 할까?'라는 표정을 지으며 고민에 빠진 모습을 보고는 호시오키는 거울을 내려놓은 다음에 나에게 다가와서는 "제가 해결해 드리겠습니다!" 호시오키는 장롱 문을 열고 옷이 걸려있는 밑 부분에 손을 넣고는 무언가를 주섬! 주섬! 찾는가 싶더니 "아~! 찾았다!"라며 보라색 스프레이로 보이는 물건을 들고는 다시 옷장 문을 닫고 나에게 다가와서는 "히미코 님, 잠시만 기다리세요! 금방 멋진 헤어 스타일로 만들어 드릴게요!"

손에 든 보라색 스프레이의 뚜껑을 열고는 자신의 다른 손에 스프레이를 가져다 대고는 뚜껑 부분을 살짝 누르자!

"취이이이익!" 소리와 함께 보라색의 거품 덩어리가 한 움큼 호시오키의 손바닥 위에 생겨났다!

호시오키는 그 거품을 스프레이를 든 손에서 스프레이를 내려놓고는 번갈아 가며 비비더니 내 머리에 대고는 "어떤 머리스타일을 원하세요? 히미코 님!"

"나에게 가장 잘 어울리는 스타일로 부탁해!"

무심코 이렇게 말을 던졌다!

"알겠습니다! 히미코 님!"

자신 있는 목소리로 양손에 범벅이 된 보라색 거품을 내 머리 전체에 고르게 바르면서 몇 번 만져주고는 "다 됐습니다! 히미코 님!"하며 다시 거울로 내 머리를 비춰주니 거기엔 잘만들어진 따끈따끈한 포니테일의 머리가 있었다!

"와~! 신기해라! 도대체 어떻게 한 거야 호시오키?!"

저도 가끔 머리가 엉망일 때 사용하는 헤어스프레이입니다. 사용자가 원하는 대로의 머리 스타일을 하루 동안 유지해주는 마법과도 같은 헤어스프레이에요!"

"정말 고마워! 그런데… 어째서… 어째서 내 머리 모양에 또 포니테일이라니… 포니테일의 저주인가?! 아~~~휴!!"

나의 긴 한숨 소리를 듣고는 호시오키가 "포니테일의 저주요?! 무슨 말씀인가요?"

"아…아무것도 아니야! 아무튼 옷부터 해서 머리까지 정말… 정말 고마워 호시오키!"

나는 호시오키를 와락 껴안아주며, 고마움을 온몸으로 표현했다!

"히미코 님이 좋아하시니 저도 기분이 좋습니다!"

호시오키는 나의 손을 잡고는 잡아끌며 "그럼 이제 아침 식사를 하러 가볼까요?"

나는 호시오키가 에스코트하는 대로 그 손에 이끌려서 방을 나왔다. 붉은색 카펫이 깔린 곳을 지나서 엘리베이터 앞에 다다른 나와 호시오키는 엘리베이터를 부르는 버튼을 누른 후 손을 잡고 엘리베이터를 기다렸다.

"띵!" 소리와 함께 엘리베이터 문이 열리고 나와 호시오키는 엘리베이터에 올라타며 동시에 호시오키가 3층 버튼을 눌렀다.

타이타노 빌딩 3층 식당가 엘리베이터 앞

문이 닫히고 엘리베이터가 곧장 3층에서 멈추고는 문이 열리자 기다렸다는 듯이 내가 모르는 여러 사람들이 호시오키를 보자마자!

무언가를 축하하는 듯이 갑자기 폭죽을 "팡!~팡!~팡!" 하며 연속으로 터트리고는 "무사히 임무를 마치고 돌아온 것을 축하하며… 노란색의 원피스 차림의 포니테일을 한 갈색 머리의 구레나룻을 양쪽에서 묶어매고 있는 붉은색 기다란 리본 두 개와 갸름하면서도 오똑한 콧날에 커다란 파란 눈동자! 거기에 어울리는 붉은색의 예쁜 구두를 신고 호시오키를 반갑게 맞이하면서 내 앞에서 나는 전혀 안중에도 없다는 듯이 나를 붙잡고 있는 손의 반대쪽 손을 잡아끌며 "어서 와~ 리사! 얼마나 기다렸다고, 어제 도착했다는 말은 들었지만, 오야마 시장님과 할 중대한 이야기가 있다고 해서 어제 해 줬어야 할 축하 인사를 오늘 아침에서야 비밀리에 진행하게 된 거야!"

"그 여자아이를 뒤따라서 식당에 모인 많은 수의 여자들이 호시오키를 둘러싸 식당 안쪽으로 끌고 들어 가버렸다.

나는 갑자기 일어난 상황에 말 한마디를 제대로 해보지 못한 채 여자아이들에게 둘러싸인 채로 식당 안쪽으로 사라지는 호시오키의 모습을 어쩔 수 없이 지켜보기만 했다.

"자…자…잠깐만 미나미! 잠깐만 놔줄래?"

호시오키는 미나미가 억지로 잡아끄는 손을 뿌리치며 말했다!

"왜 그래?! 무슨 일이야 리사!?"

호시오키는 자신을 둘러싼 여자아이들 사이로 연신 히미코 님을 찾아보지만 어디에도 보이지를 않는다.

"미나미, 방금 전까지 내 옆에 있던 녹색의 여러 꽃무늬로 된 장식이 대각선으로 허리까지 있던 여자분 못 봤어?!"

"글쎄?! 못 본 것 같은데? 왜?! 그 여자가 누구길래 그래?!"

호시오키는 직설적으로 물어보는 미나미에게 베일에 싸인 히미코 님을 어떤 식으로 설명해야 하나? 하며 고민을 하고 있었다.

"아직 스피카 님에 대해서는 어느 정도 알려져는 있지만, 그분이 히미코 님이라는 건 거의 알려져 있지 않은 것이 사실! 아직은 여러 사람들에게 히미코님의 신분이 알려져서는 안 돼! 히미코 님의 신변에 무슨 일이 일어나면 안 되니깐 말이야!!"

혼자서 머릿속으로 중얼거리고 있을 때 미나미가 또다시 호시오키에게 물어본다.

"리사! 대체 그 여자아이가 누구길래 그렇게 열심히 찾는 거야?!"

"이번에 새로 들어온 신입인데 여기가 어떤 곳인지 잘 모르는 것 같아서 내가 안내를 좀 해주고 있었는데 갑자기 보이지가 않아서 말이야!"

"걱정하지 마! 이 건물에는 대부분이 내가 아는 사람들이고, 설령 모르는 사람이 있다고 해도 나쁜 사람이 이 건물에 들어올 일은 거의 없어! 그 아인 이따가 찾도록 하고 우선은 우리끼리 아침시간을 빌려서 리사를 위한 조그마한 파티를 즐기도록 해! 자~! 자~! 사양하지 말고! 얘들아! 리사를 데려왔어!"

호시오키는 히미코 님을 이 회사에 들어온 신입이라고 말하는 바람에 단지 신입 한 명이 식당에서 길을 잃고 헤매고 있다는 단순한 사건 취급을 당하며, 미나미의 손에 이끌려 조촐한 파티장으로 향하고 있었다.

타이타노 빌딩 3층 식당가

호시오키가 사라진 식당 층은 보통의 회사나 학교의 식당과는 전혀 다른 말 그대로 여러 가게들이 모여 있는 말 그대로 조그마한 상점가와도 같은 분위기를 자아냈다!

나는 건물 안에 이렇게 많은 수의 가게들이 그것도 건물 한 층에 밀집되어 있는 모습이 정말 어떤 의미로는 대단해 보였다. 들어선 가게 수는 대략 눈으로 보았을 때 50개 정도 되어 보이는 듯했다!

나는 마음을 가다듬고는 "우선! 식당 층에 도착은 했으니깐 우선 식사를 하고 나서 호시오키를 찾아보자!"

"여기가~ 그러니깐…. 음!…음!… 음!…."

"아야야!"

"쫘다다당!" "쿵!"

나는 호시오키가 사라진 후에 식당 천장에 달린 표지판을 보며 걸어가다가 앞에서 오던 사람과 부딪치며 뒤로 "쿵!" 소리와 함께 둘 다 넘어졌다!

나는 엉덩이를 어루만지며, 일어서서는 "괜…괜찮으세요?! 일어설 수 있겠나요?!"

"아니에요! 아니에요! 괜찮습니다!"

나는 나와 부딪쳐서 넘어진 상대를 향하여 오른손을 뻗어서 내밀자! 상대는 "감사합니다. 도와주셔서… "라고 인사했다.

내 손을 붙잡고 일어난 여자아이는 단발 형태의 검은 머리에 은색으로 귀 전체를 뒤덮고 있는 은으로 된 커다란 귀 가리개 장식품에는 여러 가지 화려한 붉은색, 보라색, 녹색, 노란색 등으로 되어있는 색깔과 여러 크기의 보석들이 귀장식품 둘레를 장식하고 있었으며, 양쪽의 귀 가리개 아래쪽으로 은으로 된 기다란 줄 끝에 손가락 두 마디 정도 되어 보이는 표면이 매끄러운 보라색의 알 모양의 보석이 매달려 있었다.

그리고 양어깨를 피해서 목으로부터 시작해서 양쪽 겨드랑이 밑에서 만나는 형태의 주황색 바탕에 허리를 중심으로 하체로는 하늘색 빛깔에 바람에 하늘하늘거리는 하체 쪽에 흰색의 반투명한 프릴이 많이 달린 원피스를 입고 있었다. 원피스 밑으로 이따금 보이는 화려한 줄무늬 색 니삭스가 옅은 분홍색의 허벅지까지 올라와 있었고 화려한 줄무늬가 들어간 니삭스 위에 하얀 눈이라도 내린 것 같은 흰색의 작고 귀여운 구두를 신고 있었다.

나는 옆에 있는 창가를 통해 들어오는 아침 햇빛에 반짝이는 커다란 귀 가리개에 매혹되어 있었다.

"손을 붙잡아 일으켜 주셔서 감사합니다."라며 나에게 "꾸벅! 꾸벅!" 하고 예의 바르게 인사를 하고는 내 앞에서 얼굴을 들어 올리자 그때서야 그 아이의 이목구비가 눈에 들어왔다.

"황금색의 눈동자에 오똑한 코에 작고 좀 두터운 붉은색 입술! 여러모로 요 근래에 만난 사람들치고는 이미지가 많이 달라 보였다.

특히! 은색으로 된 귀 가리개는 정말 독보적인 것 같아 보였다.

내 시선이 나도 모르게 그 아이의 귀에 쏠리는 것을 그 아이도 의식했는지 자신의 귀 가리개를 한 손으로 만지면서 "혹시 이것이 신경 쓰이시나요?!"

"아…아…아니! 그냥 조금 눈에 띄게 화려하다고 생각했을 뿐이야!"

나도 모르게 본심이 나와 버렸다!

"어떡하지?! 내가 처음 본 사람에게 이런 실례 되는 말을 하다니!"하며 마음속으로 걱정하고 있는 사이에 "저의 개인적인 취미에요! 전 귀에 장식하는 걸 좋아하거든요! 그러니 크게 신경 쓰지 마세요!"하며 두 손을 활짝 펴서 내 앞에서 흔들어 보였다!

"아~! 이건 당신이 떨어뜨린 물건이에요!"

나는 옆에 떨어져 있는 조그마한 나무로 된 바구니를 들어서 그 아이에게 건네주었다.

"감사합니다! 저는 중국에서 온 링첸!이라고 해요! 저를 아는 사람들 사이에서는 링!이라고 불리고 있답니다!"

"나는 요노모리 히미코!라고 해요!"

링은 나를 바라보며, "저기 히미코 언니라고 불러도 될까요?!"라고 물었다.

"네! 그렇게 하세요!"

"링은 무슨 일로 여기에? 링도 이 회사에서 일하나요?!"

"아니요! 저는 제가 중국에 있을 때부터 자주 먹던 제가 좋아하는 해물이 들어간 만두를 이 건물에서 판매하고 있어서 자주 사먹으러 오는 편이에요! 자~! 하나 들어보세요!"

내가 건네준 바구니에 달린 뚜껑을 열어서 안에 손을 넣고는 얇은 종이에 감싼 새하얀 색이면서도 안이 어느 정도 비쳐 보이며 크기도 웬만한 춘권 서너 개 정도를 한데 모은 크기의 따끈한 춘권을 한 개도 아닌 두 개를 꺼내서는 내 양손에 쥐어 주며 말했다.

"히미코 언니는 여기서 처음 보는 얼굴인 것 같아요. 신입사원이세요?!"

"아니! 그런 건 아니에요! 볼일이 있어서 여기에 얼마 동안 머물게 된 것뿐이에요."

"그러세요? 그리고 제 나이가 17살이니 말 놓고 편하게 대해 주세요. 히미코 언니!"

"그럼 앞으로도 잘 부탁드려요! 히미코 언니! 그럼 다음에 봬요!"

나에게 손을 흔들며 뒤를 돌아보며 앞으로 뛰어가다 곧장 앞을 바라보고는 엘리베이터가 있는 방향으로 뛰어가는 듯했다.

내 손에는 방금 링이 쥐어준 따끈! 따끈한 춘권 두 개가 손 안에 남아 있을 뿐이었다.

"이 정도 크기라면 크게 다른 식사를 안 해도 될 것 같아! 그럼 어디에 앉아서 먹으면 될까?"

나는 위에 적힌 표지판만 보지 않고 앞도 잘 살피면서 식당 주변을 돌아다니는 사람들과 부딪치는 일이 일어나지 않도록 주의를 기울이며 주변을 걷기 시작하였다.

"또각! 또각! 또각!"

얼마나 걸었을까? 내 주변에서 손에 들고 있는 만두와 비슷한 냄새를 코가 먼저 감지할 수 있었다. 나는 들고 있는 춘권 냄새와 같은 냄새가 나는 방면으로 냄새에 이끌려서 링이말하던 어느 중국식 식당 앞에 도착하게 되었다.

"우와!"

한눈에 보고는 감탄사가 입에서 절로 나왔다. 화려한 붉은색에 지붕 양 끝에는 조그마한 붉은색 종이등이 걸려서 환하게 불빛을 밝히고 있었고, 녹색으로 페인트칠이 되어있는 고풍스러운 기둥과 선반등이 보였으며, 자체적으로 만들어 지붕 위에 걸어놓은 노목으로 만든 간판에는 '쌍룡각'이라고 적혀 있었다.

그리고 오픈되어 있는 가게라서 문은 존재하지 않았다. 냄새에 이끌려서 나도 모르게 가게 안으로 들어갔다.

"어서 오세요!"라는 목소리가 들리더니! 중국식 붉은색 차이나 드레스를 입은 온몸에서 페로몬을 풍~풍! 풍겨대는 짙은 노란색의 금발의 허리까지 오는 긴 머리를 한 일란성 쌍둥이의 두 여자가 반갑게 인사를 해주었다.

"어서 오세요! 쌍룡각에!"

나는 갑작스러운 인사에 놀라서 양손에 들고 있던 춘권 2개를 손과 함께 허리 뒤로 재빠르게 감췄다! 순간 당황해하는 나를 보며 "무엇을 주문하겠어요?! 소공녀!"라고 물어왔다.

소공녀! 확실히 방에서 옷을 갈아입은 후에 몇 번을 호시오키가 들고 있던 거울을 통해서 보고 나도 나름대로 소공녀처럼 우아함을… 보통의 무언가 안정적인 차분함을 보여주는 것 같아 보이긴 했지만, 다른 사람의 입에서 그것도 처음 본 사람의 입에서 소공녀라는 표현을 듣게 되니 왠지 모르게 쑥스러워졌다.

이렇게 마음속으로 생각하고 있을 때, 차이나 드레스를 입고 있던 언니 둘 중 하나가 내 손을 붙잡고는 "어머! 이 춘권은 어디서 나셨나요?!" 깜짝 놀라는 모습에 "링에게 방금 전에 받았습니다."라고 말했다.

"그래요. 링과는 아는 사이인가요?!"

"방금 전 우연찮게 알게 되었습니다."

다시 내 손을 붙잡아서 이끌어서는 "이쪽으로 와서 앉도록 해요!"라며 자리에 의자를 빼주며 나를 앉혀 주었다.

"고마워요!"

곧이어서 다른 분이 "이것이 쌍룡각만의 메뉴판이에요! 그리고 물이에요."

"미안해요! 손에 춘권을 들고 있는지 미처 몰랐네요. 그래도 혹시 배가 고프면 메뉴판을 보고 주문해 주세요!"하며 나를 보고는 방긋 웃어 보이셨다!

"그러고 보니 여기 '타이타노 빌딩'에서는 한 번도 못 보던 얼굴이네요. 신입인가요?!"

"네! 그런 셈이지요."

나는 갈증에 물을 "꿀꺽! 꿀꺽!"하며 마시고 있었다.

"음… 그래도 좀만 더 나이를 먹으면 나처럼 어른의 페로몬을 풍겨대는 몸매가 될 거 같아 보이네요."

갑작스러운 농담에 "푸어어억!"하고 마시던 물을 살짝 내뱉었다!

"어머! 미안해요. 저희 언니의 짓궂은 농담에… 괜찮으세요?!"

"네…! 괜찮아요. 마시던 물을 살짝 쏟은 것뿐인걸요. 옷도 크게 젖지 않고, 사레도 들지 않았으니 저는 괜찮아요!"

내 옷 위로 흰색 수건을 들고 와서는 친절하게 물이 묻은 옷을 닦아주시며 신경 써 주셔서 왠지 내가 더 미안해지는 느낌이었다.

나는 "잘 먹겠습니다!"라고 하고는 손에 든 춘권을 한 입 크게 베어물자 춘권 안에서 육즙이 입안에 퍼지면서 깊은 여러 해물의 맛을 느낄 수 있었다.

나도 모르게 한 입이 두 입이 되고 어느새 양손에 들고 있던 춘권 두 개는 어디론가 사라져 버렸고, 입가에 붉은색 루즈 자국처럼 짙은 해물의 풍미가 입술에 새겨지고 내 마음에도 깊게 새겨졌다.

"자! 여기!" 하며 방금 전 물을 닦아주셨던 언니가 내 입가를 수건으로 다시 닦아주시며 "정말 맛이 있었나 봐요?"라고 물었다.

"네! 지금까지 살면서 먹어본 음식 중에 이렇게 맛있는 음식은 처음이에요!"

"그래요! 그렇게 맛있었다니! 다음에 오면 따끈한 차를 한잔 대접하도록 하죠!"

"감사해요!"

"실례가 안 된다면 이름이?!"

"네! 저의 이름은 요노모리 히미코입니다!"

"그래요? 히미코라… 공주님 같은 이름이군요! 우리 둘의 이름은 방금 전 그분이 언니인 느와르 그리고 저는 셀리라고 해요!"

"멋진 이름을 가지셨네요."

"오늘은 여러 가지로 고마웠어요! 그럼 다음에 뵐게요!"

"잘 가요. 다음에 또 오도록 해요!"

나는 다시 발걸음을 재촉하며, 호시오키를 찾아 나섰다! 쌍룡각에서 나온 나는 여기저기를 돌아다닐 필요 없이 사람들이 최대한 많이 모여있고, 시끌벅적거리는 장소를 찾기로 정하고는 천장에 설치된 안내판을 대신하여 눈을 크게 뜨고, 귀를 쫑긋 세우고는 주변을 뛰어 다니며, 호시오키를 찾았다!

"타다다닥! 타다다닥! 타다다닥!"

30분 정도 시간이 흐르고, 파티가 열리는 듯한 분위기의 장소를 찾아내었다!

나는 조심! 조심! 그 장소로 다가가서는 호시오키가 있는지 확인을 했다. 만약 무턱대고 가게 안에 들어갔다가, 호시오키가 없는 난감한 상황에 빠지고 싶지는 않았기 때문이다. 살금살금 가게에 나있는 창문으로 다가가서는 호시오키의 목소리가 벽 너머로 들려오는지를 귀를 벽에 기울이고 들었다.

"모두들, 축하해 줘서 고마워!"

"나는 즐거워하는 호시오키의 소리를 듣고는 마음속으로 "드디어 찾았다!"라고 외치고는 당당히 가게 안으로 들어갔다!

가게에 들어서자마자! "어서 오세요!"라는 상냥한 목소리와 함께 바니걸 차림의 여자들이 쟁반에 음료 같은 것들을 손님들에게 바쁘게 나르고 있었다. 나는 당당히 "실례합니다! 저는 손님이 아니라 아는 사람을 찾으러 들어왔습니다. 부디 신경 쓰지 말아주세요."라고 말했다.

나는 나를 반갑게 맞이해 주는 바니걸의 종업원에게 말을 건넨 후, 호시오키가 여러 사람들과 어울리고 있는 자리에 다가가서는 최대한 화를 억누르며 말했다.,

"대체 여기서 뭐하는 거예요?! 내가 얼마나 호시오키 당신을 찾아서 여기저기를 헤매며 다닌 줄 아시나요?"

나를 올려다보는 수많은 시선들이 따갑게 느껴졌지만 나는 당당히 할 말을 했다. 호시오키는 그런 나를 올려다보더니 얼굴의 두 볼은 붉게 달아올라서는 "어라~! 이게 누구야! 끄~어억! 히미코 님! 히미코 님 어디 계셨어요?! 끄~어억!" 호시오키의 이상한 말투를 보고는 손에 쥔 것을 보니 술잔이었다! 그것도 벌써 적어도 8잔 이상의 빈 칵테일잔이 옆에 널브러져 있었다! 그렇다, 여긴 주점! 다른 이름으로 칵테일 바였던 것이었다!

나는 내가 지금 서있는 자리가 술집이라는 사실만으로도 이 가게에서 빨리 나가고 싶었다!

그것도 그럴 것이 나는 술이 안 맞는 특수 체질인데다 술주정뱅이를 정말 싫어한다. 그런데 내 앞에서 아침부터 취해서는 주정을 해대는 호시오키를 보며 최대한 정중하게 말을 건넸다.

"호시오키! 당신은 지금 상태가 술에 취해서 제대로 이야기가 가능한 상태가 아닌 것 같군요! 나는 방에 돌아가 있도록 하겠어요! 이번 일은 술이 깬 맨정신 상태에서 다시 이야기하도록 하죠! 여러분 죄송해요. 호시오키를 자신의 방까지 데려다 주시겠어요?!"

내가 정중히 사과하고는 그 자리에서 벗어나려 하자! "탁!" 누군가가 나의 손목을 붙잡았다!

순간 뒤돌아보니 아침에 식당 엘리베이터 앞에서 호시오키를 끌고 간 여자였다. 그 여자도 술기운이 도는 듯해 보였다.

"자~! 신입! 신입이 어디서 그렇게 큰소리로 선배에게 말대답을 하는 거야! 끄어억!"

"자~! 자~! 그렇게 서있지만 말고, 어서 여기 앉도록 해! 끄~어억!"

"전 됐습니다! 선배님! 전 제 방으로 가보겠습니다."

그 여자는 내 손목을 꽉 쥐고는 잡아당기며, "어허! 신입 주제에 감히 하늘 같은 선배의 말을 무시하겠단 말이야! 어서 앉아! 앉으라고! 끄~어억!"

나는 반강제적으로 의자에 앉혀졌고, "여기! 레몬 블레링~ 하나!"

나를 의자에 앉혀놓고는 그 여자는 칵테일을 한 잔 주문한다.

"아~! 아~! 내 소개가 늦었군. 나는 미나미! 시호 미나미라고 해. 그냥 미나미 선배라고 부르도록! 끄~ 어억!"

나는 다시 한 번 정중하게 "미나미 선배! 저는 술을 못해요. 술이 약하거든요!"

"그런 말 하지 말고 자~! 자~! 들이켜! 들이켜!"

나에게 호시오키가 마시고 난 빈 칵테일 잔을 건네며 마시라고 미나미 선배가 권하고 있다!

"호시오키! 호시오키!"

내가 호시오키를 부르자 "히미코 님! 자~! 자~! 사양하지 말고 들이키세요! 쭈~우욱! 끄~어억!"

나는 있는 힘을 다해서 미나미 선배가 내 입으로 가져다주는 호시오키가 마시던 잔을 손끝으로 거부하며 버티고 있는 사이에 눈앞에 가까이 온 호시오키가 마신 빈 칵테일 잔에 호시오키의 보라색 립스틱 자국이 짙게 나있다는 사실을 새롭게 알게 되면서 더욱 강하게 거부하게 되었다!

내가 미나미 선배와 호시오키가 마시고 난 보라색의 립스틱 자국이 나있는 빈 칵테일 잔으로 실랑이를 벌이는 사이에 "레몬 블레링 나왔습니다!" 하며 바니걸 복장을 한 여자가 내가 앉아있는 자리에 노란색 칵테일을 두었다!

내 자리에 놓여 있는 칵테일을 발견한 미나미 선배는 호시오키가 마신 잔을 내려놓고는 내 앞에 놓여진 노란색 칵테일을 들고는 내 입에 강제로 밀어넣으려 했지만, 나는 완강히 거부하며, "미나미 선배! 나는 술을 못한다니깐요!"

"에~헤헤! 칵테일은 술이 아니라 음료야 음료! 이걸 마시면 더 이상 안 권할게! 끄~어억! 하지만 안 마신다면, 쭈~우욱!"

"갑자기 미나미 선배가 내 볼에 기습적으로 츄를 했다!

나는 칵테일을 억지로 마시게 하려고 들이미는 미나미 선배의 손을 방어하는 데 온 신경이 쏠리면서 기습적으로 오른쪽 볼에 츄를 당했다!

내가 당황해하며 칵테일 잔에서 손을 잠시 떼어낸 사이에 미나미 선배가 순간적으로 내 입에 들고 있던 노란색 칵테일 잔을 밀어 넣었다!

"읍! 꿀꺽~! 꿀꺽!"

내 얼굴의 두 볼은 금방 홍조를 띠며 돌아가던 카세트테이프가 다 된 것처럼 멈춰 있었다!

"어이! 히미코!? 히미코?! 대답이 없네. 대답 안 하면 또 칵테일 먹인다"

나는 다시 움직이기 시작했다!

"아이~잉! 그런 건 싫어요!"

지금까지와는 다른 귀여운 목소리에 미나미 선배는 고개를 돌려서 나를 쳐다보았다!

"히미코 취한 거야!? 취한 것치고는 귀엽네!"

"아이~잉! 이런 거 싫어! 싫어! 빨리 집에 가자 집에 가!"라고 귀엽게 말하면서 미나미 선배의 팔을 꼭 붙들고는 몸을 비벼대며 아양을 떤다.

"취하니깐 히미코 귀엽네! 내가 안아줄까?!" 미나미 선배는 나를 꼭 안고는 볼에 연신 쪼~오옥!을 해댄다. "쪼~오옥! 쪼~오옥! 쪼~오옥!"

나는 아무런 거리낌도 없이 아무런 걱정거리가 없어 보이는 해맑은 어린아이처럼 웃어대며 "미나미 언니 나랑 같이 집에 가자! 나 졸려! 졸려!"하며 귀엽게 떼를 쓰듯이 말을 건네자!

"그래 같이 가자, 같이 가! 히미코는 너무~ 너무 귀여워!…"

"쿨~쿨~쿨!"

타이타노 빌딩 3층 칵테일바, 엘리베이터, 11층 히요리의 방

미나미 선배는 어느새 취해서 잠이 들어 버렸다!

"미나미 선배 여기서 아침부터 뭐하시는 거에욧!"

화가 난 큰 목소리가 뒤에서 들리더니 히요리가 술에 취해서는 잠이 든 미나미 선배 뒤에서 미나미 선배의 어깨를 붙잡고 흔들어대며 말했다.

"여기저기 안 보이길래 아침부터 이리저리 찾아다니느라 힘이 쭉 빠졌는데, 여기서 태평하게 아침부터 술파티라니!…"

화를 내던 히요리는 미나미 선배의 옆자리를 보고는 화들짝 놀라며, "히…히…히미코 님?! 여기서 다시 뵙게 될 줄은 몰랐습니다! 저…저…저기 방금 전에 있던 일은 사실…"

내가 미나미 선배의 옆에 있다는 사실을 알게 되면서 어떻게 해야 할지 모르는 것처럼 고개를 숙이고는 방금 전까지 떠들어대던 걸 부끄러워하고 있었다.

"으으웅?! 누구?! 언니는 누구? 난 히미코! 히미코! 언니는 누구?!"

나의 지금까지와는 다른 말투에 놀란 듯이 히요리는 나를 향해서 고개를 들었다.

그 앞에는 지금까지 자신이 봐왔던 히미코 님이 아닌 술에 취해서 두 볼이 붉게 물들어 있고 그 볼 여기저기에 츄~ 자국이 나있는 궁금증으로 가득 찬 귀엽고 해맑은 얼굴의 어린이가 히요리 자신을 올려다보고 있었다!

히요리는 "귀여워라! 나는 히요리 히요리 언니란다!"

히요리는 갑자기 나에게 자신이 언니라고 던진 말에 술에 취해있는 내가 어떤 반응을 보이는지 알고 싶은 것 같았다.

"히요리 언니! 히요리 언니! 히요리 언니! 나 집에 데려다주세요!"

자신에게 히요리 언니라고 귀엽게 대답하며 달라붙는 나를 엄청나게 좋아하며, "그래! 그래! 어서 집에 가자꾸나, 히미코! 내가 집까지 데려다줄게!"

술에 취한 나머지 히요리가 내민 손을 선뜻 붙잡고 나는 히요리를 따라가기 시작했다!

히요리는 이런 나를 부축하며, "자~! 자~! 히미코, 몇 층에서 내려야 하니?!"

"아이~잉! 몰라!~몰라! 히미코는 몇 층인지 몰라!"

나와 히요리는 엘리베이터 앞에 도착하여 엘리베이터를 부르는 버튼을 누르고는 엘리베이터 앞에서 귀엽게 떼를 쓰는 모습을 보면서 히요리는 군침을 흘리면서 말했다.

"에~헤헤! 그럼! 이 언니가 머무는 집으로 갈까?!"

"응~! 좋아! 좋아!"

히요리는 자신의 입에서 흘러나오는 침을 손으로 닦아내면서 내 손을 잡고는 엘리베이터에 오른 후 11층 버튼을 누른 뒤에 "띵!" 소리와 함께 문이 열리자마자 "언니가 히미코를 안아줄까?!" "응! 안아줘!~ 안아줘!"

히요리는 나를 공주님 안듯이 안고는 자신의 방앞까지 "타다다닥! 타다다닥!" 소리를 복도에 울려퍼트리면서 힘차게 방으로 뛰어갔다!

"방앞에 도착한 히요리는 나를 안은 채로 방문 앞에서 나오는 "공주 중에 가장 슬픈 공주는?"이라는 방문의 질문에 히요리는 "언제나 반짝, 반짝이는 공주는 사랑을 쫓는 인어공주!"라고 대답하자!

"인증이 확인되었습니다! 어서 오세요! 히요리 님!"이라는 음성이 울려퍼지며, 문이 열리자마자 나를 안고 급하게 들어가서는 문을 닫은 후, 침대에 나를 내려놓자!

"우~와! 토끼다! 토끼!" 침대 옆에 있는 토끼 인형을 자신의 가슴 사이로 껴안고는 비벼대며, 어린아이처럼 좋아하고 있는 나에게 히미코가 살며시 다가와서는 나와 시선을 맞추며, "히미코! 언니랑 사진찍기 놀이 하지 않을래?!"

히요리의 대답에 나는 무조건 수긍하는 모습을 보였다. "응! 응!"

내가 두 볼을 부풀려서 고개를 끄덕이며 대답하자 히요리는 얼굴이 상기돼서는 "자~! 그럼 어떤 옷을 입혀 볼까?! 에~ 헤헤!"하며 다시 히요리의 입에서 침이 흘러나오며 두 눈은 못 참겠다는 듯이 번쩍! 번쩍!거리는 것이 꼭! 먹잇감을 앞에 둔 짐승처럼 보였다.

"찰칵! 찰칵! 찰칵!"

"히미코! 히미코! 여기 히요리 언니를 봐줄래?! 그래! 찰칵! 그렇지! 찰칵! 자 이번엔 이쪽을 봐 줄래?!"

히요리는 사진기를 들고 여기저기 다른 각도에서 마구잡이로 사진을 찍어대고는 어느 정도 사진을 찍은 감이 들면, "히미코! 이번에 이걸로 입고 다시 사진을 찍자꾸나!" 하며 옷장에서 다른 옷을 꺼내어서는 입히면서 "에~헤헤! 우리 히미코 언니가 모르는 사이에 정말 여기저기 참 많이 자랐구나! 언니도 모르는 사이에 이렇게 성장할 줄이야!" "물컹! 물컹! 물컹!"

히요리는 내 몸을 여기저기 비비고 주무르면서, 옷을 입히고는 또 사진 찍기를 시작하더니, 얼마나 시간이 흘렀을까 2시간 정도를 여러 옷을 갈아입히면서 여러 사진을 찍어대다가 어느새 히요리 자신도, 나와 같은 침대에 쓰러져서 잠이 들어 버렸다!

"아…아…음! 아이고 머리 아파라! 으으응?!"

"물컹! 쿨컹!"

"이게 뭐지?!"

내가 머리가 아파서 손을 머리 쪽으로 올려서 만지려는 순간 무언가 따뜻하면서도 부드러운 것이 한 손에 만져졌다!

"웅?! 이…이게 뭐야?!"

나는 순간 화들짝 놀라며, 얼굴을 들어보려 했지만, "음…냐…음…냐 에~헤헤! 간지러워요 히미코 님! 에~헤헤!"

어디선가 들어본 적이 있는 듯한 잠꼬대를 해대는 목소리가 내 귓가에 들려오며, 내가 물컹! 쿨컹! 거리는 히요리의 풍만한 가슴으로부터 본능적으로 멀어지려 하자 양손으로 푹! 풍만한 가슴골로 끌어안고는 벗어나지 못하게 내 머리를 양팔로 감싸안았다!

"응?! 이 목소리는?"

순간 나의 뇌리를 스치며 지나간 것은 히요리였다!

"히요리?! 히요리 나 좀 놔줄래?! 숨쉬기가 힘들어!"

나의 작은 외침에도 히요리는 눈 하나 꿈쩍하지 않고는 "쿨~ 쿨!" 잠만 자고 있었다!

나는 숨이 턱까지 차오르는 상황에서 살기 위해서 있는 힘을 다해서 내 두 손으로 해 요리의 허리를 간지럽히기 시작했다! "간질! 간질! 간질!"

나의 간지럼 공격에 "으하하하하!" 웃으면서 뒤척이다가 내 머리를 감싸고 있던 히요리의 두 팔이 풀리자마자 머리를 들고는 황급히 히요리의 가슴 사이에서 간신히 빠져나올 수 있었다!

"휴~! 이제 좀 살 것 같다! 나는 히요리의 풍만한 가슴골에서 풀려난 후에 나와 히요리가 둘 다 알몸 상태라는 것에 엄청난 부끄러움과 불쾌감을 느끼며, 내가 입던 옷을 주섬! 주섬! 챙겨 입으며 주변에 널려있는 여러 가지 드레스 등을 보자!

"대체 나와 히요리는 이 방에서 무슨 일을 벌인 거지?!"라며 전혀 기억이 나지 않는 표정을 지으며, "히요리! 이번 일은 언젠가 다시 만나면 확실히 매듭을 짓도록 하겠어! 각오하라구!"

작은 목소리로 말하며, 침대 위에서 침대보를 감싸 안고는 혼자서 좋아하며 이리저리 뒹굴고 있는 히요리를 다시 보자!

얼굴이 새빨개져서는 히요리 방에서 한순간이라도 빨리 빠져나가고 싶었지만, 혹시라도 히요리 방에서 내가 나오는 모습을 다른 사람에게 들키게 될까 봐 "살짝!" "끼이이익!" 문을 열고는 주변을 살펴보고는 아무도 없다는 사실을 확인 후에 문을 살짝 닫고서는 급하게 엘리베이터 앞으로 가며… 몰려오는 머리의 지끈거림을 한 손으로 이마를 받쳤다.

"대체 술자리에서부터 술 먹은 것까지만 기억이 나지만 다음 일들은 기억이 나지 않아!" 나는 혼잣말을 하며, 엘리베이터에 무거운 발걸음을 옮기고는 13층을 누르자 "띵!" 어느 때보다도 빠르게 도착한 것 같았다!

타이타노 빌딩 13층 ??? 방문 앞

"스르륵!" 소리와 함께 문이 열리자 나는 아픈 머리를 감싸고는 비틀비틀거리며, 무거운 발걸음을 호시오키의 방문 앞까지 옮기자 문득 어떤 생각이 떠올랐다!

"아~! 맞다!" 나는 이 방에 들어갈 열쇠가 없다는 걸 이제서야 생각이 났다!

나는 포기하지 않고 방문 앞에 기대어서는 한 손으로는 이마를 짚으며, 다른 한 손으로는 방문을 두드리며, 나지막한 목소리로 말했다.

"호시오키! 호시오키! 나야 히미코!"

"호시오키! 호시오키! 나야 나 히미코! 들리면 문 좀 열어줘!"

문 너머로 아무런 인기척도 들려오지 않자! 나는 포기한 듯이 방문에 기댄 채 "스르륵!" 소리와 함께 미끄러지듯이 앞에 주저앉고 말았다!

그때 "찰칵! 끼이익!" 소리와 함께 방문이 열리며, 어렴풋이 보이는 풍성한 금발의 양쪽으로 길게 땋은 머리 양 끝에 은색의 작은 방울이 달린 여자가 문앞에 쓰러진 나를 맞아 주는 모습이 살짝 보였다. 나에게 무언가를 소리치는 듯한 소리와 어딘가 심각해 보이는 얼굴 표정과 어렴풋이 들리는 방울 소리가 귓가에 맴도는 듯하며, 나의 눈 깜빡임에 조금씩 소녀의 모습이 비춰지면서 어느새 나의 무거워진 눈꺼풀이 완전히 닫혀졌다.

타이타노 빌딩 13층 ??? 방

"무슨 일인가요?! 이봐요 괜찮으세요?!" 내 앞에서 처음 보는 보라색 빛깔의 포니테일을 한 소녀가 내 방문 앞에 쓰러져서는 눈을 감아 버렸다!

나는 말총을 한 아가씨를 흔들며, 깨워 보지만 아무런 반응을 보이지 않는다! 나는 다급히 포니테일 아가씨의 다리와 어깨를 붙들어 안고는 내 침대에 눕히고는 누워있는 소녀의 가슴에 귀를 가까이 기울이고는 심장 소리를 듣는다.

"두근! ~ 두근! ~ 두근!" "다행이다! 아직 숨은 붙어 있는 것 같아!" 나는 보라색 포니테일을 한 소녀의 이마를 만져보고는 "아~! 좀 열이 있는 것 같아! 어디~ 어디 입술색은 아직 괜찮은 편인데 이건 무슨 냄새지? 킁!~ 킁!~ 킁! 이건 술냄새, 심할 정도로 냄새가 나는 건 아니지만 아무튼 냄새가 나긴 난다!"

"아무래도 술을 마시고 방을 잘못 찾아온 모양이군! 나는 내 침대에서 조용히 잠들어 있는 보라색의 포니테일의 소녀를 바라보며 "뭐!~ 어쩔 수 없지! 귀여운 포니테일 아가씨! 오늘 당신은 운이 좋은 줄 알아요! 공짜로 건강체크도 해주고 약도 지어 줬으니깐 말이에요! 방금 나가기 직전이었는데 조금만 늦게 왔었더라면, 제대로 된 도움의 손길도 못 받고 오랜시간 내 방 문앞에서 방치되어서는 복도를 지나다니는 사람들에게 포니테일 아가씨의 처량한 모습을 다 드러내고 있었을 테니깐요!"

"나는 내 화장대 밑에 설치된 약 상자를 꺼내서는 여러 알약을 조합해서 조그마한 흰색 종이 2장에 각각 올려놓고는 옆에다가 편지를 써놓고 있는 사이에 "띠리링~ 띠리링~" 하며 스마트폰의 벨이 울리자 종이에 글을 쓰다 말고 전화를 받는다.

"지금 어디에요?! 아직 제 방이에요! 금방 출발할 테니 걱정하지 말아요! 선생님이 지금 많이 바쁘시다고 빨리 좀 와달라고 난리에요! 되도록 빨리 와주세요!"

"네! 최대한 빨리 가도록 하겠습니다!"

"휴~! 아무리 바쁘더라도 내 집에 잠시 동안 누워 있는 이 포니테일의 수수께끼 아가씨에 대해서 조금은 알고 넘어가야겠지!"

"미안해요! 포니테일 아가씨! 당신을 의심하는 건 아니지만, 혹시 모를 수상한 사람일지도 모르고, 포니테일 아가씨가 누군지 알 만한 걸 발견하기 위해서니깐요! 이해해 주세요!"

나는 포니테일 아가씨의 입고 있는 옷을 뒤져본다! "뒤적!~ 뒤적!~ 뒤적!" 하지만 거의 나오는 것이 없어 보였다! 그래서 포니테일 아가씨의 몸을 샅샅이 조사하다가 오른팔에 무언가에 찔린 적이 있는 듯한 혼적이 발견되었고, 혼적 주변으로는 작은 크기의 핑크색 장미 형태의 꽃이 문신처럼 그려져 있었다!

나는 이것이 포니테일 아가씨가 누군지를 알려주는 중요한 정보가 될 거라 생각하고는 스마트폰으로 얼굴과 오른쪽 팔에 나있는 보기 드문 핑크색의 작은 장미 형태의 문신을 사진으로 찍은 다음 바로 문 앞 가까이에 잠깐 내려놓았던 가방과 커다란 은색의 스테인리스 형태의 구급함을 들고는 내 방을 허겁지겁 나와서 엘리베이터로 급하게 달려가서는 엘리베이터를 부르는 버튼을 누르고는 "헥!~헥!~헥! 이젠 나이가 들어서 그런지 쉽지가 않네!"라는 불평 섞인 목소리로 "띵!" 하고 문이 열린 엘리베이터에 몸을 싣고는 곧바로 1층 버튼을 누른 뒤에 "띵!" 소리와 함께 엘리베이터의 문이 열리자마자 곧장 100m 계주 선수라도 된 듯이 가방과 구급함을 양 어깨에 매고는 하이힐을 신은 채 전력질주를 하기 시작했다!

웨더 시티 주변 보도

"야아아압! 비켜요! 비켜! 지금 급한 응급환자가 발생했습니다! 웨더 시티의 주민 여러분은 신속한 협조를 부탁드립니다!"

"지금 급한 응급환자가 발생했습니다!…."

"타다다다다닥! 타다다다다닥! 타다다다다닥!"

나는 달리면서 손을 정장 안 주머니에 넣었다가 한 손에 들어올 만한 조그마한 무전기의 응답기를 꺼내어서는 달리면서 주변의 다른 사람들과 부딪치지 않기 위해서 같은 말을 반복하며 주변의 다른 웨더 시티의 주민들에게 알린다!

내가 달릴 때마다 머리 양 끝에 달린 방울이 흔들리며 기분 좋은 "딸랑~ 딸랑"거리는 소리를 나의 귓가에 들려준다.

내가 지금 손에 들고 있는 무선 응답기에 대고 말을 하게 되면, 내가 지금 매고 있는 커다란 은색의 스테인리스 재질의 구급상자에 설치된 무선 스피커를 통해서 주변으로 말이 전달되는 시스템이다.

이상하게도 내가 전력을 다해서 병원까지 달리게 되면 주변의 남자들의 시선이 곱지가 않은 것 같아 보인다.

"내 옷차림에 무언가 문제가 있는 건가?"

나는 항상 그런 의문을 머릿속에 품고는 내가 몸담고 있는 〈사쿠라 이부키 병원〉을 향해서 전력으로 질주한다. 보통 병원까지의 루트는 처음엔 직선! 그리고 200m 앞에서 급하게 우회전! 그리고 400m를 더 가서 〈헤이든 상점가〉 표지판 앞에서 잠깐 멈춰 서서는 눈앞에 보이는 직선 길을 700m 통과한 후 나오는 큰 길목에 있는 가장 먼저 눈에 띄는 2층짜리 건물 〈사쿠라 이부키 병원〉에 도착하게 된다.

사쿠라 이부키 병원

"타다다다다닥! 타다다다닥!" 전력으로 질주한 나는 어느새 병원 앞에 도착해 있었다.

"끼이익!" "늦게 도착해서 정말 죄송합니다!"

나는 문을 열고 병원 안으로 들어가서는 큰소리로 사과를 하며 고개를 약간 숙였다.

오늘따라 병원 내부에 손님이 더욱 없어서 한산했던 병원이 더욱 한산해 보이는 분위기를 자아냈다.

내가 병원 내부의 한산해 보이는 풍경에 정신을 잠시 빼앗기고 있을 때 "터벅! 터벅! 터벅!" 나를 향해 걸어오는 그림자가 하나 있었다.

발걸음이 멈추는 소리와 함께 "괜찮아요! 뭐! 크로네 언니의 지각은 언제나 있던 일인걸요!"라며 말을 건네며 웃어주던 링이 갑자기 돌변해서는 "오늘이야말로 그냥 넘기지는 못하겠군요! 이리 따라오세요, 크로네 언니!"

"아!~아아아! 이러다가 귀가 늘어나겠어! 귀 좀 놓고 말하면 안 될까?"

링은 내 오른쪽 귀를 잡아끌며, 병원 휴게실로 나를 끌고 들어간다.

"끼이익! 쾅!"

문을 닫으며 링이 잡아당기고 있던 내 오른쪽 귀를 놓아주며, "그럼 어디 오늘은 왜 늦었는지 그 이유나 한번 들어 봅시다!"

"갑자기 내 방문 앞에 어떤 포니테일 스타일의 아가씨가 쓰러져 있는 바람에 급하게 몸 상태를 확인하고 약을 지어놓고 오느라 늦었어! 이해해줘 링!"

"크로네 언니! 대체 언제까지 이런 바보 같은 짓을 반복할 생각이에요! 크로네 언니가 이 〈사쿠라 이부키 병원〉에 부임한 것도 벌써 3개월이 다 되어 간다구요! 그런데도 아직도 시간 감각이 없어서 지각을 밥 먹듯이 하시면 안 되지요! 크로네 언니가 늦게 출근할수록 저와 레이카 선생님이 얼마나 힘들어지는지 잘 알고 계시면서 이러시면 안 되지요!"

링은 나를 바라보며, 무서운 눈빛으로 날 밀어붙이며 말을 건넸다!

"나…나도 노력은 하는 중이야! 마음먹고 일찍 일어나려 몇 번이나 연습해 봐도 생각했던 것처럼 쉽지가 않은 걸 어떡해! 무리라구! 그러니 내 노력을 생각해서 링도 나를 너그럽게 봐주면 안 되겠어?!"

나는 링의 두 손을 붙잡고는 간청을 들어 보지만, "으아아아아! 노력?! 연습?! 술을 끊으란 말이야! 술을! 술에 취해서 밤 늦게까지 마셔대니 매일 이렇게 지각이지! 대체 얼마나 술을 안 마시려고 노력을 하고 얼마나 일찍 일어나기 위해서 노력을 했는지는 모르지만 두 번 다시 지각을 또 하겠다면, 내가 직접 레이카 선생님께 말씀드려서 크로네 언니를 잘라버릴 테니!!"

"병원에서 잘리고 술을 마음껏 퍼마시든지! 아니면 술을 끊고 건전한 생활패턴으로 되돌려서 병원 일에 충실하든지! 크로네 언니에게 이제 남은 길은 이 두 가지밖에 없다는 것 명심해야 할 거예요!"

링의 무서운 광기 어린 오로라가 휴게실 안을 가득히 채우는 것만 같았다! 나는 링이 3개월간 참아오다 참아오다가 폭발해서 발산한 말을 체념한 채로 "응! 알았어! 술을 더 이상 안 마실게!"

"술자리도 가지 않을게"라며 대답했다!"

"좋아요! 그럼 어서 간호복으로 갈아입도록 하세요! 시간이 없으니깐요!"

나는 휴게실에서 어두운 오라를 온몸으로 내뿜으면서, 간호복을 갈아입기 위해서 흐느적흐느적거리며 탈의실로 무거운 발걸음을 옮겼다!

"주섬~주섬!" 핑크빛이 도는 간호복으로 갈아입은 후에도 나에게서 뿜어져 나오는 어두운 오라는 쉽게 사라지지 않았다.

"뭐하는 거예요, 크로네 언니! 그렇게 무거운 분위기를 온몸으로 풍겨대면 환자들이 더 큰 병을 얻을 것만 같잖아요! 지금 당장 표정을 환

하게 바꾸지 않으면 일일 특별 마사지가 들어갈지 몰라요! 내 말이 무
슨 뜻인지는 알고 있겠죠?!"

나는 링의 소름이 돋는 발언에 머리끝부터 발끝까지 오싹해지며 내
스스로가 풍기는 어두운 오라는 금세 마음속으로 사라져 버렸고, 얼
굴은 미소를 되찾게 되었다!

"링! 이걸로 된 거죠?!"

"네! 항상 그런 기분 좋은 표정을 유지해 주세요! 크로네 언니! 여긴
병원이니깐요!"

나는 이런 링이 정말 무섭다! 거기다 오늘부터는 술이랑도 작별을
고해야 한다니…. 그래도 간호 일을 무엇과도 바꿀 수 없는… 포기할
수 없는 일이기에 오늘도 환자들의 빠른 회복을 빌며 나만의 험난한
간호 길을 걸어간다.

뭐 이런저런 일들로 링이랑 부딪치는 일이 많은 편이지만, 그렇다고
해서 이 병원이 싫다거나 그런 건 절대 아니다!

내가 다니고 있는 사쿠라 이부키 병원은 기본적으로 병원의 크기가
큰 대형병원은 아니지만, 대형병원 못지않은 설비를 갖추고 있으며, 건
물 자체는 2층짜리 건물이지만 건물 내부는 40평 가까이 되는 크기를
자랑하며, 직원은 나와 중국에서 온 링! 그리고 단 하나뿐인 우리 병
원 담당 선생님 레이카 선생님뿐이다.

건물 내부에는 비상시를 대비한 여러 가지 비밀 설비까지 갖춰진 웨
더 시티 내에서는 보기 드문 병원이다.

내가 다니는 병원에는 이유는 알 수 없지만, 이상하게도 환자들이
많이 찾는 병원은 아니다. 그렇다고 해서 환자가 없는 것도 아니고 꾸

준하게 하지만 크게 늘어나거나 줄어드는 일은 없는 병원이다.

하지만 더욱 이상한 것은 입원환자가 외래로 다니는 환자보다 90%가 많다는 것이다! 확실히 여기 병원에 최첨단 설비는 〈바이오 인디그레이터, 정밀 수술 집도실, 생체피부 봉합실〉 등의 다른 병원에서는 찾아볼 수 없는 시설들이 들어서 있지만 대부분의 시설들은 보통의 대형병원에도 있을 법한 시설들이기에 입원환자가 많은 수를 차지하는 것은 내 개인적인 생각에는 미모의 레이카 선생님의 환자들을 치료하는 실력 때문에 입원환자들이 많은 것 같다.

"크로네 언니! 레이카 선생님이 급하게 부르세요!"

"웅!? 금방 갈게! "타다다닥! 타다다닥!"

"선생님, 무슨 일인가요?!"

"아~! 이제야 와주셨군요! 얼마나 크로네 씨를 기다리고 있었는지… 제가 오늘따라 갑자기 특별한 응급환자가 발생한 관계로 좀 바빠져서 말이죠! 아무리 지각을 밥먹듯이 했다고 하더라도 환자들의 케어를 위해서 헌신하는 모습은 크로네 씨가 가장 잘하는 분야니깐요! 링! 크로네 씨에게 담당 병동의 환자들 내역서를 전해 주도록 하세요!"

정강이 다리까지 내려오는 긴 흰색의 의사 가운을 걸치고 머리에는 금발의 커트머리에 파란색의 눈동자와 짙은 자주색 입술에 흰색 의사 가운 사이로 보이는 허벅지에 절반 정도만 가리는 짙은 검은색 가죽 치마에 커피색의 팬티스타킹에 흰색 구두를 신고 다리를 꼰 자세로 나를 웃으며 맞이해 주시는 레이카 선생님!

나도 선생님을 보고 있으면 선생님처럼 멋진 스타일의 여자가 돼야겠다고 항상 생각한다!

"네! 레이카 선생님!"

"크로네 언니, 여기 담당 병동과 환자들의 내역서예요!"

"오늘도 환자들의 케어를 위해서 우리 둘 다 힘내도록 해요!"

나와 링은 여기서 대부분의 시간은 입원환자의 케어 및 외래환자의 안내를 번갈아 가며 해왔지만, 요즘 들어서 점점 나는 입원환자를 주로 돌보기만 하고, 링이 외래환자를 안내하거나 선생님을 따라다니며 서포트를 하는 것 같다!

나는 내 담당 병동의 환자 리스트를 담은 파일을 들고는 2층에 있는 입원 병동으로 자리를 옮기려 하자!

뒤에서 레이카 선생님의 가냘픈 목소리가 들린다.

"아! 잠깐만요! 크로네 씨! 깜빡하고 말하지 못한 내용이 있는데 크로네 씨! 담당 병동에 새 환자가 추가되었으니 좀 더 힘내 주길 바래요! 추가된 환자의 몸 상태와 필요한 케어 등의 복잡한 내용은 자세히 파일에 첨부해 두었으니 잘 부탁드려요!"

"네?!"

나는 그 말을 듣고는 그 자리에 서서는 내가 지금 들고 있는 파일을 열어서 환자들의 내역을 쭈~욱! 훑어 보았지만 그다지 다른 점을 찾지 못했다!

"저기 레이카 선생님!? 지금까지의 병동 파일이랑 다를 게 없는데요?"

"아! 링! 어서 나머지 파일을 크로네 씨에게 건네주도록 하세요!"

"네 선생님!"

링은 나를 향해서 내가 지금 들고 있는 파일의 반쪽 분량 정도 되는 파란색 파일을 내가 들고 있는 노란색 파일 위에 올려주면서 말했다.

"미안해요, 크로네 언니! 제가 바빠서 미처 가져다 두지 못했네요!"

나는 파일의 두께를 보며 한순간이지만, 양어깨에 커다랗고 무거운 거대한 추 두 개를 올려놓은 것처럼 힘이 쭉 빠졌다.

"하지만 환자들이 나의 봉사로 인해서 빠른 케어를 하게 되면서 보여주는 환한 웃음은 아무리 간호 일이 힘들어도 내 몸을 움직이게 해주는 원동력이기에 금방 다시 기운이 솟아난다.

"그럼 전 2층의 입원실로 올라가 보겠습니다. 링도 레이카 선생님 옆에서 수고해 주세요!"

"크로네 언니?! 아까 전에 말한 포니테일의 아가씨 말인데요…"

"지금은 환자들을 케어하러 입원실로 올라가 봐야 하니깐 조금 있다가 다시 말해 줄게!"

"네… 알았어요!"

사쿠라 이부키 병원 1층

"링?! 302호실로 급하게 와주세요!"

나는 건물 전체에 설치되어 있는 스피커들을 통해서 나를 다급하게 찾으시는 레이카 선생님의 목소리에 발걸음이 더욱 바빠졌다!

302호실 앞에서 "똑!똑!똑!" "어서 들어오도록 하세요! 링!"

"네!… 선생님!" 문을 열고 들어가자 처음 보는 금발의 여자 환자가 산소 호흡기에 의존한 채로 누워 있었다!

"선생님! 제가 무엇을 도와 드리면 될까요?!"

"이것을 가져다가 〈바이오 인디 그레이터〉 안에 넣어서 배양작업을 진행하도록 하세요!"

레이카 선생님이 내 손에 들려준 것은 검게 그을린 피부조각처럼 보이는 부분이 비커에 담겨 있는 상태였다!

"알겠습니다!"

나는 검게 그을린 피부 조각이 들어있는 비커를 들고는 〈바이오 인디 그레이터〉에 다가가서는 커다란 배양 수조에 달린 녹색의 버튼을 누르자!

옆에 있는 빨간 버튼에 불이 들어오며 "치이이익!" 소리와 함께 흰색의 돌리는 손잡이가 기계 본체에서 튀어나온다!

나는 손잡이를 잡고 오른쪽으로 5번 정도 돌리자! 손잡이가 자동으로 "치이이익!" 소리를 내며 기계 내부로 들어간 후 배양 수조의 뚜껑이 양쪽으로 벌려지며 "치이이익!" 소리를 낸다! 비커에 들어 있던 검게 그을린 피부 조각을 핀셋을 사용하여 집어 들어서는 배양기 안에 집어넣자!

"치이이익!" 소리와 함께 배양 수조의 뚜껑이 자동으로 닫히면서 컴퓨터 화면에 여러 가지 수치가 표시되며 수조의 노란색 버튼에 불이 들어온다.

그 옆에 스위치를 올리자! "뻐끔! 뻐끔! 뻐끔! 부르르륵!" 소리와 함께 공기 방울 같은 기포가 수조 여기저기에서 일어나며, 컴퓨터 화면의 수치가 갑자기 빠르게 지나가며 생체조직의 단면이 3D로 변형되어서는 "드르륵~드륵! 드르륵~드륵!" 소리가 나면서 흰색의 종이에 여러 가지 배합물의 수치가 표시되어 나온다!

"선생님! 여기 수치가 나왔습니다!"

"어디 좀 볼까?! 음… 볼루투안인 35mg, 키멜트란암모늄 25mg, 백토리칼리움 3.5mg"

"음… 역시! 예상했던 대로인 것 같군!"

나는 수치표를 바라보며 대답을 하시는 레이카 선생님의 표정을 보며, "레이카 선생님! 이 환자가 어딘가 많이 안 좋은 건가요?! 혹시!… 불치병에라도 걸린 건가요?!"

나의 물음에 대답을 하지 않고 무언가를 골똘히 생각하시던 선생님에게 나는 재차 "레이카 선생님! 이 환자 어디가 많이 안 좋은 건가요?!"

"아니! 링! 내 이야기를 잘 듣도록 하세요! 지금부터 내가 하는 말은 크로네 씨나 다른 누구에게도 발설하면 안 돼요! 알았죠 링!"

레이카 선생님은 한 손에는 수치가 적힌 흰색 종이를 들고는 다른 손으로는 내 어깨에 올리시고 레이카 선생님의 두 눈은 내 눈을 마주 보시며,

"여기 이 환자의 이름은 유이! 정식 이름은 나가세 유이!라고 해요!

이 환자는 불치병에 걸린 것이 아니라… 링! 당신과 같은 '엔포인'입니다!"

"네?!… 저랑 같다니요? 그럼 이 유이라는 분도 저와 같은 반인반수인가요?!"

"음… 어떤 점에서는 그렇다고 할 수 있지요!"

"어떤 점이라면 어떤?!"

"미안해요! 내가 설명을 어렵게 했네요! 내가 말한 건 링처럼 반인반수지만, 처음부터 그런 건 아니라는 말이에요!"

나는 더욱 의구심을 품은 표정을 지어 보이며, "처음부터 반인반수가 아닌 종족도 있나요?!

저는 그런 종족이 있다는 이야기는 들어본 적이 없는데요?"

"음… 설명이 점점 어렵게 되어 가는 것 같네요! 간단히 말해서! 나가세 유이는 본래는 인간이었으나 어떠한 계기로 인하여 반인반수가 된 케이스에요!"

"네?!… 그런 경우도 발생할 수 있는 건가요?!"

"사실상 거의 불가능하기는 하나 특별한 경우에 한하여서는 가능해요! 이론적으론 말이죠!"

"이론적으론 어떻게 그렇다는 건가요?!"

"이야기한다고 해도 링이 이해할 수 있는 이야기도 아니고 더군다나 지금은 이런 이야기를 나누고 있을 때가 아니에요!"

"빨리 이 나가세 유이라는 환자를 살려내지 않으면 안 되니깐요!"

"네!… 알겠습니다! 레이카 선생님!"

"링! 지금부터 내가 적어주는 약품들을 조합해서 내게로 가져오도록 해요!"

선생님은 나에게 건네주신 흰색 종이에는 2종류의 해열제와 감기약에 들어가는 주성분인 아세트아미노펜 2알과 프로토콜리움 3알 등이 적혀 있었다!

나는 곧바로 옆방에 약제조실로 향했다!

"어디? 어디? 아~! 여기 있다! 음… 이 병은 아니고 아…! 이 병이다! 그리고 감기약은 이쪽 서랍 안쪽에 있는 해열제 통에 같이 보관해 두었지!? 찾았다!"

나는 온갖 약들이 즐비하게 차있는 선반을 뒤지며, 책상 서랍도 뒤져서 레이카 선생님이 적어 주신 흰색 종이에 필요한 약들을 한데 모아서는 다시 302호실로 돌아왔다!

"끼이익!"

"레이카 선생님! 적어주신 약들을 모두 모아 왔습니다!"

"수고했어요. 링!"

선생님은 흰색 의사 가운 안쪽에서 푸른색으로 된 조그마한 길이 15cm 정도의 상자를 열어서는 붉은색 캡슐 하나를 꺼내서는 내가 가져온 약들을 곱게 빻아 컵에 물을 한 컵 부어서는 거기에 가루 낸 약과 붉은색 캡슐을 넣고는 잘 저어주자 5분도 되지 않아서 물에 모두 녹아버렸다!

"링! 유이 환자의 산소 호흡기를 벗기고 침대에 앉혀 주세요!"

나는 유이라는 이름의 환자에게 다가가서는 쓰고 있던 산소 호흡기를 벗겼다!

"그대로 잘 잡고 계세요!"

선생님은 방금 전에 여러 가지 약물과 수수께끼의 붉은색 캡슐을 녹인 물을 유이 환자에게 강제로 먹이셨다!

"이제 됐어요! 다시 유이 환자에게 산소 마스크를 씌워서 침대에 눕혀 주세요!"

나는 레이카 선생님이 시키는 대로 유이라는 환자에게 산소 마스크를 씌우고는 다시 침대에 눕혔다!

"선생님 방금 먹인 건 대체?!…"

"걱정하지 않아도 돼요! 제가 지금 나가세 유이 환자에게 먹인 건 링에게 처음으로 해준 약과 같은 성분으로 되어 있어요!"

"그…그렇다면, 방금 전 약이 저희 같은 반인반수 종족들을 위해서 만들어주신 베일에 싸여 있는 신비의 약이란 말인가요?!"

"네!… 링! 수고했어요! 링과 같은 처지의 사람이기에 링에게는 말해야겠다고 생각했어요! 다시 말하지만 여기서 링과 내가 주고받았던 이야기는 모두에게 비밀이에요! 절대 발설하면 안된다는 거 잊지 마세요!"

레이카 선생님은 진지한 표정으로 나를 바라보며 다시 한 번 다짐을 받아냈다!

"네!… 알겠습니다! 레이카 선생님!"

"띠리리링!~ 띠리링!" 스피커에서 음악소리가 흘러나오며 안내방송이 흘러나왔다.

"잠시 후 12시 정각부터 환자들과 방문객을 위한 점심시간이 시작될 예정입니다! 외래환자들과 병원 관계자와 방문객 여러분들은 신속히 병원에서 준비한 휴게실에 자리를 잡고 앉아 주시기 바랍니다! 저희 병원에서 제공되는 식사는 웨더 시티법 제35조 1항에 의거하여 시민 여러분의 편안한 복지생활의 한 부분을 담당하기 위하여 병원에서 모두 무료로 배급하는 것이니 많은 이용 바랍니다!"

12시 정각이 되자! "위이이~잉! 위이이이~잉!" 소리가 복도 여기저기서 들려오며 다시 스피커로부터 방송이 흘러나온다!

"지금 급식용 배달 머신이 자동 추적 장치와 MBS 기능을 탑제하고 각 병동, 휴게실을 돌아다니며 급식을 배분하고 있습니다! 아직까지 자리를 잡지 못하여 서있는 분이나 몸이 불편한 분이 계시다면 환자님 앞으로 다가오는 BDW로 적힌 로봇에게 고개를 끄덕여만 주십시오! BDW가 여러분의 편안한 의자와 식탁이 되어 드리는 동시에 따뜻한 점심을 대접해 드릴 것입니다!"

"아~! 좋겠다! 오늘 식단은 쿵! 쿵! 쿵! 돈가스 카레잖아! 돈가스 위에 따끈한 카레가 올려지며 내뿜어 내는 절묘한 이 향기, 으으~음! 꿀꺽!"

"레이카 선생님, 우리들도 급식을 무료로 받아먹으면 안 되나요?!"

나는 문 너머로 풍겨오는 돈가스 카레의 풍미에 침을 "꿀꺽!" 삼키며, 레이카 선생님에게 떼를 써본다.

"링! 우리가 여기서 하는 일은 모두 웨더 시티에 사는 시민 모두의 건강을 지키기 위한 일이라는 것을 잊지 말아 주세요!"

선생님은 나의 대답을 회피하면서 내 머리를 손으로 쓰다듬어 주신다.

"레이카 선생님. 그럼 적어도 오늘 점심은 선생님이 돈가스 카레 사주세요!"

카레 우동은 사줄 수 있지만, 돈가스 카레는 좀…"

"네? 어째서 안 되나요?"

나의 물음에 레이카 선생님은 얼굴은 웃고 계시지만 그 뒤로는 이글이글거리는 검은색의 오라가 뻗쳐 나오면서,

"그건, 오늘 아침에 내 허락도 없이 병원에서 관리하는 현금통에서 돈을 가져다가 쌍용각에서 멋대로 춘권을 사먹은 누구 때문이라고 생각하는데 말이지요!?"

나는 가슴 한구석이 뜨끔하면서 "하지만 전 춘권 2개만 먹었는걸

요. 게다가 그 춘권 하루라도 안 먹으면 입안에 가시가 돋는걸요!"

나는 레이카 선생님의 시선을 피해서 딴청을 부리며 대답했다.

"게다가 혼자 먹을 양만 사오고, 분명 제가 어젯밤에 급한 볼일이 있으니 병원을 잘 부탁한다고는 했지만, 멋대로 병원 돈으로 멋대로 춘권을 사먹으란 말은… 또 혼자 먹을 양만 사오다니요!"

"에~헤헤! 아무래도 링이 벌칙을 받고 싶은가 보군요?!"

나에게 웃음을 보이며 어두운 오라를 두른 레이카 선생님이 나에게 다가오자! "전 선생 님이랑 크로네 언니 몫까지 사긴 했지만 병원으로 돌아오던 길에 저를 도와준 언니가 있어서 그 언니에게 나누어 줬을 뿐이에요! 절대 혼자서 다 먹은 게 아니라구요!"

나는 소리를 크게 내면서 레이카 선생님에게 호소했다!

"으흥~ 정말이란 말이지요?! 그 언니라는 분의 이름은 물론 알고 있는 거겠지요?!"

"네!… 물론이에요. 그 언니의 이름은 히미코! 히미코 언니예요!"

"음…. 좋아요! 아직까지 중국요리라면 사족을 못 쓰는 링을 100% 믿는 건 아니지만, 이번만은 믿어 주도록 하죠!"

"휴~! 다행이다! "내가 안심하는 얼굴을 보고는 레이카 선생님은 "아직 안심하긴 일러요! 이번 주 안에 그 히미코라는 분을 우리 병원으로 데리고 와서 내 앞에서 확인시켜 줘야 해요!

만약 확인이 되지 않는다면, 이번 달 급여에서 링이 먹은 춘권 값에 거짓말한 죄로 추가 벌금까지 내야 해요! 알았죠?!"

"네?!… 추가 벌금까지요? 후… 알겠습니다! 반드시 히미코 언니를 병원으로 데려오겠습니다."

나는 레이카 선생님이 내뱉은 말대로 히미코 언니를 병원에 반드시 데려오겠노라 마음속으로 다짐했다!

사쿠라 이부키 병원 주변의 식당가

"자!~ 그럼! 우리도 점심식사라도 하러 갈까요?! 링! 크로네 씨에게 지금 병원 앞으로 나오라고 하세요!"

"네! 레이카 선생님!"

나는 스마트폰을 꺼내어 "뚜~! 뚜~! 딸깍!" 크로네 언니 레이카 선생님이 점심 사신다고 병원 정문 앞으로 나오시래요!" "뚝!"

"레이카 선생님, 크로네 언니가 병원 앞으로 나온다네요."

나는 레이카 선생님과 함께 병원 정문 앞으로 나갔다.

"선생님! 어디로 가실 거예요?!"

"크로네 씨는 어디로 가고 싶으세요?!"

레이카 선생님이 웬만하면 꺼내지 않는 "점심을 사준다는 말에 "나와 크로네 언니는 순간 적으로 온몸의 감각이 일체가 되며, 짧은 순간에 눈빛 교환만으로 서로의 뜻을 교환하고 일치시켰다!

"음…. 선생님이 사시는 거라면 페밀리 레스토랑으로 가는 건 어떠신가요?!"

"나도 찬성이에요! 민주주의 원칙에 의거해서 2대 1인 상황이고 먼저 점심 사신다는 말을 꺼내신 것도 레이카 선생님이시니깐요! 그러니 이번만큼은 레이카 선생님이 레스토랑에서 스테이크를 사주신다면…"

나는 엉겹결에 레이카 선생님이 크로네 언니에게 어디로 가면 좋을

지 물어봤을 때 '지금이 기회다!'라고 생각하고는 혹시나 하는 생각에 예전부터 준비한 크로네 언니와 나만이 알 수 있는 짧은 눈빛 교환법을 이용하여 기회를 잡았다!

"어쩔 수 없지! 그럼 오늘만이야! 환자들 때문에 멀리는 못 가니 음식 잘하는 가까운 레스토랑을 찾도록 해봐!"

나와 크로네 언니는 주변의 레스토랑을 이 잡듯이 뒤졌지만 이 시간에 문을 연 레스토랑은 한 군데도 없었다!

다들 최소 1시 반은 돼야 문을 여는 가게들뿐이었다!

풀이 죽어 있는 우리들을 바라보며, "어머! 이런! 이 시간이면 병원에 돌아가서 일하기에는 시간이 빠듯한데… 할 수 없네요! 근처에 자주 가는 라면 가게로 가도록 하죠!"

사쿠라 이부키 병원 주변의 라면가게

"나와 크로네 언니는 풀이 죽어서는 근처의 라면 가게로 무거운 발걸음을 옮겼다.

"스르륵!"

"안녕하세요! 주인장!"

"웅?! 뭐야! 레이카 선생 또 온 거야?! 오늘은 음식 타박하지 말라구!"

"안녕하세요!"

"링, 크로네 씨 오랜만이네! 자주 좀 오지! 요즘은 코빼기도 안 보이니 내가 얼마나… 얼마나… 심심한 줄 알아?"

라면가게 주인이 레이카 선생님을 뺀 우리를 반갑게 맞이해 주셨다.

"주인장! 미역라면 하나랑 카레라면 하나! 그리고 간장라면 하나! 미역라면에는 미역 말고도 톳이랑 전갱이 튀김 넉넉히 올려서, 카레라면은 국물에 차슈 두둑히! 간장라면은 차슈 대신에 교자 넉넉히 넣어서! 알지!? 주인장!"

"응! 알았어!"

"레이카 선생님! 간장라면 말고 다른 라면은 안 드시나요?!"

"크로네 언니, 레이카 선생님은 그냥 간장라면이 아니라 교자가 듬뿍 들어간 라면을 좋아해요! 그래서 그것만 고집하는 거죠! 맞죠 선생님?!"

"음…. 그냥 다른 라면에도 교자를 넣어서 먹어봤지만, 역시 간장라면처럼 교자가 찰떡궁합으로 맞지는 않더라구요!"

"생각해 보니 링도 그래! 여기 오면 꼭 미역라면만 시켜먹고 다른 라면은 손을 대지 않더라구. 꼭! 사람이 아니라 물고기?! 아니 그것보다는 인어?!처럼 말이야!"

"푸우우우~하!"

"에잇! 뭐하는 거야!? 링! 내 자리까지 물이 다 튀고…. 물 마실 때는 조심해!"

"나는 크로네 언니의 농담 반 진담 반이 뒤섞인 것 같은 '인어!'라는 말투에 본능적으로 놀란 나머지 마시던 물이 입에서 튀어나왔다!

"무…무슨 소리 하는 거예요! 링이 인어라니?! 그럴 리 없잖아요! 하하하하!"

레이카 선생님도 크로네 언니의 말에 좀… 놀라면서 헛웃음을 지어보였다!

"아~! 크로네 언니! 그러고 보니 오늘은 지각한 다른 이유가 있다고 하지 않으셨어요?"

"응! 그게 방에서 짐을 가지고 나가려는데 내 방문 앞에 웬 포니테일을 한 아가씨가 쓰러져 있더라구. 그래서 그 아가씨를 갑자기 간호하느라 늦어졌어!"

"아픈 사람이라면 빨리 우리 병원으로 데려오셔서 레이카 선생님에게 보여 드리는 편이 낫지 않을까요?!"

"아니야! 아픈 게 아니라 술기운 때문에 방을 잘못 찾아온 것 같더라구!"

"그래서 어떻게 했어요 언니?!"

"내 침대에 눕히고는 이런저런 약을 조합해서 침대 옆에 편지랑 놓아두고 방을 급하게 나섰지!"

"아니… 누군지도 모르는 포니테일 아가씨를 크로네 언니 방에 혼자 두고 나와도 되는 거예요?! 혹시라도 크로네 언니 방을 노린 도둑이면 어떡해요?!"

"걱정하지 마! 그럴 때를 대비해서 그 포니테일 아가씨의 얼굴을 스마트폰으로 촬영해 놨거든!"

"한번 보여 주세요! 크로네 언니! 혹시 제가 아는 사람일지도 모르잖아요!"

크로네 언니는 자신의 스마트폰을 꺼내서는 내 앞에 사진을 내보여 주며 말했다.

"어디서 얼마나 술을 먹은지는 모르겠지만, 볼 여기저기에 립스틱 자국이 나있는 걸 보면 혼자는 아니었던 것 같아 보여!"

"이분은! 히미코 언니?!" "웅?! 링 아는 사람이야??"

"레이카 선생님! 바로 이 사람이에요!"

나는 크로네 언니의 스마트폰에 찍힌 크로네 언니 침대에서 편안히 잠들어 있는 히미코 언니의 얼굴 사진을 레이카 선생님에게 보여 드리자!

"웅?! 이 아가씨가 링! 이 말하던 히미코라는 인물이라구요?"

"네! 이 언니가 길가에 넘어진 저를 도와주셔서 아침에 제가 쌍용각에서 산 춘권을 나누어 드린 언니예요!"

레이카 선생님이 히미코 언니의 사진을 바라보다 말고는 심각한 얼굴로 "링! 이 히미코라는 분과 이야기를 나눌 때 혹시 저분이 하고 있는 목걸이에 대해서 물어본 적 있나요?!"

"아니요! 대신 히미코 언니가 제가 하고 있는 귀 가리개에 대해서 물어본 적은 있어요!"

"그래요?"

스마트 폰 속의 사진을 뚫어져라 쳐다보던 레이카 선생님 앞에 라면이 나왔다.

"자! 주문하신 라면들이 나왔습니다!"

라면을 보자마자 다시 온화한 표정으로 변한 레이카 선생님은 "자~! 어서 먹자구요!"

나를 포함한 모두가 방금 전까지의 이야기는 접어두고 자기 앞에 놓인 김이 솔솔 올라오며 맛있는 각각의 특유한 풍미를 자아내는 라면을 탐닉하느라 정신이 없었다!

오직 귓가에 들리는 소리라고는 "후루룩!~ 후루룩!" 소리가 대부분이었다. "꿀꺽! 꿀꺽!" "아~! 잘 먹었다!"

우리 모두는 동시에 한 그릇을 비우고는 "주인장! 이번 간장라면은 국물이 좀 달달한 맛이 나는 것 같은데… 다음번에 좀 더 깊은 맛이 나는 간장을 사용해 보도록 해보세요!"

"잘 먹었어요 주인장!"

우리가 가게에서 나가는 보습을 보며, 주인장은 "간장라면에 춘권을 올리지만 않아도 더 깊은 맛을 낼 수 있었다구!! 다음번에 불평하면, 가게에 들이지 않을 줄 알아요! 레이카 선생!!"

사쿠라 이부키 병원

가게를 나온 우리는 서둘러서 발걸음을 병원으로 향했다!

"크로네 씨, 혹시 오늘 병원 안에서 핸드폰 사용할 일 있나요?!"

"크게는 없지만 왜요? 레이카 선생님?!"

"아니 다름이 아니라… 방금 가게 안에서 본 포니테일의 아가씨… 히미코라고 하던…."

"네, 그 히미코란 사람이 왜요?! 레이카 선생님도 아시는 분인가요?!"

"내가 아는 사람과 비슷한 것 같아서 그래요! 핸드폰 사진 좀 프린트해서 건네 주겠어요?!"

"그럴게요!"

"레이카 선생님? 히미코 언니가 아는 분이세요?!"

"안다기보다는 제가 아는 사람과 비슷해서 맞는지 확인하고 싶어서 말이죠!"

"네, 그럼 링도 도와드릴게요!"

나는 레이카 선생님의 오른팔을 팔로 감싸고는 팔짱을 낀 상태로 어깨를 기댄다!

얼마후 병원에 도착하자 "크로네 씨, 히미코 씨 사진을 바로 프린터로 뽑아서 보내 주세요!" "네!⋯ 아~! 그러고 보니 이 상처 자국이나 핑크색 장미 형태의 작은 문신 자국이 이 포니테일 아가씨가 누군지 정체를 밝히는 데 도움이 되지 않을까 해서 스마트폰으로 찍어 놓기를 잘했네요!"

크로네 언니는 스마트폰에서 자신이 직접 찍은 핑크색 장미 문신과 상처 자국을 레이카 선생님에게 보여 주었다!

"음⋯ 스마트폰으로는 상처 자국이 작아서 잘 안 보이네요. 이것도 같이 프린터로 뽑아주세요!"

"네! 바로 뽑아서 가져다 드릴게요!"

"타다다다닥! 타다다다다닥!"

말이 끝나기가 무섭게 크로네 언니는 눈썹을 휘날리며, 엄청난 속도로 2층으로 올라갔다!

그 모습은 마치 주인이 개에게 원반을 던지고 물어오라고 명령했을 때 개가 공중을 가르며 날아가는 원반을 빠른 속도로 쫓아가는 것과 같아 보였다!

"타다다다닥! 타다다다다닥!"

"레이카 선생님, 여기 있어요!"

"고마워요! 크로네 씨!"

레이카 선생님이 어느 때보다도 심각해 보이는 얼굴로 프린트되어 있는 사진을 자세히 훑어보는 선생님의 얼굴 표정을 나와 크로네 씨는 마냥 바라보고 있었다!

"선생님이 찾으시는 분이 맞나요?!"

크로네 언니가 먼저 심각한 얼굴 표정을 하고 있는 레이카 선생님께 말을 걸었다!

"선생님?! 레이카 선생님?!"

크로네 언니가 몇 번을 불러야 겨우 "네?! 링?! 무슨 일이에요?" 했다.

"선생님! 레이카 선생님을 부른 건 제가 아니라 크로네 언니인데요!"

"아…아! 제가 잠시 착각을 했군요! 하하하하!"

"레이카 선생님이 아시는 분이 맞나요?!"

"그건 좀 더 훑어봐야지 알 수 있을 것 같네요."

"다들 어서 오후 일에 전념해 주도록 하세요!"

"크로네 씨, 프린트 고마워요!"

레이카 선생님은 큰 목소리로 자신을 바라보는 나와 크로네 언니를 향해서 오후 병원 일을 하러 가달라고 말했다.

"네!…. 그럼, 전 다시 2층으로… 수고하세요. 레이카 선생님! 링!"

크로네 언니는 아직도 잘 모르겠다는 표정으로 고개를 가끔 갸우뚱 거리며, 2층으로 올라갔다.

사쿠라 이부키 병원 1층

"링! 저를 따라오도록 하세요!"

다시 302호 병실로 들어간 나와 레이카 선생님은 "링! 단도직입적으로 묻겠어요! 이 사진에 있는 히미코라는 분을 오늘 처음 만났다고 했지요?!"라고 링에게 물었다.

"네!"

"이 히미코라는 분을 빠른 시일 내에 여기로 데려올 수 있나요?!"

"히미코 언니에게 개인적으로 무슨 일이 생기지만 않는다면 데려올 수 있어요!"

"크로네 언니도 물어보았지만! 레이카 선생님이 아시는 분인가요?!"

선생님의 표정은 다시 심각해지면서 "내가 예전에 중국에 있을 때 링에게 해준 이야기 기억나시나요?!"

"무슨 이야기요?!"

"우리가 살고 있는 이 지구에 대변화를 가져올 수 있는 구세주 같은 한 소녀가 있다는 이야기… 기억나시나요?!"

"아~! 기억나요! 그때 그 전설의 소녀가 실제로 존재하는지 여러 정보를 수집하기 위해서 중국에서 몇 달간 머물고 있었죠!"

"잘 기억하고 있네요! 그럼 여기 웨더 시티에 온 이유도 잘 알고 있겠죠?!"

"중국에서 모은 정보에 의하면… 일본의 도쿄 근해에서 500km 정도 떨어진 곳에 눈으로도 인공위성으로도 식별이 불가능한 하나의 섬으로 된 도시가 존재한다는…. 그 섬으로 간다면 그 소녀의 전설을 어느 지역에서보다도 확실히 손에 넣을 수 있다고 했었죠! 그래서 레이카 선생님과 저는 힘들게 힘들게 이 섬으로 숨어들어와서 병원을 개업해서 웨더 시티의 시민인 척하며, 지내고 있는 거잖아요!"

"잘 알고 있네요! 링! 드디어 그 확실한 단서를 찾았답니다!"

"단서라면 히미코 언니요?!"

"네! 심증으로는 거의 확실한 단계이지만… 아직 실제로 만나보지를 못했기에 자세한 건 알 수가 없군요! 링! 부탁할게요. 히미코라는 분을 여기로 될 수 있는 한 빠른 시일 안에 데려오도록 하세요!"

사쿠라 이부키 병원 302호 병실

"으…으음! 여…여긴?! 여긴 어디지요?!"

갑자기 옆에 있던 유이라는 환자가 눈을 떴다! 나는 프린트되어 있는 히미코 언니의 사진을 등 뒤에 빠르게 감추었다!

"여긴 어디지요?!"

"여기는 〈사쿠라 이부키 병원〉이에요! 정신이 드나요 나가세 유이!"

"어떻게 제 이름을?! 목소리가 귀에 익은 것 같은데 혹시 레귤러 님?"

"아…아…아니에요! 저는 음… 어떤 사람에게 부탁을 받아서 당신을 우리 병원으로 데려와서는 치료를 해준 것뿐이에요!"

"아! 미안합니다. 제가 실례를 했군요! 너무 목소리가 비슷하신 것 같아서 저도 모르게 착각을…"

"안녕하세요! 저는 링첸! 저를 아는 사람들은 모두 링이라고 부르고 있답니다! 그리고 이쪽의 미모의 여성분은 우리 병원의 주치의 레이카 선생님이에요!"

"안녕하세요. 링! 레이카 선생님 만나게 돼서 반가워요!"

"몸은 좀 어떤 것 같나요. 유이?!"

"음…. 크게 어딘가가 아프거나 나른하거나 하지도 않고 건강 그 자체 같아요!"

"다행이네요! 당신은 여기 있는 링과 같은 특수한 치료를 받았습니다!"

"특수한 치료라면 어떤?!"

"걱정하지 말아요. 큰 수술처럼 엄청나게 위험한 치료를 한 건 아니니 말이에요!"

내가 들고 있는 프린터를 우연히 본 유이 언니가 내가 방심한 사이에 프린터를 확! 가로챘다!

"이…이… 사진은 어디서 난 건가요?!"

유이 언니의 말에 나는 당황해하며 얼버무렸다.

"아… 그게… 우연히 다른 분이 찍은 사진인데 레이카 선생님이 아시는 분 같아서…"

"살아… 있었다니! 다행이야! 살아 있었구나 히미코 님!"

유이 언니의 두 눈에서는 눈물이 "주르륵" 흘러내리며 기쁨에 찬 표정을 짓고 있었다!

"히미코 언니를 아시나요?!"

나는 아무런 생각 없이 유이 언니에게 말을 걸었다.

"히미코 님이 지금 어디에 있는지 알고 있나요?!"

유이 언니는 내 손을 붙잡고는 히미코 언니의 행방을 물어본다!

"어디에 있는지는 저도 정확히는 몰라요!"

"그래도 링 당신이 알고 있는 정보라면 모두 알려주세요!"

유이 언니는 내 오른손을 붙잡고는 마치 애원하듯이 말하였다.

"지금 확실히 말할 수 있는 건 히미코 님은 아직 〈타이타노 빌딩〉에 있다는 정도밖에는…."

내 말을 듣고 나서 유이 언니가 병실을 박차고 나가려고 하자! 순식간에 "위이잉~위이이잉!" 하며 사이렌이 방에 울리며 자동으로 유이 언니가 앉아 있던 병실 침대에서 은색으로 된 팔찌가 여러 개 나오더니 양 손목과 발목을 "찰칵!" 소리와 함께 채워 버리자 방안에 울려 퍼지던 사이렌은 자동으로 꺼져 버렸다!

"좀 머리를 식히도록 해요! 지금 상황에서 유이 씨를 풀어 주게 된다면, 어떤 짓을 할지 모르니 유이 씨의 마음이 어느 정도 가라앉는다면 때를 봐서 풀어 주도록 할게요!"

"지금 제가 가진 정보를 봐도 히미코라는 분이 여기를 떠날 것 같지는 않아 보이니! 걱정 말고 마음을 차분히 가라앉히세요!"

레이카 선생님이 유이 언니의 손목에 채워진 족쇄를 한 손으로 만지고 다른 한 손으로는 족쇄가 채워진 손바닥을 잡아주며 차분하게 유이 언니를 진정시키면서 말을 건넸다!

"네! 레이카 선생님의 말씀대로 좀 더 마음을 가라앉히며 조금만 더 기다리겠습니다!"

유이 언니는 밖으로 나있는 창문을 통해서 웨더 시티의 도시풍경을 바라보고 있었다!

"링! 나 좀 잠깐 봐요! 그럼 유이 씨 편안히 마음을 진정시키도록 하세요!"

"스르륵!" 레이카 선생님은 방금 차분함은 유지 하면서 의미심장한 목소리로 병실

문을 닫고 나서 "링! 유이 씨를 잘 살펴보도록 하세요! 족쇄를 풀고 도시로 나갈 일은 거의 없겠지만, 혹시라도 그런 상황이 벌어진다면 도시가 패닉상태에 빠질 위험성이 있으니깐 말이죠! 잘 부탁해요 유이 씨를요! 저는 개인적으로 급한 용무가 생각나서 말이지요!"

"레이카 선생님, 급한 용무라면 어떤?!"

"만일의 사태를 대비하기 위한 보험 같은 거죠! "

레이카 선생님은 나에게 의미심장한 말만을 남기고는 자리를 비우셨다.

나는 302호실 앞에 의자를 가져다 두고는 그 앞에 앉아 있다.

타이타노 빌딩 13층 크로네 씨의 방

음…. 아~아 뒤척! 뒤척! 음?! 여기가 어디지?!

내가 잠에서 깨어 주변을 살펴보고는 '여기가 어디지?! 난 분명 호시오키의 방을 찾아간걸로 아는데…'

아~! 머리가 지끈거리네! 아무래도 호시오키를 찾으러 그 술집에서 만난 미나미 선배라는 사람이 건넨 술에 취해서는 호시오키 방이라고 생각하고 다른 사람의 방을 잘못 찾아온 것 같아 보였다. 나는 한 손으로 이마를 감싼 후에 혼잣말을 했다.

'호시오키를 찾으러 간 것이 잘못이었어! 이럴 줄 알았더라면, 만두를 먹은 쌍용각에서 나오자마자 곧바로 호시오키와 머물던 방으로 돌아갈걸 그랬어! 호시오키!! 이번엔 절대로 그냥 못 넘어가! 반드시 따져

주겠어!! 씨익!~ 씨익!'

나는 호시오키에 대한 화가 가슴속 깊은 곳에서부터 밀려올라오면서 큰소리로 불평을 해대던 도중에! '아~! 아야! 이제는 머리가 아프기만 한 게 아니라 울린다 울려! 어떡하면 좋지??' 한 손으로 이마를 잡고는 손으로 이마를 비벼도 보고 누워 있어도 보려 했지만, 계속해서 지끈거리는 머리 때문에 골치아파하던 중에 무언가를 발견했다.

'어~! 이건 뭐지?!'

나는 침대 옆의 하늘색 갓이 씌어 있는 작은 스탠드와 장미꽃 여러 송이가 담긴 기다랗고 은은한 상아색의 하늘을 날아가는 여러 마리의 학이 그려져 있는 도자기로 만들어진 꽃병이 놓여진 고풍스러운 작은 테이블 위에 흰색의 두 장의 종이 위에 약으로 보이는 것들이 각각 놓여 있었고, 그 옆에는 유리로 된 드링크 2병이 놓여 있었으며, 그 옆으로는 흰색 종이보다는 좀 더 큰 종이에 글씨가 씌어 있었다!

'안녕하세요! 저는 크로네! 크로네 리카라고 해요! 대부분의 사람은 절 리카라고 부르기보다는 크로네라고 부른답니다!

아무래도 리카라고 불리기보다는 크로네가 더욱 친숙하게 들려서라고 하네요! 당신의 이름을 알 수가 없고, 제가 개인적인 일이 있어서 바쁜 관계로 이렇게 글을 남깁니다.

옆에 놓인 흰색 종이 위에 약들은 모두 두통과 해열 등에 특화된 약들입니다. 흰색 종이 하나에 물 한 잔을 드시면 될 거예요!

아, 그리고 저는 〈사쿠라 이부키 병원〉에서 간호 일을 하고 있습니다. 혹시 필요한 것이 있으시거나, 몸 상태가 그래도 좋지 않다면, 한 번 방문해 주세요!

위치는 뒷장에 약도와 글로 될 수 있는 한 자세히 표시해 두었습니다!

꼭 아프지 않더라도 한 번쯤 찾아와 주세요! 아~! 돈을 받으려는 건 아니에요! 저도 술 때문에 머리가 아파본 횟수가 많은 편이라…. 게다가 병원에서 약을 조제하는 일도 맡아서 하기에 여러 가지 약들을 만약을 대비해서 내 방에 있는 약 상자에 넉넉히 비치해 놓는답니다! 제가 베푼 건 조그마한 친절이라 생각하시고, 돈 부담은 갖지 말아 주세요! 그럼! 빠른 시일 내에 건강한 모습으로 뵙기를 원하는 크로네가~!'

"크로네 씨 고마워요! 그럼 잘 먹겠습니다!"

"꿀꺽! 꿀꺽!~ 꿀꺽!~ 꿀꺽!"

크로네 씨가 준비해 준 약과 드링크를 먹고 나니 금방 효과가 나타나는 듯했다!

"아! 이제야 머리도 아프지 않고, 왠지 개운해진 기분이야! 크로네 씨 정말 처음 보는 저를 방에 묵을 수 있도록 해주신 것과 약을 제공해 주신 것에 감사합니다!"라고 방을 빠져나오며, 인사를 하고는 크로네 씨가 묵고 있는 방문을 나오며 스커트 주머니에 크로네 씨가 써준 편지와 남은 약과 드링크를 집어 넣는다!

"호시오키가 방안에 와있으려나?!"

나는 다시 발걸음을 엘리베이터로 옮겼다! 엘리베이터를 부르는 버튼을 누르고 있자!

"띵!" 소리와 함께 엘리베이터의 문이 열리며, 천장을 바라보자 숫자가 '13'을 가리키고 있었다! 층은 맞게 온 것 같구나! 그럼 호시오키의 방을 찾아볼까?! 나는 다시 발걸음을 복도 쪽으로 향했다!

타이타노 빌딩 13층 호시오키의 방

"또각!~ 또각!~ 또각~! 제대로 된 호시오키의 방에 다다를 무렵에 "벌컥!" 소리와 함께 얼굴은 아직 붉게 물들어 있는 호시오키가 내 앞에 나타났다!

"호시오키! 대체 어떻게… 도대체 어떻게 된 거예요! 나는 당신이 제대로 된 사람이라고 지금까지 생각해 왔었는데… 오늘처럼 아침부터 술을 퍼마시는 사람이었다니!!"

내가 방으로 달려 들어가서는 큰소리로 화를 내자! "아~! 히미코 님! 잘못했어요. 그만 소리쳐 주세요. 머리가 터질 것 같아요!"

엄청나게 괴로워하며 방바닥에 뒹굴고 있었다! 나는 화를 가라앉히고는 "여기 이걸 받아서 먹어 보도록 하세요!"

나는 방바닥에서 얼굴은 새파랗게 질려서는 괴로운 표정으로 누워 있는 호시오키에게 조금 전에 내가 먹은 크로네 씨가 만든 흰색 약 봉지와 드링크 하나를 옆에 놓인 컵에 따라서 건네주었다!

"이것이 뭔가요?! 히미코 님?"

"약이에요. 먹으면 몸 상태가 지금보다는 좋아질 테니 한번 먹어 보도록 해요!"

"네! 히미코 님!"

"꿀꺽! 꿀꺽!~꿀꺽!~꿀꺽!"

호시오키가 약과 드링크를 마시자마자 얼굴색이 다시 환한 백옥 같은 피부로 돌아오며 말했다.

"아~! 살 것 같아요! 정말 잘 듣는 약이네요! 어디서 구하셨나요?! 히미코 님? 제가 지금까지 먹어본 숙취해소제 중에서도 가장 잘 듣는 것 같아요!"

좋아하며 웃고 있는 호시오키에게 나는 다가가서는 "분명히 말해 두는데! 두 번 다시 술은 입에도 대지 마세요! 만약 이 약속을 어기면 두 번 다시…는 없는 줄 아세요!"

내가 부끄러워하며 얼굴 전체가 약간 홍조를 띤 표정으로 말끝을 흐리자! "무슨 말씀인지 끝이 잘 안 들렸어요! 다시 한 번 그 부분만 말해 주시겠어요! 히미코 님?!"

나는 다시 물어보는 호시오키에게 "그러니깐! 두 번 다시 술을 마시면 매일 아침 제 가슴에 뿌잉!~ 뿌잉! 하는 것 못하게 할 거예요 거기다! 호위 임무에서 배제할 거예요! 알았어요?! 호시오키!"

나의 화가 난 표정과 말투에 호시오키가 불만을 표출한다.

"저런! 히미코 님의 풍만한 가슴에 얼굴을 비벼대는 행동을 못 한다니! 거기다 잘못하면 호위임무에서 배제라니! 너무하세요! 히미코 님!!"

나에게 항의하는 듯한 목소리로 말하는 호시오키에게 나는 "오늘 제가 호시오키의 행동 때문에 얼마나 많은 사람들에게 민폐를 끼쳤는지 알게 된다면 그런 말은 못할 텐데요?!"라고 강한 어조로 말했다.

"호시오키의 뜻이 그렇다면… 제 말에 따르지 못하겠다면! 어쩔 수 없지요! 히요리를 제 호위 담당으로 두고 호시오키는 뒤로 물러나 있게 하는 방법밖에는 없겠네요!"

내 말에 호시오키는 얼굴의 양쪽 뺨을 공기로 부풀리고는 심통이

난 듯이 붉히며 말했다.

"그…그…그런 일은 안 돼요! 절대로!"

"그럼 제 말에 토를 달지 말고 따르겠나요?!"

"네!… 히미코 님 앞에 맹세합니다! 저 호시오키 리사는 이 시간 이후로 절대 술에는 입도 손도 대지 않겠습니다!"

호시오키는 내 앞에 한쪽 무릎을 꿇고는 정중히 말했다!

그 모습은 마치 왕에게 충성을 맹세하는 의식을 행하는 기사와도 같아 보였다!

"좋아요, 호시오키! 지켜보겠어요!"

"히미코 님! 옷을 갈아입으시고 아버님을 뵈러 가시는 게 어떻겠습니까?!"

"네 그러죠!" 내가 방을 나가려 하자! 내 손을 붙잡고는 "히미코 님! 그 옷보다는 기품이 살아있는 다른 드레스로 갈아입는 편이 좋을 것 같습니다! 그리고… 그리고… 볼 주변에 묻은 츄~! 자국도 지우시는 편이…"

나는 스커트 주머니 안에서 손수건을 꺼내서는 볼 주변에 츄~! 자국을 깨끗하게 지우고는 "그래요?! 그럼 호시오키가 추천하는 드레스로 갈아입도록 하죠!" 하고 말했다.

호시오키는 자신의 옷장에 다가가서는 힐끔! 나를 한번 뒤돌아서 바라보고는 능청을 떨면서 옷을 고른다. "아~! 이것하고, 이것하고, 그리고 이거! 자 이 중에서 어떤 걸 원하시나요?! 골라보세요 히미코 님!"

"호시오키가 옷장에서 옷을 꺼내와 침대 위에 늘어놓은 드레스들을 보고는 "이게 뭐야?! 정말 이런 옷을 입으란 말이야?! 좀 더 수수해도 되니깐! 다른 드레스들 안에서 골라 줬으면 해!"

"내 앞에 나타난 옷들은 하나같이 가슴이나 등골이 과하게 파진 옷들이어서 도저히 여러 사람들 앞에서 입고 다니기가 불편했다. 무슨 말씀을 하시는 겁니까? 히미코 님은 모두에게 공식적으로는 알려지지 않았지만 엄연히 따지면 실제 공주님과도 같습니다."

"아니지! 여러 면으로 따져 본다면…공주님이라기보다는 여신에 가깝다고 할 수 있지요! 그런 분이 어찌 평범한 드레스를 입으셔야겠습니까?! 여신의 품위에 걸맞는 드레스를 입도록 하세요!"

"그럼 여기 침대 위에 놓인 드레스들이 여신님의 품격을 생각한 것들이란 말이야?!"

"물론이죠! 아~! 그리고 말투도 좀 더 품위를 가진 것처럼 하시는 게 다른 분들이 생각하기에 히미코 님에 대한 존경이 더욱 올라갈 것입니다! 그러니 말투도 조심조심해 주세요!"

"호시오키는 아주 진지한 표정을 지으며 말투도 정중히 하듯이 하는 것이 바람직한 여신의 모습이라며 나를 설득하였다.

"그래도 좀… 이건…."

나는 침대 위에 놓여있는 드레스들을 두 손으로 번갈아 들어서 여기저기를 살펴보면서 호시오키 앞에서 못마땅하다는 표정을 지어 보였다.

"여신이라면! 언제 어디서나 어떤 차림이라도 당당하고 우아함이 몸에서 우러나와 보이지 않으면 안됩니다! 마치 아침에 떠오르는 태양의 찬란한 빛이 산과 들을 서서히 감싸는 듯한 빛이 몸에서 마음에서 나와 보여야 한다는 말입니다.

히미코 님 당신은 한 사람의 인간이기 이전에 저희들의 빛과 어둠이 되어 주실 여신이라는 것을 부디 잊지 말아 주세요!"

나는 호시오키의 말에 결국 하늘색의 치마 부분에 흰색의 프릴 장식이 어느 정도 달려 있는 가슴과 등이 심하게 파인 드레스를 골랐다!

"제가 입는 것을 도와 드리겠습니다!"

호시오키는 지금까지 입고 있던 드레스를 벗기고 하늘색의 가슴골과 등골이 파인 드레스를 입는 걸 도와줬다. 드레스가 뒤의 등 부분에 여러 겹의 붉은색 끈 길이를 조절해가며 너무 꽉 끼지 않는 범위 안에서 등에서 매듭을 짓는 방식이다!

"히미코 님! 지금부터 제가 등 뒤에서 끈을 조절하여 잡아당길 거예요! 그러니 확실히 받치고 계세요!"

"응?! 무엇을 받치고 있으라는 거야?! 호시오키?"

"후우우욱!"

"아~! 아아아! 무슨 짓이야! 호시오키! 숨…숨쉬기 힘들단 말이야!!"

나는 갑자기 뒤에서 끈을 강하게 잡아당기는 호시오키 때문에 아무런 준비도 안 하다가 가슴에 큰 압박을 받으며 숨이 턱 막혀 버렸다!

"히미코 님! 그래서 제가 방금 전에 손으로 잘 받치라고 했잖습니까?!"

"뭐를 받치라는 거야?!"

호시오키는 화가 난 목소리로 크게 말했다!

"가슴이요! 가슴!! 저보다는 못하지만 그 크고 쓸모없는 가슴 말이에요! 그걸 손으로 잘 받치고 있으라는 말이에요!"

나는 호시오키의 목소리에 얼굴이 조금 붉게 물들면서 "알았으니깐! 더 이상 그렇게 큰소리로 말하지 마!! 밖에서 누가 들을까봐 창피하단 말이야! "

호시오키는 잡고 있던 끈을 다시 손에서 놓아 줬고, 나는 그 틈에 가슴을 받치듯이 손으로 모았다.

"그럼, 이제 다시 당깁니다!" "후우우욱!"

호시오키는 끈을 당기며 "숨쉬기에 괜찮나요?!"라고 물어보았고, 나는 "괜찮아요!"라고 작은 목소리로 대답하며 어느새 우리 둘이 주고받는 대화가 방금 전과는 다르게 부드러워졌다!

"자 이제 됐습니다! 이쪽을 봐 주세요!"

"음…. 이렇게 이런 식으로… '물컹!~물컹!' 이제 됐습니다!"

호시오키는 내 가슴을 위아래 옆에서 모아주고 올려주며, "드레스를 입을 때는 특히 끈으로 조절하거나 하는 기품이 있는 드레스일 경우에는 압박감이 클 수 있으니 이렇게 드레스를 다 입고 난 후에도 마지막으로 가슴의 모양을 손으로 잘 잡아줘야 해요! 잊지 마세요!"

"웅! 알았어 호시오키!"

나는 얼굴에 다시 약간의 홍조를 띠우며 작은 목소리로 대답했다!

"자! 저의 얼굴 좀 잠시 바라보세요!" 내가 고개를 들자 호시오키의 투명한 붉은 눈동자에 내 모습이 비치고 있었다!

"어디 아프세요?!"

볼이 붉게 물든 상태인 나를 바라보며, 자신의 이마를 내 이마에 맞대어 보는 호시오키의 행동 때문에 내 볼은 더욱 붉어졌다! 거기다가 둘의 가슴이 서로 맞닿으면서 안겨주는 쿠션감 때문에 더욱 얼굴이 붉어졌다!

"나…나…나는 괜찮으니 그만 얼굴을 치우도록 해!"

내 말에 거리가 멀어진 호시오키를 바라보며 "휴~!" 하고는 마음속으로 가슴을 쓸어내렸다!

호시오키는 거울로 내 모습을 비춰 보이며, "마음에 드시나요?! 히미코 님?"라며 물었다.

거울에 비친 내 모습은 아침보다는 많이 어른스러워진 모습이었다! 가슴골이 보이고 등이 파여서 많이 추워 보이는 면도 있지만 전체적으로는 어른스러운 드레스처럼 보였다!

"아~! 깜빡했어요! 역시 이것이 빠지면 안 되지요!"

호시오키는 자신의 책상 위에 놓여있던 립스틱을 꺼내서는 "히미코 님, 가만히 계세요!" 하며 내 입술에 립스틱을 정성껏 발라줬다!

"이게 뭐야?! 왜? 립스틱이 반은 검은색에 반은 붉은색인 거야?!"

"이런 입술색이 히미코 님의 마음을 잘 나타내는 것 같다는 생각이 들어서요!"

"내 마음속을 나타낸다고?! 그게 무슨 말이야?!"

"여자의 입술은 여자의 마음을 나타내는 장소라고 해서 예전부터 립스틱을 바르는 색깔과 명도 차이에 따라서 그 여자의 지금의 마음 상태를 알 수 있다고들 하잖아요!"

"그래도 이건 좀 튀는 것 아니야!?"

"지금 바르신 립스틱의 의미를 말하자면 붉은 한 송이의 장미에 꽃잎 사이에는 보이지 않는 끝없는 짙은 어둠 같은 수수께끼가 감춰져 있다! 히미코 님의 마음은 제가 경험한 바로는 이색이 잘 어울려요! 무언가 보이는 듯하지만 보이지 않는… 그리고 구두도 이 힐을 신으세요!"

내 앞에 놓여진 흰색의 굽이 높은 힐을 보여주었다.

"너무 굽이 높은 거 아니야?!"

"불평하지 마시고 어른이니깐 이 정도는 패션으로 신어줘야 해요."

나는 호시오키의 말대로 눈앞에 보이는 새하얀 힐로 갈아신었다.

"자, 그럼 아버님을 뵈러 갈까요?!"

나는 호시오키의 안내에 따라서 아빠를 만나기 위해서 방을 나왔다!

타이타노 빌딩 17층 오야마 시장(아빠)의 방

호시오키의 안내를 따라 엘리베이터에 오르고 17층을 누른 후 "호시오키 오늘 아빠가 보자고 한 건 저번에 못한 이야기 때문인 거야?!"

"그렇다고도 할 수 있지요."

"그게 무슨 말이야? 좀 더 구체적으로 말해줘!"

"저도 자세한 건 듣지 않아서 모르지만 아마도 앞으로의 히미코 님과 관련된 이야기일 것이라는 정도는 알고 있습니다."

어느새 "띵!" 소리와 함께 엘리베이터 문이 열리며, 17층만의 특이한 풍경이 또다시 내 눈을 사로잡았다.

"여긴 다시 와봐도 올라올 때마다 놀란단 말이야!"

"히미코 님, 발 조심해 주세요!"

"응! 고마워! 호시오키!"

호시오키는 나의 오른손을 잡고는 조심조심 발을 옮기며, 내가 식물의 줄기에 걸려 넘어지거나 가지에 걸려서 옷이 찢어지지 않도록 최대한 배려를 하며 움직였다! 어느새 곤충 무늬가 수놓아진 회장실 앞에

다다랐다! 처음 올 때보다는 쉽게 온 것 같다.

"끼이익!"

"철컥!" 소리와 함께 문을 열고 방안으로 들어갔다.

"오~! 어서 와라! 히미코! 그리고 어서 오게 리사!"

"네, 아빠!"

내가 아빠에게 달려들려 하자! "타다닥! 휘~익!" 바람처럼 호시오키가 내 앞을 가로막으며, "오야마 시장님! 히미코 님을 안으려는 행동은 아무리 오야마 시장님이라도 안 됩니다!"

"아빠가 딸을 안아보려는 행동이 잘못은 아니지 않는가?!"

"오야마 사장님의 흑심을 모를 거라 생각합니까? 제가 히미코 님의 곁을 지키고 있는 한 손을 잡는 것 이외의 행동들은 일체 삼가해 주셨으면 합니다!"

호시오키의 매서운 눈빛을 보고는 아빠는 "그럼 할 수 없지~! 리사가 그 정도로 든든히 내 딸 히미코를 지켜준다니 마음이 든든하네!" 하고 말했다.

"그렇게 서있지만 말고 여기 소파에 앉도록 해!"

나와 호시오키는 같은 소파에 붙어 앉았고, 아빠는 반대편 소파에 혼자서 앉으셨다.

"오늘 부른 건 다름이 아니라 소개해 줄 사람들이 있어서 불렀단다!"

"소개해 줄 사람?!"

"들어오도록 하세요!"

기다렸다는 듯이 문이 "끼이익!" 열리며, 두 명의 여자가 들어오며 나와 호시오키와 눈이 마주쳤다.

"자~! 여기 이 두 사람은…."

"히요리?! 그리고 미나미 선배?!"

"히미코 언니?! 히미코?! 웅?! 모두 아는 사이들이야?!"

우리는 서로의 얼굴을 보고는 놀란 표정으로 서로의 이름을 불렀다!

"서로가 알고 있다면 더욱 소개하기가 쉽겠군! 여기 있는 히요리와 미나미가 호시오키와 함께 히미코를 지키고 잘 보살펴주길 바라며 히미코가 가려는 길에 무조건적으로 따라 주길 바란다!"

오야마 시장님! 제가 히미코보다는 나이가 더 있는데 그래두요?!"

"아 둘에겐 소개를 제대로 하지 못했군! 자~! 히미코, 자기소개를 좀 해드려라!"

나는 소파에서 일어나서는 "저는 요노모리 히미코라고 합니다! 저의 다른 이름으로 주변사람들이 스피카라고 부른답니다!"

"스…스…스피카?!라면 세상을 구할 수도 멸망시킬 수도 있다는 신도 악마도 뛰어넘는 전설의 여신 스피카?!"

"네! 맞습니다! 그… 스피카입니다! 앞으로 잘 부탁합니다. 미나미 선배! 히요리!"

두 사람은 너무 놀란 나머지 잠시 동안 멍~!한 표정을 짓고 있다가 얼마 뒤에 정신을 차리며 말했다.

"그런데, 오야마 시장님과 히미코 언니랑은 도대체 어떤 관계세요?!"

소파에서 일어선 아빠는 당당히 내 어깨에 손을 올리고는 "에헴! 히미코는 내 딸이다!"

"네~에?! 뭐라고요?! 딸이요? 오야마 시장님, 결혼하셨어요?!"

두 사람은 아빠를 바라보며, 도저히 못 믿겠다는 표정을 지어 보였다!

"딸이라니… 오야마 시장님에게… 저렇게 다 큰 딸이 있었다니! 충격이야!"

"모두들 오해하지 마세요. 아빠, 아니! 오야마 시장님은 저의 의붓아빠예요! 전 원래 고아원 출신이에요!"

"그럼 그렇지!? 오야마 시장님에게 부인이 있을 리가 없잖아!"

아빠는 두 사람을 날카로운 눈빛으로 바라보고는 "히미코! 너는 절대로 저런 말괄량이로 자라면 안 된단다!"라고 말했다.

"시장님! 저희를 말괄량이라고 부르시다니 너무해요!"

"남의 가정사를 들먹거리는 누구보다는 낫다고 생각하는걸!"

"쾅!" "도대체 뭐하는 거예요!"

호시오키가 테이블을 손바닥으로 내려치며 화가 난 듯이 소리치자! 잠깐 적막감이 흐른 후에 "에헴! 히미코와 호시오키의 관계는 처음 내가 봤을 때보다는 많이 좋아진 것 같아 보이지만, 히미코!!"

"네! 아빠!"

"넌 아직 호시오키라고 부르는가 보구나? 지금부터 리사라고 부르도록 해라!"

"호시오키가 리사라고 부르기를 꺼려서요!"

"히미코, 너는 스스로 자신의 권위를 잊지 말거라! 오늘부터 리사라 부르고! 호시오키도 거기에 따르도록!! 히요리는 나이가 어리기에 히요리로 부르는 게 당연하고, 나머지 미나미도 미나미로 부르도록! 미나미는 거기에 따르도록 해라!"

"네, 알겠습니다!"

"그리고 너희 둘 미나미, 히요리는 잠시 남도록 해라! 히미코! 어떤 망설임이 생겨도 자신이 추구하는 길을 가도록 하거라!"

"아빠! 그 말은 저번에도 하셨잖아요?!"

타이타노 빌딩 1층, 웨더 시티 주변

아빠의 태도가 무언가 석연치 않았지만 나와 리사는 방을 나와서는 엘리베이터 앞에 서서 "리사?! 이제부터 어떡하지?!"

"히미코 님이 가시고 싶은 곳 있으신가요?"

"아! 이번에 약을 만들어 준 곳을 방문해서 크로네 씨에게 감사를 전하고 싶어!"

"네! 그럼 1층을 누르겠습니다!"

나와 리사는 엘리베이터를 타고 1층 로비에 내렸다!

"그 병원까지의 길은 알고 계신가요?! 히미코 님?"

"응! 걱정하지 마! 여기 약도도 그려져 있으니 길을 헤매는 일은 없을 거야!"

"잠시만 기다려 주십시오!"

"응?! 어째서?!"

나의 옆에서 조금 떨어진 리사는 오른팔을 자신의 앞으로 뻗고는 큰소리로 "피격의 트로칸!"이라고 외쳤다. 주변의 공기가 무거워지면서 앞으로 뻗은 오른손부터 보라색의 번개가 지나가며 은색의 갑옷으로 뒤덮이면서 순식간에 처음 리사를 보았던 모습의 은색의 갑주 형태를 되찾았다!

하지만 검의 모습은 보이지 않았다! 당황해하는 나를 바라보며 "자!

손과 약도를 저에게 주세요. 히미코 님! 제가 안내해 드릴게요."라고 말했다.

"미안해! 약도는 나도 볼 줄 아니깐 내가 약도를 보며 길을 말하면 리사가 나를 그 길까지 인도해줘!"

"네! 알겠습니다! 히미코 님이 그러길 원하신다면!"

"저기 궁금해서 물어보는 건데… 어째서 갑옷을 다시 온몸에 두른 거야?! 그리고 칼은 차고 다니지 않는 거야?! 설마! 저번 싸움에 검이 부서져서 그런 거야?!"

"아닙니다! 그때 사용한 검은 의장용으로 사용하는 저 정도의 격식에 올라오면 누구나가 사용이 가능한 검입니다!"

"언제 어떤 일이 벌어질지 모르는 법이니 앞으로는 웬만하면 이 상태로 히미코 님을 호위할 생각입니다! 그리고 제 검은 개인적인 이유로 들고 다니지 않습니다! 이해해 주십시오. 히미코 님!"

나는 리사의 말을 듣고 나서부터는 검을 들고 다니지 않는 이유가 몹시 궁금했지만 더 이상 검에 대해서는 묻지 않기로 하고 병원까지의 길을 찾는 데에 집중하기로 했다!

"처음엔 직선으로 200m 가면 돼 리사!"

"네! 알겠습니다!" "타다다닥!~ 타다다닥!"

리사는 나의 오른손을 잡은 손으로 내 걸음걸이에 맞춰서 가볍게 뛰어간다!

"그 다음은 어디인가요? 히미코 님!"

"음… 우회전해서 400m 앞까지 가라고 쓰여 있어!"

"네! 알겠습니다!" "타다다닥! ~ 타다다닥!" "그 다음은 어디인가요?!"

"잠깐만! 그러니깐… 〈헤이든 상점가〉를 찾아야 하는데…."

"아직 모르시나요?!"

"잠깐만 기다려줘!… 음… 이상하다? 분명히 〈헤이든 상점가〉라고 적혀 있는데 이 근처라고 생각하는데… 음… 어디 있는 거지?!"

나는 약도와 주변 건물들을 반복하여 바라보면서 주변을 두리번거려 보지만 찾지 못하고있었다.

"히미코 님, 죄송하지만 약도 좀 잠시만 보여 주시겠어요?!"

나는 호시오키 아니! 리사에게 약도를 넘겨 주었다!

"아하~! 여기 〈사쿠라 이부키 병원〉이라면 몇 달 전에 새로 오픈했다는 병원 말씀하시는 거군요! 진작 알려 주셨다면 이렇게 약도 볼 필요는 없었을 텐데 말이죠!"

리사는 나에게 약도를 돌려주며, "히미코 님, 저를 꽉! 붙잡고 계세요!"라고 말했다.

"와~아아아! 무슨 짓이야 리사?!"

리사는 나를 공주를 들어 안듯이 나의 정강이와 어깨를 자신의 은색으로 빛나는 갑옷으로 둘러싸여 있는 양팔로 들어올렸다!

나는 머리와 몸 전체를 리사의 풍만하고 푹신한 가슴에 기대여 양팔로 리사의 가냘픈 허리를 감싸안았다!

"자~! 그럼 최대한 빠른 루트로 갈 테니 저를 꽉! 붙잡고 계세요!"

리사의 조금 부끄러움이 섞인 목소리가 내 귓가에 들리며, "휘이이이~익! 휘이이이~익!" 하며 리사는 나를 자신의 품에 안고는 거침없이 건물 위로 사뿐사뿐 뛰어넘어가며 말했다.

"히미코 님! 자세는 불편하지 않으신가요?!"

"웅! 괜찮아!"

내 귀에는 두근!두근!거리는 리사의 심장소리가 내 귀를 통해서 머릿속과 내 몸속을 지나서 내 심장소리에 맞춰서 몸 전체로 울려퍼지는 것만 같았다!

사쿠라 이부키 병원

"자, 다 왔습니다!"

"차~악!"

리사의 발걸음이 어느새 병원이 내 눈앞에 보이는 길에 살포시 착지하였다!

"고마워! 리사!"

나는 리사의 품에서 내려와서는 드레스를 다시 단정하게 둘러보고는 이런 나와 리사의 모습을 바라보는 시선이 병원 안에서 느껴졌다!

"웅?!" "휘이이익!"

리사의 표정이 진지해지면서 시선이 날아오는 방향으로 몸을 돌리고는 내 앞을 자신의 몸으로 가로막고는 "히미코 님! 잠시만 여기에 계셔 주십시오!"

"왜 그래, 리사?! 갑자기 그런 무서운 표정을 하고서?! 누구라도 있는 거야?! 혹시 적?!"

"아무래도 그럴 가능성을 배제할 수는 없네요! 잠시만 살펴보겠습니다!"

리사는 병원 주변을 두리번거리며 얼마 동안 무언가를 찾는 듯이 보였으나 나에게 다가와서는 "다행입니다! 별 문제는 없어 보입니다!"라고 말했다.

"하지만 조심해 주세요! 제가 먼저 병원 문으로 입장을 할 테니 히미코 님은 저의 손을 꼭 붙잡고 따라와 주세요!"

"응!"

나는 리사의 말대로 리사의 손을 붙잡고 리사의 뒤를 따라서 병원에 들어섰다!

"안녕하세요!"라며 링이 나를 병원 입구에서 반갑게 맞이해 주며, "어서 오세요! 히미코 언니!" 하며 인사했다.

"링?! 링이 어떻게 여길?!"

내가 링을 보고 놀라자! "저는 여기 〈사쿠라 이부키 병원〉에서 간호사로 근무하고 있거든요!"

"아~! 그랬구나!"

"링?! 히미코 님이 아시는 분이신가요?!"

"오늘, 식당에서 우연히 처음 만나게 되면서 친해졌어!"

"여기는 리사라고 해!"

"반가워요, 링!"

"저두 만나서 반가워요! 리사 님!"

"선생님?! 레이카 선생님 손님이 오셨어요!"

"레이카 선생님이 있는 진료실까지는 잘 안 들리나 봐요!"

"자! 여기서 이러지 말고 병원 안으로 들어오세요!"

"네! 실례하겠습니다."

사쿠라 이부키 병원 진료실

링의 안내를 받으며, 병원 안을 좀 더 나아가자 '진료실'이라고 쓰인 방이 나왔다. 링이 흰 의사 가운을 입은 여성분에게 다가가서는 귓속말로 무언가를 말하는 듯했다!

말이 끝나자! 의사 선생님은 무언가 몹시 놀란 표정을 지으며, "어서 오세요! 전 이 병원에 유일한 의사인 레이카라고 해요!"라고 인사를 해왔다.

"링? 어서 가서 크로네 씨를 불러오도록 하세요!"

"네 선생님!"

링은 급하게 자리를 비웠다! 레이카 선생님은 내 몸을 여기저기 만져 보시고는 "내가 누군지 알겠나요?!"라고 물었다.

"네?! 무슨 말씀을 하시는 건지?!"

"오~! 정말 많이 컸구나! 사랑스런 스피카!"

이 말을 옆에서 듣고는 리사는 내 앞을 가로막으며 차가운 말투로 "레이카 선생님! 당신은 정체가 뭐지?!"라고 따져 물었다.

언제 리사의 손에 쥐어졌는지 알 수 없는 얼음처럼 차가운 색으로 반짝이는 단검이 들려있었고 단검의 날카로운 칼날 끝은 레이카 선생님의 목덜미에 0.1mm 차이의 간격을 두고 있을 뿐이었다!

"이런이런! 나도 모르게 진짜 스피카를 만나게 될 줄 모르고 본심이 튀어나와 버렸군요! 저는 그저 스피카에 대한 특정 정보를 가지고 있는 소녀를 만날 정도로만 생각하고 있었는데 스피카 본인이 내 눈앞에 나타난 충격에 나도 모르게 본심이 나와 버리다니!···. 얻을 게 없다던 정보망도 무시하지 못하겠군요!···. 사진만으로는 설마설마 하며 의

심만 했을 뿐인데…."

리사의 칼끝이 살짝 레이카 선생님의 목에 닿으며 약간의 핏자국이 생겨났다!

"내 말을 부디 나쁘게 오해하지는 말아주세요! 저는 〈레귤러 넘버 10〉 다른 이름으로는 레이카!라 불리고 있습니다! 스피카! 당신을 만나게 되다니 이게 얼마 만인지 모르겠군요!"

레이카 선생님은 내 앞을 가로막고 서있는 리사 너머로 나에게 시선을 보내며 말을 걸어왔다!

"레귤러?! 확실히 들어본 기억이 있군! 예전부터 인류의 신으로 추대받아 온 자들이 대체 우리 히미코 님에게 무슨 볼일이지?!"

레이카 선생님은 리사를 올려다보며, "나를 알고 있다니! 당신은 누구지요?!"

"나는 여기 계시는 히미코 님을 보호하는 리사입니다!"

"본론부터 말한다면, 히미코는 내가 데려가겠다!"

"뭐라고?! 내가 있는 한 어림없어!!"

리사는 큰소리로 말했다.

"지금은 히미코라 불리고 있나 보군요! 스피카에게 위해를 가할 생각은 없어요! 저의 말에 스피카가 순순히 응해 주기만 한다면 말이죠! 하지만 다른 레귤러들이나 다른 집단들은 그렇게 평화적이지는 못하다고 생각하는 게 좋을 거예요!

스피카! 당신을 지구에 더 이상 남아 있도록 내버려 둔다면 지금까지 본 적 없었던 엄청난 싸움의 서막이 소용돌이치듯이 여기저기서 일어나게 될 거예요! 물론 모든 원인은 당신을 둘러싼 다툼에 의한 것이지만요!

다툼이 여기저기서 벌어지기 시작한다면, 일반 인간들과 인간이 일궈온 문명도 그 소용돌이에 휘말려들 쓰레기와 같은 취급이 돼 버리겠지만요!

그건 스피카도 바라지 않고 있을 터! 스피카! 당신은 자신을 길러준 아버지나 친구들이 이런 싸움에 말려들게 하고 싶지는 않으시죠?!"

"당신이 어떤 존재라고 하더라도 설령 인류가 칭하던 신들 중에 한 명이라고 한다 하더라도 나 리사는 히미코 님을 끝까지 지켜드릴 것이다!"

리사는 내 앞에 서서 당당히 말하였다!

나는 레이카 선생님의 갑작스런 설명에 당황해하며 대답하였다.

"갑자기 그런 말을 해도… 지금 당장은 결정할 수는 없어요!…"

"시간을 좀 더 주신다면!…"

내가 머뭇거리는 사이에 레이카 선생님은 내 얼굴을 바라보며 말했다.

"미안해요, 스피카! 더는 시간을 지체할 수 없답니다! 당신을 찾느라 엄청난 시간을 소모했기에 부디 저의 뜻에 따라주세요! 자~! 스피카 나에게 오세요! 당신의 그 아픈 미래를 이 레이카가 막아 주겠어요! 나에게 스피카 당신이 온다면 더는 사람들이 슬퍼할 일도 일어나지 않을뿐더러 모두가 행복해질 수 있는 세상이 될 수 있어요! 자~! 어서 이 손을 붙잡으세요!!"

나를 향하여 레이카 선생님이 팔을 힘껏! 뻗어 보지만 그럴 때마다!

리사는 한 발짝 물러나서는 레이카 선생님이 나를 향해서 뻗어보이는 손을 막아선다!

"저…저도 리사나 다른 사람들이 마음 아파하고 고통받는 세상은 싫어요! 하지만 저는 이미 어떤 일이 벌어져도 물러서지 않겠다고 마음 깊이 맹세를 했어요! 레이카 선생님의 조건대로라면, 저 자신뿐 아니라 여러 사람의 마음을 배반하는 행위라고 생각되네요!"

"저를 생각해줘서 애써서 여기까지 저를 찾아와서 걱정해주고 미래에 불어닥칠 일에 대해 경고해 주신 것은 감사드리고 고마운 마음으로 생각하지만, 죄송합니다! 레이카 선생님의 제안은 거절하겠어요!"

나는 레이카 선생님을 향해서 리사 뒤에서 꾸벅 허리 굽혀 인사하며 정중히 레이카 선생 님의 요청을 거절하자! 어느샌가 눈빛이 방금 전과는 180도 달라진 차갑고 날카로운 눈빛으로 정중히 거절하는 나를 올려다보며 말했다.

"스피카! 잘 생각해 보세요! 내 결정을 거부한다면!… 어쩔 수 없이 당신의 의사와 상관없이 강제로라도 데려가겠어요!"

화가 좀 난 차가운 목소리 톤으로 레이카 선생님이 나에게 으름장을 놓자! 급하게 내 앞을 리사가 가로막으며 말했다.

"여기 리사가 히미코 님의 곁에 있는 한 결코 그런 일이 벌어지게 두지 않아!"

레이카 선생의 협박에도 리사는 굳건히 나를 지킬 거라고 맹세한다!

"어서 이 병원을 벗어나도록 하죠! 히미코 님!"

나의 손을 붙잡아 끌면서 리사가 병원을 나서려 하자! 레이카 선생님은 진료실을 나서는 나의 뒷모습을 방금 전보다 더욱 차가워진 눈빛으로 바라보며 말했다.

"크로네 씨는 안 만나고 갈 생각인 거야?! 스피카!!"

"크로네 씨가 널 보면 엄청나게 좋아할 거라 생각하는데 말이야!"

"그러지 말고 가더라도 크로네 씨에게는 예의를 갖추어서 감사의 인사라도 건네고 가는 게 어때?!"

내 뒤에서 엄청난 차가운 바람이 등골을 급습하듯이 다가오며, 높은 목소리로 아까와는 전혀 다른 사람처럼 나를 막 부른다!

왠지 무서워서 나는 뒤도 돌아보지 않고, "크로네 씨에겐 고마웠다고 전해 주세요!"라고 가느다란 목소리로 짤막하게 말하고는 병원 출입문을 향해서 빠른 속도로 나가려는 사이에 2층에서 내려오던 링과 마주쳤다!

"어디 가세요?! 히미코 언니?"

나에게 말을 걸어오는 링에겐 눈길도 주지 않고, 아무런 대답도 하지 않고 빠른 걸음걸이로 병원을 빠져나왔다!

"레이카 선생님! 히미코 언니와 무슨 일이 있으셨나요?!" 레이카 선생님은 기분이 안 좋은 표정을 지어 보이며,

"링! 지금부터 302호실의 환자를 풀어줄 거야! 그러니 진료실 근처에서 나가지 말도록 해!"

"레이카 선생님! 불안정한 유이 언니를 풀어주면 어떡해요?"

"링! 스피카는 히미코라는 소녀가 맞아! 그 히미코가 내가 정중히 내게로 와달라는 요청을 거절했거든!! 그래서 내 방식대로 하려고 해! 내가 얻은 조사 결과를 보면 말이야! 유이와 저 스피카 사이에는 무언가가 있어!"

"선생님! 설마 유이 언니를 이용하기 위해서 이름없는 마을 통칭 〈디 블로드〉에서 데려 오신 건가요?!"

"그래! 내가 손에 넣은 고급정보에는 나가세 유이라는 인물이 스피카를 데리고 자신들의 본부로 돌아가고 있었다고 들었거든. 그래서 유이를 찾아서 헤맸는데… 생각지도 못한 큰 수확을 거두게 될 줄이야!"

"크크크!" 레이카 선생님의 눈이 붉은색으로 잠시 빛나고 나서 사라지자!

"쿵! 쾅쾅쾅!"하는 소리가 연쇄적으로 들리고는 "창문을 보도록 해, 링! 이제부터 정말 재미있는 일이 벌어질 거란 말이지!

사쿠라 이부키 병원 근처, 병원 진료실 창가

링은 창문으로 다가가서 병원 밖의 상황을 살폈다! 거기에는 병원을 뛰쳐나간 지 얼마 안 된 거리에 히미코 언니와 히미코 언니의 손을 붙잡아 끄는 리사 언니가 보였고, 그 뒤로 환자복 차림으로 병원을 나선 유이 언니가 병원 벽에 숨어서는 두 사람을 몰래 바라보고 있었다!

"리사! 잠깐만 조금만 쉬었다가 가요!"

내 말에 리사는 주변을 경계하기만 하며 대답하지 않는다.

"웅?! 무슨 일이에요?!"

다시 한 번 내가 리사에게 말을 걸고 나서야 리사가 방금 빠져나온 병원의 어딘가를 가리키며 대답한다.

"저기서 누군가가 우리를 바라보고 있어요!"

"아까, 링이 아닐까요?! 방금 병원에서 나설 때에 링에게 아무 대답도 못해 줬는데 나와 리사의 표정을 보고서는 말을 선뜻 걸기가 힘들어서 숨어 있는 걸 거예요!"

"괜찮아요! 나오도록 해요!"

내 말에 "터벅!~터벅!~터벅!" 소리와 함께 병원의 흰색 슬리퍼 차림에 병원복 차림을 한 유이가 내 앞에 모습을 나타냈다!

"유…유이?!"

나는 순간 놀라서 내 입에서 자동으로 터져나온 말 한마디에 유이가 반가워하며, 내가 자신을 불러주기를 기다렸다는 듯이 "히미코 님! 정말 보고 싶었어요!"라며 흰색의 병원 슬리퍼를 신은 채 달려오자! 그 앞을 선수 치듯이 리사가 가로막으며, "히미코 님! 움직이지 마세요!"

갑작스럽게 자신의 앞을 가로막고 나타난 리사를 바라보고는 유이가 나에게 반갑게 달려오다가 걸음을 중간에서 멈추며! "누구신가요?!"라는 말 한마디를 리사에게 던지자! 매서운 눈빛으로 유이를 노려보며, 리사는 입을 열어 큰소리로 외쳤다!

"아직도 포기 못한 거냐?! 더러운 파충류 녀석 같으니!"

"방금 뭐라고 했나요?!"

유이도 눈동자가 매섭게 변하며 큰 소리로 화를 내듯이 물어보자!

"히미코 님을 너희들의 소굴로 끌고 가려 했던 일이라면 기억이 나겠지!… 이 더러운 제브론 같으니!"

자신의 오른손으로 유이를 삿대질하듯이 가리키는 리사를 향해서 유이가 화를 내며, 큰소리로!

"나를… 나를… 그런 이름으로 부르지 마!!"

유이와 리사 사이의 무거운 공기가 감도는 상황을 병원 안 진찰실에서 조용히 관찰하는 두 사람 중 링이 먼저 입을 열었다.

"레이카 선생님! 아무래도 둘 사이가 유이 언니와 리사 언니의 사이에 무언가 안 좋은 일이 있었나 봐요! 이러다가 정말 큰 싸움이라도 나면 어떡해요 레이카 선생님!"

링의 말이 끝나기가 무섭게 레이카 선생님은 흥미진진한 스포츠를 관람이라도 하는 말투로 링을 안심시키려 들었다.

"유이와 리사가 아는 사이고 거기다 철천지원수 같은 사이라는 건 예상 밖의 일이었지만 그래도 아직은 내가 예상한 범위 안에서 일어나는 일이니 걱정하지 말아요! 링!"

레이카 선생님의 말이 끝나기가 무섭게 창밖을 바라보고 있던 링이 놀라며 소리쳤다.

"저게 뭐예요?! 선생님! 유이 언니 몸 전체에서 이상한 검은 안개 같은 것이 뿜어져 나오고 있잖아요!"

"이제부터가 정말 볼거리라구 링!"

링과 레이카 선생님, 그리고 리사 뒤에서 내가 지켜보는 가운데 유이의 몸 전체에서는 짙은 검은색의 오로라가 뿜어져 나오며, "그럼! 네 녀석은 나에게로부터 히미코 님을 납치해간 그 밤에 나타난 수수께끼의 망토 두른 녀석이냐!!"

"용서 못 해! 용서 못 해!! 네 녀석이 나에게서 히미코를 빼앗아 가지만 않았어도…."

유이의 몸 전체에서 뿜어져 나오던 짙은 검은색의 오로라는 어느샌가 유이의 몸 전체를 검은 안개에 감싸듯이 둘러싸 버리고는 검은 안개 안에서 유이의 분노가 담긴 목소리가 나지막이 들려오고 있었다!

"자!~ 그때 끝내지 못한 결판을 내도록 하지!"

유이의 분노에 찬 나지막한 목소리를 듣고는 리사도 흥분했는지 조금 뒤로 떨어져서는 "텔라페리온!!" 리사는 오른손을 하늘 위로 올리고는 "텔라페리온!"이라고 외치자!

이번엔 맑은 하늘이 점점 어두컴컴해지며 "우루룽~ 쿵! 우루룽~ 쿵!" 소리가 여러 번 반복되더니 순식간에 하늘에서 벼락이 크게 여러 번 리사가 내민 오른손에 떨어지더니 벼락이 사라진 리사의 오른손에서는 하늘색 빛을 칼날 안에 새겨진 커다란 말벌의 문양이 황금색을 머금기 시작하더니 커다란 말벌 문양의 반 정도가 뭔지 모르는 짙은 상아색의 액체로 차오른 후에 하늘색의 칼날은 녹색의 보석과 보라색의 보석을 품은 벌 모양의 문양이 양쪽 끝을 가진 붉은색의 손잡이에 이어지며 손잡이 끝에는 날카로운 은색의 12cm의 큰 침 같은 것이 튀어나와 있는 검 한 자루가 리사의 오른손에 쥐어져 있었다!

리사의 손에 나타난 검을 창문을 통해 바라보고는 두 눈이 휘둥그레지며 몹시 놀라는 레이카 선생님은 링의 옆에서 흥분한 듯이 말을 시작했다.

"텔라페리온?! 설마… 저 검은… 저 검을 내 눈앞에서 보게 될 줄이야!"

"선생님, 지금은 그런 말을 하고 있을 때가 아니에요! 저러다가 진짜 싸움이 벌어지면 어떡하나요?! 빨리 말리지 않으면!…."

링이 리사와 유이의 싸움을 말리기 위해서 진료실을 뛰쳐나가려 하자! "탁!" 레이카 선생님이 내 오른쪽 손목을 급하게 붙잡으면서 "링! 당황하지 마세요! 둘 사이에 싸움이 일어날 것도 이미 예상된 일이랍니다! 그것보다도 저 검! 저 검을 들고 있는 리사를 잘 보세요! 이제부터 아주 흥미진진한 일이 벌어지게 될 테니 말이에요!…. 당신은 저와 함께 이 싸움을 지켜보고 있으면, 더욱 재미있는 광경이 눈앞에 벌어질 거예요! 하하하하!"

레이카 선생님은 유이 언니와 리사 언니의 싸움을 좋아하는 눈치였다!

자신의 오른손 안에 텔라페리온이라는 검을 들고는 리사는 나에게 왼손으로 거리를 두고 떨어지라는 식으로 자신의 왼손을 "휘익~ 휘이익!" 휘저으면서 "히미코 님! 안전한 곳으로 물러나 있으십시오! 이번에야말로 녀석은 제가 처리하겠습니다!"

나는 흥분한 리사를 말리지도 못하고 리사가 말한 대로 뒤로 멀찌감치 떨어졌다.

리사가 검을 불러낼 때 하늘이 우중충해지며, 발생한 먹구름이 사라지지는 않았다!

내가 먹구름이 뒤덮인 하늘에 신경을 빼앗기고 있을 무렵! "타닥! 타닥! 타닥! 타닥! 타닥! 타닥!" 철보다는 가벼운 무언가가 땅에 부딪히며 나는 맑으면서도 가벼운 소리가 유이가 사라진 검은 안개 안에서 이쪽으로 점점 들려오고 있었다!

"타닥! 타닥! 타닥!~ 쿵!"

무언가 무겁고 둔탁한 소리가 검은 안개 속에서 울려퍼지더니! 순식간에 검은 안개가 사라지며 유이가 모습을 드러내기 시작했다!

검은색의 굵은 가시가, 마치 우뚝 솟아난 산맥처럼 생긴 가시가 돋아난 보랏빛의 어깨 갑옷에 얼굴을 반을 흉포한 용의 얼굴을 하고 커다란 녹색 크리스털 형태의 앞으로 구부러진 뿔이 솟아나 있었고!

나머지 반은 악마의 얼굴 쉽게 말해서 차갑게 노려보는 서큐버스의 얼굴을 한 가면을 쓰고 있었다! 두 가면 사이를 끈적!끈적한 처음 보는 기괴한 식물의 넝쿨이 서로를 지그재그로 이어주고 있었으며 유이의 머리카락은 마치 반짝이는 비늘이 수없이 돋아 있는 메두사의 머리카락과 같았다!

각각의 머리카락의 끝은 작은 뱀의 머리가 달려 있었고, 모두가 화가 난 듯이 동시에 리사를 바라보고 있었다!

검은색으로 빛을 발하는 용의 형상을 한 가면 표면에 뚫려있는 눈 부분이 푸른색으로 가면 안에서 유이의 눈빛이 빛을 발하고 있었고, 나머지 반인 서큐버스의 가면에서는 빛을 내뿜는 보랏빛의 가면 표면에 있는 붉은색의 루비로 보이는 붉은 눈동자 부분이 분노의 이글거리는 눈빛을 발하고 있었다.

가슴을 핑크빛 채찍으로 엮다시피 한 비키니처럼 가벼워 보이는 옷 위에는 검은색의 흑요석으로 된 튤립꽃이 검은색의 오라를 연신 내뿜고 있는 목걸이 줄에 연결되어서는 유이가 쓰고 있는 악마와 용의 얼굴을 형상화한 가면 밑으로 연결되어 있었다.

보랏빛이 도는 허벅지까지 오는 갑옷으로 된 부츠에는 드래곤의 문양이 금색으로 수놓아져 있었으며 손목에서부터 팔목까지를 보랏빛의 갑옷이 감싸고 있었으며, 오른쪽의 손목부터 시작해서 팔목까지 오는 갑옷은 매끄러운 표면에 발톱을 드러낸 용 한 마리가 수놓아져 있었고 왼쪽의 팔목에는 용 문양 대신 바깥쪽을 향해서 거칠거칠한 굵은 가시들이 여럿이 솟아나서는 가시끼리 뒤엉켜서는 마치 팔에 표면에 달린 하나의 방패를 형상화했다.

오른손에는 길고 표면이 거칠게 생긴 다듬어지지 않은 붉은 수정으로 만들어진 것 같은 창에 끝 부분에는 보랏빛이 도는 커다랗고 끝이 조금 갈라진 형태의 날카로운 창의 날이 노란색의 불꽃을 내보이며 갑자기 활~활 불타오르기 시작했다!

어느덧 유이를 둘러싸고 있던 안개는 어디론가로 전부 사라져 버렸고, 내 앞에 나타난 유이의 모습을 보고는 "이…이…이럴 수가! 유이가 악마?!" 나는 유이의 흉측한 악마의 기사 형태를 보고는 공포에 질려서는 그 자리에 털썩 주저앉고 말았다!

"내 손아귀에서 니 녀석이 히미코를 빼앗아 가지만 않았더라면!" 유이는 자신의 오른손에쥔 창을 리사에게 향하며 말했다.

"각오해라! 나에게서 모든 걸 빼앗아간 너를 나는 절대로 용서 못해!"

"아~!" 창을 들어서 리사를 향해서 찌르기 공격을 가하며 달려드는 유이! 리사는 "휘이이익!" 하고는 가볍게 자신을 향해 달려드는 창 공격을 텔라페리온이라는 검의 날부분으로 가볍게 받아냈다!

"탕!" 리사는 생각보다 가볍다는 표정을 지으며, "그런 단순한 공격이 나에게 통할 거라 생각하는 건 아니겠지?! 이번엔 내 공격을 받아보도록 해라!"

리사는 자신의 오른손에 쥔 텔라페리온을 하늘 높이 들고는 주문을 외우기 시작했다.

"전설의 쇠마여! 타르타온의 후예! 지금이야말로 강림의 때이니!! 나 철연의 유희가 명하노니! 나의 정의의 포탄이 되어 내 앞의 적을 지워 버려라!"

먹구름 속에서 날개가 달린 두꺼운 크리스털로 전신을 둘러싼 갑옷을 입고 있는 말 5마리가 자신의 크기보다 3배 이상 커다란 검은색 포가 3개 달린 케터필터 바퀴의 단단한 기계로 만들어진 듯한 검은색의 육중한 전차를 끌며 하늘에서 지상으로 내려왔다!

말과 전차 사이는 은색으로 빛나는 오리하르콘으로 보이는 사슬로 이어져 있었다!

리사가 유이를 향해 자신의 검을 쥔 오른손을 앞으로 내밀며 외쳤다.

"철연의 유회 이름으로 명하노니 눈앞의 적을 섬멸해라!! 디볼트3식 천마탄!!"

"퍼~어엉!~철컥! 퍼~어엉!~철컥!"

엄청난 울림과 함께 리사의 명령에 따라서 육중한 전차의 중앙에 있는 포가 좀 더 길게 튀어나오더니!

"찰칵!" 소리와 함께 포신으로 보이는 부분이 널찍하게 펴지고는 순간적으로 "꽝!"하는 큰소리와 함께 붉은색의 기다란 불이 대지를 가로질러서 유이에게 곧장 향하더니! 끊임없이 불기둥을 내뿜는다!

"꽝!~ 철컥! 펑!~ 철컥!"

연신 포에서 내뿜어대던 불꽃이 어느 순간을 기점으로 잠잠해지자! 자욱한 연기 속에서 유이의 모습이 보였다!

유이는 자신에게 연신 날아오는 붉은빛의 줄기를 피하지도 않고 가만히 받아들인 듯해 보였다! 유이의 몸 여기저기에서는 포대에서처럼 김이 모락! 모락! 피어나고 있었다!

주변의 건물은 반이 바로 전 전차의 포격으로 인해서 날아가 버린 듯해 보였다!

자욱한 연기 주변으로 살짝 리사를 비웃어 보이며 굳게 다문 입을 열었다.

"마신종뢰파!!"

유이는 자신의 오른손에 들려있던 창을 두 손으로 붙잡고는 "우두 두둑!" 소리와 함께 부러뜨리며! "마신종뢰파!!"라고 외쳤다! 창이 부러지자 잠시 후 "콰아아아앙!" 큰소리와 함께 커다란 불꽃이 유이 주변에서 연쇄적으로 일어나며!

화염 안에서 동시에 검은색의 매끈한 손길이 모습을 드러내더니 푸른색의 매끈한 다리와 은색의 크리스털로 되어 있는 구두를 신은 다리가 나타나며 노란색과 파란색의 빛깔이 섞인 단발 커트 머리를 한 갸름한 얼굴의 푸른 눈동자에 용의 비늘로 만든 비키니 차림에 여자가 갑자기 화염 속에서 나타났다! 여자는 한쪽 팔에는 뱀으로 만든 녹색의 크리스털이 휘감고 있었고 다리의 허벅지 부근에는 날카로운 송곳니로 장식된 노란 띠를 차고 있었다!

"아~! 음! 이제 살 것 같네!"

두 팔을 하늘로 올리고 벌린 채 크게 기지개를 켜자!

보랏빛이 도는 날카로운 형태의 큰 각각의 하나의 발톱이 달린 박쥐 날개처럼 생긴 비말을 가진 커다란 날개 한 쌍이 그녀의 등에서부터 불쑥 튀어나왔다!

유이는 그녀의 이름을 부르며 명령을 내렸다.

"리안나! 저기 눈앞에 보이는 전차와 말을 처리해라!!"

"알겠습니다! 유이 님!" 그 모습을 보고는 화들짝 놀라면서 리사는 다급하게 "디볼트1식 맹호탄!!"이라 외치자!

"철컹!" 소리와 함께 넓게 만들어진 포대가 좁아지더니 주변의 구멍이 많이 나있는 두 개의 큰 직사각형의 포대가 위로 올라오더니 좁아진 포가 두 포를 감싸고는 "철컥!" 소리와 함께 구멍이 나있는 부분이 앞으로 계단 형식의 튀어나오더니!

"파!~ 파파파파팟! 파!~ 파파파파파팟!" 수많은 폭죽을 동시에 터트리는 듯한 소리를 내며 엄청난 기세로 은빛으로 보이는 화살들이 수도 없이 유이를 향해서 날아가기 시작했다!

"피~웅!"

갑자기 어디선가 폭죽 소리 사이에서 "피~웅!" 하며 날렵한 무언가가 순식간에 바람을 가르는 듯한 소리를 내며 리사 앞으로 지나간 것 같아 보였다! 갑자기 폭죽 소리가 끊어지더니! 동시에 "콰과과과과광! 콰과과과과광!" 소리와 함께 전차가 폭발하며 큰 불꽃을 내뿜었다!

그와 동시에 리사는 큰 폭발에 말려들어서는 뒤로 멀리 날아가서 쓰러져 버렸다.

쓰러져 있는 리사의 귓가에 어디선가 "아그적! 아그적! 우물~우물!" 거리는 소리가 들리는 곳으로 자신의 두 눈동자를 향하자 조금 전에 나타난 뱀파이어로 보이는 여자의 손과 입에는 핏빛의 고깃덩어리가 한 움큼 들려 있었다!

리사는 일어서서 앞으로 뛰어가 보니 말들이 사지가 갈기갈기 찢어진 채로 주변은 피범벅이 되어 있었다!

그 참혹한 광경을 지켜본 리사는 자신의 오른손에 쥔 검을 더욱 "꽈악!" 쥐면서 뱀파이어를 향해 자신의 분노가 담긴 말을 내던졌다.

"야!! 뱀파이어 주제에 감히 신성한 신의 가축을…. 용서 못 해!!"

리사는 자신의 검을 들고는 방금 죽인 신선한 말고기를 한 손에 들고 입에 계속 넣어대며 우적우적 씹어먹는 뱀파이어를 향해 달려들었지만 뱀파이어는 검을 날렵하게 "휘이이이익! 착!" 하고 리사를 보지도 않고는 휘두른 검이 날카로운 날 부분을 한 손으로 붙잡고 말했다.

"별 볼 일 없는 신의 사자 주제에!… 나의 식사시간을 방해하지 마란 말이야!!" 하며 검을 쥔 손을 뱀파이어가 약간의 힘을 주자!

그와 동시에 리사의 손에 쥐어져 있던 텔라페리온이 "우드드드득! 와장창창!" 소리를 내며 순식간에 산산이 부서져 버렸다! 하지만 뱀파이어는 아무런 상처도 입지 않은 채 방금 검을 부숴버린 손으로 리사를 잡아채서는 리사를 피문은 자신의 얼굴 가까이에 대고는 말을 이어갔다.

"너의 심장을 맛보고 싶지만, 지금은 다른 식사 중이라서 말이야!" 하고 "휘이이익!" 리사를 던져버렸다! 리사가 던져진 자리에는 유이가 기다리고 있었다!

유이는 "홋! 이번에는 내 차례다!" 하며 자신이 들고 있던 부러진 창을 땅에 내던져 버렸다!

그리고는 자신의 양손을 앞으로 내밀고는 "어둠은 어둠으로! 빛은 빛으로! 사이오닉스 블라스터!"

두 손에서 푸른 화염이 일어나며 리사가 소환한 갈기갈기 찢긴 말의 시체와 산산이 부서진 전차를 순식간에 아무것도 남지 않도록 불태워 버렸다!

리사는 유이의 두 손에서 뿜어져 나오는 엄청난 기세의 푸른 불꽃의 위협으로부터 가까스로 도망칠 수 있었다!

리사는 진땀을 흘리며 싸움이 자신에게 점점 불리해지고 있다는 난감한 표정을 지으며 입을 열었다.

"위험해! 위험해! 힘의 크기나 위력 기술들이 예전에 싸웠을 때와는 전혀 달라!"

리사가 유이에게 집중하고 있는 사이에 말고기를 먹어대던 리안나라는 뱀파이어가 멀리 떨어져서 벌벌 떨고 있는 나를 발견하고는 식사를 멈추고 유이에게 질문을 던졌다.

"우적~우적! 응?! 유이 님! 저기 뒤에 있는 소녀 먹어도 되나요?!"

리안나의 질문에 유이는 크게 화를 내며 소리쳤다.

"안돼!! 리안나! 내 허락 없이는 그녀에게 손도 대지 마라!"

리안나는 다시 말고기를 우적우적거리며 씹어먹기 시작한다!

그런 바깥 모습을 숨죽이고 병원 안에서 지켜보던 링도 잠시 정신을 놓고는 난생 처음 보는 뱀파이어에 대해 레이카 선생님에게 질문을 던졌다.

"레이카 선생님! 저건 뭔가요?!"

그러자 레이카 선생님도 많이 놀라셨는지 혼잣말을 하셨다.

"설마!… 미신으로만 알고 있던 뱀파이어가 실제로 존재하고 있었다니!…"

링은 레이카 선생님에게 다시 질문을 던졌다.

"레이카 선생님! 저도 실제로 존재하고 있는데 뱀파이어의 존재가 그렇게 특별한 경우인가요?!"

"물론! 링처럼 전설적인 생물이 존재한다는 의미에서는 별다른 차이가 없겠지만, 뱀파이어는 나도 실제로 본 건 처음이야! 역시! 대단한 힘의 소유자인 것 같아! 전설의 검 텔라페리온도 순식간에 산산이 부서져 버렸으니 말이야!…."

레이카 선생님은 엄청 신이 나신 것 같다. 마치 새로운 생물 표본이라도 발견한 과학자처럼 말이다.

"레이카 선생님, 뱀파이어라면 피만 마시는 게 아닌가요? 전설과 영화에서는 그렇게 알고 있는데요?"

"그건 잘못된 정보야. 뱀파이어는 보기 쉬운 종족이 아니기에 이런 잘못된 정보가 돌아다니는 거라구! 뱀파이어는 피도 좋아하지만 본래 고기를 좋아해. 그것도 피에 젖은 신선한 고기를 가장 좋아한다고 알려져 있어!"

레이카 선생님은 시선을 유이 언니에게 옮기고는 혼잣말을 이어 나갔다.

"아무리 내가 지어준 약의 부작용이라고는 하지만 뱀파이어를 소환하다니…. 나가세 유이 얕볼 수 없는 존재로군!"

링과 레이카 선생님이 병원 창문으로 뱀파이어를 보고는 연신 놀라움을 금치 못하고 있었다!

"히미코 님, 빨리 멀리 피하세요!"

리사는 내가 뱀파이어의 공격을 받을 거라 생각하고는 피하라고 외쳤다!

나에게 소리치느라 하늘에서 방심하고 있는 리사를 향해서 유이는 "이것도 피할 수 있을까?" 자신이 땅에 던져놓은 부러진 창을 향해서 손을 펴서 내보이자 창의 날 부분이 스스로 "착!" 소리와 함께 다시 유이의 손안에 돌아왔다!

"육마총뇌!"

유이는 자신의 창끝을 땅에 던지며! "육마총뇌!"라고 외치자! 주변의 반경 300m 안에 지표면이 오글~오글거리며 냄비에 가득 담긴 물처럼 지표면이 들끓으며 출렁출렁거리더니 갑자기 "파!파!파!~팟!" 소리와 함께 순식간에 출렁거리던 지표면에서부터 무언가가 여러 개가 튀어나와서는 리사를 향해 날아갔다!

리사는 피할 겨를도 없이 진흙처럼 생긴 것을 여러 번 뒤집어썼다! 리사가 뒤집어쓴 진흙 덩어리는 마치 살아있는 생명체처럼 리사의 몸 전체를 둘러싸기 시작하며 순식간에 단단히 굳어져 버렸다!

그와 동시에 출렁이던 지표면으로 리사를 끌어당겨서는 지표면에서 커다란 여섯 개의 돌기둥이 나타나서 돌처럼 굳어버린 리사의 주변을 감싸고는 그 끝에서 번개를 내뿜기 시작했다!

"으아아아아아아악!"

리사의 비명소리가 나에게도 들려왔다! 리안나도 말고기를 다 먹은 듯 손을 펴서는 주변의 나뭇잎을 따서 입가에 묻은 피와 손에 묻은 피를 닦아낸 후 "유이 님! 저도 도와 드리겠습니다!" "휘이이익!" 하고는 유이 곁으로 날아와서는 "저 기사 소녀가 죽으면 제가 먹을 수 있도록 해주십시오! 유이 님!"

"그래! 저 기사 녀석이 죽으면 니 마음대로 하도록 해!!"

"감사합니다! 유이 님!"

리안나는 기다란 혀를 입 주위로 날름거리며! "쩝!~쩝!"거리며 마치 디저트를 기다리는 듯이 군침을 삼키는 듯해 보였다!

나는 유이가 리사에게 하는 행동뿐만 아니라 '리안나'라는 뱀파이어가 가끔씩 뒤돌아보며! 나를 향해서 길다란 혀를 내보이며 쩝쩝거리는 모습에 온몸이 부들부들 떨려 오며 유이와 뱀파이어가 더욱 무섭게 보였다!

유이와 뱀파이어가 무섭다고 생각하지만 두 눈으로는 그들을 바라보면서도 유이의 강력한 힘에… 리안나라는 뱀파이어의 무서움에… 굴복하여 아무것도 하지 않은 채 귀를 양손으로 막고는 리사의 비명 소리를 외면하듯이 고개를 양쪽으로 가끔 휘저을 뿐이었다!

하지만 두 눈은 감지 못한 채 리사의 처참한 모습을 그냥 바라보고 있을 뿐이었다! 번개의 공격이 계속해서 리사에게 가해지자 리사의 옷 여기저기는 이미 너덜너덜해져 해질 대로 해진 오래된 옷 같은 모습이었고, 제대로 움직이기도 힘들어 보이는 리사의 모습을 유이는 뻔히 바라보며 잠깐씩 비웃어 보이며 "흥! 이걸로 끝이다! 어둠에 친속하는 지배자의 명으로 말하노니 어둠이여, 내 앞의 무리를 집어 삼켜라!"
"다이락볼트!"

"쿵! 와르르르르! 와르르르르!" 리사를 둘러싸고 있던 여섯 개의 돌기둥 주변의 땅에 유이가 손을 대고는 "다이락볼트!"라고 주문을 걸자 고통받고 있던 리사의 땅 주변에서 무언가 검은색의 여러 개의 물질이 흘러나와서는 주변의 나무에 흘러들어가자!

"푸드드득! 푸드드득!" 소리를 내며 많은 새들이 돌기둥 주변 나무에서 날아올랐다! 그 순간 나무 전체가 검은색으로 물들며, "끼기기긱! 끼기기긱!" 소리를 내며 자신의 머리 위로 날아오른 많은 새들을 순식간에 나뭇가지를 여러 번 겹치고 이어서 만든 그물을 이용해서 모두 잡아 검은색 가지로 새들을 빨아들였다!

새들을 빨아들인 나무 여럿이 마치 살아있는 동물처럼 변해서는 뿌리를 이용해서 걸어나와 날카로운 자신들의 검은색의 끈적거리는 이물질이 묻어 있는 나뭇가지를 꼿꼿이 새워서는 유이를 향해 점점 다가오기 시작하고 있었다!

이런 긴박한 순간에도 병원 진료실에서는 레이카 선생님이 링을 붙잡고는 병원 밖에서 일어나는 일을 창문을 통해서 바라보고만 있었다.

"잘 보세요, 링!"

링은 고통받으며 너덜너덜해진 옷을 입고 쓰러져 있는 리사 언니의 모습에 자신도 모르게 눈을 질끈 감아 버렸다!

"링! 어서 눈을 떠요. 내가 아까 전에 말한 재미있는 상황이 눈앞에 펼쳐져 있다구요!"

링이 재촉해대는 레이카 선생님의 명령에 힘들게 눈을 뜨자 "저길 보세요! 크하하하하!"

레이카 선생님이 가리킨 곳에는 히미코 언니가 공포에 사로잡혀 주저앉아서는 두 손으로 귀를 막고는 리사의 고통스러운 모습을 그냥 바라보고만 있을 뿐이었다!

"감히! 내가 정중히 청한 조건을 거절하다니! 저 꼬락서니 좀 보라구! 저기 보이는 길바닥에 주저앉아 있는 가녀린 소녀가 세상을 구할 수도 있고, 멸망시킬 수도 있다는 스피카라니! 크하하하하! 정말 웃기지 않나요?!"

레이카 선생님은 마치 미친 듯이 히미코 언니를 입으로 욕보이고 있었다.

"아무리 스피카라고 해도 지금은 어차피 한 명의 가녀린 소녀에 지나지 않다는 것이죠!"

"이제 스피카를 손에 넣는 일도 계획에서 조금 빗나가긴 했지만 달성하게 되었고, 덤으로 저 귀찮은 리사라는 기사 흉내를 내는 소녀도 처리할 수 있게 되었으니 이 얼마나 좋은 일인가요! 안 그런가요 링?!"

"링?! 내 말 안 들리나요?! 링?!"

링은 레이카 선생님의 태도에 불만을 토로하듯이 대답을 하지 않았다.

그러자 레이카 선생님의 시선은 창문에서 나에게로 옮겨졌다! 내가 올려다본 레이카 선생님의 표정은 광기 어린 너무나도 무서운 표정이었다!

나는 겁을 먹고는 마지못해서 레이카 선생님에게 대답했다.

"네!… 축하드려요, 레이카 선생님!"

링은 레이카 선생님을 계속해서 바라보고 있다가 이건 잘못되었다고 판단하고는 용기를 내어서 "선생님!… 레이카 선생님!" 하고 불렀다.

레이카 선생님은 링에게 눈길도 주지 않고는 대답했다.

"무슨 일이에요? 링?!"

"레이카 선생님! 아무래도 일이 잘못되어 가는 것 같아요! 이대로라면 정말로 유이 언니가 리사 언니를 죽일지도 몰라요!"

링은 선생님이 붙잡고 있는 자신의 오른쪽 손목을 흔들며 "어서 놔주세요! 유이 언니를 어서 빨리 말리지 않으면…"

하지만 레이카 선생님은 링의 손목을 더욱 심하게 "꽈~악!" 붙잡으며! "링! 이번 기회에 저 리사라는 여자를 제거해 놓는 편이 아무래도 우리 계획을 실행하는 데 이득이 될 거라고 나는 개인적으로 생각해요!"

링은 레이카 선생님에게 큰소리로 대들다시피 말을 했다.

"선생님! 지금 제정신이세요?! 전 레이카 선생님이 생명을 구한다는 말에 선생님 뜻에 동참한 거지 사람끼리 죽이고 괴롭히는 걸 즐기기 위해서 동참한 건 아니라구요! 이 손을 어서 놓으세요!"

"선생님이 저를 계속 막으신다면…"

"크로네 언니! 크로네 언니! 크로네 언니! 여기로 와주세요. 1층으로 와주세요!"

링이 급하게 크로네 언니를 부르며, 레이카 선생님을 다그치자! "이런이런! 그렇다면 할 수 없지요!"

광기에 사로잡힌 레이카 선생님은 링을 바라보며 링의 손목을 통해 전신에 전류를 흘려보내어서 감전시켰다.

"지지지지직!" "꺄아아아아!"

"미안해요. 링! 크로네 씨는 아무리 불러 봐도 소용없어요! 내 일에 방해가 된다면 지금은 당신을 기절시켜 두는 수밖에 없겠군요!"

사쿠라 이부키 병원 근처

나는 내 자신이 예전에 맹세한 죽은 미호에게 두 번 다시 간단히 무릎 꿇지 않으리라고 말한 맹세가 머릿속으로 떠오르며, "지…지금이야! 지금밖에 없다고 생각하는 거야! 더 이상 내가 아무것도 하지 않아서 나에게 소중한 사람들을 잃을 수는 없어! 앞만을 보는 거야! 어떠한 상황에서도! 지금 여기서 또 이렇게 한심하게 앉아서 공포에 떨며 귀를 막고 아무것도 하지 않은 채로 있을 수는 없어!"

나는 드레스를 두 손으로 찢어버릴 듯이 "꽈~악!" 움켜쥐면서 남은 힘을 사용해서 용기를 쥐어 짜내며 힘겹게 일어서며, "내가 이 싸움을 말리지 않으면 안돼! 유이가 어째서 저렇게까지 변한 건지 모르지만 지금 우선 해야 할 일은 위험에 빠진 리사를 구하는 거야!

나는 내 두 눈동자에 위기에 처한 리사를 구하고, 두 사람의 싸움을 반드시 멈춰 보이고 싶다는 흔들림 없는 뜻을 담고는 있는 힘껏 리사가 쓰러져 있는 자리를 향해서 그 어느 때보다도 최대한 빠르게 달리기 시작했다!

"타다다다닥! 타다다다닥!"

"리~사! 리~사! 리~사!"

나는 큰소리로 외치며 리사에게 향했다!

"오지 마! 오지 마세요! 히미코 님!"

리사는 큰소리로 외치며 나를 거부했다. 그 모습을 지켜보던 유이는 증오심에 찬 목소리로 "히미코! 어째서 나를 선택하지 않고 리사라는 저 녀석을…."

유이의 머리카락이 그 어떤 때보다 심하게 요동치며! "용서 못 해! 리사!! 절대로!!" 극도의 분노와 증오심에 사로잡힌 유이는 자신의 창의 날 부분을 땅에서 뽑아내려 하자!

리안나가 유이의 창의 끝을 잡으려는 유이의 손을 자신의 손으로 맞잡고는 유이를 바라보며, "유이 님! 제가 저기 기사의 심장을 도려내 버리겠습니다! 유이 님이 이런 더러운 짓을 할 필요는 없습니다! 저에게 맡겨 주십시오!"

유이는 리안나의 손을 맞잡으며! "그래, 저 리사라는 기사 소녀의 심장을 나에게 가져오도록 해!! 아니! 꺼내서 저기 히미코라는 소녀의 앞에서 먹음직스럽게 먹어 치우도록 해!!"

"나를 배신한 대가로 죽음보다도 더한 고통을 히미코의 마음에 안겨 주겠어! 히미코!! 그 당시에 가만히 있었다면… 이라고 평생 마음속으로 후회하게 해주겠어!"

유이의 머리카락이 더욱 심하게 요동치며! 사방으로 독기를 뿜어내는 듯해 보였다!

겨우 몸을 일으키며 정신은 차렸지만 몸을 가누기가 힘든 상태의 리사를 향해서 있는 힘껏 리안나가 자신의 날카로운 기다란 손톱들을 들이밀며 달려들고 있었다!

"휘이이이익!" 소리와 함께 유이의 곁을 떠난 보랏빛의 리안나가 일으키는 날개 끝이 바람을 가르며 쏜살같이 날아가기 시작했다!

나는 그 광경을 보고는 순간적으로 리사 앞으로 있는 힘껏 몸을 내던졌다!! "푸~우욱! 푹직!" "꺄아아아아아아!" 나의 비명소리에 유이와 리사 둘의 동공이 커지며! 그들의 눈앞에는 길고 가녀린 비명소리와 함께 하늘색 드레스의 겉 표면을 따라서 붉게 물들이며, 흘러내려서는 여러 갈래의 핏줄기가 대지를 붉게 물들여가는 모습이 눈에 들어오며 가슴 부분에 깊이 박혀있는 리안나의 검은 손목의 모습과 더불어 "쿠에에엑!" 하며 입에서 붉은 핏덩어리를 연신 토해내는 내 모습이 들어왔다!

"히미코 님! 정신차리세요!! 히미코 님!"

리사의 다급한 목소리에 리안나는 내 목을 있는 힘껏 자신의 송곳니로 베어 물고는 "쭙쭙"거리며, 내 피를 빨아마시며, 두 눈으로는 나의 피맛을 음미하는 듯한 눈길을 리사에게 보여주다가 갑자기 위험을 감지한 것처럼 순식간에 "사사사~삭!" 하고는 자리를 피하자마자!

"뚜~두둑! 쏴아아아아!" 하며 피를 대량으로 쏟으며 마지막 남아있는 정신으로 내 팔을 붙잡는 리사를 등 뒤로 밀어내고는 정말 죽을 것 같은 고통을 참아내며, 몸을 일으켜서는 앞으로 달려드는 나무들의 날카로운 검은색의 끈적거리는 가지 공격을 "푸직! 푸우~우우욱! 푸지지직! 푸우~우욱!" 소리와 함께 더 이상의 비명소리 한번 지르지 않고 유이나 리사에게 아무런 말도 전하지 못한 채 모든 공격을 내 몸으로 받아내고는 그대로 뒤로 쓰러졌다!

나무들은 가지 공격을 마지막으로 길바닥에 하얀 가루만을 남긴 채 재가 되어서 이내 사라져 버렸다!

내 앞에서 리안나의 날카로운 손과 손목이 깊숙이 들어온 자국이 가슴에 남아 있는 채 검 붉은 피가 홍건한 길바닥에서 숨을 거둔 채 쓰러져 있는 히미코 님을 리사는 부둥켜 안고는 짙은 어두운 색의 돌처럼 굳어버린 초점이 없는 눈동자에서는 하염없이 눈물을 흘려가며, 울고 있는 자신 앞에서 유이는 히미코의 피로 범벅이 된 리안나를 밀쳐내고는 "으아아아아아!! 방금 전의 비명소리는 분명! 히미코야!… 히미코가! 히미코가! 어째서야! 어째서! 나에게서 당신을 납치해 간 자를 위하여 목숨을 던지다니!!"

이건… 이건 잘못된 거야!"라고 외치며! 자신의 머리를 두 손으로 부둥켜 안고는 무릎을 꿇고는 보고 있는 사람마저 고통스럽게 할 정도로 울부짖어대고 있었다!

그러자 리안나가 유이에게 다가와서는 "유이 님! 유이 님이 분명! 착각하신 거예요! 유이 님이 그렇게 찾아 헤매셨던 히미코라는 분이 진짜라면 분명 유이 님에게 해를 입히려는 자의 앞에 서서는 싸우지 못하게 적극적으로 말리셨을 거예요! 그런데 제가 해치운 소녀는 말리기는커녕! 저 기사 소녀를 구하러 든 걸 보면 분명 저 기사 소녀가 준비한 가짜일 거예요! 그러니 힘내세요! 분명 저 기사 소녀를 취조하면 유이 님이 찾고 계시는 히미코라는 사람이 어디 있는지 분명 알아낼 수 있을 거예요!"

　리안나의 이야기를 조용히 두 손으로 머리를 감싸고 듣고만 있던 유이가 어느 순간 고개를 들고는 자리에서 일어나서 입을 열었다!

　"그래!! 저기 죽어서 땅 위에 굴러다니는 것은 분명 얼굴과 몸매와 목소리까지 비슷한 가짜임이 틀림없을 거야!! 맞아! 분명 가짜야! 그렇지 않으면… 히미코가… 나와 즐겁게 이야기를 나누던 히미코가 자신을 납치한 상대의 이름을 불러댄다거나 친절을 베풀 리 없는걸!!…"

　"맞아요! 유이 님!"

　리안나는 유이 옆을 따라다니며 맞장구를 쳤다!

　"터벅! 터벅! 터벅!"

　진짜 히미코는 어디 있어! 날 속이려 들다니!!… 이런 시원찮은 연극으로 내 앞에서 히미코가 죽었다고 속이려 들려 했던 모양인데, 난 안 속아!! 내가 줄곧 구하러 가겠다고 약속한 히미코를 몰라볼 거라고 생각했나!"

　"빨리 말해!"

　유이는 리사와 리사가 부둥켜 안고 있던 히미코의 시체를 향해서 주먹을 히미코의 배에 깊고 강하게 날렸다!

"쾅!" 리사는 뒤에 보이는 건물에 날아가 건물 벽에 그대로 박혀 버렸고, 히미코의 시체는 리사의 눈앞에 아직도 피를 흥건히 흘리는 모습으로 나뒹굴고 있었다!

그 순간! 번쩍하는 굵고 너무나도 찬란한 한 줄기의 빛이 리사와 유이와 리안나의 앞에 나타나서는 곧바로 사라져 버렸다!

"앗! 히미코… 히미코의 시체가 사라져 버렸다!"

순식간에 일어난 일에 유이가 리사에게 다가오며, "진짜 히미코는 어디에 있는 거냐!!"라며 괴성에 가까운 소리를 내지르는 유이도 눈앞에 갑자기 나타난 찬란한 빛줄기가 사라진 후에도 잠시 동요하는 듯해 보였지만, "훗! 이게 바로 가짜 히미코라는 증거야! 내가 굴러다니던 시체를 가까이서 확인해 보면 진짜 히미코가 아니라는 사실이 발각될 거라 여기고는 어떤 주문을 사용해서 시체를 치운 거겠지!!"

유이는 자신의 행동에도 아무런 대답도 표정도 보여주지 않는 리사를 향해 아무런 거리낌 없이 다가오고 있었다!

이차원 공간, 죽음의 고대 숲속

'여기는?! 어디지?! 천국?! 아니면 지옥?! 분명 죽은 건 확실한데! '어라?! 이 포근포근한 느낌은 뭐지? 감촉이 너무 좋은걸…'

나는 손을 양옆으로 휘저으며, 주변의 포근한 감촉을 느끼며, 눈을 뜨고 나서 주변을 둘러보니 열대우림을 연상시키는 안개가 많지도, 적지도 않은 어느 정도의 적당한 양이 생성된 깊숙한 정글 한가운데에 풀잎으로 만들어진 포근한 자연산 풀잎 침대에 나는 누워 있었다!

내가 입고 있던 하늘색의 가슴과 등이 많이 파여있는 드레스를 보자 선명하게 핏줄기가 드레스를 타고 흐른 자국이 옷에 남아 있었고 조금 전에 당한 나뭇가지와 리안나의 날카로운 손 공격에 의해서 드레스 여기저기가 구멍이 나 있고 너덜너덜해져 있었다!

특히! 가슴 부분 중앙에는 리안나의 날카로운 손톱과 손에 깊이 찔려서 생긴 드레스의 찢어진 자리는 너덜너덜해진 자국이 선명했다! 하지만 내 몸 어디에도 상처 하나 남아있지 않았다!

"이제야 겨우 만나 뵙는군요!"

정글 저편에서 이쪽으로 다가오는 우렁찬 목소리가 들려왔다!

"나뭇가지와 풀숲을 헤치며 "우지지직! 우지지지직!" 소리를 내며! 무언가 거대한 그림자가 안개 숲 안에서 모습을 드러냈다! 푸른색의 반짝이는 비늘이 기다란 온몸에 돋아나 있고, 그 끝에는 자줏빛과 오렌지 빛깔의 비늘이 뒤섞여서는 날카롭게 돋아난 여러 겹의 꼬리 비늘을 형성하고 있었으며, 날카로운 네 개의 하늘색 발톱에는 각각의 색이 전혀 다른 표면이 반짝이는 적, 녹, 보, 노란색의 각각의 구슬 같은 걸 지니고 있고, 붉은색의 커다란 휘어진 뿔과 무시무시한 다이아몬드처럼 반짝이는 이빨과 붉게 물든 커다란 눈동자를 가지고 있는 엄청난 크기의 드래곤이 모습을 나타냈다!

"누…누구세요?! 저를 아시나요?!"

"저는 이 죽음의 고대 숲을 지키고 있는 바하무트라고 합니다! 저는 오래전부터 당신이 고대의 알에서부터 태어나서 지금까지의 모습을 쭉! 지켜봐 왔습니다!"

"고대의 알이라니 무슨 소리인가요?"

나는 분명 사람일 텐데 알에서 태어난 이야기를 꺼내는 '바하무트'라는 드래곤의 말에 의문을 가졌다.

하지만 바하무트는 내 물음에 전혀 대답하지 않고 자신의 말을 이어 나갔다.

"당신이 어른이 되었을 때부터 줄곧 당신에게 저의 본명을 밝히고 여기로 데려와서 여러 가지를 알려주고 도와주고 싶었지만 제 목소리가 인간으로 살아있던 당신에게는 들리지 않았던 모양입니다! 하지만 지금 인간의 모습에서 벗어날 때가 되자 당신을 여기로 불러올 수가 있게 되었습니다!"

나는 바하무트의 말에 다시 놀라며 직설적으로 물어보았다.

"그…그럼, 나는 죽은 건가요?!"

"정확히 말하면 그렇습니다! 인간으로서의 나약하고 아무런 힘도 가지지 못한 당신은 이제 없습니다! 다만…."

"다만?!"

나는 바하무트의 석연치 않은 대답에 고개를 갸우뚱거렸다.

"다만… 당신은 지금부터 새로 태어나게 됩니다!"

"그게 무슨 말이야?! 구체적으로 말해 줄 순 없어?!"

"당신은 나약한 인간의 몸과 마음으로부터 분리되어 이 세상에서 누구보다도 강한 힘과 정신력을 가진 진정한 여신으로 태어나게 된다는 말입니다!"

"여신이라면 스피카를 뜻하는 거야?!"

"아닙니다! 스피카는 지구에서 퍼트린 거짓 이름이고 진정한 당신의 이름은 영롱의 공주! 프린시아!입니다!"

"지금부터 당신은 영룡공주 프린시아!입니다! 당신은 두 번 다시 죽지 않습니다! 피를 흘리는 일도 생기지 않을 것입니다! 다만… 지금부터 제가 말하는 것만은 조심해 주십시오!"

"절대로 당신의 진짜 이름으로 불리어진다거나 알려서도 안 됩니다! 그리고 당신이 이미 인간이 아닌 이 세계에서는 단 하나만의 존재라는 것도 알려져서는 안 됩니다! 다만… 당신이 피도 흘리지 않고 너무나 강력한 상대라고 인간이 아닐지도 모른다고 생각한다고 하더라도 당신이 스스로 자신의 진정한 정체를 말하지 않는 이상은 괜찮습니다! 만약 이걸 어길 시에는 곧바로 여기 있는 이 공간으로 소환되어서 두 번 다시 원래 세계로는 돌아갈 수 없습니다! 명심해 주십시오! 프린시아 님!"

"웅! 알았어! 조심할게."

"그리고 당신의 지금까지의 인간으로서 가지고 있던 마음은 거의 사라져 버렸다고 생각해 주세요! 인간이었을 때 상대에게 품고 있던 마음들은 이제부터는 조그마한 마음의 조각 정도로만 당신에게 반응해 올 것입니다!

앞으로 생겨나는 새로운 마음의 조각들도 예전과는 좀 다른 형태로 나타날 것입니다! 너무 걱정하실 필요는 없습니다! 프린시아 님 스스로가 마음으로 이상하다고 느낄 일은 없을 겁니다!

그리고 저, 바하무트를 시작으로 당신을 받들고 따르는 5룡기사단은 프린시아 님이 어디에 계시든 필요할 때 불러만 주신다면 어떤 형태로든 당신 앞에 나타나서 원하시는 도움을 드릴 수 있습니다!"

저 말고 나머지 권속들은 프린시아 님이 시간이 되는 대로 인사드리도록 하겠습니다! 프린시아 님! 당신은 언제나 혼자가 아닙니다. 우리 권속들이 당신을 뒤에서 보필하겠습니다! 프린시아 님! 무엇을 도와드리면 될까요?!"

"응! 그럼… 바하무트!!"

"네, 프린시아 님!"

"시간을 좀 더 뒤로 돌려서 나를 방금 전의 장소에 다시 내려줘! 그리고 뱀파이어가 등장하지 않도록 해줄 수 있어?!"

"물론입니다! 프린시아 님이 원하는 대로 해드리겠습니다!"

사쿠라 이부키 병원 근처, 과거로 돌아옴

나는 눈을 감고는 마음속으로 1초, 2초, 3초를 새고 눈을 바로 떴다!

신기하게도 방금 전에 바하무트를 만난 일이 거짓말처럼 여겨졌지만, 내 눈앞에 펼쳐진 유이와 리사의 싸움은 이제 유이가 리사를 향해 엄청난 공격을 퍼붓는 장면이 나타나기 직전이었고 나는 리사의 좀 더 뒤에서 길가에 "털썩!" 주저앉아 있는 모습이었다!

게다가! 리안나라는 뱀파이어의 모습도 어디에서도 보이질 않았고 유이가 부러뜨린 창도 원래 모습 그대로 돌아와 있었다!

"휴~! 다행이다!"

나는 이제서야 바하무트가 내 바람을 담아서 시간을 돌려 놓았다는 것을 두 눈으로 확인할 수 있게 되었다! 눈앞에서는 지표면에서 솟아난 커다란 여섯 개의 돌기둥에서 동시다발적으로 번개가 움직이지 못하는 리사의 몸에 작렬하자! "꺄아아아아아아!" 하며 리사의 비명 소리가 주변으로 울려 퍼지고 있었고, 유이는 리사의 고통받는 모습을 올려다보면서 기뻐하고 있었다.

'이때다! 지금이 바로잡을 수 있는 찬스다!'라고 마음속으로 생각하고는 귀를 리사의 비명으로부터 감싸는 듯한 자연스러운 자세를 취하면서 "바하무트! 내 말 들리나요?!" 나는 바하무트에게 작은 목소리로 말을 걸었다!

"네 프린시아 님! 잘 들립니다. 명령만 내려 주십시오!"

"지금 바로 내가 사용할 수 있는 무기 같은 건 없어?!"

"어떤 종류의 어떤 무기가 필요하신가요?! 프린시아 님! 프린시아 님이 원하시면 그 어떤 무기라도 바로 전송해 드릴 수도 있습니다!"

"음… 방어와 공격을 겸한 특별한 무기를 보내줘! 되도록 접근성 있는 무기로 말이야!"

"알겠습니다! 프린시아 님! 무기를 전송할 때는 무기의 이름을 불러주시면 됩니다! 사라지게 할 때는 '디스트레이드'라고 외쳐주세요!"

"웅!… 알았어!"

나는 귀를 감싸고 있던 손을 "쫘~악!" 펴서는 머리 위로 높이 들어 보였다! 이런 나의 모습을 병원 진료실 안에서 바라보고 있는 자들이 있다는 것을 나 스스로가 감지할 수 있었다!

내가 그쪽으로 눈을 잠시 돌리자! 병원 창문으로 엿보고 있는 레이카 선생님과 링이 눈 안에 들어왔다!

"웅?! 훗… 그런 거였군요!"

"나는 내 입술에 옅은 미소를 띠며, 지금 이 상황이 누구에 의해서 만들어진 상황이란 걸 이해할 수 있었다!

다행히도 레이카 선생님과 링은 내가 자신들을 보고 있는지 모르고 있어 보였다! 그것도 그럴 것이 내가 있는 자리에서 두 사람이 엿보는 창문과의 거리가 상당했기 때문에 나의 눈이 움직이는 모습이 레이카 선생님이나 링에게 들킬 일은 전무했다!

나의 이런 움직임은 생각지도 못한 채 링과 레이카 선생님은 자신들만의 수다를 나누고 있었다.

"레이카 선생님! 히미코 언니가 머리 위로 손을 높이 뻗어서 무엇을 하는 건가요?!"

"아마도 유이를 자신이 있는 쪽으로 유인하기 위한 비책을 쓰는 거겠지!"

"파르피투스!"

나는 하늘에 대고 적당한 목소리 크기로 머릿속에서 문득 떠오른 이름을 외치자! "피~잉!" 소리와 함께 하늘에서 한 줄기의 빛이 내가 뻗은 손에 떨어지고는 눈 깜짝할 사이에 빛은 사라지고 손과 팔에는 전체적으로 둥그스름하면서도 손과 팔의 밑부분 쪽으로 어느 정도 각도로 경사가 진 자줏빛의 방패가 손에서 팔꿈치까지 가리고 있었으며, 손의 앞부분 쪽으로는 날카롭고 커다란 가시 여러 개가 다닥다닥 붙어서 돋아나 있었으며, 돋아난 가시 뒤로는 내 손으로 "꽉!" 움켜쥐고 있는 손잡이가 눈에 들어왔다!

자줏빛 방패 표면은 매끄러웠지만 눈에 들어올 만한 특별한 무늬나 모양이 새겨져 있는 것처럼은 안 보였다!

나는 방패로 둘러싸인 오른손을 내 허리 쪽으로 당기고는 유이를 향해서 가볍게 뛰어나갔다! "타다다다닥!" 나는 몇 발자국 뛰지 않았는데도 금세 유이의 바로 옆에 와있을 수 있었다!

유이는 내가 바로 자신의 옆에 와 있어도 눈치채지 못하는 듯이 보였다! 나는 유이의 곁으로 다가가서는 허리 쪽으로 당기고 있던 방패를 착용한 오른손으로 유이의 머리를 가격했다! "휘이~익! 퍼어~어억!" "꺄아아아아악!" 소리를 지르며 유이는 병원 건물로 곧장 날아가서는 "쿵!" 소리와 함께 병원 벽에 부딪혔고! 쓰러졌지만 나는 다시 일어서려고 몸을 벽에서부터 일으키는 유이를 향해서 다가가서는 "타다다닥!" "휘이~익! 휘이~익!" 소리를 내며 방패의 날카로운 양 옆면을 이용해 유이의 어깨 갑옷에 달린 가시들을 순식간에 잘라내 버렸다!

쓰러져 가는 유이의 귀에 대고는 "두 번 다시 나쁜 짓을 하지 말고 자신의 죄를 반성하도록 해!"라고 말하며! 유이의 가슴에 다시 방패로 밀쳐내자!

"쾅!" 소리와 함께 유이의 가슴의 흑요석으로 만들어진 튤립꽃이 "와장장창창!" 소리와 함께 산산이 부서져 버리면서 자신의 몸에 걸치고 있던 채찍 모양의 천 말고 걸치고 있던 모든 것이 "와장창창!" 소리를 내며 유이의 몸에서 부서져 내리면서 유이는 채찍 모양의 천만을 걸친 채로 부서진 병원 벽에 기대 있는 상태였다!

그와 동시에 리사를 괴롭히던 여섯 개의 돌기둥도 모습이 사라졌고 리사는 처참한 모습으로 땅에 쓰러져 있었다!

나는 곧바로 "디스트레이드!"라고 작게 외쳤다!

내 오른손에 있던 방패는 작은 입자가 되어서는 내 손 안에서 순식간에 사라져 갔다! 방패가 사라지자 나는 병원 문을 "덜컹!" 소리를 내며 급하게 열어제치고는 황급히 뛰어들어가서는 옆 병실에서 하늘색 담요와 베개를 가지고 나와 정신을 잃은 유이를 땅에 눕혀서 베개로 목 뒤에 대주고는 담요로 가죽 채찍만을 걸친 유이의 몸을 덮어주었다.

곧바로 쓰러져 있는 만신창이가 된 리사에게 다가가 여기저기 갑옷에 그을린 자국들과 팔 부분에서 통째로 떨어져 나간 은색의 갑옷과 피부와 머리카락 여기저기도 진흙으로 범벅이 돼 있고 치마 부분도 찢어져서 너덜너덜해져 있었지만 다행히 목숨은 붙어 있는 듯 보였다!

다만… 리사도 정신을 잃은 듯 보였고 들고 있던 검이 어디에도 보이지 않았다!

나는 정신을 잃은 리사를 품에 안아서 유이 옆에 옮겨 놓으려고 하던 차에 때마침! "위이이이잉~! 위이이잉이이잉!" 시끄러운 사이렌 소리와 함께 소방차와 엠블런스가 달려왔다!

"무슨 일이 벌어진 건가요?!"

다급하게 물어보는 구급대원의 질문에 나는 차분하게 "저기 쓰러져 있는 유이라는 환자가 갑자기 저희들에게 공격을 가해 왔습니다만, 리사가 용감히 맞서 싸워서는 물리쳤습니다! 그런 뒤에 자신이 쓰러트린 유이의 뒤를 이어서 리사도 쓰러져 버렸습니다!"

나는 품에 안고 있던 리사를 구급대원에게 넘겨주고는 "둘 다, 잘 부탁드립니다!"라고 공손히 인사를 했다! 부서진 건물의 잔해를 확인하며 다른 사람이 남아 있는지를 확인하는 구조대원들의 바쁜 발걸음과 손놀림에 주변은 분주해 보였다!

사쿠라 이부키 병원

나는 다시 〈사쿠라 이부키 병원〉으로 들어간 후 곧바로 진료실에 있는 링과 레이카 선생님을 찾았다.

레이카 선생님과 링은 무척 당황해하는 표정으로 "쿵! 와장창!!"

"링! 2호실의 다른 혼자들 내역서 좀 가지고 오도록 해요!"

"네… 레이카 선생님!"

링이 레이카 선생님의 명령으로 진료실을 나가려 하자! 나는 "탁!" 하고 링의 손목을 잡고는 차가운 표정으로 말했다.

"두 사람에게 할 말이 있어요!"

"웅?! 히미코 양! 무슨 말인지는 모르지만 다음 기회에 해주면 안 되겠나요?! 지금은 여러모로 그럴 때가 아닌 것 같군요!"

"바쁘다고 하니 이것만 말하도록 하겠어요!"

나는 무서운 눈초리로 레이카 선생님을 바라보며!

"두 번 다시 다른 사람을 이용해서 나를 당신의 소유물로 만들 생각은 하지도 마세요! 이건 저 스스로가 유이를 치료해 주고, 보살펴 주신 답례라고 생각해 주십시오!"

나는 레이카 선생님 앞으로 두 발자국 정도 더 나아가서는 오른손바닥을 쫘~악! 펴서는 인정사정없이!

"찰~싹!" 하는 큰소리와 함께 레이카 선생님의 왼쪽 뺨에 내 손자국이 뻘겋게 날 정도로 강하게 손바닥으로 내려쳤다!

"레이카 선생님! 만약에 다음번에도 이번처럼 나를 소유하기 위해서 나와 인연이 있는 사람들… 친구, 가족, 이웃 등을 말려들게 한다면, 그때는 당신은 나의 적입니다! 명심하세요!"

내 말을 내 얼굴을 바라보며, 레이카 선생님이 진지하게 듣고는 "피~식!" 하고 웃어보이자! 입가에서 선홍색 핏방울을 뚝! 뚝! 떨어뜨리며, "꽤 거만해졌구나! 스피카! 뭐~ 방금 전에 벌인 짓에 대해서는 너

그렇게 봐주도록 하마! 하지만 나는 널 절대 포기하지 않을 거야!! 반드시 내 수중에 넣고 말겠어!!"

입술에서 흐르는 핏자국을 레이카 선생님 곁에 있던 링이 다가와서는 하늘색 손수건으로 닦아낸다.

나는 그런 링의 모습을 보고는 "링! 잠시 할 말이 있으니 이리 좀 오도록 하세요!"

"네!… 히미코 언니!"

링은 레이카 선생님의 입술을 하늘색 손수건으로 닦아 드리다 말고는 내 뒤를 따라서 진료실을 나온다.

"뚜벅! 뚜벅!" 진료실에서 좀 더 떨어진 치료실 앞에서 나는 링을 갑자기 "꽈~악!" 끌어안고는 "지금까지 링이 살아온 삶은 두려움 자체였겠군요!" 하고 말했다.

"미안해요! 히미코 언니! 제가 한 발 먼저 레이카 선생님의 계획을 말렸더라면, 히미코 언니가 아는 소중한 분들끼리 부딪쳐서 큰 싸움으로 번지는 불상사는 미연에 방지되었을지도 몰라요! 정말 죄송해요! 히미코 언니!"

링은 내 품엔 안겨 미안하다는 말만을 되풀이하고 있었다!

나는 내 앞에서 고개도 못 들며, 사과만을 되풀이하는 링의 고개를 두 손으로 들고 링과 두 눈을 마주보며!

"링! 레이카 선생님 곁에서 일하지 말고 다른 병원을 알아보도록 하세요! 만약 여의치가 않으면! 제가 다른 병원을 알아봐 드리지요! 당신 같은 마음씨 좋은 사람이 레이카 선생님 밑에서 일하는 건 여러모로 좋지 않다고 생각되네요!" 하고 말했다.

내 말을 다 듣고 난 링은 고개를 정중히 숙이며, "말만으로도 감사해요! 레이카 선생님은 제겐 생명의 은인이세요! 그런 분의 곁을 떠난다는 건 지금은 생각하기가 힘드네요! 히미코 언니!"

"알겠어요! 링! 하지만 내 도움이 필요하면 언제든지 이 번호로 연락을 주세요!"

나는 링의 손에 내 핸드폰 번호를 적은 종이를 두 손으로 건네주며 링의 두 손을 따뜻하게 잡아 주자 링의 두 눈가에는 물기가 촉촉해 보였다.

링은 손등으로 눈가를 문지르며, "이제 레이카 선생님이 있는 진료실로 돌아가 봐야겠어요!"라고 말을 하며 뒤로 돌아섰을 때! 주변에서 큰소리로! "여기 사람이 쓰러져 있다! 구급반! 빨리 이쪽으로!!"하는 소리가 들려왔다.

링의 두 눈동자가 커지더니 "크로네 언니?!… 크로네 언니!"라고 외치며 옆에 있는 2층 계단으로 "타다다다닥! 타다다다닥!" 소리를 내며 뛰어올라갔다!

나도 링을 쫓아서 2층으로 올라가 보자 2층 복도 어디에서도 사람은 보이지 않았다! 바로 그 순간 2층의 병실 중 312호라 적힌 곳에서부터 문 너머에서 구급반의 목소리가 급하게 들려오는 쪽으로 링이 허겁지겁 "크로네 언니!"라고 외치며 달려간다.

"타다다다닥!" 나도 링의 뒤를 따라서 구급대원의 목소리가 들리는 312호 병실 문앞으로 다가갔을 때 "스르륵!" 소리와 함께 병실 문이 열리자 커다란 구멍이 나타났다!

"꺄아아아! 떨어진다!!" 나는 순식간에 부서진 콘크리트 잔해 아래로 떨어질 뻔한 링을 한 손으로 붙잡아서 구해냈다.

"괜찮아요? 링?!"

"네!… 구해주셔서 감사합니다! 히미코 언니!… 하지만… 크로네 언니!!…."

"312호 병실 바닥이 꺼지면서 환자와 함께 크로네 언니가 콘크리트 더미에 깔려 있었다!

크로네 언니 밑에는 홍건한 붉은 핏자국이 선명히 보였다!

링은 미친 듯이 "크로네 언니!!… 크로네 언니!!"하며, 목놓아 불러 보지만 아무런 대답이 없어 보였다!

급하게 달려온 구급대원 한 명이 콘크리트 더미를 맨손으로 들어올 려서는 크로네 언니와 그 밑에 있는 입원 환자의 상태를 살피고 있자!

다른 구급대원이 "어떤가?! 살릴 수 있겠나?!"라고 물어보자!

"안 되겠습니다! 콘크리트 벽에 깔린 두 분 다 죽었습니다!! 아마도 콘크리트 벽이 갑자기 무너지자, 환자를 살리려 자신의 몸을 날린 것 같아 보이는데…. 역시 보통사람의 힘으로 막아낼 수 있는 무게가 아 니니깐요! 용감한 간호사 한 분이 이렇게 허무하게 돌아가시다니!… 너무나 안타까울 따름이네요!"

"일동! 묵념!"

구급대원들 5~6명이 어느새 그 자리로 몰려와서는 대장으로 보이 는 사람의 명령에 따라서 묵념을 한다!

"나도 그들과 같이 312호 입구에 서서 묵념을 했다! 링은 자리에 주 저앉아서 "흑! ~흐흐흐흑! 꺄아아카아아아!" 지금까지 한 번도 들어 본 적이 없는 울음 목소리로 목놓아 울고 있었다!"

하지만 나의 눈에서는 단! 한 방울의 눈물도 나오지 않았다! 예전의 나였다면 링과 같이 목놓아 울었을지도 모르지만… 지금의 나는… 인간이 아닌 영롱공주 프린시아라는 존재이기에…. 내 마음은 약간은 안 된 마음 정도만 느껴지고 슬프거나 하지는 않았다.

나는 링을 일으키며! "링! 저는 마음을 정했습니다!" "네?! 무슨 말인가요?! 히미코 언니?!" "여러 사람들에게 슬픔을 안겨주는 레귤러라 불리는 신과 같은 집단을 이 세상에서 없애버리겠다고 마음먹었습니다!"

나는 링에게 그 말만을 남기고 〈사쿠라 이부키 병원〉을 빠져나왔다!

사쿠라 이부키 병원

내가 울음을 그치고 주변을 살펴보았을 때는 어느새 히미코 언니의 모습은 보이지 않았다! 나는 그 자리에서 일어서서 다른 환자들이 입원해 있는 병실들을 확인해 봤지만 다른 환자들은 큰 문제가 없어 보였다!

'레이카 선생님에게 크로네 언니의 사망 사실을 알리고, 다른 병실의 환자들을 주변의 다른 병원으로 옮겨야 한다고 말해야겠어!'

머릿속으로 혼잣말을 하며, 다시 1층으로 힘겹게 내려와서는 진료실 문을 "스르륵!" 열자! 때마침 구급대원 두 명이 레이카 선생님과 언쟁을 벌이고 있었다!

"선생님! 나머지 환자들을 모두 근처의 다른 병원들로 옮길 수 있도록 허락해 주십시오! 이대로 병원 건물에 남아 있다가는 다른 쪽 기둥이 붕괴될 수도 있는 심각한 상황입니다!"

레이카 선생님은 전용 의자에 다리를 꼰 상태로 내뱉었다.

"내 환자는 누구에게도 넘기지 않아요! 이 건물의 지금 상태는 그 누구보다도 내가 잘 알고 있으니 당신들의 조언 따윈 필요 없다구요!"

레이카 선생님의 사나운 목소리가 진료실 안에서 크게 울려 퍼지자!

"하지만! 이대로라면 환자들의 생명이…."

"정말 시끄럽네요! 할 말은 그것뿐인가요?! 그것 말고 할 말이 없다면 그만 돌아가 주세요!"

레이카 선생님의 얼음보다도 차가운 말에 옆에 있던 구급대원이 목소리를 높이면서 화가 난 얼굴로 "당신! 의사라며! 의사가 환자의 생명을 소유물처럼 취급해도 되는 거야!!"라고 말하자!

옆에 있던 구급대 대장이 "소용없어! 그만 나가자구! 더 말해도 아무런 소용이 없어 보이는데 그만 철수하자고…"라고 말하며 옆에 있는 젊은 구급대원을 데리고 진료실을 나선다!

나는 구급대원에게 "타다다다닥!" 소리를 내며 달려가서는 "저~ 어떻게 해서든 입원환자들을 강제적으로는 옮길 수 없나요?!"

"이 섬에서는 병원에 있는 환자들을 어떠한 경우에라도 옮길 때는 병원장이나 의사의 결정이 절대적이야! 그런데 의사라는 사람이 저렇게 완고하게 거부하니!… 환자들이 안됐지!"

나는 그 말을 듣고는 그 자리에 멍하게 한동안 서 있다가 다시 진료실로 발걸음을 옮겼다! "스르륵!" 진료실의 문을 다시 열자!

입에 검은색으로 된 시가와 비슷한 걸 물고 계시는 레이카 선생님이 의자에 앉아 "뭐하고 있는 거야?! 들어오려면 빨리 들어오고 아니면 문 닫으란 말이야!"

　나에게 크게 소리 지르며 화를 내고 계시는 레이카 선생님이 곁으로 다가가기 위해서 진료실 안에 들어가서는 기분이 불편해 보이는 레이카 선생님에게 힘들게 입을 열었다!

　"선생님!… 크로네 언니가… 크로네 언니가 죽었습니다!"

　"그게 뭐 어떻단 말이야?! 인간이란 언젠가 죽게 돼 있기 마련이야!"

　레이카 선생님의 무성의한 대답에 나는 화를 내며 대답했다.

　"아무래도 이번에 레이카 선생님이 만드신 스피카를 잡기 위한 구실에 의한 희생이라고 생각돼요! 레이카 선생님은 슬프지 않으신가요?!"

　"조금은 슬프지만 그런 거에 꺾이면 스피카를 내 손에 넣겠다는 계획 그 자체에 커다란 문제가 생기고 말 테니… 링! 너도 크로네 씨에 대해선 처음부터 없었던 사람이라고 생각하고 잊어버리도록 해!"

　레이카 선생님의 명령에 난 아무런 대답도 못 하자!

　"링?!~ 링?! 내 말 들리지 않아?!"

　"레이카 선생님이 자신의 의자에서 벌떡 일어나며 화난 목소리로 나에게 되물어본다! 나는 화가 난 레이카 선생님을 향해서 작은 목소리로 "아니오, 잘 들립니다! 레이카 선생님!"

　레이카 선생님은 나를 노려보며 다시 입을 열었다.

　"내가 뭐라고 지금 말했지?!"

　나를 뚫어져라 쳐다보는 레이카 선생님을 향해서 무거운 입을 다시 열며, "크… 크로네 씨에 대해선 처음부터 없던 것처럼 생각하라고 명령하셨습니다!"

　"잘 알고 있잖아! 대답은?!"

"알겠습니다! 레이카 선생님이 말하신 것처럼 크로네 씨를 잊겠습니다!"

나는 대답을 하며 격분한 나머지 눈물을 쏟아냈다!

그 모습을 바라보던 레이카 선생님은 "링?! 지금 내가 내린 명령이 마음에 안 든단 거야?!"

격분하는 레이카 선생님의 말투에 겁을 먹고는 순순히 대답했다.

"아닙니다!"

"그 말을 믿어보겠어! 링!"

말이 끝나며 다시 의자에 앉은 레이카 선생님을 향해서 "선생님 환자들을 생각해서 다른 병원으로 환자들을 이송하는 게 좋을 것 같아 보입니다!"

내 말을 듣자 레이카 선생님은 다시 크게 격노를 하며, "그건 너 따위가 이래라저래라 할 사항이 아니야! 우리 병원에 입원해 있는 환자들은 모두 내 마음대로 할 권한이 있어! 내가 치료를 했으니 환자를 죽이는 것도 살리는 것도 내 마음이야! 넌 단지 내가 시키는 대로 하기만 하면 되는 거야! 링!"

레이카 선생님은 계속해서 불만을 토로하는 나를 협박하듯이 말을 이어 나갔다.

"링! 절대 잊지 마라! 너를 지금의 거의 온전한 인간과도 같은 모습으로 돌려놓아서 인간다운 생활을 영위할 수 있게 된 것도… 네가 다른 사람들 앞에서 제대로 된 언어를 구사할 수 있게 된 것도… 그리고 다른 사람들 앞에서 당당히 너의 모습을 보일 수 있는 것도… 보통의 인간처럼 육지에서 자신 있게 걷고, 뛰고 할 수 있게 된 것도… 이 모든 것이 누구 도움 때문이라고 생각하냐?! 링!"

나는 어쩔 수 없다는 식으로 대답했다.

"레이카 선생님의 은혜입니다!"

내 말을 듣고는 레이카 선생님은 "피~식!" 웃어 보이며, "그래! 그 말대로 너에게 커다란 은혜를 베푼 자가 나라는 사실을 잊지 말라구!…너는 나에게 평생 그 은혜를 갚지 않으면 안돼!"

"그리고 처음에 너를 구해줄 때 네 스스로가 나의 어떤 명령에도 따를 거라고 맹세를 했으니! 그 맹세! 끝까지 지켜야 해!"

나는 레이카 선생님의 말을 듣고는 처음으로 선생님의 무서운 본성을 알게 되었다! "선생님! 그럼 시내로 나가서 오늘 병원 주변에서 일어난 사건에 대해 경찰서에서 진술서를 써서 제출하고 오겠습니다!"

"그렇게 하도록 해! 대신 너무 늦지 말도록 해. 볼일이 끝나면, 곧장 병원으로 돌아오도록!"

"네… 알겠습니다! 레이카 선생님!"

"나는 진료실을 빠져 나와서는 서둘러서 유이 언니가 부숴 버린 302호 특별 환자실의 문안에 들어가서는 여러 가지를 머릿속으로 생각하고 있었다!

'지금 바로 2층의 입원 환자들에 대한 레이카 선생님의 조치를 히미코 언니에게 설명한다면… 아니야! 그랬다간 분명! 더 큰 싸움이 벌어지게 될 거야!…. 어떡하면 좋지?!"

나는 아무리 머리를 굴려 보았지만, 내 손으로 그 많은 수의 입원환자를 레이카 선생님의 눈을 피해서 안전하게 구출한다는 건 절대 무리라는 대답이 나왔다!

어떤 방법을 사용해도 입원환자들도 무사하지 못하고 오히려 도시 전체의 주민들에게 커다란 위협이 될 것이 불 보듯 뻔했다! 게다가 크로네 언니의 죽음을 마치 벌레 하나 죽은 것처럼 아무렇지 않게 생각하는 레이카 선생님의 마음에 분노를 느끼며 레이카 선생님의 곁을 떠나 히미코 언니에게 가기로 마음먹었다! 나는 눈물로 편지를 써내려갔다.

'레이카 선생님! 당신이 보잘것없는 저에게 베풀어준 6년간의 은혜는 정말 말로 다해도 헤아리기 힘들 정도로 많다는 것을 저는 잘 알고 있습니다!

하지만 최근에 들어서 레이카 선생님의 변모한 모습을 보면 어떨 때는 선생님의 곁에 있는 것이 무섭게 느껴지기까지 합니다.

오늘 있었던 여러 일들에 대해 그리고 목적을 위해서라지만 크로네 씨의 죽음을 너무 아무렇지도 않게 생각하시는 모습에서… 그리고 입원한 환자들을 자신이 치료했기에 자신의 소유물이라는 착각에 빠진 모습에 저 자신은 큰 결단을 하지 않으면 안 되는 상황에 이르고 말았습니다!

레이카 선생님! 저는 선생님의 곁을 떠나기로 마음먹었습니다. 부디 선생님의 곁을 떠나는 저의 마지막 부탁이라 생각하시고 제 부탁을 들어주시기 바랍니다.

하루빨리 입원환자들을 다른 병원으로 옮겨서 환자들이 빠른 회복을 할 수 있도록 도와주세요! 선생님의 제자였던 링!'

나는 편지를 환자 침대에 두고는 간호복을 "훌렁!~ 훌렁!" 벗어 놓고는 탈의실에서 가져온 사복과 여러 가지 개인용품과 지갑을 환자 침대에 올려놓고 원래 입고 있던 사복으로 갈아입으며 생각했다.

'2층의 병동에 입원한 환자들의 얼굴을 마지막으로 보고 갈까?!'

'아니야!… 만약 환자들의 얼굴을 보게 된다면… 굳게 결심한 마음이 흔들려 버릴 수도 있어! 게다가 환자들의 아파하는 소리에 매일매일 가위눌릴지도 몰라!'

나는 환자들의 얼굴을 보지 않고 옷을 갈아입고, 최대한 빠른 방법으로 병원을 빠져나가야겠다고 머릿속으로 혼잣말을 하며, 손놀림이 더욱 빨라지고 있었다! 옷을 다 갈아입고 난 후에는 간단한 개인용품과 지갑만 챙겨 나머지 간호복과 소지품들은 옆에 있는 갈색 나무로 된 고풍스러운 테이블에 올려놓고는 빠른 걸음걸이로 "사사사삭!" 소리를 내며, 〈사쿠라 이부키 병원〉을 빠져 나와서는 고개를 정중히 숙이며 인사했다.

웨더 시티 도보

"그럼 이만! 지금까지 여러모로 실례가 많았습니다! 레이카 선생님!"

뒤돌아서서 "타다다다다다닥!" 소리를 내며 될 수 있는 한 병원에서 빠르게 멀어져 갔다!

〈타이타노 빌딩〉으로 한시라도 빨리 도착하지 않으면… 분명 히미코 언니가….

아~! 맞다! 나는 병원에서 어느 정도 거리가 멀어지자! 그때서야 조금 전에 히미코 언니가 나와 헤어지며 내 손에 건네준 쪽지가 주머니

속에 들어 있다는 사실을 알아챘다!

나는 주변 사람들을 살펴본 후, 건물 사이의 작은 골목으로 들어가서 몸을 감춘 뒤에야 안심하며 쪽지를 읽어보았다.

"어디 보자!… 그러니깐 히미코 언니의 핸드폰 번호가!… 375 다시 105…"

"뜨르르! 뜨르르! 뜨르르!"

"여보세요?! 히미코 언니?!"

– 링?! 링이니?!

"네!… 저예요!"

– 무슨 일이야?!… 링?!…링?!

나는 히미코 언니와 전화 통화를 하면서도 경계의 눈초리를 거두지 못하며, 마음속에 결심한 말을 꺼내려 하자 처음에 마음먹은 것과는 다르게 금방 말로는 튀어나오지 못해서는 '무슨 일이야?!'라고 물어보는 히미코 언니의 물음에 대답을 못하고 있었다!

– 링?! 혹시! 아까 전에 말한 나의 제안을 받아들일 생각이 든 거야?!

나는 너무 기쁜 나머지 대답을 해야 할 상황임에도 불구하고, 고개를 끄덕여 버렸다!

"아니, 내가 뭐하고 있는 거지?… 네!… 맞아요!"

– 방금, 링이 한 말이 무슨 뜻이야?! 링?

"죄송해요! 히미코 언니, 제가 너무 급한 나머지 대답을 해야 하는데 대답 대신에 고개를 끄덕이고는 혼잣말을 한 거예요! 히미코 언니의 제안을 받아들일게요!"

– 응! 링이 내 제안을 받아준다니 나도 기뻐! 그럼… 어디에 있는 병원이 좋을까?! 혹시 생각해 놓은, 링이 가고 싶은 다른 병원이라도 있어?!

"저기… 히미코 언니 옆에서 일하고 싶어요!"

– 응?! 뭐라고?

"히미코 언니 곁에서 같이 있으면서 히미코 언니를 돕고 싶어요!"

– 링이 원한다면 나야 환영이야!

나는 히미코 언니의 대답에 입가에 환한 웃음을 띠며,

"지금 타이타노 빌딩으로 갈게요!"

– 응! 1층에서 기다리고 있도록 해. 나도 최대한 빨리 갈 테니! 거기서 만나자! 링!

"네! 히미코 언니!"

타이타노 빌딩 1층

나는 링과의 통화를 끝내고는 다시 〈타이타노 빌딩〉을 향해서 머리카락을 휘날리며 빠르게 "타다다다닥! 타다다다닥!" 소리를 내며 달려나간다!

"뚝!… 띠!…띠!…띠!"

'그럼 어디 계획을 수립해 볼까?! 우선은 아빠에게 전화를 걸어서!'

"뜨르르! 뜨르르! 뜨르르!"

– 히미코! 내 딸아! 무슨 일이니?!

나는 다시 살아나서 듣는 아빠의 목소리에 기뻐했지만, 인간일 때처럼 많이 기뻐하는 감정은 느껴지지 않았다!

이럴 때일수록 내가 인간이 아니라는 존재감이 느껴지기는 하지만 위화감을 가질 정도도 아니기에 더 이상 이런 감정에 휘둘리지 않기로 마음을 굳게 먹었다!

"아빠! 다름이 아니라! 히요리와 미나미 선배는 지금 어디 있어요?!"

─ 응, 방금 전까지 나와 이야기를 주고받았단다. 아마… 빌딩 어딘가에 있을 거야!

"미나미 선배와 히요리를 빌딩 1층으로 오도록 말을 전해 주세요! 그리고 아빠! 아빠가 저번에 저에게 말씀해 주신 녀석들을 찾을 수 있는 비행기도 준비해 주시겠어요?!"

─ 그래! 설마 그 녀석들과 싸울 생각이니?!

딸을 많이 걱정하시며 초초해하는 듯한 아버지의 질문에 내가 대답했다.

"아니요! 좀 더 그들에 대해 여러모로 알고 싶어서 그래요!"

나의 대답에 아버지는 다시 안심하시는 듯한 말투로 말했다.

─ 그…그래! 다행이구나! 최신 설비가 달린 비행기로 준비해 둘 테니 걱정하지 말거라!

절대 무리한 행동을 해서는 안 된다는 점 잊지 말거라! 아빠가 말한 녀석들은 히미코 너 혼자서 감당할 수 있는 놈들이 아니니 절대로! 무슨 일이 있어도 녀석들과 싸우는 것만큼은 피하도록 하거라!

안심하는 듯해 보이던 아빠도 내가 수수께끼에 싸인 녀석들을 찾아보겠다는 말에 또다시 많이 걱정하시는 듯해 보였다!

"괜찮아요! 아빠도 알겠지만 저는 징그럽거나, 흉칙하거나, 무서운 건 딱 질색이라 걸 잘 알고 계시잖아요! 혹시라도 녀석들에게   길 만한 상황은 만들지 않을 테니 걱정하지 마세요!"

— 그래! 잘 알았다! 히미코! 지금부터 중앙 비행홀로 가는 법을 알려주마! 다들 모이면! 엘리베이터를 타고 비상정지 버튼을 한번 누른 후에 순서대로 4⋯7⋯2⋯0⋯을 누르면, 삐!~삐!~삐! 소리가 3번 정도 나면서 엘리베이터가 지하로 내려가게 될 거다! 엘리베이터가 멈추고 문이 열리면, 눈앞에 보이는 10인용 하이스폿트를 타도록 하거라!

"하이스폿트가 뭔가요?! 아빠!"

— 하이스폿트는 특별히 만들어진 열차로 비상시에는 하늘도 날 수 있고 하늘 위로 올라가면 무려 3일 동안이나 버틸 수 있는 연료와 음식물 등이 구비된 만능열차 겸 비상탈출선이란다! 하이스폿트를 타면 자동적으로 2분 이내에 가장 멀리 떨어져 있는 비상시 비행홀에 도착할 수 있단다! 거기서 내가 미리 준비해둔 BCU-엘트라32를 타도록 하거라!

"아빠! 저기⋯ 부탁이 하나 더 있는데요! 리사와, 같은 병원으로 실려간 나가세 유이라는 환자 둘 다 찾아서 비행장으로 보내주시겠어요?!"

— 그 둘은 왜 부르려는 거니?! 환자를 데리고 가면 불편함만 커질 텐데⋯.

"제가 개인적으로 물어볼 말이 있어서 그래요! 게다가 이번 조사에 여러모로 필요한 존재이기도 하고 제가 개인적으로 은혜를 입은 일도 있어서⋯ 겸사겸사 더 좋은 병원으로 옮기려 하는데⋯ 도와주실 수 있으세요?! 아빠?!"

— 음⋯ 뭐 그 정도는 어렵지 않단다! 그럼 그 둘은 병원 사람들을

시켜서 지금 바로 병원에서 BCU-엘트라32에 탑승시켜 놓을 테니 걱정하지 말거라!

"아빠 BCU-엘트라32가 어떻게 생긴 비행긴가요?!"

– 거기 있는 비행기는 그거 한 대뿐이니! 바로 눈에 들어올 거다! 그럼 몸조심해서 다녀오도록 해라! 다녀오면 아빠에게 가장 먼저 달려와서 얼굴 보여주는 것도 잊지 말고!

"네!… 그럼 다녀오겠습니다!"

나는 통화를 끝내고는 근처에 있는 〈타이타노 빌딩〉으로 들어가자 "히미코 언니!" 하며 링이 나를 반갑게 맞이해 주고 있었다!

"링 많이 기다렸니?!"

"아니요! 저도 금방 도착했어요!"

"링! 나와 함께 조사대에 포함되어서 녀석들에 대해서 조사하는 것을 도와주지 않겠니?!"

"녀석들이라면?! 레이카 선생님 같은 레귤러들요?!"

"응! 난 녀석들을 도저히 용서할 수 없어!! 그건 링도 아마 마찬가지일 거라고 생각해!"

"레귤러와 싸우실 건가요?!"

"아마도 그렇게 되겠지?"

"무모하세요! 히미코 언니, 되도록이면 레귤러와의 싸움은 피해 주세요! 전… 알아요! 레귤러의 끝을 알 수 없는 무시무시한 힘을요. 말그대로 보통의 인간들이 말하는 신과도 같다고 봐도 무방할 정도인걸요!"

"응 조심할게! 역시 링이 내 곁에 있으니 여러모로 안심이 돼! 고마워 링!"

"저기… 히미코 언니, 저도 싸워야 하나요?! 전 싸움은 못하는데 그래도 도움이 되나요?!"

"물론이지! 내가 우리 조사대에서 링에게 바라는 것은 싸움이 아니라 링의 여러 치료능력이나 간호하는 실력을 보고 말한 거야! 물론 링을 이용하기 편리하니깐 내 곁에 두는 건 아니야! 링이 사쿠라 이부키 병원에서 좀 더 풍요로운 생활을 하며, 링이 자유롭게 기뻐하는 모습을 보았으면 하는 마음을 포함해 생각해서 결정한 거야!"

"그렇게까지 이 링을 생각해 주서서 감사합니다! 부족함이 많은 저라도 히미코 언니에게 큰 도움이 된다면 기꺼이 도와드리겠습니다!"

"고마워 링!"

링과의 포옹을 풀고 나서 몇 분 지나지 않았을 때였다! "히미코 언니!" 하며 내 뒤에서 나를 "꽈~악!" 끌어안는 히요리에 나는 "꺄~아!!" 하고 소리지르며 화들짝! 놀랐다.

"히요리! 갑자기 뒤에서 아무런 경고도 없이 끌어안으면 어떡하나요!"라고 화를 조금 내며 말하자! "그럼 이건 어떠세요?!" 하며 이번엔 자신의 풍만한 가슴을 내 등에 밀착하고는 위아래로 움직이며 비벼대자! 난 나도 모르게 얼굴이 붉게 물들며, "꺄~아아아! 정…정신차리세요! 히요리!! 사람들이 보잖아요!"

히요리는 내 말에 신경도 쓰지 않는 듯이 내 허리를 두 손으로 감싸쥐고는 계속해서 자신의 가슴을 내 등에 밀착시킨 뒤에 위아래로 움직이며 비벼대는 히요리에게 "꺄~아아아! 이러지 말라고 했잖아요! 히요리!"

나는 화를 내보지만 미묘한 히요리의 움직임에 화가 제대로 방출이 되지 않으면서 바쁘게 손을 움직여서는 감싸고 있는 허리에서 히요리의 손을 강제로 풀어 놓았다!

그 모습은 마치 스쿠버를 하던 사람이 갑자기 한쪽 다리에 쥐가 났음에도 불구하고 나머지 한쪽 다리만으로 있는 힘껏 헤엄을 쳐서 물위로 올라오려는 발버둥처럼 화가 입에서는 잘 나오지 않지만 손은 열심히 히요리의 움직임으로부터 벗어나기 위해서 필사적으로 움직였다!

그리고는 몸의 촉각이나 다른 감각기관들이 보통의 인간일 때보다 더욱 발달한 것 같다는 느낌을 받았다.

"휴~! 왠지 출발하기 전부터 기운이 다 빠져 버리는 느낌이야!"

지쳐 보이는 내 표정을 보고는 히요리는 "잘 먹었습니다! 헤!~헤~헤!" 꼭 식사를 방금 마친 사람처럼 기뻐하고 있었다!

나는 그런 히요리에게 더는 말려들지 않기 위해서 주제를 바꿔서 "히요리! 미나미 선배는?!" "아~! 미나미 선배는 여기 웨더 시티에서 일어날 수도 있는 혹시 모를 사태에 대비해서 여기에 남아 있기로 하셨어요! 히미코 언니에게 같이 못 가서 미안하다는 말을 대신 전해 주라고도 저에게 부탁하셨어요!"

"그래! 미나미 선배는 공익적 일로 인해서 참가를 못 하지만 그렇다고 풀죽을 순 없지! 안 그런가 여러분!"

나는 히요리와의 조금 전 시추에이션으로 어색해진 분위기를 좀 살려 보려고 힘차게 외쳤다! "네!"라고 히요리가 힘차게 나를 따라서 대답해 주었다!

타이타노 빌딩 1층 엘리베이터, 하이스폿트

"자, 모두 엘리베이터를 타도록!"

내 지시에 히요리는 곧바로 엘리베이터 문이 열리자마자 올라탔지만, 링은 내 손을 잡고 내 등 뒤로 숨어서 나와 함께 엘리베이터에 몸을 실었다!

링이 히요리 앞에서 보이는 행동은 초식동물이 육식동물을 경계하듯이 보였다! 히요리가 내 뒤에 숨어있는 링을 이따금 바라보면 내 뒤로 놀라서 고개를 숨기기 바빴다!

히요리도 최대한 그런 링의 모습을 의식하지 않기 위해서 노력하는 듯이 보였다!

"히미코 언니, 엘리베이터를 타고 어떻게 비행홀까지 갈 수 있나요?!"

"응 잠깐만! 아빠 말대로라면… 우선 제일 먼저 해야 할 건 비상정지 버튼을 한 번 누른 후에 순서대로 4…7…2…0…을 누르면… 어?! 어라?! 사이렌이 울린다고 했는데? 왜 안 울리는 거지?! 번호가 틀린 건가?!… 4…4…7…7…2…2…0…0… 맞는데… 왜 안 움직이는 거지?"

나는 무언가 잘못 입력한 게 없는데도 불구하고 사이렌이 안 울리는 것에 대해 걱정하던 차에 "위이이이이잉!" 소리를 내며 갑자기 엘리베이터가 아래로 움직이기 시작했다!

"뭐…뭐야! 움직이잖아! 휴~ 다행이다!"

순식간에 엘리베이터가 목적지에 도착하며 "띵!" 소리와 함께 문이 "스르륵!" 열리자 불빛 하나 없는 어두운 장소가 눈앞에 나타났다!

나는 용기를 내어 엘리베이터에서 내리자! "철컥! 철컥! 철컥!" 소리와 함께 머리 위에서 환한 형광등 불빛이 나를 내리비췄다. 조금 전까지 어두웠던 장소가 밝아지자 눈앞에는 투명한 빈 통 안에 들어있는 커다란 흰색에 파란색의 해 무늬가 그려져 있는 열차가 하나 나타났다!

열차의 앞부분은 새의 부리를 형상화한 것처럼 보였고 몸체는 매끄러운 재질로 만들어져 있었다! 내가 하이스폿트에 가까이 다가가자!

"어서 오십시오! 하이스폿트를 찾아주셔서 감사합니다!"라는 음성 메시지와 함께 "위이이이잉!" 소리가 나며 서서히 흰색과 파란색 사이에서 문이 위아래로 반으로 갈라져서 우리들 눈앞에서 열리기 시작했다!

"위이이잉!" 소리가 멈추자 자동으로 녹색의 계단이 우리들 발밑까지 내려왔다!

"자, 모두들 조심히 승차하세요!"

내 지시에 따라서 준비된 열차에 탑승하자! 눈앞에는 단순히 두 개의 버튼만이 존재했다! 녹색의 출발이라고 적힌 버튼과 건드리면 금방이라도 터질 것 같은 비누방울 거품 같은 투명한 막에 둘러싸인 붉은색의 비상 버튼만 존재하고 있었다!

나와 링 그리고 히요리는 안전벨트를 착용한 후에 출발버튼을 누르자 "우이이이이이이이잉!! 피~웅!" 하는 소리를 내며 우리를 태운 하이스폿트는 순식간에 초고속으로 투명하게 둘러싸인 터널 안을 초고속으로 달려나가기 시작했다!

비상 비행장

어느새 비상 비행장에 도착했다!

"자! 모두들 내리자!"

나는 링과 히요리가 안전하게 다 내린 후에 끝으로 하이스폿트에서 내렸다! 히요리는 엄청나게 기다렸다는 듯이 모두가 내리자마자 질문해댔다.

"히미코 언니! 아까부터 언니 옆에서 손 붙잡고 언니 뒤로 숨어있는 처음 보는 여자아이는 누군가요?!"

"아! 정신이 없어서 소개하는 걸 깜빡했구나! 여기, 내 뒤에 있는 여자아이는 링첸! 중국에서 왔단다!

나는 내 손을 잡고 뒤에 숨어서 고개를 내밀어대는 링을 앞으로 잡아끌며, "자! 링! 히요리에게 인사하도록 하세요!"

링이 인사를 안 하고 그냥 히요리 앞에서 머뭇거리고만 있기에 내가 대신 소개를 했다! "여기는 링첸! 중국에서 여기로 온 얼마 전에 알게 된 착하고 예의 바른 애란다! 원래는 처음 보는 사람을 멀리하는 낯가림이 있는 건 아닌 것 같은데… 오늘따라 좀….'

나는 곧바로 링에게 히요리를 소개한다!

"링! 이쪽은 나카지마 히요리라고 해! 좀… 여자아이치고 붙임성이 심하게 좋은 편이고, 스킨십을 너무너무 좋아하는 애란다!"

"아~! 그리고 보니 너희 둘 다 나이가 똑같구나!"

링이 머뭇거리다가 용기를 내어서 먼저 히요리에게 말을 건다!

"안녕하세요! 저는 링첸! 중국에서 왔어요! 편하게 링이라고 불러 주세요!"

링의 작지만 제대로 또박또박 들리는 목소리로 히요리에게 인사를 하자!

"안녕? 나도 반가워! 나는 나카지마 히요리라고 해! 앞으로 히요리 라고 부르도록 해!"

히요리는 링에게 오른손을 펴서 내밀었다!

그러자! 링은 곧바로 내 뒤로 숨으며! "저…저기 히요리 씨는 히미코 언니를 그렇게 볼 때마다 과격한 스킨십을 하려 드시나요?!"

"뭐 그런 편이라고 할 수 있지!"

히요리의 대답에 얼굴을 붉히며, "저와 히미코 언니가 있을 때는 자제해 주세요!"라고 말하자! "응! 알았어! 근데 링은 중국인인데도 불구하고 우리말을 잘하네! 우리나라에 산 지 오래된 거야?!"

링은 긴장한 목소리로 "아…아니요! 좀 공부를 열심히 한 편이라서 그래요!"

"우~와아아아!"

그때 모두의 입에서 탄성이 터져 나왔다!

"이것이 정말 비행기라는 거야?!"

우리들 앞에 모습을 드러낸 BCU 엘트라32는 아무리 못해도 움직이는 항공모함의 4배 크기 정도는 되어 보였다!

기계로 만들어져 있다는 것만 뺀다면 어마어마한 크기의 대형 고래를 그대로 가져온 함선 같았다!

절대 우리들만의 인원으로는 조정이 불가능해 보였다!

"히미코 언니! 이 커다란 비행기를 우리만으로 조정이 가능할까 요?!"

나는 지금은 인간이 아니지만… 대부분의 사람이 무언가를 보고 놀라게 되면 입에서 나오는 말은 대부분 같은가 보다! 내가 BCU 엘트라32의 크기를 보며 머릿속으로 떠오른 걱정이 히요리의 입에서 그대로 내뱉어졌다! 그때 BCU 엘트라32 주변에서 바쁘게 열심히 일을 하고 있는 특수복 차림의 두 사람이 보였다!

우리들은 눈앞에서 700m 정도 떨어진 곳에 있는 특수복을 입은 두 사람을 향해 다가가기 시작하자 링이 코를 "킁~킁~킁!"거리더니 마치 무언가 맛있는 먹이를 발견한 개가 뛰어가듯이 기뻐 보이는 표정으로 우리보다 앞서서 나아가서는 두 사람에게 뛰어든다. 마치 반가운 사람을 만나기라도 한 것처럼! 점점 가까워져 가는 우리 앞에 특수복의 헬멧을 벗자! 쌍용각에서 본 적이 있는 느와르 언니와 셀리 언니의 얼굴이 나타났다!

"셀리 언니! 느와르 언니!"

링은 우리 앞에서 두 사람의 이름을 크게 부르며, 두 사람에게 손을 흔들며 온몸으로 반가움을 표현했다!

"링?! 여기서 뭐하는 거야?!"

"여기 있는 히미코 언니와 함께 동행하기로 했어요!"

"그럼 사쿠라 이부키 병원은 어떻게 하고?! 그만둔 거야 링?!"

"네!… 개인적으로 사정이 있어서 그만둘 수밖에 없었어요!"

"혹시… 개인적 사정은 말해 줄 수 있니?!"

느와르 언니의 조심스러운 질문에 링은… 아무런 대답을 하지는 않았지만 링의 얼굴표정에서는 병원에서 좋지 않은 일이 있었다는 것 정도는 누구나 알 수 있을 정도로 기분이 가라앉는 표정을 지어 보였기에 나는 다급히 두 언니에게 말했다.

"안녕하세요! 느와르 언니! 셀리 언니!"

내가 두 언니에게 정중히 고개 숙여 인사를 하자! 느와르와 셀리 언니도 내 마음을 읽은 듯이 링을 걱정하는 마음에 당분간 링과의 대화를 멈추고 나와 대화하기 시작했다.

"어머! 당신은 오늘 우리 식당에 왔었던 소공녀?!"

느와르 언니와 셀리 언니는 동시에 나를 보고 같은 대답을 하였다!

"그런데 아까와는 분위기가 많이 다른 것 같아 보여!"

"그래요! 아마 드레스를 바꿔입어서 그럴 거예요!"

그런데 느와르 언니와 셀리 언니는 비상 비행홀에 무슨 일로 오신 거예요?!"

"웅! 소공녀! 아니지 히미코! 너희 아빠의 요청을 받고 나가세 유이와 리사를 BCU-엘트라32에 실어 나르기 위해서 왔지!"

"리사와 유이는 괜찮은 상태인가요?!"

"음… 담당의사 말로는 둘 다 외상은 크지 않으니 곧 깨어날 수 있을 거라는구나!"

"다행이네요! 여기까지 옮겨 주시려고 일부러 오다니 힘드셨겠어요! 가게는 어떻게 하시고 오신 건가요?!"

"쌍용각은 다른 가게들보다 오전에 좀 더 일찍 가게 문을 열어서 1시 정도면 닫고 니시마 병원이라는 작은 병원에서 오후에는 환자들을 돌봐!"

"네!… 힘드시겠어요. 두 가지 일을 하시려면….'

"그것으로 하루 일과가 끝나는 것이 아니야! 병원 일이 저녁 6시에 끝나면 가게로 돌아와서는 저녁 7시부터 10시까지 내일 장사할 재료 손질, 춘권 빚어놓기에 설거지까지 해야 하루 일과가 끝나!"

"정말 열심히 사시는 것 같아 보여요! 느와르 언니와 셀리 언니는…."

"고마워! 히미코 우리뿐만이 아니야! 웨더 시티에 사는 대부분의 사람들이 자신의 직업을 소중히 생각하며 하루하루를 열심히 살아가고 있단다!"

"우리들처럼 웨더 시티의 사는 사람들의 삶을 지켜주는 것이 너희 아빠가 하시는 일이고 히미코를 비롯해서 링! 그리고 히요리? 어라?"

나와 느와르 언니가 진지하게 말을 주고받는 동안에 히요리가 눈앞에서 사라져서 찾아보려 하던 차에 "싫어!! 꺄아아아아!" 하는 비명소리가 뒤에서 들려오자 모두 뒤를 돌아보았다!

히요리가 어느 틈에 셀리 언니의 차이나복 위의 가슴을 "주물럭! 주물럭!"거리며 "대체 언니들은 무얼 먹어서 이렇게 큰 거예요!" 히요리가 또다시 엉뚱한 짓을 저지르자!

"히요리! 그런 짓을 하면 안 되지요! 조금 벌이 필요하겠군요!"

느와르 언니가 어느 틈엔가 히요리를 기습해서는 가슴을 마구 주물럭거리며 "페로몬을 풍겨대는 언니의 손놀림은 다르다구!!" 하며 계속 주물러대자!

"꺄아아아아악!" 소리를 한번 지르더니 얼마 가지 못해서 흐느적~흐느적거리며, 온몸의 힘이 다 빠져버렸다!

"앞으로 함부로 다른 사람의 가슴을 만지지 말라구!!"

느와르 언니는 힘이 빠진 히요리를 앉혀 놓고는 나에게 다가와서는

"으헤헤! 히미코도 맛사지 좀 해줄까?!"

나에게 갑자기 음흉한 웃음을 지어 보이며! "걱정하지 마! 금방 끝나니깐! 여자들끼리만의 친목다짐이라고 생각하고 말이야! 으헤헤헤!"

"이… 이러지 마세요! 느와르 언니!!"

"꽉!"

"언니! 무슨 짓이에요! 연장자라면 연장자답게 구셔야죠!!"라며 셸리 언니가 나를 느와르 언니의 손아귀에서 구해 주셨다. "아야야야!! 농담이라니깐! 농담!"

"미안해 히미코!"

셸리 언니에게 혼나고 난 후에 느와르 언니는 나에게 정식으로 사과를 했다.

"아…아니에요!"

"아까 어디까지 말했었지?! 음… 아무튼 너희들이 하는 일도 히미코의 아빠가 하는 일처럼 중요한 일이야!"

"아~! 링! 네가 좋아하는 춘권하고, 여러 가지 음식들을 어느 정도 채워놨으니깐 먹고 힘을 내도록 해! 그리고 환자용 죽도 될 수 있는 대로 최대한 실어놨으니깐 간단히 데워 먹도록 해!"

"모두들, 조심해서 다녀와! 다녀와서 좋은 얼굴로 다시 봐!"

느와르 언니와 셸리 언니는 우리들을 순서대로 포옹해주며, 따뜻한 말로 격려를 해주고 있었다! 드디어 내 차례가 되자! 나는 "고마워요, 느와르 언니! 언니의 따뜻한 요리와 정성을 잊지 못할 거예요!"라고 말하며 느와르 언니에게 안기자 언니의 표정이 갑자기 바뀌어서는 "피식! 어디 얼마나 큰지 한번 재볼까?!"라고 말하고는 나의 가슴을 갑자기 주무르기 시작했다!

"꺄아아아아!"

마치 자석에 철이 딱! 달라붙듯이 느와르 언니의 손바닥이 내 가슴을 감싸고는 쥐어짜는 듯했다!

어느 순간! 내 가슴을 주무르느라 열중하는 느와르 언니의 머리채를 셸리 언니가 "화아아악!" 잡아당기자!

"아!~아아아아아아!" 비명을 지르면서 내 가슴에서 느와르 언니의 손이 자동으로 떨어져 나갔다! 그런 후에도 셸리 언니는 느와르 언니의 머리채를 잡아당기며!

"언니, 바보 같은 짓은 그만해요! 정말! 언니 때문에 내가 고개를 못 들고 다닌다니깐!!""아!~아아아아! 히미코! 힘내도록 해. 지금은 아직 크기가 그저 그렇지만 분명 크고 멋진 가슴이 될 수 있어!"

"정말! 언니는 바보 같은 말만 골라서 하시네요!"

느와르 언니는 끌려가면서도 아픔을 참으며, 나에게 쓸데없는 참견을 하면서 끌려가고 셸리 언니는 그런 느와르 언니에게 불만을 토로하며,

"여러분! 정말 죄송해요. 언니가 여러분의 심기를 불편하게 해드려서…."

느와르 언니의 머리를 잡아당기던 손을 놓고는 두 손을 가지런히 하고는 정중히 고개 숙여서 우리들에게 사과를 했다!

그런 와중에도 느와를 언니는 "히미코! 그 다음은 돌아와서…."

"아~~~!"

"네! 네! 알아서 모시지요! 바보 같은 언니는 바보 같은 언행을 그만

하고 나와 같이 병원으로 돌아가요!"

끝까지 나에게 이상한 말을 던지다가 느와르 언니의 귀가 늘어날 대로 늘어나서는 끌려가며 "아~~~~!"라며 아까부터 더 큰소리로 외마디 비명을 지르며, 동생인 셸리 언니에게 끌려나가며 우리에게 손을 흔들고는 어느새 우리들의 시야에서 사라졌다!

BCU-엘트라32의 내부

나는 붉어진 얼굴을 다시 가다듬으며, "으흠! 그러면 모두 BCU-엘트라32에 탑승해 주세요!"

우리가 BCU-엘트라32에 더욱 가까이 다가가자! "피~웅!" 소리와 함께 붉은색의 적외선 레이저가 우리들을 스캔하듯이 지나가고는 "철컥! 철컥! 위잉!~ 위잉!~" 소리를 내며 비행기의 밑부분이 갈라지더니 우리를 그대로 BCU-엘트라32의 내부로 빨아들였다.

"내부는 겉과는 많이 달라보였다! 여기저기 기계장치가 가끔씩 섞이기는 했지만 대부분은 매끄러운 검은색 돌로 만든 듯한 느낌을 주는 편안하고 널찍한 분위기였다!

"어서 오십시오! BCU-엘트라32 일명 포르텐에 승선하신 것을 축하드립니다!" 하는 음성이 울려퍼지며!

"BCU-엘트라32는 다른 비행기들과는 달리 여러 개의 자동 VHN 포탑과 지뢰선 방어무기 NG디그레이더를 장착하고 있으며! 웨더 시티의 저인망 레이더 시스템인 XDG유리섬유를 사용하고 있으며 그 이외에도 웨더 시티의 여러 가지 최첨단 기술들이 탑재되어 있습니다!"

"발밑을 봐주십시오!"

우리 발 아래의 매끄럽던 검은색 돌에서 밝은 붉은색의 화살표가 갑자기 등장했다!

"지금 여러분의 발밑에 보이는 붉은색의 화살표는 여러분이 포르텐 함선 내의 어디를 가시든 간에 가고 싶은 장소를 알려주는 일종의 함선 내 내비게이션이라고 생각해 주시면 감사하겠습니다!"

"그리고 저의 이름은 앞으로 포들망띠야 르옹블루 그레이즐 헤이퍼, 줄여서 포르텐 01호 라 부르시면 됩니다!"

"모두 자리에 안착해 주십시오!"

자리라고 해도 대체 어디 있는지 알 수가 없는데 말이야!

"위이이잉!"

벽에서부터 하얀색의 액체가 흘러나오더니! "푸우우~욱! 푹!" 소리와 함께 부풀어지면서 순식간에 탄력성이 좋은 의자 겸 쿠션이 각각 3개 만들어졌다!

"모두들 의자에 앉아서 안전벨트를 매주세요!"

"찰칵! 찰칵! 찰칵!"

"그럼 포르텐 01호 출발합니다!"

"위이이이이이이이잉!! 꽈아아아앙! 피~웅!"

의자의 쿠션감 때문에 출발할 때의 진동감이 전혀 느껴지지 않았지만 포르텐 01호는 엄청난 열기와 소음을 일으키며 웨더 시티의 비상 비행홀에서 힘차게 이륙하였다!

멀어져가는 웨더 시티를 바라보면서도 내 머릿속에는 지금 이 포르텐 01호의 어딘가에 있을 유이와 리사가 걱정되었다.

남극 깊은 해저의 DN전함 ???????호 내부

"시시노 박사! 02 실험체의 상태는?!"

내가 커다란 수조 안에서 생성되어 가는 인간 형태의 생명체를 바라보며 말했다.

"걱정하지 마십시오! 베리알 님! 액화나노 물질 상태에서 원소 조합이 제대로 이루어지고 있습니다!"

검은색의 한쪽으로 길게 나온 치맛자락 사이로 반짝이는 붉은색 굽이 높은 부츠를 신은 채로 한쪽 가슴은 불타오르는 불꽃에 휘감긴 채 나머지 다른 쪽 가슴은 푸른색의 반짝이는 비늘로 뒤덮여 있는 언뜻 보면 비키니처럼 보이는 옷을 걸치고 머리카락이 붉고 반짝이는 유리섬유로 되어 있었고, 푸른색의 루즈를 짙게 바른 입술에 아이섀도가 강하게 그려진 매서운 눈빛을 가진 찰랑거리는 한쪽 귀에만 걸려 있는 귀걸이에, 검지에는 푸른색의 무언가 처음 보는 보석으로 만든 가운데에 붉은 보석이 박혀있는 반지와 오른팔에 커다란 뱀이 그려진 문신을 가진 베리알 님이 금색으로 된 뱀의 피부로 만들어진 의자에 다리를 꼬고는 앉아서 나를 쳐다보시며 만족하시는 것처럼 말했다.

"그럼 다행이군요! 당신은 아주 쓸모가 많은 박사야!"

"베리알 님! 언제까지 이 깊고 깊은 심해에서 생활하실 생각이신가요?!"

"뭐!~ 그렇게 서두를 필요는 없습니다! 아직 본 게임은 시작된 것 같지는 않아 보이니… 조금만 더 주변의 상황을 지켜본 후에 움직여도 늦지는 않아요!"

"그것보다도 치토세 부장에게 연결을 해줘!"

"네! 알겠습니다!"

등도 없이 자연적으로 노란색의 빛을 발하는 고풍스러운 동굴처럼 생긴 방에는 여러 최신시설들이 들어와 있었다!

"위이이잉!" 소리와 함께 바닥이 열리더니 천장에서 종유석 여러 개가 순식간에 바닥에 열린 구멍으로 "풍덩! 풍덩! 풍덩!" 소리를 내면서 바닷속으로 사라지자 "위이이잉!" 소리를 내며 방바닥이 다시 닫히자!

이번엔 곧바로 커다란 텔레비전 크기의 와이드한 모니터가 천장에서 내려와서는 화면에 "삣!" 소리와 함께 영상이 나타났다!

화면 앞에 서 있던 내 눈에 들어온 것은 정장 차림으로 팔짱을 낀 채 의자에 앉아있는 치토세 부장이었다! 치토세 부장은 거들먹거리며 말했다.

"이런이런 이게 누구신가요?! 시시노 박사, 오랜만이네요! 제가 듣기로는 중앙 기지에서 큰 문제를 일으키고 지금 도망자 신세라고 들었는데 저에게 무슨 용건이라도 있으시나요?!"

"역시 치토세 부장은 다른 부장들과는 다르시네요! 마음이 그렇게 비좁고 남의 흉만 보려 드니 그래서 가슴도 절벽이 된 거겠지요! 역시 신은 존재하는 것 같군요! 당신 같은 여러 능력을 보유한 능력자에게도 가슴 크기로는 일반 인간들의 보통의 여성들 가슴보다도 작은 가슴을 내려줬으니깐 말이에요!"

"뭐라고요?! 지금 말 다했어요!!"

"시끄럽다!! 이게 무슨 짓들이야!!"

나는 내 뒤에 베리알 님이 떡하니 앉아 계신 사실조차 잠깐 잊을 정도로 치토세 부장하고는 사이가 좋지 못하다!

"죄송합니다! 베리알 님!"

"베리알 님?! 정…정말 죄송하게 됐습니다! 베리알 님이 계신지도 모르고 저도 모르게… 죄송합니다! 베리알 님!"

치토세도 베리알 님의 목소리와 모습을 보고는 의자에서 "벌떡" 일어나서는 한쪽 무릎을 꿇고 앉아서는 베리알 님을 스크린을 통해 올려다보고 있다!

"치토세! 오랜만이지! 불쑥 너에게 연락을 한 것은 다름이 아니라! 네가 나가세 유이의 정보를 입수했다는 소문을 어디선가 듣게 되어서 자세히 알아보기 위해 너에게 이렇게 갑작스럽게 연락을 취하게 되었다만!… 나의 갑작스러운 연락이 불편했느냐?!"

"아…아닙니다! 그럴 리가 있겠습니까! 〈레귤러 넘버2〉이신 베리알 님의 연락이 귀찮을 리가요! 오히려 영광입니다!"

"나가세 유이에 대해 알아낸 정보를 말해 보도록 하세요!"

"네! 나가세 유이는 스피카라 불리는 전설의 소녀를 찾아서 본부로 데려오는 중대한 임무를 자신의 양언니이자! 자신의 상관인 토모카 대장에게 부여받고는 스피카라는 전설 속의 소녀를 찾기는 했으나! 정체 모를 누군가의 습격에 의해서 그 스피카라는 전설 속의 소녀를 상대에게 빼앗겨 버렸다고 들은 것이 제가 알고 있는 정보의 다입니다!"

치토세의 이야기를 진지한 눈빛으로 듣고는 베리알 님은 차분하게 입을 열었다!

"그 스피카라는 전설 속의 소녀는 누구인가요?!"

"베리알 님도 한 번쯤은 들어보신 기억이 있으실 것입니다! 지구 전체에 위험이 다가왔을 때 한 명의 가녀린 소녀가 나타나서 모든 것을 주무르며 세상을 다시 혼란과 질병으로 소용돌이치는 지옥으로 바꾸어 놓는다는 이야기입니다!"

"그 전설 속의 수수께끼 소녀의 이름은 알고 있나요?!"

"아니요. 아직까지 알아내지는 못했습니다! 다만⋯."

"다만?!"

"다만⋯ 우리의 중앙 본부 중의 하나인 〈판기우스〉라는 곳에 갇혀 있었다는 소문은 들었습니다! 어디까지나 소문이라서 확실하다고는 말씀드리기 어렵습니다!"

"그래요? 혹시라도 유이에 대한 정보를 더 얻는 게 있다면 나에게 즉시 보고하도록 하세요!"

"네! 알겠습니다! 베리알 님!"

"뻿!"

화면이 꺼지자! 나는 베리알 님에게 다가가서는 "베리알 님! 그 유이라는 자는 제브론으로 알고 있습니다만⋯. 베리알 님께서 대체 왜 하찮은 제브론에게 관심을 두시는지?!"

나의 물음에 베리알 님은 화를 내며! "너와는 상관없는 일이다! 진행하던 프로젝트에나 집중하도록!"

"시시노 박사! 두 번 다시 유이에 관한 질문은 하지 말도록. 만약 하게 된다면 아무리 당신이 비밀리에 프로젝트를 이끌고 있다고는 하지만 그냥 넘기지 않겠다!"

"네, 알겠습니다! 베리알 님의 말씀, 명심하겠습니다!"

"그럼, 연구시설로 02 실험체를 옮겨가도록 하세요!"

"네! 그럼 이만 물러가겠습니다!"

나는 02 실험체가 들어있는 시험관을 기계로 옮기며, 베리알 님의 방을 조용히 빠져나왔다!

마단의 격벽, 치토세 부장의 방

"시시노 박사! 다시 만나면 본때를 보여주겠어! 연구나 발명은 뛰어나나 다른 분야는 나보다도 못한 주제에! 으으으으으~ 정말 싫다! 기분전환 좀 해야겠어! 이대로라면 마음속의 응어리가 지워지질 않아!!"

"이봐! 코사카?! 코사카?!"

나는 전화기 버튼을 눌러서 비서에게 연락한다!

– 네! 네! 치토세 부장님! 무슨 일이신가요?!–

"제3번 투기장의 문을 열어놓고 배양한 리메아이어스를 준비해 놓도록 해!"

– 지금이요?! 조금 있으면 코마야 유키가 이끄는 부대가 돌아오는데 조금만 참으시죠?! 치토세 부장님!

"안돼! 지금 이 스트레스를 못 풀면 마음이 터져 버릴 것 같아!"

– 알겠습니다 치토세 부장님! 부장님 말씀대로 준비해 두라고 말해 두겠습니다!

내가 방을 나서려 방문 손잡이를 잡고 돌리자!

"타다다다닥!"

힘찬 발자국소리가 들려오며, 저 멀리서 검은색 원피스 차림의 커트한 붉은색 단발머리에 창문을 통해 들어오는 햇빛에 의해서 반짝이는 검은색 안경테에 오른쪽 옆머리에 하고 있는 붉은색의 기다란 리본의 양쪽 끝부분을 바람에 휘날리며,

검은 원피스의 배아래 부분부터 양쪽으로 넓게 갈라져서는 "타다다다다닥!" 소리를 내며 힘차게 움직이는 매끈한 옅은 핑크빛의 두 다리가 눈에 들어오면서, 두 다리가 힘차게 움직일 때마다 검은색 원피스의 갈라지는 배 밑 부분부터 붉은색의 레이스가 한 줄 달린 부르마 차림이 씰룩거리며, 눈에 들어오는 검은색의 구두를 신은 코사카 비서가 나를 향해서 오른손을 크게 흔들며! 전속력으로 질주해 오며 말한다.

"잠깐만요! 치토세 님, 잠깐만 기다려 주세요!"

큰소리로 외치며 내 앞에서 "끼이이이익!" 소리를 요란히 내고는 가까스로 멈춰 섰다!

"치토세 부장님! 리메아어스를 사용하려면 이걸 착용해 주십시오! 자~! 받으세요!"

"아니! 됐어! 진짜도 아니고 배양해서 만들어낸 레프리카를 사용하는데 이런 고가의 전설의 레어장비까지는 필요없어!!"

"그런 말 하지 마세요! 아무리 레프리카라고는 하지만 리메아어스를 사용할 때 맨손으로 그 검을 들게 된다면 어떻게 될지 몰라서 그래요!!"

"이래저래 말하지 말고, 꼭! 이걸 착용하시고 사용하세요!"

"만약 이 오리하르콘으로 만든 장갑을 착용하지 않으시겠다면! 지금 당장 제3번 투기장의 사용을 제한하겠어요!"

"알았어! 알았다구!! 착용하면 되잖아!"

"다 치토세 님의 안전을 위한 조치이니 뭐라 하지 마세요!"

"항상 제가 말했죠?! 안전을 최우선으로 생각하시라구요!"

"부디 무리는 하지 마세요! 곧 코야마 유키가 이끄는 부대가 도착할 테니!! 적당히 하세요!"

"그럼, 전 이만!" "타다다다다닥!"

코사카는 불평하는 나에게 잔소리를 해대면서 은색으로 된 오른손용의 오리하르콘으로 만들어진 장갑을 건네주고는 또다시 방금 온 방향으로 뛰어간다.

마단의 격벽, 제3번 투기장

나는 계단을 통해서 내 방이 있는 1층에서 3층으로 "또각! 또각! 또각!" 소리를 내며 천천히 올라간 후에 3층 바로 앞에 보이는 비상타워 버튼이라 써진 버튼 밑에 녹색의 원 위에 올라가서는 "딸깍!" 하고 비상타워 버튼을 누르자!

"위이이잉!" 소리를 내며! 제3투기장이 마련되어 있는 10층으로 단숨에 이동했다!

"제3투기장 안에는 녹색의 김을 검 전체에서 뿜어내고 있는 검의 날폭이 15cm 정도 되는 약간 휘어진 검의 날의 여기저기는 위쪽으로 휘어지며 3갈래로 갈라진 칼날의 부분에는 미세하게 칼날 전체를 감싸고 있는 작은 가시들이 촘촘히 나 있었고 손잡이는 손에 쥐면 아래로 갈 수 있도록 약간 휘어진 모양에 기다란 천 두 개에 녹색의 보석이 각각 박혀 있었다!

나는 리메아어스를 오리하르콘 장갑을 끼고 있는 오른손으로 들자!

"내 뒤로 보이는 커다란 문 두 개에서 "끼이이이이이익! 쿠루루루루루룽!" 소리를 내며 거대한 문 두 개가 위로 올라가자!

"캬아아아오! 소리를 내며! 어둠 속에서 작은 불꽃 두 개가 눈앞에 나타났다가 사라지길 반복하다가 온몸이 붉은색에 등에는 거칠고 단단한 잔가시가 온몸을 뒤덮고 있는 거대한 살라만다라 한 마리가 나타났다!

그런데 바로 옆에 열린 거대한 문의 어두운 안쪽에는 아무것도 나타나지 않아 보였다!"

"살라만다라라! 해볼 만하겠는데!" "캬아아아오!" "화~아아아!"

살라만다라는 나를 향해서 곧장 화염세례를 퍼붓기 시작했다!

"흥! 겨우 그 정도에 내가 밀릴 것 같으냐!!"

화염이 나에게 덮쳐오자! 오른손에 들고 있던 리메아어스를 불길에 대니 순식간에 "휘이이이이익!" "쩌어어어어억!" 소리를 내며 불길 자체의 열기를 리메아어스가 빨아들이며, 순식간에 화염이 얼어붙어 가더니! 거대한 살라만드라의 몸 전체가 얼음으로 된 거대한 수정으로 변하자!

"이야야~얍!"

나는 높이 공중으로 뛰어오른 뒤에 왼손을 주먹 쥐어서 내밀어 보이며! "영창해라! 크로스본!!"이라 외치자 주먹의 겉표면이 흰색으로 강렬하게 불타오르며! 얼어붙은 거대한 살라만드라의 몸에 내 왼손 주먹을 감싸고 있는 흰색의 강렬한 불꽃이 닿자마자!

"쾅!" 소리와 함께 살라만드라의 얼어붙은 몸이 산산이 부서지며 주변으로 흩어져버렸다! "달그락! 달그락! 달그락!" 주변으로 흩어진 얼어붙은 살라만드라의 조각들이 다시 하나로 뭉쳐지며! 더욱 세차게 불꽃을 내뿜으며! 다시 살아났다!

"역시! 고대 생명체라 그런지 생명력이 격이 다르군!"

그때! "파아아아앗!" "끄억!"

내 그림자 속에서 거대한 지느러미가 튀어나와서는 나를 제3 투기장의 벽으로 날려 버렸다!

"쾅!" "크아아악!"

"방금 그건 뭐지?!"

"쉬야야야야!"

한 번도 들어보지 못한 괴상한 소리를 내며 이번에는 살라만드라의 그림자 안에서 파란색의 거대한 몸체와 거무스름한 커다란 지느러미와 납작하고 커다란 입에는 수백 개의 날카로운 독이빨이 돋아나 있는 바쿠소 일명 귀신 아귀가 튀어나왔다!"

"이런! 바쿠소라고!!" "으아아아아아!"

바쿠소의 커다랗고 튼실한 꼬리지느러미의 공격을 당했을 때 오른손에 들고 있던 리메아어스가 내 손을 떠나서 지금 내 눈앞에 땅에 꽂혀 있었다! 나는 있는 힘을 다해서 몸을 벽에서 빼내려고 안간힘을 써보지만 엄청난 바쿠소의 꼬리 힘에 의해서 오른팔 하나와 오른쪽 다리 하나를 간신히 벽에서 빼내어서는 눈앞에 있는 리메아어스를 잡기 위해 온 힘을 쥐어짜서 앞으로 팔을 최대한으로 뻗고 있었다!

"잡았다!"

내가 오른손으로 리메아어스를 붙잡자! 살라만드라의 거센 화염 공격이 시작되었다!

"화아아아아아!"

나는 순간적으로 오른손의 검의 손잡이의 어느 부분을 우연치않게 잡아당기자! "철컥!" 소리와 함께 검의 날 부분이 순간적으로 길게 늘어나며, 살라만드라의 화염을 다시 흡수했다!

"휘이이이이익!"

화염을 흡수하며, 땅에 박혀있던 검의 날의 앞부분이 땅에서 빠져나오자! 그 틈을 노리고는 바쿠소가 거대한 머리에 달린 촉수를 이용해서 나를 붙잡았다!

"이런! 젠장!! 이렇게 되면! 될대로 되라지! 에이~잇!!"

나는 리메아이스를 다시 얼어붙은 살라만드라에게 던지자!

"후이이익!" 하며 바람을 가르며 얼어붙은 살라만드라의 몸에 검의 날이 박히는 순간! "휘이이이익!" 소리를 내며! 순간적으로 엄청난 바람이 불며! 나를 머리의 촉수로 붙잡고 있는 바쿠소까지 그 바람에 빨려들기 시작하자!

"이대로는 위험하다!"라고 스스로 판단하고는 오른손을 펴서 내 허리를 휘감고 있는 바쿠소의 머리 촉수에 손을 대고 "격천비장!!"이라 외치자!

내 허리를 감싸고 있던 바쿠소의 거대한 머리 촉수가! 녹색으로 번쩍이더니 촉수의 내부에서부터 "파파파파팍! 파파파팍!" 소리를 내며 안에서부터 연쇄적으로 작은 폭발로 이어지며 촉수가 바쿠소의 머리에서 떨어져 나가자!

나는 중심을 못 잡고 땅에 떨어지며, 순간 주변이 조용해지자! 나는 뒤를 돌아보았다!

"뭐…뭐야!! 대체 무슨 일이 일어난 거야?!"

주변에 남은 것은 땅에 꽂혀 있는 리메아이스와 조금 전 바쿠소의 머리에서 떨어져 나간 촉수의 일부분만이 제3 투기장에 남아 있었고, 바쿠소와 살라만드라는 어디에도 없었다!

나는 땅에 꽂혀 있는 리메아어스를 오른손으로 잡아들자 이번에는 가볍게 땅에서 뽑혔다! "이런 걸 나에게 아무런 설명도 없이 넘긴 시노노 박사 녀석!! 역시 얕볼 수 없겠는걸!"

"정말 잘못했으면 나도 같이 빨려들어가서 소멸해 버렸을지도 모르는 일이야!"

"쾅!"

왼손 주먹으로 제3투기장의 두꺼운 벽을 있는 힘껏 치며, 나는 화가 치밀어오르는 동시에 시시노 박사의 계략을 얕봤다가는 살아남기 힘들지도 모르겠다는 생각에 몸서리를 쳤다!

"이번 일은 언제가 될지는 모르지만, 다음번에 시시노 박사를 보게 된다면, 이번 일에 관해서 반드시 따져 주겠어!! 반드시 말이야!!"

나는 마음속 깊이 "고마워 코사카!"라고 몇 번이고 외치고 있었다! 나는 오른손에 들고 있는 리메아어스를 다시 원래 놓여 있던 자리에 가져다 놓자!

"위이이잉!" 소리를 내며 녹색의 레이저로 된 얇은 직사각형의 상자가 리메아어스 위에 생겨나며, 동시에 리메아어스가 놓여 있는 받침대 자리가 "쿠~욱!" 소리를 내면서 전체적으로 지면 속으로 사라짐과 동시에 두꺼운 제3투기장의 벽이 "쿠구구구궁!" 소리를 내며 열렸다!

열린 문을 통해서 나는 제3투기장을 빠져나왔다!

밖에서 기다리고 있던 시체 처리반이 "수고하셨습니다!"라고 나에게 고개 숙여서 인사를 건네고는 늘 하던 대로 죽은 생물의 시체를 수

습하고 부서진 벽이나 땅에 푸~욱! 파인 자리를 보수하는 일을 위해 제3투기장 안으로 들어간다!

나는 몰래 활짝 열려 있는 제3투기장의 문 옆에서 그들의 대화를 엿들으며, 나에 대한 부하들의 평가를 듣고 싶었다! 제3투기장에 들어간 처리반 중 누군가가 눈앞에서 벌어진 광경을 보고는 먼저 입을 열었다!

"어라?! 시체가 거의 없는데?! 어떻게 된 거지?"

"설마! 아직 토벌이 되지 않은 건 아니겠지?!"

"에이! 그럴 리는 없어 만약에 토벌이 안 됐더라면 이 두꺼운 문이 열릴 리가 없으니깐 말이야!"

"그럼 토벌당한 몬스터의 시체는?!"

"여기 좀 봐봐!"

주변에는 끈적한 푸른색의 핏자국에 투기장 벽 여기저기는 금이 가고 푸~욱! 들어간 자리도 여기저기 생겨 있었다! "아마 이번엔 치토세 님이 굉장한 기술로 시체까지 남지 않도록 처리하셨나 봐!"

"드디어!! 치토세 님이 마의 제3투기장을 제패하실 수 있는 경지에 다다른 건가?!"

"자!~자! 쓸데없는 대화는 이쯤 해놓고, 얼른 주변정리와 제3투기장의 보수를 실시하자구!"

나는 부하들의 대화를 엿듣고는 만족스러운 표정을 지으며, 다시 3층으로 내려가기 위해서 제3투기장 앞에 자리 잡고 있는 비상타워 버튼을 누르고는 1층의 버튼을 "딸깍!" 하고 누르자! "우이이이이잉!" 소리를 내며 순식간에 내 방이 있는 1층으로 도착했다!

마단의 격벽, 1층 치토세 부장의 방

"끼이익!" 소리를 내며 내 방문을 열자! 코사카가! 나를 반갑게 맞아주며, "코마야 유키의 소대가 마단의 격벽에 다가오고 있다는 보고가 들어와 있습니다!"

코사카는 나를 바라보고는 "오늘은 다른 때보다 옷이 더 엉망이 되신 것 같습니다! 어서 샤워를 하시죠. 제가 새로운 옷을 준비해 두도록 하겠습니다!"

"응! 알았어! 코사카?!"

"네?! 치토세 부장님!"

"항상 말하잖아! 우리 둘만 있을 때는 그냥 예전처럼 치토세라고 부르라고!!"

"그건 안됩니다! 저와 치토세 님이 소꿉친구로 오랫동안 같이 지내온 사이라고는 하지만 규범은 규범이니 저는 되도록이면, 치토세 님이나 치토세 부장님이라고 부를 생각이니! 저를 설득해 보려는 마음은 이제 그만 포기해 주세요!"

코사카는 내 방에 있는 가죽 소파에 앉아서는 방에 달려 있는 전용 욕실에 내가 들어가는 걸 지켜본다!

마단의 격벽, 1층 치토세 부장의 욕실

"훌렁~훌렁~훌렁!"

벽돌 가루에 여러 가지 끈적거리는 이물질로 더럽혀진 제복용 정장을 벗어버리자! 흰색의 끈으로 된 압박붕대가 나타났다!

나는 "하~~~웁!" 숨을 깊게 들이마시고는 압박붕대에 붙여놓은 초

강력 테이프를 떼어내자마자!

"출렁! 출렁! 보이이잉! 보이이이잉!" 소리를 내며 억압되어 있던 나의 풍만한 가슴이 모습을 드러냈다! 나는 참고 있던 숨을 "후~~!"하고 길게 내뱉으며,

'아~! 이제야 정말 마음속까지 편안해지는 느낌이야!!'

'역시, 사람은 아무것도 걸치지 않아야 비로소 가장 편안함을 느끼는 것 같아!'

다른 사람들 사이에서는 빈유라고 속삭이는데 일부러 최대한 화를 내보이기는 하지만, 내가 이렇게 풍만한 가슴을 가지고 있다고는 코사카 이외에는 아무도 생각지도 못하고 있겠지!"

'키도 좀 작은 편인데 가슴이 크다고 하면 내 주변에서 부러움과 원망의 시선들이 내 뒤통수를 파고들 테고, 게다가 싸울 때 가슴이 크면 걸리적거릴 게 많고 어깨도 뻐근해지니깐 힘들어도 참고 있어야지! 내 방안에서도 이렇게 압박붕대를 풀고 있고 싶지만 혹시라도 갑자기 누군가가 찾아오거나 하면 손쓰기가 힘드니깐 말이야."

"치토세 님?! 입을 옷과 새 구두가 준비되어 있습니다! 씻고 나시면 저를 불러 주십시오!"

"응! 고마워 코사카!"

나는 반짝이는 푸른색으로 전체가 장식된 대리석 욕조에 몸을 담그며!

'아~! 모든 관절에 뭉쳐 있던 피로가 깨끗이 없어지는 것 같아!'

15분 정도 흐르자! 샤워기를 틀고는 "쏴아아아아아아!" 하는 소리와 함께 쏟아져 나오는 따뜻한 물줄기 소리와 온도가 욕실 전체로 퍼

지자 욕조에서 "좌아악! 좌아아악!" 소리를 내며 몸을 일으켜서 나와서는 내전용 핑크색 악어인형 타올에 바디워시를 짜내 발라서는 몸의 구석구석을 바디 크림으로 뒤덮은 뒤에 틀어놓은 따뜻한 샤워기 물에 몸을 맡겼다. 귀여운 악어 모양의 샴푸통에서 샴푸를 짜내어서는 두 손으로 비벼 긴 머리를 감고는 샤워기의 수도꼭지를 "끼이이익!" 소리가 날 때까지 잠그고는 욕실 문을 열자!

기다렸다는 듯이 코사카는 타올을 나에게 내밀며 말했다.

"여기 타올이에요, 치토세 님!"

코사카로부터 받아든 타올로 몸 구석구석을 닦고 있는 사이에 코사카는 새로 준비한 압박 붕대와 초강력 테이프를 가져와서 말했다.

"이제, 제가 도와 드릴게요! 치토세 님!"

코사카는 나를 보며 말했다.

"가슴을 손으로 받쳐서 잘 고정해 주세요! 그렇지 않으면 가슴의 형태가 나빠질 수 있으니깐요!"

"알았어! 코사카!"

코사카는 내 가슴을 압박붕대로 아프지 않게 일상생활에 불편하지 않게 잘 고정시켜 준 후에 입에 물고 있던 초강력 테이프로 붕대의 마지막 부분을 고정시켜 준다!

"자! 다 됐습니다! 치토세 님!"

"매일 느끼는 거지만, 코사카의 붕대 다루는 기술은 정말 대단해! 가슴이 전체적으로 붕대에 가려져서 볼륨감이 없어졌는데도 불구하고 전혀 움직임에 갑갑함을 못 느낀다니깐!!"

"여기 준비해둔 옷이에요!"

"이…이걸 입으라고?! 지금?!"

"네! 왜 그러시나요?!"

"무슨 문제라도 있으세요?!"

코사카가 내 앞에 들어 보여준 옷은 얇은 반팔에 허벅지 앞부분까지 아슬아슬하게 닿는 옷이었다!"

"자…잠깐만! 나보고 이 옷을… 이렇게 짧은 옷을 입으란 말이야?!"

"네! 아~! 혹시 팬티가 보이게 될까 봐 그러시는 건가요?! 그런 거라면 걱정하지 마세요. 자~! 이 치마를 입으면 확실히 가려질 테니깐요!"

내 앞에 들어서 보여준 핑크빛의 주름이 들어간 치마를 보고는 이런 짧은 치마를 어떻게 입어?! 창피해서 안돼! 다른 옷으로 준비해줘!"

"치토세 님은 좋은 스타일의 몸매를 가지신 분이신데 여자다움을 제대로 꽃피우지 못하시는 것 같아요! 그래서 제가 준비한 옷이에요! 이 옷이 싫다면 할 수 없죠! 모두에게 치토세 님의 비밀을 밝히는 수밖에요!"

내 앞에서 들고 있던 옷들을 그대로 양손에 들고는 뒤돌아서며 욕실을 빠져나가려는 코사카에게 손을 흔들며 급한 목소리로 말했다.

"자…자…잠깐만 기다려줘! 알았어! 입을게, 입으면 되잖아!"

코사카는 내 앞에서 웃어보이며 말했다.

"잘 생각했어요! 분명, 잘 어울릴 거예요! 제가 도와드릴게요!" 하며 나의 가느다란 양팔이 훤히 드러나 보이는 짧은 투피스를 입히면서 "치마도요." 하고 덧붙였다.

"치마는 내가 알아서 입을게!"

"역시 짧아서 허벅지가 서늘한 것 같아!"

내 말을 듣고는 "잠시만 기다려 주세요! 음… 이걸 신으시면 될 거예요!"

내 앞에서 주섬~주섬 코사카가 내민 것은 검은색 밴드 스타킹이었다!"

"허벅지가 추우시다면 이거라도 입으시면 훨씬 나아지실 거예요!"

"나는 코사카가 내민 밴드 스타킹을 신다가 "이게 뭐야?! 왜 스타킹에 장미 모양으로 찢어지고 구멍이 나 있는 거야?!"

"어머! 그게 요즘 젊은 여자들 사이에서 인기 있는 트렌디 스타킹이에요!"

"다른 스타킹은 없어?!"

"있기는 하지만 모양이 호화로운 것들뿐이라서… 그래도 다른 스타킹을 원하세요?!"

나에게 왠지 놀리는 듯한 표정을 지어 보이자! 나는 손을 흔들면서 "아…아니! 됐어! 그냥 이걸 신지 뭐!" 내가 스타킹을 신어보니 한쪽은 장미 모양, 다른 한쪽은 큰 제비나비 모양으로 구멍과 트임이 있었다!

"정말 멋져 보이시네요!" 코사카는 부끄러워하는 나를 보며, "치토세 님! 좀 더 당당해지세요! 치토세 님은 여기 〈철벽의 마단〉의 최고 책임자니깐요!!"

나는 허리와 어깨를 꼿꼿하게 펴고는 물었다.

"혹시라도 정말 팬티가 보이거나 하지는 않겠지?!"

"그렇게 걱정이 되신다면 특단의 방법이 있긴 있습니다만…."

"무슨 방법이야?!"

"짜~잔! 바로 이걸 입으시면 됩니다!"

나의 물음에 코사카는 자신의 원피스를 양손을 이용해서 양쪽으로 가르고는 자신이 입고 있는 부르마를 나에게 보여주었다.

"미안! 방금 들은 이야기는 못 들은 걸로 할게!"

나의 말에 코사카는 조금 아쉽다는 표정을 지어 보이며, "뭐! 지금의 치토세 님은 다른 때보다도 표정이 온화해 보이시고, 더욱 여자다운 면모를 보여주시는 것 같아요!"

나는 얼굴을 붉히며 대화의 주제를 바꾸려 했다.

마단의 격벽, 1층 치토세 부장의 방

"그…그래! 코마야 유키가 이끄는 부대는 아직이야?!"

"곧 이쪽의 첫 번째 레이더에 나타나게 되어 있습니다! 걱정하지 마세요!"

"위잉!~위잉!~위잉!"

갑자기 건물 전체에 시끄러운 사이렌이 울리기 시작한다! 나는 곧바로 내 책상에 있는 전화기를 들고는 1번을 누르자!

– 치토세 님! 여기는 총 경비 상황실입니다!

전화가 담당라인으로 연결되자마자! 시끄럽게 건물 전체에 울려대던 사이렌이 자동으로 꺼졌다!

"대체 무슨 일이 벌어지고 있는 거야?!"

– 제1 관제레이더에서 이물질이 포착되었습니다!

"이물질?! 그게 무슨 말이야?! 좀 더 알기 쉬운 말로 표현해 봐!"

– 네! 치토세 님! 여기서 말하는 이물질이란 일반인들의 손길이 거

의 닿지 않도록 만든 〈마단의 격벽〉의 외부로부터 최후의 보루라고 할 수 있는 4개의 구역별 관제레이더에서 길을 잃고는 여기 관제레이더 가까이에 접근한 일반인, 아니면 어디선가 가끔씩 나타나는 디렉터들이나 거의 일어날 일은 없지만 우리가 몬스터라 칭하는 전설이나 신화에서 나오던 괴물 정도의 클래스의 습격이나 출현이 있게 되면 작동하는 탐지 센서입니다!"

"그 말대로라면, 지금 이 마단의 격벽 근처로 무언가가 다가오고 있다는 말인가?!"

"네! 그렇습니다, 치토세 님!"

"제1 관제레이더에 포착된 이물질에 대한 상세 정보를 지금 당장! 나에게 팩스로 보내도록!"

"네! 알겠습니다, 치토세 님!"

"딸깍!"

나는 수화기를 내려놓자! 바로 옆에 있는 팩스에서 노란색 불이 들어오며, "드르륵!~드륵!~드르르륵!" 소리와 동시에 흰색의 팩스 용지가 출력되고 있었다.

"지지직!"

나는 출력된 팩스 용지를 오른손으로 뜯어내어 읽기 시작했다!

나는 뭐든지 손에 들려 있는 읽을 수 있는 것들은 무의식적으로 소리를 내어 읽는 습관이 몸에 배어 있다!

"어디 보자! 이물질의 크기는 2~3m 내외! 북위 3.254。경도 135。에서 북서쪽으로 30km의 일정 속도로 이쪽으로 향하고 있음! 제1 관제레이더와의 거리는 5km 정도로 추정됨!"

"음! 아무래도 사람일 경우가 높겠지?! 코사카?!"

"일정한 속도로 움직이고 있다면, 그럴 가능성이 가장 높다고 보는 게 맞을 거예요! 치토세 님!"

"혹시! 지금 이쪽으로 돌아오는 중에 있는 코야마 유키가 이끄는 부대는 아니겠지?!"

"그럴 일은 거의 없습니다! 소속이 확실한 대형 헬기 두 대를 센서가 감지할 일은 없으니 말이에요!"

"그럼 유키가 붙잡은 우리에게 반기를 든 반역자 중에 보통의 인간이 섞여 있다든가 하는 일은 없겠지?!"

"만약 보통의 인간이 반역자들 사이에 섞여 있을 가능성은 충분해 보이네요!"

"그래! 그럼 지금 당장 코야마 유키가 타고 있는 헬리콥터에 음성통화를 연결해줘!"

"네! 알겠습니다! 치토세 님!"

"여기는 〈마단의 격벽〉의 코사카다! 레드문의 코미야 유키! 지금 당장 응답하세요!"

"지릿지릿~지지지지지!" "여기는 〈마단의 격벽〉의 코사카다! 레드문의 코미야 유키! 지금 당장 응답하세요!"

"지릿! 지릿!~ 지지지지지지지!"

코사카가 유키의 헬기에 장착된 무선 신호기와 기계적인 연결은 확인된 상태지만, 이쪽에서 말을 걸어도 수신기에서는 아무런 응답이 없다!

"치토네 님! 아무래도 무선에 중대한 문제가 발생한 것 같습니다!"

"그럼! 유키와 연락할 다른 수단은 구비되어 있지 않은 거야?!"

"네! 안타깝게도 지금으로선 그렇습니다!"

나는 다시 전화 수화기를 들고는 다시 1번을 눌렀다!

"치토세 님! 여기는 총 경비상황실입니다!"

"아직도 이물질로 판명된 물체는 이쪽을 향하고 있나요?!"

"네! 현재 진행으로 보면 앞으로 20~35분 정도면 제1 관제레이더에 근접할 것으로 예상됩니다! 어떡할까요?! 치토세 님!"

나는 여러모로 고심한 표정으로 무겁게 입을 열었다!

제1 관제레이더 쪽으로 바운드31기를 내보내도록 하세요!!"

"바…바운드31 말입니까?!"

"그래! 물체가 어떤 건지 판명이 안 되는 이상 만약을 대비하기 위해서야!"

"아…알겠습니다! 지금 즉시 바운드31을 내보내도록 하겠습니다!"

"딸깍!"

옆에서 나를 바라보던 코사카는 "이쪽을 향해 오는 물체가 어떤 것인지 알 수는 없다지만, 그래도 바운드31은 너무 한 것 같아!"

"나는 얼굴에 옅은 미소를 띠며, "바운드31은 사용 자체가 너무나도 위험하고 많은 제약도 따르기에 나도 지금까지 몇 번 불러내본 적은 없지만 말이야! 〈마단의 격벽〉에서는 한번도 바운드31을 내보낸 적이 없는 걸로 아는데….

"무슨 소리 하는 겁니까?! 치토세 님!"

"내가 말하는 사용한 적이 거의 없다는 말은 녀석을 마단의 격벽으로 데려오기 이전의 일을 말하는 거야! 코사카 너와 다시 재회한 곳도 여기 마단의 격벽이니깐 너는 알지 못하는 이야기야!"

"그…그럼 너! 바운드31과 아는 사이라도 된다는 거야?!"

내 이야기를 듣고는 코사카는 갑자기 흥분한 목소리로 나를 친구 부르듯이 반말로 부르기 시작했다!

"음… 뭐 그런 사이라고 해야 하나? 여러 일들이 있었거든!"

내가 코사카 앞에서 복잡 미묘한 표정을 지어 보이며 머릿속으로 무언가를 생각하는 듯한 표정을 짓자!

"도대체 무슨 일을 겪었는지는 모르지만, 그 내용이 참 궁금해진다! 말해 줄 수 있어?!"

나와 바운드31 사이에 있었던 일에 대해서 엄청나게 듣고 싶어하는 눈빛을 보이며, 흥분과 초조함이 나에게 그대로 전달되어 오자! 나는 코사카의 양쪽 어깨에 살포시 양손을 올리고는 차분한 목소리로 말했다.

"진정해! 다음에 기회가 될 때 말해 줄게! 지금 넌 나를 치토세 님이 아니라 편한 친구를 부를 때처럼 대하고 있다는 거 알고는 있니?!"

내 말에 그제서야 정신이 들었는지 "어머! 정말 그렇네! 아니! 그러고 있네요! 하하하! 죄송하게 됐습니다! 치토세 님! 대신 다음번에는 부디 꼭 그 이야기를 들려 주세요!"

마단의 격벽, 1층 B에리어

코사카도 어느 정도 진정하고 다시 차분한 보통의 코사카로 돌아오자마자! 갑자기 건물 전체에서 "긴급명령! 긴급명령! A급 몬스터 바운드 31의 주박을 지금부터 순차적으로 해제 합니다! B에리어에 머물고 있는 BH350-2 비핵전 전자탄 미사일 포탑팀은 지금 당장 지하로 움직여 주세요!"

"반복합니다! B에리어에 머물고 있는 BH350-2 비핵전 전자탄 미사일 포탑팀은 지금 당장 지하로 움직여 주세요"

건물 전체로 방송이 흘러나옴과 동시에 B구역의 BH350-2 비핵전 전자탄 미사일 포탑팀은 자신들이 비상시에 지하로 대피할 수 있는 전용 비상 엘리베이터로 빠르고 균형 있게 움직이더니!

언제 그랬냐는 듯이 미사일 팀은 큰 승강기가 움직이는 "위이이이잉잉!~ 위이이이이잉잉!" 소리가 멀어짐과 동시에 지상에서 모습을 완전히 감췄다!

"위이이잉잉!~ 쿵!" "위이이이잉!~ 쿵!"

미사일 포탑이 모두 지하로 사라진 후 B지역이 정면으로 보이는 오래된 이끼나 식물이 거대하고 녹색의 녹이 여기저기에 슬어 있는 문 사이사이에는 하얀 고드름으로 여기저기가 뒤덮인 육중하고 무시무시하게 생긴 절대로 움직이지 못할 것 같은 다이아몬드로 만들어진 문이 "우두두두둑!" 괴성에 가까운 소리를 내며!

천천히 위쪽으로 올라가자! 어두운 터널과 같은 곳에서 금색으로 빛나는 두 줄기의 매서운 눈빛과 함께 "크아아아아아아아아!" 하는 엄청난 괴성이 B지역 전체를 집어삼킬듯이 울려퍼졌다. "쿵!!~쿵!!~쿵!!" 소리와 진동이 마치 〈마단의 격벽〉 안에서 커다란 종을 울리는 듯한 맑으면서도 육중한 소리와 발을 한 발 한 발 앞으로 느릿느릿하게 내딛을 때마다 발밑이 어느 정도 크기로 움푹 들어가며, 금이 "쫘~아아악!" 가있는 크리에이터가 생성됐다!

처음으로 〈마단의 격벽〉에서 그 모습을 드러내자! 거대한 은빛으로 반짝이는 머리는 붉은색의 비늘과 은색의 비늘이 여기저기 뒤섞여 있고, 하나의 커다란 은색으로 반짝이는 수정과도 같은 뿔이 솟아나 있었으며. 입을 연신 벌릴 때마다! 날카로운 30개 이상의 15cm 이상 되어 보이는 송곳니들이 불길을 머금은 입안 모습이 이따금 보이며,

목 뒤로는 조그마한 녹색의 지느러미가 돋아나 있었으며, 머리와 몸을 이어주는 목 부분도 은색과 붉은색이 뒤섞인 비늘로 덮여 있었고, 가슴에서 배 부분까지는 다이아몬드 같은 반짝이는 비늘에 뒤덮여 있었고, 가슴에는 아래쪽으로 휘어진 여러 갈래의 커다란 갈퀴 모양의 구부러진 얼음수정 덩어리에 덮여 있었다!

그리고 주변의 모든 것을 얼려 버릴 듯한! 차가운 냉기를 4개의 육중한 은색의 비늘로 뒤덮인 다리 사이에서 계속해서 내뿜어지며, 천천히 걸을 때마다 자신의 주변으로 드라이아이스에서 내뿜어져 나오는 흰색의 김처럼 땅 주변이 냉기에 휩싸여서 보이지가 않았다!

거대한 두 장의 날개는 한쪽은 붉은색 깃털로 날개 전체를 뒤덮고 있었으며, 다른 한쪽의 날개는 검은색 뼈로 이루어진 앙상한 날개로 날개뼈 주변을 끈적거리는 녹색의 액체가 뼈 표면에 고루 퍼져서는 날개뼈 표면이 번들번들거리고 있었다!

등 부분에는 날개가 붙어있는 자리를 제외한 나머지 부분에는 머리에 달린 뿔의 3배 크기의 뾰쪽한 다이아몬드처럼 생긴 날카로운 수정이 등 바깥쪽을 향해서 사방으로 나 있었고 기다란 꼬리 끝에는 각각 4개의 커다란 뭉툭한 뼈가 나와 있으며! 뼈의 가장자리에는 커다란 구멍이 뚫려 있었다!

"크아아아아아아!" "쿵!~쿵!~ 쿵!"

육중한 몸체는 아무리 못해도 15층 빌딩만한 크기 정도는 돼 보였다!

어두운 굴속에서 자신의 육중한 몸 전체를 드러낸 바운드31 일명 죽음의 격룡구로 통하는 바운드 31의 생생한 모습을 나와 코사카를 시작으로 〈마단의 격벽〉에 거주하는 모든 대원이 여기저기에서 생방송으로 모니터로 보며 탄성을 내질렀다.

"우와아아아아~ 엄청나다!"

코사카를 시작해서 〈마단의 격벽〉의 모두가 감탄하는 사이에… 나는 차분하게 마음을 가라앉히고, 눈을 감고 이마에 손가락을 대고는 염력을 사용해서 말했다.

"오랜만이구나, 바운드31! 치토세가 명령하노니! 지금 당장 제1 관제 레이더로 가도록 해라!! 가서 '마단의 격벽'을 방문하는 침입자를 나를 대신하여 처단해라!!"

내가 이마에서 손가락을 떼고 눈을 뜨자! 모니터에 비치는 바운드 31 일명 격룡구는 저물어가는 햇빛을 온몸으로 반사시키며, 거대한 목을 하늘 쪽으로 높이 들자 15층 건물의 몸집이 20층의 건물은 족히 넘고도 남을 정도의 엄청난 크기의 붉은색에 은색의 반짝이는 보석으로 만들어진 듯한 살아있는 거대한 생명체가 엄청난 소리로 "크아아아아아아!" 하고 크게 울부짖으며, "휘~이이익! 휘~이이익!" 소리와 함께 두 날개를 좌~아악! 펼치자 검은색 뼈로 된 날개의 녹색 액체들이 뼈날개 사이를 메꿔서 순식간에 뼈만 앙상했던 날개가 녹색의 비막으로 뒤덮인 하나의 날개가 되어서는 "훅~! 훅~! 파닥! 파닥!" 엄청난 기세로 날갯짓을 힘차게 시작하자!

육중한 몸체가 어느새 하늘 높이 날아올랐다! 땅에서부터 하늘 위로 날아오르기까지 땅에는 엄청난 냉기가 마치 태풍이 지나가듯이 엄청난 기세로 휘몰아치며, 주변의 대부분을 단단히 얼려버렸다! 바운드31이 지표면에서 하늘 위로 날아오르는 데 걸린 시간은 대략 1~2분 정도인 것 같은데 그 사이에 〈마단의 격벽〉에 설치된 모든 외부 모니터들이 엄청난 기세로 흔들리며,

영상은 "지지지지지직!"거리며 아무것도 비추지는 못했으나! "휘이이이이이이잉! 휘이이이이이이잉!" 하는 엄청난 세기의 바람 소리만큼 아주 잘 들려와서 마치 시베리아 얼음폭풍 한가운데 있는 듯한 기분이 들 정도로 입체감 있게 우리들의 귓가에 들려왔다!

"휘이이이이잉!" "휘이이이이이잉!" 바람 소리가 점점 스피커에서 멀리 들리고 "지지지지지지직!"거리던 모니터 화면도 제대로 비치기 시작하자! 코사카를 시작으로 〈마단의 격벽〉의 모든 부하들은 한목소리로 "휴~! 휴~! 아! 정말 다행이다! 바람이 생각 외로 좀 심하게 불어 닥치기는 했지만, 큰일이 벌어지거나 하지는 않아서 말이야!" 하며 안도의 한숨을 내쉬었다.

마단의 격벽, 치토세 부장의 방

나는 스피커를 통해서 건물 여기저기서 들려오는 안도하는 부하들의 목소리를 듣고서야 머릿속에서 예전에 바운드31과 관련된 어떤 사건이 떠오르며, 급하게 전화 수화기 옆에 있는 긴급 스피커를 오른손으로 누른 후 큰 목소리로 말했다.

"전 대원은 지금부터 XVH 용소성 방어 스크린 실드 작동에 따른 비상 매뉴얼로 돌입한다!!"

"반복한다! 전 대원은 지금부터 XVH 용소성 방어 스크린 실드를 작동에 따른 비상 매뉴얼로 돌입한다!"

"XVH 용소성 방어 스크린 실드 일명 특수 재해방지 실드로 지진, 화산폭발 등의 엄청난 자연재해 앞에서 건물을 지킬 수 있는 기능으로 조직 건물 중에서도 건물 기능이 B급부터 설치되어 있는 시스템으로 지진, 화산폭발 말고도 엄청난 강도의 폭풍이나 혹시 모를 적들의 공습에 대비한 기능으로 보통 사람의 후각의 1,000배 정도 민감한 개의 후각보다도 무려 10,000배 가까이 민감한 광학 미립자 형태의 인공 촉각세포들이 B급 이상의 건물에 직간접적으로 지대한 영향을 미칠 때 건물 자체를 XVH 레이저 실드로 둘러싸서 건물 자체를 눈앞에서 일어나고 있는 여러 형태의 재해나 적의 공격에 대비하는 시스템이다.

이 시스템의 단점은 프로그램 자체가 너무 계산적이어서 절대적으로 일어날 확률이 0%에 가까운 일들에 대해서는 절대적으로 생각하지 않기에 방심을 한다는 점이다!

그래서 XVH 용소성 방어 스크린 실드에는 다른 시스템과는 다르게 수동으로 변환하여 시스템을 작동시킬 수 있다! 그리고 그 권한은 각 건물의 최고 책임자만이 움직일 수 있다!

나는 〈마단의 격벽〉을 맡아온 지 오래되었기에 누구보다도 그 사실을 잘 알고 있었다! 거기에 바운드31에 대해서 많이 알고 있었으므로, 필요할 때에 필요한 조치를 적절히 내릴 수 있었다!

그렇다! 방금 전에 설명한 그 0%의 확률에 포함될 만한 상황이 지금 나와 내 옆의 코사카 그리고 〈마단의 격벽〉의 부하들을 포함한 우리들 모두의 눈앞에서 벌어지고 있기에 나는 XVH 용소성 방어 스크린 실드를 내 권한으로 수동으로 작동시키게 된 것이다!

"책상 아래에 부착되어 있는 내 전용 실드 보호기를 손바닥으로 아래에서 위로 "화~악!" 내려치자! "쨍그랑!" 소리와 함께 얇은 얼음판으로 만들어진 실드 보호기가 깨짐과 동시에 커다란 녹색의 버튼이 눌리자!

"지금부터 본 건물을 보호하기 위한 XVH 용소성 방어 스크린 실드 계획을 시행하겠습니다!

하나!! 모든 병력은 자신들의 모니터 스크린을 꺼주세요!

둘!! XVH 용소성 방어 스크린 실드가 작동중일 때에는 외부에서의 출입이나 내부에서 외부로 나가는 건 불가능해집니다! 밖에 있는 대원들은 모두 신속히 건물 내부로 들어와 주시기 바랍니다!

셋!! XVH 용소성 방어 스크린 실드 발생시 건물 자체에 큰 영향은 없습니다만, 속이 안 좋아진다거나, 현기증을 일으킬 우려가 있거나, 비상시의 환자 발생이 있을 수 있으므로 지금부터 자동으로 BS3 긴급 구조 장비에 작동을 시키겠습니다!

넷!! 발생하는 모든 일에 대해서는 본 건물 지휘관의 명령에 무조건적으로 따라주십시오!"큰 소리로 건물 전체에 안내방송이 반복되며, 내 책상 가운데 부분부터 금이 가기 시작해서 "위이이잉!" 소리와 함께 부드럽게 양옆으로 2미터씩 각각 늘어나며, 열려진 책상 밑부분에서부터 책상 위로 30인치 모니터가 자동으로 올라오며, 언제 그랬냐는 듯이 모니터와 밑의 받침대가 동시에 같이 올라오더니! XVH 용소성 방어 스크린 실드 실행! 버튼이 모니터에 표시되어 있었고 나는 버튼을 눌렀다!

"그러자! XVH 용소성 방어 스크린 실드가 실행되었습니다! 이 건물 전체는 어떠한 공격이나 침입으로부터도 안전한 상태입니다!"라는 안내 방송이 건물 전체로 울려퍼지며, 내 앞의 모니터만이 얼어붙고, 푸우욱! 파인 땅이나 지반이 꺼진 땅의 여기저기의 모습의 〈마단의 격벽〉 밖의 모습을 깨끗한 화질로 실시간으로 비추고 있었다.

XVH 용소성 방어 스크린 실드가 실행되기까지 걸린 시간은 기껏해야 30초 정도 걸렸다고 할 수 있다. 30인치 모니터에 〈마단의 격벽〉 밖의 모습이 나와 내 옆에 서 있는 코사카의 눈에 비친 지 대략 10초 정도가 지났을 무렵이었다!

내가 생각했던 우려가 현실이 되어서 나타났다! 맑은 하늘 아래에 저녁노을이 붉게 모든 걸 물들여갈 때쯤이 되자! 어디선가 커다란 먹구름이 붉게 물든 저녁노을을 순식간에 먹어 치우듯이 눈 깜짝할 사이에 저녁노을을 삼켜버리고는 엄청난 구름층을 만들어내며,

"우르르~ 쾅! 우르르~ 쾅!" 소리를 크게 내며 번쩍거리는 굵은 번개를 하늘에서 땅 여기저기에 마구잡이로 여러 번 내려치더니. 동시에 방금 전 바운드31이 날아오르기 위해서 일으킨 날갯짓과는 비교가 되지 않는 한 치 앞도 안 보이는 엄청난 폭풍이 불어닥치기 시작했다!

하지만 모니터의 화면은 아까와는 다르게 아주 깨끗한 화질로 잘 나오고 있었다! 건물의 흔들림이나 이상 조짐도 나타나지 않았다! 다만 모니터를 통해서는 엄청난 바람의 세기와 휘몰아치는 거대한 "휘이이

이이이이익! 휘이이이이이익!" 하는 바람 소리에 이따금 번쩍거리며 굵고 흰색의 거대한 번갯줄기가 "우르르~ 쾅! 우르르~ 쾅!" 하는 소리와 함께 〈마단의 격벽〉 주변으로 떨어지고 있었다!

마치 집안에서 모니터를 통해서 한 편의 재난 영화를 보는 듯한 착각이 들 정도였다!

하지만! 지금 나와 코사카의 눈앞에서 일어나는 일들은 영화가 아닌 실제였다!

"지금 이 모니터에 비치고 있는 엄청난 폭풍이 우리들의 눈앞에서 벌어지고 있는 일이란 말이죠?! 치토세 님!"

"네! 그렇지요! 지금 저쪽에 있는 창문으로 본다면 더 잘 보일 거에요!"

코사카는 창문을 통해서 보이는 밖의 엄청난 풍경에 놀라며, "어…어떻게 창문이 깨지지도 않고, 바람 한 점 창문 유리에 부딪히는 소리도 들리지 않는 거죠?!"

"그것이 바로 XVH 용소성 방어 스크린 실드의 위력이지요!"

코사카는 놀라움을 금치 못하겠다는 얼굴 표정을 연신 내 앞에서 지어 보이며 말했다.

"XVH 용소성 방어 스크린 실드라는 것은 본부에 있을 때 이론적으로 들어보기는 한 적이 있지만 실제로 사용되는 모습을 보는 건 처음이라 그런지 정말 놀라워요!"

"꺄아아아아!"

나를 쳐다보며 말을 이어가던 코사카가 내 뒤의 모니터 화면을 보고는 소스라치게 놀라며, 모니터 화면을 손가락으로 가리키고는 "무…

무언가 엄청난 물체가 방금 휘몰아치는 폭풍 안에서 돌아다니는 것을 발견했어요!"

나는 놀라는 코사카의 말에 모니터 화면을 보고 있자니! "휘이이이익!" "엄청난 돌풍 안에는 날카로운 얼음 조각이 엄청난 양으로 불어닥치고 있었다! 그 안에는 방금 전 코사카를 놀라게 한 5층짜리 건물 크기만한 단단하고 날카로워 보이는 얼음 조각 여럿이 몰아치는 얼음 폭풍 안에서 여기저기로 떠돌아다니며, 주변의 나무들과 심지어 단단한 돌도 모조리 갈기갈기 찢어 놓는 듯해 보였다! 말 그대로! 누가 본다 하더라도 자연적으로 발생한 얼음폭풍하고는 엄청난 차이를 보이는 얼음 폭풍이었다!

"치토세 님! 지금 〈마단의 격벽〉에 불어닥친 이 엄청난 얼음폭풍이 바운드31의 소행이라고 한다면 치토세 님이 바운드31에게 명령을 내려서 당장 휘몰아치는 얼음폭풍을 멈추면 되지 않나요?!"

"그건 무리에요!"

"왜 무리인가요?!"

"지금 〈마단의 격벽〉으로 불어닥치는 얼음폭풍은 바운드31에 의해서 생성된 것이긴 하지만 바운드 31의 의지에 의해서 생성된 얼음폭풍은 아니라는 거예요!"

"바운드31이 만들어낸 얼음폭풍이 어째서 바운드31이 멈출 수 없다는 건가요?!"

"바운드31이 내 다리 사이에서 내뿜는 거대한 차가운 공기는 주변을 순식간에 빙하기로 뒤바꿀 정도로 엄청나답니다! 그런 냉기가 따뜻한 일반 공기와 하늘에서 만나면 서로의 급격한 온도차가 만들어낸 얼음폭풍이에요! 하지만 바운드31이 다리 사이로 내뿜는 차가운 공기는 사람이 자기 스스로 심장의 박동을 멋대로 멈출 수 없는 것처럼 바운드31의 의지대로 멈출 수 없는 하나의 생명체로서의 기본적 생리기능에 해당됩니다! 이제 이해가 되셨나요?!"

"아~! 그렇군요! 그럼! 바운드31이 향하는 제1 관제레이더 방향으로 접근 중인 코야마 유키 부대의 헬리콥터와 부대원들은 지금 우리들 눈앞에 불어대는 이 얼음폭풍 앞에서 무사할 수 있을까요?!"

코사카는 유키가 걱정되는 말투로 나에게 질문해오자! "코사카가 걱정하는 것도 무리는 아니지만, 유키도 엄연한 한 부대의 대장이니 그 정도의 위기 안에서 자신의 부하들을 얼마든지 지켜내고, 임무를 완수할 수 있을 거라 저는 믿고 있어요!" 하고 말했다.

마단의 격벽으로 향하고 있는 코마야 유키 헬리콥터 내부

"두두두두두두둥!" "두두두두두두둥!"

엄청난 헬기의 프로펠러 소리와 함께 나는 내 옆의 의자에 앉아서 무언가를 골똘히 생각하고 있는 이자키에게 말을 걸었다.

"이자키! 당신의 표정에서도 〈마단의 격벽〉으로 돌아가는 길이 길어져서 그런지 많이 초조해하는 게 느껴지는군요!"

"네?! 유키 대장님! 무슨 말을 하셨나요?!"

내 말에 깜짝 놀라며, 이자키는 나의 얼굴을 쳐다본다.

"그렇게까지 놀랄 필요는 없어요! 이자키, 당신은 내가 생각했던 것보다도 훌륭히 이나미 토모카 대장이 이끄는 화염의 옥류에 잠입하여 무사히 임무를 마쳤습니다! 자신감을 가지세요!"

나는 말은 이자키를 위하는 것처럼 하면서, 방금 전까지 내 눈치를 살피며, 잠들어 있는 토모카 대장의 모습을 여러 번 물끄러미 바라본 것을 나는 알고 있었다!

나는 그런 이자키의 모습을 보고도 못 본 척은 했지만, 이자키가 오랫동안 토모카 대장 옆에 있으며, 깊은 정이 들었을지도 모른다는 의심의 눈초리는 마음속에서부터 계속해서 품고 있었다!

하지만 이자키를 바라보는 나의 눈빛 어디에도 의심의 눈초리는 보이지 않았다. "A조 2번, A조 5번! 〈마단의 격벽〉은 얼마나 남았나요?!"

나는 내 옆에 놓여진 무선 무전기를 들고 1번 주파수로 맞추고는 헬리콥터의 조종실로 무전을 보냈다.

"네! 유키 대장님! 길어야 20분에서 35분 정도 더 가게 된다면 곧 〈마단의 격벽〉에 도착할 수 있을 거라 생각됩니다."

"알겠어요! 되도록 빠른 시간에 도착할 수 있도록 힘써 주세요!"

나는 자리에서 일어나며, "그럼! 어디 한번 헬기의 상태를 보도록 할까요?!"

나는 이자키에게 말을 걸자! "저…저도 같이 동행하겠습니다!"라며, 내 뒤를 따라 의자에서 일어나서는 커다란 헬기의 두꺼운 문에 다가서자!

"유키 님! 제가 문을 열어 드리겠습니다!"

"철컥!" "드르르륵!" 소리와 함께 이자키가 헬리콥터의 철제문을 잡아끌자!

나는 헬기의 뒤쪽에 프로펠러가 아직도 "덜컹! 덜컹!"거리며 이쪽저

쪽으로 흔들리며, 다른 프로펠러의 움직임보다 느린 움직임으로 돌아가는 뒤쪽에 커다란 프로펠러를 바라보며 말했다.

"칫! 대체 내가 타고 갈 헬리콥터 정비를 누가 저렇게 허술하게 해서… 속도가 반감되어 버리다니!… 용서 못 해요! 보고만 있어도 화가 끓어오르는 것 같군요!"

"이자키! 다시 헬리콥터의 문을 닫도록 하세요! 곧 마단의 격벽에 다다를 테니!"

"네! 유키 대장님!"

"드르르륵!" "철컥!"

두꺼운 헬리콥터의 철로 된 문이 닫히자! 이자키는 토모카 대장 앞으로 이동한 나의 곁으로 수줍게 다가오며 말했다.

"일어나라! 토모카 대장!!"

나는 토모카 대장의 볼을 손으로 살짝 때리며, "토모카 대장! 그만 이제 일어나도록 하세요!"라고 말을 걸자! 묶여 있는 토모카 대장이 눈을 뜨며 물었다.

"여긴 어디지?! 유키!"

"이제는 내 이름을 반말로 불러대는군요!"

"코미야 유키! 나는 네가 우리 대원들에게 한 짓을 절대 용서하지 않을 거야!"

나를 노려보며, 큰소리로 나를 용서하지 않겠다고 말하는 토모카 대장에게 "마음대로 하세요! 나도 조금만 있으면 당신과 좀 더 즐겁게 이야기를 나눌 수 있다는 생각이 드니 정말 기대되는군요!"

"나와 내 부하들을 어디로 끌고 가는 거지?!"

"마단의 격벽이라고 들어 보셨나요?!"

"마단의 격벽?! 대체 거기가 어디야?!"

나는 화를 내는 토모카 대장을 비웃으며, "크하하하하! 나와 같은 대장 클래스면서, 〈마단의 격벽〉에 대한 것도 모르고 계신다니!… 정말 계속해서 나를 놀라게 하는군요!"

"아!~ 당신 정도의 능력으로는 역시 조직의 높은 분들의 판단으로도 등급이 낮은 기지와 별 볼 일 없는 하급 대장 자리를 넘겨줄 수밖에 없었나 보군요!"

나는 쏘아보는 눈빛으로 토모카 대장을 바라보며, "그렇지 않으면, 당신이 처음부터 자신의 힘만 믿고, 조직의 이름과 균형을 더럽히기 위해서 배신을 하고 우리 조직의 정보를 이용하려 들 거라는 것을 애초에 조직의 높은 분들은 인식하고 있었는지도 모르겠네요!"

"뭐! 나로서는 어느 쪽이든 상관없지만 말이에요!"

나는 분해하며 이를 꽈악! 물고 있는 토모카 대장의 표정을 보고는 웃으며, 토모카 대장의 귓가에 다가가 속삭였다.

"아~! 되도록이면, 나와 단둘이 있을 때는 더욱 반항적으로 나와줬으면 하는 게 저의 바람이에요!"

그리고는 토모카 대장의 볼에 "쪽!" 하고 가볍게 키스를 하고 물러섰다.

분해하는 토모카 대장의 얼굴 오른쪽 볼에 나의 입술 자국이 남았다! 나의 모든 행동을 옆에서 지켜보던 이자키는 얼굴이 붉게 물들며, "유…유키 대장님! 여기는 저에게 맡기시고 편안히 앉아서 좀 더 쉬시는 게 어떻겠습니까?!"

나는 나를 똑바로 쳐다보지 못하며, 부끄러워하며 자신의 입술을 두 손으로 감싸는 이자키에게 다가가 "그럼 얼마 남지 않은 여행을 마지막까지 즐겨 볼까요?!"라고 말했다.

나는 이자키의 옆을 스쳐 지나가며 말했다.

"이자키! 나와 있을 때는 보이지도 않던 소녀다운 모습을 보이다니!… 방금 전의 자신의 입술을 가리던 행동은 정말 귀여워 보였답니다!"

이자키는 내 말에 놀란 듯이 자신의 입술을 가리고 있던 두 손을 금방 입가에서 치우고 당황해하며 "그럼, 편히 쉬세요. 유키 대장님!" 하고 말했다.

"제시카! 제시카!"

"대체 왜 나와 너를 아껴주고 챙겨주던 정이 든 동료들을 배신한 거야?!"

나는 토모카 대장님이 작은 목소리로 던지는 물음에도 전혀 대답을 하지 않자!

"좋아 지금 유키 대장이 멀리 있지 않기에 내 대답에 답을 해 줄 수 없나 보구나! 그러면 이것만은 대답해줘!"

토모카 대장은 차분하게 말을 이어갔다.

아직도 너의 마음속에 우리들과 웃고 떠들고 지내던 따뜻한 정이 남아 있다면, 기회를 봐서 나와 내 동료 중에 어느 쪽이라도 좋으니깐 꼭! 풀어주겠다고 약속해줘! 풀어주고 난 뒤에는 너에게 그 어떤 행동도 바라지 않을 테니 말이야! 제발 부탁이야! 제시카!"

나는 토모카 대장의 말에 대답은 하지 않고, 다만 눈물을 금방이라도 흘릴 것처럼 젖어 있는 토모카 대장의 습기가 가득 찬 눈동자를 그저 물끄러미 바라보고만 있었다!

토모카 대장은 "제시카! 널 항상 마음속으로 믿고 있을게! 잊지 마! 넌 언제나 나에겐 제시카라는 사실을 너의 과거는 중요치 않아!!"

이 말을 끝으로 더 이상 토모카 대장은 나에게 말을 걸지도 쳐다보지도 않았다!

"콰과과과쾅!!"

"응?! 무슨 일이야?!"

우리 쪽 뒤에 대부분의 부하들과 커다란 알 하나가 탑승해 있는 우리의 뒤를 따라오던 헬리콥터에서 커다란 폭발음이 들리자!

나는 옆에 있는 무전기를 2번 채널로 급하게 바꾸며, "대체 무슨 일이 벌어진 거야?!" "치!~ 지직 지지지직 지직! 치~!"

무전기 너머에서는 아무런 소리도 들리지 않았다!

나와 같이 커다란 폭발음을 듣게 된 이자키가 나에게 급하게 다가와서는 "타다다닥!"

"어서 이 문을 열도록 해!"

"네! 알겠습니다! 유키 대장님!"

"드르르륵!"

"철컥!" 소리와 함께 나와 이자키는 동시에 밖의 상황을 보자!

뒤따라오던 헬리콥터의 안쪽에서는 검은 연기를 자욱하게 하늘로 내뿜으며, 숲으로 추락해가는 헬리콥터의 모습이 보였다!

나는 급하게 무전기를 들고 있지 않은 왼손으로 무전기를 들고 있는 오른손으로 가져가서는 급하게 1번 채널로 돌려서는 "지금 당장 헬리콥터를 비상착륙시키도록 해!" 하고 말했다.

"네! 알겠습니다! 유키 대장님!"

"두두두두두두두둥!"

점점 우리에게서 멀어져 가고 있는 헬리콥터가 추락한 장소를 끝까지 눈으로 바라보며, 정확한 장소를 기억하며, 우리가 탄 헬리콥터도 "두두두두두두두둥!" 요란한 프로펠러 소리를 들판에 퍼트리며 내려앉았다!

"너희들은 금방 헬리콥터를 출발할 수 있도록 여기서 대기하도록! 그리고 이나미 토모카 대장을 잘 감시하도록 해! 무슨 일이 있어도 절대 그녀를 풀어줘서는 안 된다! 내 말 명심하도록 해!"

"네, 알겠습니다! 유키 대장님!"

들판에 착륙한 코마야 유키 대장이 탑승한 헬리콥터

나는 이자키에게 "이자키! 당신은 나와 같이 헬리콥터가 추락한 장소로 가서 대체 무슨 일이 벌어진 건지 알아보도록 하죠!"

"네! 유키 대장님!"

나는 검은 연기가 뭉게뭉게 피어오르는 숲 안쪽을 향해서 길을 나서려 하자!

"유키 대장님! 잠시만 기다려 주세요! 제가 앞장서겠습니다! 추락한 헬리콥터 주변에서 무슨 일이 벌어질지 모르는 상황에서 유키 대장님을 앞장세우는 것은 유키 님이 가장 신뢰하시는 저 이자키가 용납할 수 없는 일입니다!"

내 앞에서 무릎을 꿇고 간청하는 듯한 말투로 말하는 이자키의 충성스러운 모습을 보며, "그래 그렇게 하도록 해, 이자키!"

내 말이 끝나자마자! 앞장서서 나를 헬리콥터가 추락한 장소로 풀숲을 헤치며, 인도해주고 있었다! "스르륵!~ 스르륵!~" 풀과 나무들을 헤치며, 조금 더 나가자! 추락한 헬리콥터의 모습이 어느 정도 눈으로 식별이 가능한 거리에 들어서게 되었다!

그때였다!

"유키 대장님! 이것 좀 봐주십시오!"

이자키가 땅에서 무언가를 주어서는 나의 오른손 위에 올려 놓은 것은 흰색의 단단하면서도 매끄러운 무언가의 조각 같아 보였다!

"이것이 뭔가요?! 유리 조각?!"

나는 손 위에 놓인 조각을 만지작거리며 이자키에게 되물어 보았다.

"제 생각에는 알의 껍데기 조각처럼 보입니다."

"알?! 아! 그럼 우리가 포획해 놓았던 그 알 말이야?!"

"네! 아마도 그럴 가능성이 가장 커 보입니다! 유키 대장님?"

"서두르자고요! 이자키! 헬리콥터가 추락한 장소로 가보도록 하지요!"

"타다다다다닥!" "타다다다다다닥!"

알껍데기를 손에서 땅으로 떨어뜨린 채로 우리는 최대한 빠른 속도로 헬리콥터가 추락한 장소를 향했다!

"이건?! 대체 무슨 일이 벌어진 거지?!"

나와 이자키 앞에 펼쳐진 광경은 상상을 초월했다!

육중한 검은색의 헬리콥터 본체는 두 동강이 나기 직전으로 최대한 부서진 채 운전석이 땅에 반 이상 처박혀 있고, 커다란 프로펠러는 4

조각이 나서는 여기저기에 분산되어서 땅 여기저기에 꽂혀 있었다!

　나와 이자키는 두 동강이 나서는 땅 위 들판에 버젓이 활짝 벌려져서는 우리를 맞이하는 처참한 꼴의 검은색의 커다란 헬리콥터의 동체 안에 다가가서 안을 살펴봤지만, 헬리콥터의 안은 여기저기가 피로 얼룩져 있었고, 주변에는 총기와 찢어진 구명조끼, 낙하산 등이 여기저기 피가 묻어 있는 채로 널브러져 있었고, 의자도 갈기갈기 찢어진 모습이 예리한 날이 달린 무언가로 인하여 행해진 것처럼 보였다!

　다만 처참한 헬리콥터의 본체 내부에서는 그 어떤 시체조각도 찾을 수는 없었다! 나는 급하게 이자키를 부르며,

　"이자키! 이자키!"

　"네! 유키 대장님!"

　"이자키! 주변 숲을 뒤져 보도록 하세요! 만약! 아무것도 찾지 못한다고 하더라도 숲 깊숙이 무리해서 혼자 들어가려 하지는 마세요! 알겠죠?! 이자키!"

　"우리가 처해 있는 상황이 방금 당신이 주운 깨진 알껍데기와 이번 사건과의 연관성이 높아지는 것 같군요! 조심하세요! 부대원들의 시체가 없다는 것과 지금까지의 여러 증거로 고려해 볼 때 최종적으로 두 가지 경우가 있을 것 같군요!"

　나는 아주 진지한 표정으로 방금 전처럼 침착하게 말을 이어가자! "두 가지라면 어떤 경우를 말씀하시는 건가요?!"

　이자키는 마치 탐정의 조수라도 된 것처럼 진지하게 질문을 던지며, 내 말에 귀를 기울여서 듣고 있었다!

　"첫 번째 추론은 내 부대 안에서나 아니면 토모카 부대원 안에서 엄

청난 계략을 꾸미고 숨어들어온 침입자에 의해서 나와 당신이 두 번째 헬리콥터에 타지 않는다는 사실을 알고 있다가, 우리가 방심한 틈을 이용하여 부대원들을 무언가로 제압하여 헬기에 커다란 폭발을 일으킨 것처럼 꾸민 것 같습니다.

짙은 색의 연막탄과 폭발용 소리를 미리 준비해 둔 확성기나 헬기의 스피커를 이용하여 흘려보낸 뒤 헬기를 일방적으로 추락시키고는 자신은 헬리콥터 안에 비상시를 위해 넣어 두었던 구명조끼와 튜브 등을 이용하여 추락에 대비한 후에 무언가를 이용하여 부대원들의 시체나 살아있는 부대원들을 모두 어딘가로 옮겨놓고 흰색의 알까지도 가져갔다는 것이 첫 번째 추론입니다!"

"두 번째 추론은 첫 번째 추론보다는 설명이 간단하다고 할 수 있습니다! 방금 이자키! 당신이 내 손에 건네준 흰색의 매끄러운 알껍데기 조각처럼 무언가의 이유로 인하여, 디렉터들로 만들어진 수수께끼의 알에서부터 갑자기 무언가가 튀어나와서 방심해 있던 부대원과 토모카 대장이 이끌던 배신자 집단을 습격했다는 것입니다!

그렇다고 한다면, 부대원들의 시체나 살아남은 부대원들이나 배신자 집단이 부서진 헬기에 남지 않은 점과 여기 의자들이 처참하게 너덜너덜해진 이유도 이해가 됩니다!"

"시체와 부상자가 없어진 건 어떻게 된 건가요?! 유키 님!"

"생각하고 싶지는 않지만, 아마도 그건 알에서 태어난 무언가가 우리 부대원과 배신자 집단을 먹어 치웠다고 보는 게 가장 적합하겠군요!"

"어찌 되었든 지금의 정보만으로는 사건을 확실히 어느 쪽이라 판단하기는 어렵습니다! 좀 더 정확한 정보를 손에 넣지 않으면…"

"하지만 우리가 지금 상대해야 하는 상대는 보통의 상대는 아니라는 것과, 수수께끼의 알에서 정말 무언가가 튀어 나온 것이라면… 개인적으로 알기로는 디렉터들이 어떤 물질에 의하여 하나로 뭉쳐져서 알과 같은 형태를 만들었다는 보고는 듣지 못했으니 말이에요!"

"과연 그것을 우리 힘으로 감당해 낼 수 있을지…"

이자키에게 "아~! 맞다. 그게 있었군요!" 내가 무언가를 갑자기 생각해냈다는 듯이 "이자키, 여기 일은 나에게 맡기고, 당신은 헬리콥터로 돌아가서 HTM 이마즈 제녹스 레크레인G를 가지고 오도록 하세요. 헬리콥터에 아직 남아 있을 거예요!"

"네! 알겠습니다! 유키 대장님!"

이자키가 내 말에 바로 뒤돌아서 우리가 풀숲을 헤쳐 왔던 길로 되돌아가려 하자!

"아! 이자키! 잠시만요!"

"네?! 유키 대장님! 무슨 일이세요?!"

"다름이 아니라! 헬리콥터에 돌아가서 토모카 대장이 무슨 일 있었냐고 물어보면, 아무 일 없었다고 말하세요!

배신자라고는 하더라도 대장이라는 직책을 가진 사람이 자신들의 부하들이 자신이 모르는 곳에서 자신은 손도 발도 못 쓰는 상황에서 모두 몰살되었을지도 모르는 상황을 받아들이게 하고 싶지는 않군요!

그렇게 된다면 같은 대장으로서의 저 또한 마음이 편치 않을 것 같아요! 그러니 무슨 일이 있었냐고 토모카 대장이 물어본다면, 그냥 아무 일 없었다고, 최대한 둘러대도록 하세요!"

"네! 알겠습니다! 유키 대장님!"

왠지 이자키의 대답에 어느 정도 활기가 느껴지는 듯해 보였다!

"고마워요! 그리고 미안해요! 이자키, 이런 무거운 일을 시키게 되어서. 잠입이라고는 하지만 몇 년간 동고동락했던 친구들을 한순간에 모두 잃어버린 엄청난 아픔이 있을 텐데도 불구하고 이렇게 내 명령에 잘 따라줘서요!"

"저야말로 감사해요! 토모카 대장님에 대해서 유키 대장님이 엄청나게 싫어하시고, 질투하시는 것 같아 보였는데, 그건 저의 착각이었나 봐요! 그럼 금방 다녀오겠습니다! 유키 대장님!"

풀숲에 갈기갈기 찢겨진 채 방치된 헬리콥터 주변 숲

이자키는 나에게 고개를 숙여 감사를 표현하고는 우리가 같이 왔던 풀숲으로 들어갔다! 나는 혼자서 추락한 헬리콥터의 주변을 더욱 면밀히 조사해 보기 시작했다!

"응?! 이게 뭐지?!"

나는 추락한 헬리콥터 안에서 빠져나와서 300m 거리 정도 걸었을 때 눈앞에 푸른색의 끈적거리는 액체가 잔뜩 묻어있는 흰색의 알껍데기를 주웠다! 알껍데기 조각에 묻어있는 끈적끈적거리는 파란색의 액체와 같은 수수께끼의 액체들이 내 앞으로 여기저기 드문드문하게 떨어져 있었고, 나도 모르는 새에 발걸음은 자동적으로 자꾸만 의문의 파란색 액체를 쫓고 있었다!

"또각! 또각!"

최대한 발걸음을 조심조심해서 5분 정도 걸었을 무렵이었다! 주변 풀숲에서 "쩝쩝! 와그작! 와그작!" 소리가 크게 들려왔다! 나는 허리를 최대한 숙이며, 소리가 들려오는 곳을 향해서 발걸음을 조심조심 옮겼다!

몇 발자국 옮기자! 내 눈앞에는 갈기갈기 찢긴 내 부하의 시체와 토모카 대장의 부하들의 시체가 여기저기 굴러다니고 있었고, 그 시체 사이에서 피범벅이 된 가냘픈 몸매의 그림자가 어렴풋이 내 눈에 들어왔다!

여기서 무슨 일이 일어났는지 어느 정도는 알 수 있을 것 같았다! 눈앞에 펼쳐진 처참한 광경을 보아하니 나의 부대원들의 대부분과 토모카 대장이 이끌던 배신자 집단도 아무도 살아남지 않은 듯했다!

좀 더 자세히 다가가자!

"흠~칫!" 하고는 뒤를 돌아보는 인간 형태의 가냘픈 그림자 안에서 내 눈에 명확히 들어온 얼굴을 보고 나는 조금 놀라며 생각했다.

'그래, 내가 조금 화가 나 버려서 발로 걷어차 버린… 그러니깐… 음….'

나는 고심하다가 나도 모르게 풀숲에서 벌떡 나오며 소리쳤다.

"아~! 드디어 생각났다! 내 심기를 건드렸다가 헬리콥터 저 멀리 날아가 버린 A조 7번!"

내 소리에도 A조 7번은 아무런 반응을 보이지 않고 부대원들의 갈기갈기 찢긴 몸을 계속해서 "쩝쩝! 와그작! 와그작!" 소리를 내며 급속도로 먹어치우고 있었다!

내가 A조 7번의 몸과 얼굴을 봤을 때는 얼굴에는 큰 상처는 없었지만, 의식이 있어 보이는 눈동자가 아닌 무언가에 홀려있는 듯한 어두운 눈동자로 아무 말 없이 가냘픈 입으로 시체만을 "와그작! 와그작!" 거리며 뜯어먹을 뿐이고, 몸에도 큰 이상이 있어 보이지는 않았다!

"내 말이 안 들리는 거야?! A조 7번!"

"당신이 헬리콥터에서 나가떨어져서도 아무런 상처도 없다는 건 의문이지만, 당신이 떨어질 당시에 헬리콥터의 고도와 그 밑이 울창한 풀숲이라는 점과 임무 전에 부대원들에게 나누어준 B3-F 비상 접선 장치라면 당신이 살아있는 것과 부대원들이 타고 있던 헬리콥터를 습격하기에는 딱! 안성맞춤이었겠지!

게다가 덧붙이자면, A조 7번! 당신이 가지고 있는 기술은 분명 '와일드 스네이크!' 주변의 어떤 고기라도 먹어치워서 급속도로 자신의 체력을 포함한 모든 신체능력을 10배 가까이 끌어올리는 동시에 공격력은 반감되지만 공격 스피드는 7배 이상 올라가는 기술을 가지고 있으니!

숲에서 무언가를 잡아먹고는 우리 헬리콥터를 따라오다가 B3-F 비상 접선장치를 이용해서 헬기에 매달려서는 대원들이 방심한 틈을 타서 모두를 죽이고 흰색의 알도 훔쳐 갔겠지!

나의 대원들 즉 너와 동고동락을 해왔던 동료들과 붙잡힌 토모카 부대의 부대원들까지 모두 잡아먹어서는 A조 7번!! 너에게 부여된 '와일드 스네이크'를 최대한 이용해서 나에게 복수하겠다는 생각을 하는 것 같은데… 과연 나에게 너의 기술이 통할까?! 나를 그 기술만으로 쓰러트릴 수 있을까?!"

정리된 상황을 자세히 말해줘도 A조 7번이 아무런 반응을 보이지 않자 내가 다시 물었다.

"사쿠라…였던가?! 내가 날려버린 밴 안에 있던 너의 친구 이름이?!"

그제서야 반응을 보였다! 가냘픈 손에 들고 있던 시체 조각을 땅에 내려놓고는 아무 말도 없이 나에게 "사사삭!" 소리를 내며 풀숲으로 순식간에 달려들어서 자신이 먹어치운 동료들의 피로 범벅이 된 가녀린 양손을 이용해서 나를 붙잡으려 했다!

하지만 A조 7번의 손 안에는 아무것도 남아있지 않았다! 그러자!

"으아아아아아아아악!" 하며 비명을 크게 지르고는 자신의 피로 얼룩진 양손을 불끈 쥐자! 나는 그 모습을 보고는 입을 열었다!

"크하하하하하! 정말 웃기다고 생각하지 않니?! 지금 너의 모습 말이야! A조 7번! 나에게 복수하겠다는 일념으로 이런 말도 안 되는 짓을 꾸민 것 같은데 말이야! A조 7번! 너의 지금 상태를 보아하니 혹시 이런 건 생각해본 적 없는 것 같군!"

내 말에 더욱 흥분한 A조 7번은 입을 작게 열어서는 "사!…쿠!…라!…"라고 힘들게 말을 했다!

"보아하니 말도 제대로 못 할 정도로 정신상태가 패닉상태인 것 같은데 방금 전에 내가 말한 이런 생각이란 물건 주제에 친구라고 생각한 그 밴에 타고 있던 사쿠라의 동료들 즉! 토모카 대장의 부하들까지 전부 먹어치우다니!

만약 네가 먹어치운 토모카 대장의 부하들 가운데 그 사쿠라라고 한 물건의 친구가 섞여 있기라도 했다면, 아니! 섞여 있었겠지. 확실해!! 그렇다고 한다면 A조 7번!

네가 저지른 짓은 내가 한 짓보다도 더욱 심한 짓을 저지른 것이 되는 거겠지!! 정말 대단해! 정말 당신은 구제불능의 소각할 수밖에 없는 쓰레기 중에서도 최고 쓰레기군요!!"

내 말에 A조 7번은 자신의 동료와 자신의 친구였던 사쿠라의 동료들의 피로 얼룩진 두 손을 더욱 불끈 쥐며 힘들게 말을 꺼내는 것이었다.

"코미야 유키!! 죽인다!!"

어리숙한 말투로 말을 반복하며 온몸이 불끈거리기 시작하자! 팔과 다리에 착용된 슈트가 "지이이이익! 지지직! 지지지직!" 소리를 내며 갈기갈기 찢어져서는 몸 전체 근육이 활성화되듯이 크게 부풀어오른 근육을 내보이더니!

"코마야 유키 죽어라!!"라고 외치며, 나를 향해서 방금 전과는 비교도 되지 않는 엄청난 속도로 두 팔을 벌리고는 바람을 가르듯이 정면을 향해서 재빠르게 나를 덮어 왔다!

나는 "척!" 하고 왼손으로 내 앞으로 달려드는 A조 7번의 목 부분을 손목 스냅을 이용해서 "툭!" 하고 밀쳐냄과 동시에, 주먹을 쥔 오른손으로 배 부분을 순간적으로 1초에 50번 정도를 가격하자!

"타다다다다닥! 쾅!" 하는 소리와 함께 동료 시체들 뒤로 보이는 나무숲으로 날아가 버렸다!

"으아아아아아아아악!"

"이쪽인가?!"

소리가 나는 쪽을 쳐다보자 바로 내 등 뒤쪽에서 "사사사사삭!" 소리와 함께 A조 7번이 자신의 팔다리 근육을 사용해서 두 다리로 내 머리 부분을 휘감고는 목을 심하게 조여오기 시작함과 동시에 두 팔로 넘어진 나의 두 다리를 심하게 꺾기 시작한다!

"우드드드득! 우드드드득!"

"하! 이 정도밖에 안 되나요? 당신의 힘이란 건 A조 7번!! 당신은 역시 내가 가져본 도구 중에서도 가장 쓸모가 없는 도구인 것 같군요!"

내 말에 흥분했는지 A조 7번의 얼굴은 평범한 여자 얼굴이라고는 보기 드물 정도로 심한 핏줄이 여러 가닥 튀어나오며, 입가에는 이를 위아래로 꽉! 물고는 온몸에 힘을 주자!

"우드드드득! 우드드드득!" 소리가 내 몸 여기저기에서 들리면서 아주 붉게 변하며 최대한으로 근육량이 부풀어오르며, 더욱 심하게 내 목과 다리를 조여왔다!

하지만 나는 필사적으로 A조 7번이 내보이는 힘을 비웃기라도 하는 듯이 "내가 죽여버린 당신 친구 사쿠라라고 했던가요?!"

내 목소리에 A조 7번은 최대한 자극을 받은 듯한 얼굴 표정을 나에게 보이며, 입가에서는 "코마야 유키, 죽어!… 코마야 유키!!" 하고 연신 외쳐대며 자신의 최대치의 힘으로 나의 몸을 조여오자!

"으아아아아아악! 팔용귀갑!"

심하게 조여오는 A조 7번의 공격에 대항하듯이 내가 "팔용귀갑!"이라 외치자 찬란한 빛과 함께 내 몸이 A조 7번의 조임으로부터 순간적으로 주변의 다른 장소로 벗어나며, 나의 이마 부근에서 빛나는 붉은색의 빛을 손가락으로 끌어당겨서 삼각형 형태로 그리기 시작하자! 붉은색의 조그마한 빛은 내 손가락을 따라서 움직일 때마다 녹색의 가느다란 선이 되어, 어느새 녹색의 삼각형으로 바뀌었다!

나는 녹색의 삼각형이 내 이마에서 완성되자마자! 몸을 땅으로 향하게 구부정하게 자세를 취한 후 이마에 올리고 있던 손을 땅바닥에 대고는 "철면의 혈갑이여! 원흉의 사악함이 되어 나를 지탱하여라! 팔용귀갑!!"이라고 외치자! 이마의 작은 녹색 삼각형이 사라지며! 사라진 녹색의 삼각형이 내가 앉아있는 주변으로 커지면서 나타나자! 자세를 다시 바로잡은 A조 7번이 "코마야 유키, 죽어라!!" 하며 나를 향해 달려듦과 동시에 내 주변으로 커진 녹색 삼각형의 그어진 선을 따라서 붉은색의 불꽃이 활활 타오르며 순식간에 나를 감싸안았다!

"아아아아!"

A조 7번은 나에게 달려들려는 자세를 포기하고는 다시 자신의 신체에 변화를 주기 시작했다!

"아아아아아아!"

"우드드드득! 치~익! 우드드드득! 치~익!" 소리와 함께 손톱이 최대한 날카롭게 길어지며 다섯 손가락이 하나로 융합되듯이 변하더니 순식간에 커다랗고 기다란 길이 70cm가 조금 넘는 칼날 두 개가 각각의 팔끝에서 그 모습을 드러내었다!

불꽃이 사라지자! 피처럼 붉은색의 단단한 갑옷으로 된 오른쪽 다리 쪽으로만 치우쳐서 기다랗고 하늘거리는 드레스가 나타났다! 오른손에는 아무것도 들지 않고 있었지만 왼손에는 내 몸 크기의 대략 반 정도는 되어 보이는 얇으면서 끝이 위쪽으로 조금씩 휘어 있는 검은색의 사자 그림이 사라져 가는 붉은 불꽃에 의해서 새겨져 있는 전체가 붉은빛이 도는 방패가 나타났다.

하늘거리는 오른쪽으로 치우친 드레스 사이로 오른쪽 다리는 매끈한 핑크빛이 도는 다리였지만, 허벅지까지 다 드러나 보이다시피 한 왼쪽 다리에는 방패에 새겨진 사자와 같은 사자의 그림자가 녹색 빛깔로 반짝이며 왼쪽 허벅지에 크게 자리 잡고 있었고, 오른쪽은 붉은색 왼쪽은 녹색으로 색이 다른 구두가 신겨져 있었으며, 어깨에는 말려 올라간 단단한 금속으로 된 특이한 짙은 회색빛이 도는 보석이 각각 어깨 갑옷에 장식되어 있었다.

긴 갈색의 트윈테일은 어느샌가 기다란 생머리로 바뀌어 있었으며, 머리띠처럼 보이는 검은색의 깃털이 커다랗게 양쪽으로 돋아나 있었다!

얼굴에는 큰 변화는 보이지 않는 듯했지만 다만 내 귓가가 보통의 귀가 아닌 엘프처럼 기다라면서도 박쥐 날개처럼 비막이 달린 귀로 바뀌어 있었다!

"A조 7번!! 기뻐하도록 하세요! 내가 이런 기술을 보여준 당신 또래의 부하 녀석은 없답니다! 당신이 힘내준 결과에 보답해 드리도록 하죠!"

내 말이 끝나기가 무섭게 A조 7번은 나를 향해서 맹렬한 기세로 달려들어서는 자신의 팔에서 생성된 칼로 나에게 무자비하게 공격을 퍼붓는다! "탕! 탕! 탕! 탕!" 나는 A조 7번이 막무가내로 자신의 두 팔에서 생성된 칼날을 이용해서 공격을 퍼부을 때마다! 왼손에 들고 있는 방패로 가볍게 어느 정도 막아내다가 말했다.

"너무 단순한 공격만을 해대는 것 같군요!"

"바리트선!"

내가 가볍게 이렇게 외치자 방패 전체에서 강한 녹색의 액체가 내뿜어지며, A조 7번의 몸 전체를 끈적거리게 만들더니 A조 7번의 움직임이 보기 좋게 느려졌다! 마치 끈끈이에 붙어 버린 파리처럼 말이다!

하지만 A조 7번이 억지로 둔화된 몸을 움직이려 애쓰는 모습이 참 많이 힘들어 보였다! 나는 "피식!" 입가에 옅은 미소를 띠며, 왼손에 들고 있던 방패를 땅으로 던지자!

내 손을 떠난 방패는 땅에 떨어지기도 전에 스르르르륵! 하고 녹색의 입자화가 되어서는 사라졌다!

방패가 사라지자! 언제 그랬냐는 듯이 A조 7번의 움직임을 방해하던 끈적이던 녹색의 정체 모를 끈끈이도 사라졌다!

자신의 몸의 움직임을 방해하던 끈끈이가 사라지자! 방패도 들고 있지 않은 나를 향해서 A조 7번은 또다시 맹렬한 기세로 두 팔 끝에 달린 칼날을 내게로 향하고 달려들며, "코마야 유키, 죽어!!"라고 외치자 나는 아무것도 들고 있지 않은 두 팔을 양쪽으로 크게 벌리고 양손을 쫘~악! 펴고는 나를 향해서 맹렬한 기세로 달려드는 A조 7번을 맞이하자!

"푸우우욱! 칙! 두둑! 두두두둑!"

"꺄아아아아아아!!"

엄청난 비명소리가 숲의 조용한 공기를 찢어놓는 듯하였다!

비명소리 뒤에 바로 들려오는 "아하하하하하하하하!" 기겁할 것 같은 특유의 웃음소리! 내가 입고 있던 붉은색의 정열적인 갑옷 형태의 드레스 표면에서 붉은색의 송곳 같은 가시가 수십 개가 1m 정도 길이로 튀어나와서는 나에게 달려든 A조 7번의 몸 여기저기를 관통하여 빨래걸이에 널린 빨래처럼 A조 7번의 몸은 여러 가시 끝에 걸려 있었다!

A조 7번의 팔, 다리, 몸 전체 부분을 관통한 부분에서 흘러나온 피는 A조 7번을 찌른 상태인 뾰쪽한 송곳과도 같은 드레스의 표면을 따라서 내가 입고 있는 드레스 쪽으로 흘러내리자!

마치 드레스 자체가 A조 7번의 피를 마시는 것처럼 보였다! 땅 어디에도 피 한 방울이 떨어지지 않고 모두 내가 입고 있는 드레스로 흡수되었다!

드레스는 흐르는 피만으로는 모자란 듯이 "쪼옥~ 쪼옥!" 하고 A조 7번의 내부에 남은 피까지 전부 빨아먹었다!

나는 그 광경을 보며, "으하하하하하! 미안해요! A조 7번! 깜빡하고 말하지 못한 내용이 있었는데 내가 착용하고 있는 이 드레스는 '황천의 천사'라고 불리는 고대에 만들어진 입을 수 있는 고문 도구였다는 것을 말이에요!"

"걱정하지 마세요! 당신의 고귀한 피는 내가 모두 회수해 갈 테니!! 마지막 단 한 방울까지 땅에 흘리는 일 없이 말이죠!!"

드레스가 A조 7번의 피를 다 빨아들이고는 언제 그랬냐는 듯이 다시 원래의 매끄러운 드레스 표면으로 돌아오자!

땅바닥에는 말라버린 앙상한 A조 7번의 시체만이 남아 있었다! 그와 반대로 내가 입고 있는 붉은색의 드레스는 생기를 찾은 듯이 더욱 맑고 진한 붉은색을 유지했다!

그 모습은 마치 누군가가 먹다 만 와인잔에 처음 잔에 따른 와인보다도 더욱 오래된 진한 색의 와인을 따라서 와인잔에 남아 있던 와인이 더 짙은색의 와인을 만나며 출렁거리듯, 더욱 돋보이는 와인색을 만들어내 보이는 듯하였다.

"나와의 게임은 즐거웠나요?! A조 7번?! 나는 생각보다는 즐거웠는데 말이죠!"

내 말에 A조 7번은 땅에 서 있는 채로 조금 전까지 자다가 막 악몽에서 깨어난 것처럼 자신의 몸 여기저기를 어루만지며, 자신이 방금 당한 끔찍할 정도의 현실적인 고통으로 일그러진 표정과 공포심이 엿보이는 얼굴 표정을 나에게 보였다. 방금 전 싸움이 거짓말처럼 느껴졌는지 A조 7번은 계속해서 자신의 몸 여기저기를 어루만졌다!

마치 시간을 거슬러서 자신과 나와의 싸움이 이제 금방 시작된 것 같은 장면이 눈앞에 펼쳐져 있었지만, 다른 점이 하나 있었다! 그것은 A조 7번의 앞에 내가 보이지 않고, 목소리만이 숲 전체에서 들려온다는 것이었다! 내가 사라져서는 자신의 눈앞에서 보이지 않게 되자!

움직임 없이 멍하니 서 있는 A조 7번의 주변에서 내 목소리가 울려 퍼지며, "지금이라도 늦지 않았어요! 자! 흰색의 알을 어디에 숨겼는지 말해 준다면 목숨만은 살려 주도록 하죠!"

내 물음에 아무런 대답도 하지 않고 A조 7번은 그저 숲 여기저기를 당황해하며 둘러보고만 있을 뿐이었다!

"방금 전에 싸움을 실제처럼 겪어 보고도 아직 모르겠나요?!"

"주인이 조종자 없는 물건에게 공격당할 리가 없잖아요! 자~! 어서 흰색의 커다란 알을 어디에 숨겼는지 말하세요! 이번이 마지막 기회에요!"

나는 내 말에는 귀를 기울이지 않고 있는, 자신의 앞에서 모습을 감춰버린 나를 찾기 위해 필사적으로 사방의 수풀들을 향해서 막무가내로 달려드는 A조 7번이 아까보다 더 빠르게 "휘이이익!" 소리를 내며 순식간에 주변 나무 10그루를 오른발로 빠르게 차내어서 "와자자작! 와자자자작!" 소리와 함께 나무를 산산이 박살 내 버리고는 당황하며 패닉상태에 빠져서는, 숲 전체를 아직도 두리번거리고 있는 A조 7번의 뒤를 노려서는 숨겨 놓은 작은 은색의 갈고리 형태의 칼날을 이용해 A조 7번의 등에서부터 가슴을 관통하고는 "뿌직!" 하며 구부러진 날카로운 칼날이 가슴 쪽으로 튀어나오자!

나는 기다렸다는 듯이 칼자루를 쥔 손을 순식간에 비틀어서는 "뿌지지직! 푸핫!!" 소리와 함께 순식간에 살과 뼈가 도려져서는 가슴 가운데에 주먹 두 개 정도는 들어갈 만한 커다란 구멍이 뚫렸다!

"우에에에에에엑! 우엑!!" 하며 검붉은 피를 입에서 가슴에서 쏟아내며, A조 7번이 내 앞으로 쓰러지자!

A조 7번의 피와 내장으로 인하여 녹색의 대지는 검붉게 물들어갔다!

나는 처참히 죽어있는 A조 7번을 향해서 무겁게 입을 열었다!

"끝입니다! 당신은 내 발에 차여서 헬리콥터에서 저 멀리 날아가 버렸을 때 두 번 다시 나에게 돌아오지 말았어야 했습니다!

마치 줄로 조종당하는 꼭두각시 인형이 자신과 이어진 줄이 끊어진 채로는 혼자서는 아무것도 할 수 없는 쓰레기에 지나지 않는 것처럼! 주인이 사용하던 하나의 물건인 당신이 다시 주인의 곁으로 돌아와 봤자! 더욱 끔찍한 고통과 죽음만이 당신을 기다린다는 것을….

당신이 동료들과 토모카 대장의 대원들에게 벌인 짓과 나의 귀중한 흰색 알을 훔쳐가 어딘가에 숨겨놓은 죄는 그 어떤 것으로도 용서받을 수 없습니다!"

나는 A조 7번의 피로 더럽혀진 칼을 "휘이이익!" 하고 숲 어디론가로 멀리 던져 버리고는 오른손을 펴서는 "바니실론!" 하고 외치자 오른손 손바닥 위에 하늘거리는 손바닥 사이즈보다 조금 더 큰 옅은 핑크색의 얇은 천이 나타났다!

나는 그 천으로 손에 묻은 A조 7번의 검은 피를 닦아내고는 처참히 죽어 있는 A조 7번의 뒷머리에 핑크색의 얇은 천을 떨어트리자!

"화~아아악!" 엄청난 기세로 푸른색 불꽃이 일어나며, 핑크색 얇은 천으로 뒤덮인 A조 7번의 뒷머리를 시작으로 순식간에 온몸으로 번져나갔다!

나는 푸른색의 불꽃이 활활 타오르는 A조 7번의 모습을 잠시 지켜보다가 곧바로 뒤돌아서서는 처참히 부서진 헬리콥터의 잔해가 보이는 앞으로 몇 발자국 걸어나갔다!

그러자! 죽은 줄만 알았던 A조 7번의 몸 전체를 뒤덮고 있던 푸른 불꽃이 갑자기 A조 7번의 몸 안으로 순간 흡수되더니… 부풀어 오르기 시작했다!

"부우우우우우웅! 부우우우우우웅!"

온몸이 고무풍선처럼 손끝에서 발끝까지 부풀어오르더니! "파앗!!" 소리와 함께 터지며… 순간 뒤돌아본 나를 향해서 거대한 그림자가 덮쳐오며, "으아아아아아아!!" "꺄아아아아아아아!!…" 하늘을 찢는 듯한 엄청난 비명소리가 울려퍼졌다.

들판에서 홀로 길을 잃은 이자키

"헉! 헉! 헉!"

"이 길이 맞는 거로 아는데 왜?! 아직 내가 타고 온 헬리콥터의 착륙 장소에 다다르지 못하는 거지?!"

나는 지쳐 보이는 얼굴로 숨을 헐떡이며, "안 되겠어! 이대로는 점점 숲속 깊숙이 들어가기만 하고 체력만 쓸데없이 낭비할 뿐이야! 무언가 다른 대책을 세워야겠어!"

나는 내 옷소매를 뒤져 보며, 무언가 쓸만한 것이 없는지 찾기 시작했다! 나는 혼자서는

좀 칠칠치 못하게 길을 헤매고 다닐 때가 많기에 토모카 대장이 나만을 위해서 특별히 준비해서 옷 속에 넣어준 무언가가 있다는 것이 방금 떠오르며, 옷 여기저기를 뒤지기 시작했다!

"아~! 여기 있다! 길을 잃어 버렸을 때 어디서나 쉽고 빠르고 안전한 길을 알려주는 이름하여 '플호른 탐지기!' 내 손에 들려있는 녹색의 작은 직사각형 형태의 손바닥보다는 좀 더 큰 형태의 가벼운 재질의 강화 플라스틱과 최신 R-371 바이오 전자 제어칩! 그리고 겉표면을 뒤덮고 있는 3D 스크린으로 구성된 '플호른 탐지기'는 스크린 사용법이 의외로 간단하다!

자신이 지금 가야 할 장소의 주변에서 본 물건의 그림이나 사물의 이름을 플호른 탐지기의 3D 스크린에 입력하면 자동적으로 내 반경 200m 거리부터 시작해서 500km 안에서 입력한 특정 물체의 위치를 파악하여 알려준다.

물체의 모습을 포인트 형식으로 간단히 표시해줄 뿐만 아니라 선택하면 물체 주변에 같이 있는 사물이나 환경까지 세세히 보여줘서 같은 포인트가 여러 개 찾을 수 있다 하더라도 절대로 가야 할 방향을 헷갈리지는 않는 정말 엄청나게 유용한 길 찾기 도구인 것이다!

'이거라면 절대 길을 헷갈려서 방황하는 일은 없을 거야! 어디 보자! 우선 헬리콥터라고 입력해 보자!'

그리고 검색되어 표시된 점들을 하나하나 선택해서 보면… "찾았

다!" 나는 정확한 위치를 확인해보니 그렇게 크게 멀리 온 것 같지는 않아 보였다. 500m 안에서 맴돌고 있었다니!!

하루빨리 유키 대장님의 심부름인 HTM 이마즈 제녹스 레크레인G가 들어있는 가방을 들고는 유키 대장님께 돌아가지 않으면….

나는 몸이 어느 정도 추스려지자! 오른손에 들고 있는 플호른 탐지기를 가끔씩 보며, 내가 가야 할 방향을 찾아서 빠른 속도로 "타다다다다닥! 타다다다다닥!" 소리를 내며 뛰기 시작했다!

들판에 착륙해 있는 헬리콥터 주변

플호른 탐지기 덕분에 더 이상 헤매지 않고 빠르게 목적지인 내가 타고 온 헬리콥터 앞에 도착할 수 있었다! 나는 숨을 고를 정신도 없이 헬리콥터에 다가가자!

"어떻게 되었습니까?! 이자키 특수병!"

유키 대장님의 말씀대로 남아서 헬기를 지키던 부대원들이 나에게 다가와서는 질문을 했다.

"아직 유키 님은 추락한 헬리콥터 잔해 안에서 사고의 원인규명을 위해서 조사하고 계십니다! 저는 유키 님의 심부름으로 헬리콥터 안에 있는 HTM 이마즈 제녹스 레크레인G를 가지러 잠시 왔을 뿐입니다!

"다른 헬기에 남아있던 부대원들은 모두 어떻게 되었나요?!"

"자! 자! 지금은 한시라도 빨리 유키 대장님께 HTM 이마즈 제녹스 레크레인G를 전달하지않으면 안 되기에 그 이야기는 다음에 해드리도록 하죠!"

"여러분들은 헬리콥터 쪽으로 무언가 다가오는지 경계를 강화해 주세요!"

나는 다른 헬리콥터에 타고 있던 부대원들이 모두 끔찍하게 전멸했다는 소리를 차마 내 입으론 할 수 없어서 답변을 바쁘다는 이유로 거절했다!

헬기에 올라가니 혼자서 묶여있는 토모카 대장의 모습이 들어왔다! 나는 나를 경멸하는 토모카 대장의 얼굴을 계속해서 바라보게 되었다! 그건 아마도 토모카 대장에게 남아있는 동료들이 나 빼고는 없다는 것과 괜시리 마음 한 구석이 미안하게 느껴져오는 이유 때문일 것이다!

나는 혼자 머릿속으로 생각하고는 바쁘게 헬리콥터 안 어딘가에 있을 HTM 이마즈 제눅스 레크레인G가 들어있는 금속으로 만들어진 가방을 찾고 있었다!

"아~! 찾았다!"

나는 유키 대장의 전용 테라스 밑부분에서 보이던 표면이 금속으로 되어있는 상자를 꺼내어 혹시 모르니 확인을 해보고 가져가는 게 좋겠다고 생각했다.

"딸칵! 딸칵!" 소리와 함께 금속상자에 달려있는 잠금쇠를 풀고는 안에 들어있는 은은한 짙은 보랏빛으로 뒤덮인 반짝이는 풀메탈 코팅 기관총처럼 날렵하면서도 총신의 길이는 저격용 소총 정도의 긴 편이었고, 금빛으로 뒤덮인 커다란 주사바늘을 타고 밑부분은 투명한 강화유리 재질로 되어있어 보였고, 그 안에는 녹색의 거품이 뻐끔! 뻐끔! 거리며, 금방이라도 끓어오르는 듯한 액체가 가득 들어있는 부품과 주황색에 은빛으로 수놓아진 포효하는 용의 모습이 새겨져있는 탄창이 하나! 그리고 파란색에 은빛으로 수놓아진 금방이라도 튀어나와서 사용자를 잡아먹을 것 같은 기세등등한 상어 그림이 수놓아진 탄창이 하나!

확실히 저번에 유키 대장님이 사용하신 끝이 작살처럼 생긴 부품만 빼고는 HTM 이마즈 제녹스 레크레인G의 모든 구성품은 확실히 들어있었다!

내가 HTM 이마즈 제녹스 레크레인G의 구성품을 확인하고 있는 사이에 좀 떨어진 곳에서 묶여있는 토모카 대장이 급하게 나의 이름을 부르며 말했다.

"마유 대원! 추락한 헬리콥터에 탑승한 나의 소중한 부대원들은 어떻게 되었나?! 마유 대원!!"

나를 제시카라고 더 이상 부르지 않고, 마유 대원이라고 부르며, 자신의 부대원들이 어떤 상태인지 물어오는 질문에 나는 대답을 망설이고 있었다.

"찰칵! 찰칵!" 소리를 내며 다시 HTM 이마즈 제녹스 레크레인G가 들어 있는 금속가방의 잠금장치를 잠그고 나서는 토모카 대장의 말에 대꾸했다.

"지금은 제가 많이 바쁘기 때문에 대답해 드릴 시간적 여유가 없네요!"

그리고는 헬리콥터 밖으로 막 나서려는 찰나에 어디선가 "휘이이이이이이익! 휘이이이이이익!" 하며 갑자기 세찬 바람이 불어닥치기 시작했다! 바람의 세기는 너무나 세서 헬리콥터 밖으로는 한 발자국도 나갈 수 없었다!

헬리콥터는 "덜컹!~ 덩컹!" 소리를 내며 전체적으로 심하게 요동치고 있었다! 그런 와중에도 나는 헬리콥터의 열린 문을 통해서 눈앞에 거세게 불고 있는 바람 속에서 작고 작은 얼음 알갱이들이 반짝거리는 것이 어렴풋이 보였다!

나는 바람에 휘날리는 반짝이는 얼음 알갱이에 매혹된 것처럼 점점 세찬 바람이 부는 문앞으로 발걸음을 한 발 한 발 옮겨서 고개를 빼꼼이 내밀었다.

헬기와 어느 정도 이상 간격을 두고 있는 얼음폭풍이 불고 있는 듯해 보였다! 나는 오른손에 들고 있던 플호른 탐지기에 얼음 조각을 검색하자!

우리를 감싸고 있는 얼음폭풍의 실체가 드러났다! 착륙해 있는 헬리콥터의 주위 반경 5km 내에는 바람 한 점 없이 조용했지만, 5km 밖으로는 두께 100km의 초속 2,000ms의 엄청난 얼음폭풍이 한 자리에서 움직임 없이 맴돌고 있었다!

그나마 거대한 얼음폭풍이 어느 정도의 간격을 두고는 감싸고 있어서 우리가 헬리콥터째 빨려들지 않은 거지! 만약 간격이 얼음폭풍 벽 가까이에 자리했더라면, 지금쯤 얼음폭풍에 통째로 말려들어가 버려서 두 번 다시 세상 구경하기는 어려울 뻔했다!

즉 이 얼음폭풍은 밖에서 무언가가 들어오는 것도 안에서 무언가가 나가는 것도 불가능하게 만든 일종의 감옥 아닌 얼음감옥이었다!

얼음폭풍이 내가 타고 있는 헬리콥터를 둘러싼 지 얼마 지나지 않았을 때였다! 갑자기 "아~~앗! 탕! 탕! 탕!" A조 10번은 커다란 외마디 비명소리와 함께 눈 깜짝할 사이에 밖을 내다보고 있던 나와 A조 10번 옆에 있던 A조 11번의 눈앞에서 얼음폭풍 속으로 무언가에 낚아 채인 듯이 하늘 위로 사라지자!

연이어서 BF31 대공용 산탄총이 얼음폭풍이 불고 있는 하늘 저편에서 발사되는 소리와 함께 불꽃을 번쩍번쩍 하며, 몇 번 내보이며 여러 번 울려 퍼지더니!

곧이어! 홀로 남은 A조 11번이 RV- 318 대형 발칸포를 하늘을 향해서 무턱대고 연사해대기 사작했다! A조 10번!! 10번!! 대체 어떤 놈이냐?! 이야~아아아!!

"위이이이이잉!~ 투두두두두두두둥! 투두두두두두둥! 투두두두두둥! 위이이이이잉!"

RV- 318 대형 발칸포에 탄창이 모두 떨어지자!

그제서야 A조 11번은 자신이 꼭! 쥐고 있던 RV- 318 대형 발칸포의 손잡이를 놓았다! "방금 전 그건 대체 뭐지?!" 하며 헬기에서 얼굴을 내밀고 있던 내 위로 아주 커다란 그림자가 "쉬이~익!" 하고 지나가자! 나는 곧바로 뒤를 돌아보았지만 아무것도 없었다!

"쉬이이이~익! 툭! 와그작! 와그작!" 하며 무언가를 씹는 듯한 소리가 들리는 앞으로 고개를 돌리자 내 앞에는 엄청난 크기의 거대한 용이 A조 11번을 통째로 입에 물고는 "와그작! 와그작!" 하며 엄청난 턱의 힘으로 씹어서는 꿀꺽! 삼켜 버렸다!

나는 내 눈앞에서 벌어진 광경에 화들짝 놀라면서도, 두 눈은 지금 눈앞에서 일어나는 모든 장면을 놓치지 않을 기세로 최대한 눈을 크게 뜨고 지켜보고 있었다. 나도 모르게 벌려져서 소리가 새어나올 것 같은 입을 두 손으로 공손히 막다가 오른손으로 조용히 헬리콥터의 철문을 닫았다!

나는 너무 놀란 나머지 금방이라도 울음이 터져 나올 것만 같았지만 최대한 참았다!

"드래곤이라니!… 드래곤은 상상의 동물로만 여겨져 왔다고 생각했건만. 드래곤을 내 눈으로 보다니 분명 살아서 유키 대장님을 뵙기는 힘들 거야!!

젠장! 젠장! 젠장! 왜 하필 다른 것도 아닌 드래곤이라니! 전설 속에 나오는 가장 포악하고… 가장 잔인한… 게다가 저 몸집 크기라면… 이 헬리콥터를 부서버리는 것 정도는 일도 아닐 거야?!"

전의를 상실한 내 머릿속에서는 이런저런 생각들이 떠올랐다! 나는 몸을 최대한으로 웅크려 앉아서는 여러 생각이 들며, 커진 눈동자를 질끈 감은 두 눈에서는 눈물이 줄줄 흘러내리며 조그마한 목소리로 중얼거렸다.

"유키 대장님, 죄송합니다! 저, 이자키의 운은 아무래도 여기까지인 것 같습니다!"

그때였다! "콰과과광!!" 하며 묵직한 무언가가 헬기 주변으로 내려앉는 소리가 나자! 곧이어! "쿵!~쿵!~쿵!" 소리를 내며 무언가 묵직한 것이 느릿느릿하게 헬리콥터를 향해서 점점 다가오는 소리와 진동이 내 귓속과 몸 전체로 울려 퍼졌다!

그 묵직하면서도 느릿느릿한 걸음소리는 마치 나에게 멈춰있던 죽음의 카운트다운이 다시 움직이기 시작하는 소리로 들려왔다!

"마유! 이쪽이야!"

소리가 들리는 곳으로 눈을 돌리자 묶여 있는 토모카 대장이 계속 말을 이었다.

"마유! 지금 간절히 살고 싶다고 생각하고 있다는 거 알아!! 내가 도와줄게! 그러니 어서 이것 좀 풀어줘! 내가 풀려나기만 한다면 마유! 네가 죽는 일은 벌어지지 않을 테니깐 말이야!!"

나는 겁에 질린 얼굴로 "그래! 유키 대장님도 사실은 토모카 대장님을 그렇게 나쁘게 생각하고 있지 않다는 것도 확인했으니깐 조금… 아주 조금만 도움을 받는다고 생각하면 되는 거야!! 저렇게 거대한 드래곤을 나 혼자 상대한다는 건 무리야!!"

나는 겁먹은 표정으로 머릿속으로 지금의 위기상황에서 벗어날 방법을 생각하며, 엉금엉금 헬리콥터의 바닥을 기어서 묶여있는 토모카 대장에게로 다가갔다!

사실 일어나서 걸어가면 빠르겠지만, 밖에 있는 드래곤이 A조 11번을 통째로 먹어치운 장면이 떠오르며, 겁에 질려서는 나도 모르게 엉금엉금 기어서 다가가게 되었다!

"대체 밖에 무슨 일이 벌어진 거야?!"

토모카 대장은 자신에게 엉금엉금 기어서 다가온 내 얼굴을 보고는 질문을 던졌다!

"정말로! 도망치지 않고 드래곤과 싸워주실 거란 말인가요?!"라고 내 입안에서 말이 터져 나올 것 같았지만 나는 참아내며 입을 굳게 다물었다.

"마유?! 대체 지금 밖에서 무슨 일이 벌어지고 있는지부터 설명해줘!"

나는 또다시 물어보는 토모카 대장에게 아무런 말도 없이 "그건 밖에 나가 보시면 알게 될 거예요! 차마 제 입으로는 말을 못 꺼내겠어요!"란 말도 대답을 대신했다.

"그건 그렇고 방금 전 하신 약속은 반드시 지켜주세요! 밖에 있는 무언가를 처치해 주신다는 약속 말이에요!"

"알았어! 마유! 이래 봬도 나도 대장이라구! 대장은 어떤 상황에서도 스스로 한 약속은 꼭 지켜야 해!"

나는 토모카 대장의 대답을 듣고서야 어느 정도 안심이 되면서 말했다.

"지금 풀어드릴게요!"

내가 토모카 대장을 묶고 있던 BGD-3 반역자용 수갑을 풀어주자!

토모카 대장은 순간적으로 "벌떡!" 일어서며!

갑자기 내 다리를 걸어서는 오른손으로 나의 허리를 붙잡고 뒤로 꺾는 듯한 자세를 취하자!

순식간에 "휘이이익!" 하고 나를 헬리콥터 바닥에 내동댕이친 후 오른쪽에 매섭게 생긴 전갈 문양이 들어간 다리로 내 가슴을 압박하며 말했다.

"제시카! 나를 풀어줘서 고마워! 하지만 너를 도와서 싸워줄 순 없어!! 나는 내 부대원들이 타고 있던 헬리콥터가 있는 곳으로 가서 부대원들과 함께 이 지역을 벗어나겠어!"

"제시카! 네가 내 부대원이 아니었다면 이 정도로 끝나지는 않았을 거야!"

토모카 대장은 자신의 오른쪽 뺨에 남은 이자키 대장의 립스틱 자국을 손으로 지워가며 말을 이어 갔다.

토모카 대장이 내 가슴 위에서 나를 압박하다가 일어서는 순간 토모카 대장의 옅은 푸른색의 파도 문양이 들어간 핑크빛 구두 밑에서 말했다.

"으하하하하! 나를 속이셨군요! 당신을 믿는 게 아니었어요! 밖에… 밖에 있는 것을 이기고 도망치는 건 아마 힘들걸요?!

당신이 우리 유키 대장님보다도 실력은 위라고 하더라도 밖에 있는 생명체에게서 벗어나기 위해서 발버둥치며 싸워 이 길 확률보다 모래에서 바늘 찾는 확률이 더 클걸요?!"

나는 토모카 대장을 비아냥거리며, 순간적으로 내 가슴에 올려놓은 토모카 대장의 오른쪽 다리의 정강이 부분을 붙잡았다.

"죄송해요! 저도 사실은 토모카 대장님을 끝까지 믿지는 않았어요! 여기서 또다시 반역자인 당신을 놓칠 순 없으니깐요!"

말이 끝나기 무섭게 "피~욱!" "끄~아아아아!" 내가 붙잡은 토모카 대장의 다리 정강이 부분의 뒤쪽 부분 피부를, 내 손바닥에서부터 갑자기 튀어나온 붉은색의 기다랗고 날카로운 촉수 2개가 연이어서 두 번 정도 순식간에 파고들었다!

토모카 대장은 갑작스런 고통에 "끄~아아아아!" 하며 알 수 없는 비명을 지르고는 뒤로 "벌러덩! 쿵!" 하고 넘어졌다!

나는 넘어지는 토모카 대장을 보며 순간 다리를 붙잡고 있는 두 손을 놓아 주었다!

"이게 무슨 짓이야?! 제시카!!"

나에게 호통을 치며 커다란 촉수가 파고들어간 자리를 두 손으로 움켜쥐며 고통스러워했다! 촉수가 파고들어간 자리는 피가 조금 흘러나올 뿐 크게 피부에 구멍이 나있는 것 같아 보이지는 않았다!

하지만 토모카 대장은 금세 움직일 수 있는 상태는 아닌 것 같아 보였다!

나는 정신을 차리며, 헬리콥터 안에 쌓여있는 주변의 다른 물품들에 기대서 일어나며 말했다.

"토모카 대장님, 당신의 오른쪽 정강이 부분에 방금 전 파고들어간 촉수는 "VWK–357 기생촉수입니다! 그 촉수가 당신 몸에 들어가 있는 이상 당신은 내 말에 따라 주실 수밖에 없습니다!"

"기생촉수라고?! 대체 무슨 말이야?! 그렇다면 제시카! 넌 사람이 아니란 말이야?!"

"아니요! 저도 어엿한 사람입니다! 물론 일반인들이나 보통의 제브론급의 대원들과는 여러 단계로 다른 면이 있기는 하지만요!"

"본부에서 기생충을 사용하는 자를 만들어 냈다는 사실은 소문조차도 들어보지 못했는데 말이야!"

"내가 알기로는 제시카 넌 보통의 제브라에서 좀 더 강화된 정도로 특정기술은 높은 점프력을 베이스로 한 날렵한 공격기술로 알고 있는데 아니란 말이야?!"

"끄아아아아!" 고통스러워하며 많이 일그러진 표정으로 나를 바라보며 화를 내는 토모카 대장을 향해서 나는 차분하게 말했다.

"이제 고통은 곧 사라질 것입니다! 토모카 대장! 당신은 나를 위해서 싸워줄 수밖에 없습니다!"

"자! 일어나세요!"

내 말 한마디에 토모카 대장은 벌떡 일어났다!

"이런! 젠장!… 몸을 마음대로 가눌 수가 없어!!"

자신의 의지와는 다르게 내 명령대로 움직이는 자신의 몸을 느끼며, 토모카 대장은 몹시 화를 내고 있었다!

"내 말을 똑바로 들으세요! 저 헬리콥터 밖에서 우리를 기다리고 있는 것은 반짝이는 피부를 가진 거대한 드래곤입니다!

토모카 대장! 당신의 싸움에 대한 긍지와 자부심을 높이 평가하여 저 드래곤과 싸울 때만큼은 당신의 자율신경을 풀어 주겠어요!

하지만 만약에 조금이라도 나를 거역하고 나에게 위해를 가하려 든다거나 도망치려 든다면 또다시 자율신경을 빼앗겠습니다!"

"칫! 아까 전에 내가 던진 질문에 마지막으로 대답해 줘!"

"무슨 질문 말인가요?!"

"시치미 떼지 마! 내 동료들이 어떻게 되었는지에 대한 질문 말이야!!"

나에게 화를 내며 덤벼드는 토모카 대장을 향해서 "스피릿!"이라고 작은 음성으로 말하자! 토모카 대장은 자신의 머리를 붙잡고 비명을 지른다!

"꺄아아아아아!"

내가 다시 "스피릿!"이라 외치자! 토모카 대장은 언제 그랬냐는 듯이 머리를 붙잡고 있던 두 손을 놓으며 따져 물었다.

"이게 무슨 짓이야!!"

"지금 눈앞의 싸움과 상관없는 쓸데없는 이야기로 말 걸지 말아주세요! 지금 우리가 처한 상황은 차 한잔 하며 느긋하게 이야기나 나눌 수 있는 상황이 아닙니다!"

"방금 전에도 말했듯이 토모카 대장! 당신은 저를 위해서 싸워 주셔야 해요!"

내 말에 토모카 대장은 입과는 다르게 행동을 하기 시작했다!

"우선은 밖으로 문을 열어 보세요!"

"스르르륵! 철컥!"

"이…이게 뭐야?! 드…드래곤?! 진짜 드래곤이 실제로 나타났단 말이야?!"

"어떤가요?! 싸워서 이길 수 있겠나요?! 토모카 대장님?!"

내 말에 토모카 대장은 골똘히 생각하며, "내가 싸워서 이길 수 있는 상대는 아니지만 그렇다고 해서 처음부터 질 것 같다는 생각을 가지고 싸움에 임할 수는 없어!" 했다.

어느새 밖에서 들리던 발자국 소리가 조용해지더니 곧이어 핼기의 조종석 부분을 시작으로 "우지직! 우지지지지직!" 소리가 헬리콥터 본체 양옆으로 번져 나갔다. 두꺼운 철판이 안쪽으로 조금씩 튀어나오면서 순식간에 "찌이~이익! 찌이~이익!" 소리가 나며, 두꺼운 헬리콥터의 철판 사이를 가르며, 송곳처럼 끝이 날카롭고 울퉁불퉁한 표면의 얼음 덩어리가 헬리콥터 안으로 들어오기 시작했다!

그러더니 얼마 지나지 않아서 "쫘아아아아악!" 소리를 내며 두꺼운 헬리콥터의 천장부분 전체가 잘 익은 감이 벌어져서 말랑말랑한 알맹이가 보이듯이 양옆으로 크게 찢어졌다!

"휘이이이잉!~ 휘이이이이잉!"

양옆으로 찢어진 헬리콥터의 본체 사이로 추운 바람이 나와 토모카 대장을 덮쳐왔다!

"아~이이이잉! 추워라!"

나는 몸을 잔뜩 움츠리고는 주변을 둘러보자! 두 눈이 커졌다!

"이… 이게 대체 어떻게 된 거야?!"

들판을 뒤덮고 있던 녹색의 풀잎으로 뒤덮인 대지는 전체적으로 새하얀 서릿발이 뒤덮고 있었으며, 나무에 달려 있는 나뭇잎에도 서릿발보다는 좀 더 큰 얼음의 결정체가 나뭇잎들을 에워싸고 있었다.

나와는 다르게 스커트 차림에도 불구하고 몸에 큰 변화를 보이지 않고 있는 토모카 대장은 "주변이 완전히 얼음의 나라가 돼 버렸군!" 하며, 별일 아니라는 듯한 얼굴 표정을 하고   나를 조롱하는 말투로 말을 걸어왔다!

내 앞에서 방금 전까지 보이던 그 당당함은 어디로 간 거야?! 이 정도의 추위에 벌벌 떨고 있다니…. 평소부터 몸을 강하게 단련하지 않았으니 이 정도 추위에 약한 모습을 보이게 되는 거지!…. 그렇게 추우면 내가 주변을 데워줄까?!"

나는 내 앞에서 자신만만해 하는 표정의 토모카 대장의 뒤를 손가락으로 가리키며 말했다.

"그렇게 자신만만하다면 토모카 대장! 당신의 뒤를 좀 돌아보시지요?! 라며, 나를 조롱하는 말투로 말을 걸어왔다! 라며, 나를 조롱하는 말투로 말을 걸어왔다!"

내 말이 끝나기 무섭게 자신의 뒤를 돌아본 토모카 대장은 얼굴이 사색이 되면서 말했다.

"오랜만에 정말 재미있는 상대를 찾게 되었는걸?!"

"흥미진진한 싸움이 될 것 같은 예감이 드는군요!"

"제시카!! 당신은 지금 상황에서 싸우기 힘들어 보이니 저만치 내 뒤로 물러나서 지금이라도 얼어붙은 숲속에라도 몸을 숨기는 게 좋겠군요!"

나는 토모카 대장의 방금 한 말에 몸을 구부려서는 최대한 빠른 발걸음으로 주변 숲에 몸을 숨기고는 눈앞에서 일어나는 광경을 지켜보았다!

토모카 대장의 매서운 눈매가 지지 않겠다는 일념이 담긴 눈빛으로 자신을 무섭게 내려다보고 있는 엄청난 크기의 드래곤과 눈빛 교환을 하며, 가끔씩 힐끔! 힐끔! 하며, 눈으로 거대한 드래곤의 대략적인 크기와 드래곤의 모든 다리 사이에서 계속해서 옅은 흰색의 안개 비슷한 무언가가 드래곤 주변으로 뿜어져서 주변환경을 한순간에 얼음의 나라로 만들어가는 모습을 보며, 당당하게 내뱉은 말에 비해서 얼굴 표정은 어느 때보다도 심각해 보였다!

자신의 품속에서 결박의 조각을 꺼내자마자!

"콰콰콰쾅!" 소리와 함께 사람 크기만한 날카로운 얼음 결정체 여러 개가 토모카 대장이있는 장소로 날아들었다!

토모카 대장은 자기 키만한 얼음 결정이 덮쳐 오기 전 간발의 차이로 공중으로 피하며, 자신의 오른손에 쥐어진 결박의 조각을 내보이며, "무장!! 디노프로다우스트!!"라고 외치자!

오른손에 있던 결박의 조각이 "기기가가가~가가각!" 소리를 내면서, 순식간에 드라그나비티로 변하였다!

"이번엔 내 차례다! 드라그나비티의 자동으로 맞춰진 방아쇠를 수동으로 돌리더니! 착환! 베가 스네이크!!라고 외치며 방아쇠를 당기자!

드라그나비티의 총신에서 "피우우우웅!" 소리와 함께 녹색의 탄환이 발사되자! 발사된 탄환은 단단해 보이는 드래곤의 커다란 등쪽 수정에 정확하게 박혀 들어갔다!

박혀 들어간 탄환은 "피이이잉!" 소리와 함께 은색의 투명한 커다란 얼음 안에서 몇 번 돌아다니는 듯이 보이더니 단단한 얼음 수정 안에서 밖으로 산산이 부수어 버렸다!

"와장장장창!!" 소리와 함께! 그와 동시에 드래곤의 "크아아아아아아아!"라며 큰소리를 내뱉었다!

"명중이다! 어떠냐?! 드라그나비티의 위력이!!"

"드라그나비티를 자동모드에서 수동모드로 놓는다는 건 일반 탄환이 아닌 아주 특별한 특수탄환을 사용한다는 것을 의미하지!"

다시 땅 위로 내려온 토모카 대장에게 드래곤이 입에서부터 흰색의 반투명한 연기를 토모카 대장에게 내뿜었다! 흰색의 반투명 연기는 드래곤이 다리 사이로 내뿜고 있는 차가운 냉기와는 전혀 다른 것처럼 보였다!

새하얀 연기 사이로 "착환! 다크 브리짓트!!"이라는 토모카 대장의 목소리와 함께 드라그나비티의 총신에서 이번에는 검은색의 탄환이 드래곤이 내뱉은 자욱한 연기를 가르며, 드래곤의 가슴 쪽에 있는 두꺼운 갈고리 형태의 겹겹이 쌓인 얼음에 명중했다!

두꺼운 얼음 속으로 들어간 검은색의 탄환은 커다란 드래곤의 몸을 "우드득! 우드드득!" 하며 딱딱한 검은색의 돌로 변화시키기 시작하더니!

순식간에 가슴부터 시작하여 목, 다리, 등, 꼬리, 머리 순으로 거대하고 단단한 석상으로 바꿔 버렸다!

거대한 검은색의 석상 형태로 드래곤이 변하자! 드래곤의 다리 사이로 일정하게 뿜어져 나오던 냉기도 모습을 감췄다!

하지만 주변환경은 얼어붙은 그대로였고, 나와 토모카 대장을 둘러싼 얼음폭풍의 모습과 기세도 변함없이 그대로였다!

"뭐야?! 드래곤을 상대해 보는 건 처음이지만, 등치만 어마어마하게 크지 별것 아니잖아!"

다른 때와 다르게 많이 들떠있는 토모카 대장을 바라보며 말했다.

"정신 똑바로 차리세요! 토모카 대장! 아직 우리 주위를 감싸고 있는 얼음폭풍의 기세는 그대로인 것 같으니깐요!"

"걱정하지 마! 자~! 이제 그럼 슬슬… 얼음폭풍 장벽을 제거해 볼까?!"

토모카 대장은 눈을 감고 자신의 왼손을 주먹 쥐고는 "파신의 연화 앱솔루트!!"라고 외치자 회색빛의 가느다란 실들이 왼손에 흡착되기 시작하더니 금세 커다랗고 묵직해 보이는 대검이 완성되었다!

"그럼 슬슬 시작해 볼까?!"

토모카 대장은 대검을 휘몰아치는 얼음폭풍 주변으로 가볍게 휘두르다가, 점점 대검을 휘두르는 스피드를 올리며 어느 정도 대검을 휘두르는 스피드가 올라가자!

"열화! 파천포!!"라고 외치며, 더욱 스피드를 올렸다! 처음엔 "휘잉! 휘잉!" 하고 들리던 대검을 휘두르던 소리가 스피드를 좀 더 올리자!

"휘이이이잉! 휘이이이잉!" 하며 바뀌더니 스피드를 최고치로 올리며, "열화! 파천포!!"라고 외치며 휘두르자!

"파~파파파파파팟!" 소리가 나며 세차게 불어닥치는 얼음폭풍 속으로 붉은색 여러 날로 된 공기 칼날 비슷한 것이 예리하게 파고들더니!

불어 닥치는 얼음폭풍 전체가 순식간에 활활 타오르는 불길에 휩싸이더니! 폭풍 안에서 "쾅! 콰콰콰쾅!" 소리가 연이어 들리며, 무언가가 회오리치는 거대한 불길 안에서 연쇄적으로 폭발을 일으키는 소리를 내며, 불길 회오리가 점점 잦아드는 것 같아 보였다! 왼손의 대검도 그 모습을 감추었다.

회오리치던 불길이 모두 사라지자!

"이젠 내 앞에 급한 문제는 다 해결된 것 같네요! 저 드래곤은 죽은 건가요?!"

"음… 죽은 거라고 할 수 있지요! 정확히 말하면, 죽었다기보다는 생물체의 모든 세포를 단단한 화석화로 만들어 버렸다는 것이 올바른 표현이겠지요! 보통의 화석이란 동물의 뼈가 오랜 시간 동안 열과 압력에 의해서 만들어진 결과물이지만, 다크 브리짓트는 다릅니다!

탄환이 파고들어간 생명체의 내부에서 외부로 전체적인 뼈, 근육, 장기 등의 모든 부분을 급속도로 화석화하게 만드는 기술로 한번 화석화가 된 생명체는 두 번 다시 되돌릴 수는 없습니다! 즉! 살아 돌아올 수 없다는 것입니다!"

바운드 31이 화석화되어 버리고 얼음폭풍이 사라진 들판

나는 자랑하듯이 한껏 자신의 기술을 뽐내 보이고 있는 토모카 대장의 표정을 보면서 한편으로는 위기상황이 무사히 지나갔다는 안도의 한숨과 토모카 대장의 무서운 기술에 대해 겁을 내며, 나로 하여금 말 못할 공포심을 불러일으켰다!

"어머! 벌써 결판이 나버렸나요?! 정말 덧없는 싸움이었네요!"

"안 그런가요?! 토모카 대장님?!"

나와 토모카 대장 사이에 갑자기 끼어들며, 투덜대는 특유의 말투를 내뱉으며, 아직도 차가운 얼음이 나무 잎사귀에 맺혀있는 수풀과 나뭇잎 사이를 헤치며, "스르륵! 스르륵!" 소리와 함께 포니테일로 딴 검은색의 찰랑이는 허리까지 오는 머리에 영롱한 빛을 발하는 붉은 눈동자를 가진 여자가 모습을 드러냈다.

짙은 보라빛 입술과 조금 긴 것 같지만 갸름해 보이는 얼굴과 팔랑팔랑거리는 머리 위로 솟은 검은색의 여우 귀를 닮은 귀에 가느다란 목선을 지나 검은색의 너풀거리는 천으로 만들어진 비키니 사이로 여자가 이쪽저쪽으로 가볍게 움직일 때마다! 출렁! 출렁이는 풍만한 가슴을 지나자 매끈한 배 부분을 지나자 짧은 치마 형태의 수수한 천 조각으로 급조해 만든 듯한 치마 밑으로 풍만한 두리뭉실한 여우의 볼륨 있는 옅은 갈색의 꼬리털이 도드라져 보였고, 허벅지 쪽으로는 처음 보는 듯한 은색 색깔의 만들어진 늘씬한 오버니삭스 차림으로 구두는 신지 않고 있었다.

여자의 오른손과 오른쪽 팔 부분의 반 이상이 검붉은 피로 얼룩져 있었으며, 피는 "뚝!~뚜두두둑! 뚝!~뚜두두둑!" 소리를 내며, 여자가 우리 앞으로 걸어나올 때에도 서릿발이 아직 돋아있는 새하얀 들판을 검붉은 점들이 물들여가고 있었다!

"당…당신은 누군가요?!"

나의 질문에 여자는 자신의 오른손을 자신의 보랏빛 입술에 가져가서는 보통의 인간보다는 좀 더 기다란 핑크색의 혀를 내보이며 손에 묻어서 뚝! 뚝! 떨어지는 검붉은 피를 맛있다는 듯이 연신 핥아대며 빨아대더니 퉁명스럽게 대답했다!

"낼름! 낼름! 스르르릅! 쭈우우욱!"

"어머?! 제가 누군지 못 알아보는군요?! 이거 실망인데요! 마유 이자키 선배!"

나는 다시 반문하며, "누군지는 모르지만 대체 어떻게 내 이름을 알고 있는 거지?!"

"선배, 저에요! A조 7번! 기억나시나요?! 당신의 상관인 코미야 유키 대장에게 말대꾸했다는 이유로 헬리콥터에서 숲 저 멀리로 날아가버린! A조 7번! 이에요!"

"아! 맞다! 이자키 선배는 그때 토모카 대장님과 같이 밴 속에 있었으니 잘 모르시겠어요!"

"어…어떻게 살아 있는 거지?! 그렇게 높은 곳에서 떨어졌는데도 상처 하나 없다니! 믿을 수 없어!!"

"그렇게까지 저를 무시하고 계셨다니!…. 역시 이자키 선배도 결국은 유키 대장님하고 크게 다를 바가 없는 것 같네요!"

"저의 특수능력이 무엇인지 모르시겠나요?!"

"일일이 나보다 밑에 있는 일반 병사의 특수능력들을 파악할 필요는 지금까지 없었으니깐 말이야!"

"역시 이자키 선배는 자신보다 밑에 있는 자는 깔보는 경향이 있군요!"

"뭐! 지금에 와서는 별로 큰 의미는 없지만 말이에요!"

나는 A조 7번의 오른손과 오른팔에 묻은 검붉은 피를 보며, 조금 힘이 들어간 목소리톤으로 말했다.

"A조 7번! 너의 오른손과 오른팔에 묻어있는 피는 대체 어떻게 된 거지?!"

"아!~ 이거 말인가요?! 이건 코미야 유키 대장님의 피에요!"

"제가 대장님을 이 손으로 죽여 버렸거든요!"

"유키 대장님을 죽이다니!… 그럴 리가?!"

"너 같은 단순한 하급병사에게 유키 대장님이 살해당할 리가 없어!!"

나는 격앙된 목소리로 A조 7번에게 격하게 화를 내면서 분노에 찬 얼굴을 하고서는 "유키 대장님이 그렇게 간단히 쓰러질 리가 없어!! 분명 네가 무슨 수작을 쓴 거겠지! 용서 못 해 절대로!"

"끈질기게 저에게 공격을 퍼붓던 유키 대장님이 잠깐 방심한 틈을 타서 갈기갈기 찢어놓았어요!"

"아마! 유키 대장님의 시신을 수습하려면 상당한 시간이 걸릴 거라고 보이네요!"

"유키 대장님이 갈기갈기 찢어지는 모습을 이자키 선배도 보셨어야 하는 건데 말이에요! 아하하하하하하!"

A조 7번은 미친 듯이 웃어대며, 자신이 벌인 일을 엄청나게 기뻐하

는 것처럼 보였다!

잠시 후 웃음을 멈추고는 "그런데… 토모카 대장님! 당신의 부하들이 어떻게 되었는지 이자키 선배에게 들으셨나요?!"

"아니! 그것에 대해서는 제시카는 아직도 아무 말도 안 해 줬어!"

"역시나… 예상대로 토모카 대장님께 입도 못 열었나 보군요!"

"하기야, 자신의 대장이 토모카 대장의 동료들을 포함해서 자신의 부대원까지 모두를 갈기갈기 찢어 죽여버렸다는 말은 꺼내기 힘들었겠지요!"

A조 7번의 말에 격하게 반응하며 토모카 대장님은 나를 엄청나게 화가 난 얼굴로 노려보며 말했다.

"제시카! 아니! 이자키! 지금 저 A조 7번 여자가 한 말이 사실인가요?!"

"아…아니에요! 부대원들과 토모카 대장님의 부대원들까지 시체가 모두 사라져 버린 건 사실이지만, 유키 대장님이 모두를 죽였다는 건 새빨간 거짓말이에요!!"

나의 항변에도 불구하고, 토모카 대장님은 나를 매섭게 바라보며, 자신의 오른손에 들려 있는 드라그나비티의 총구를 내 쪽으로 겨누었다!

자신의 부대원들이 다 죽었다는 말에 토모카 대장님의 마음 상태가 더욱 불안정해 보였다.

"자! 토모카 대장님, 당신이 복수할 수 있는 부분은 남겨 두겠습니다! 처음은 저에게 맡겨 주세요!"

토모카 대장은 A조 7번의 말에 고개만을 끄덕이고는 나를 향한 드라그나비티의 총구를 거두었다!

"자! 그럼, 어디 즐겨볼까요?! 이자키 선배! 이자키 선배! 어서 당신의 그 징그러운 결박의 조각을 꺼내도록 하시지요!"

"전 예전에 소문을 들어서 알고 있었답니다! 이자키 선배가 가지고 있는 결박의 조각은 일반 결박의 조각이 아닌 특수한 아니! 기괴한 형태의 결박 조각이라고 말이에요!

그 소문 뒤에는 당신은 우리와는 격이 다른 실험체의 결과물이라는 이야기가 떠돌던데요!

자신의 결박 조각을 사용할 때의 모습이 너무나도 비참하고 징그러워서 다른 동료들과 사이가 멀어진 거라고… 그 뒤로는 이자키 선배는 다른 누군가의 앞에서도 결코 결박의 조각을 사용하지 않는다고 말이에요!"

"제 말이 맞나요, 이자키 선배?!"

"자~! 보여 주세요, 이자키 선배! 당신의 결박 조각과 그 사용자의 모습을 말이에요!"

나는 나에게 굴욕을 주고 모욕을 주는 A조 7번의 말에 휘둘리지 않고 조용히 자신의 가슴품에 오른손을 넣어서는 결박의 조각을 끄집어내 눈앞에 내보였다!

보통의 결박 조각과는 너무나 다른 뫼비우스의 띠 모양을 한 결박의 조각이었다!

나는 눈을 부릅뜨며, "무장!! 마탈리안바우트!!" "기기기기긱! 기기기기긱기가가각!" 소리를 내며 두꺼운 송곳니가 듬성듬성 나있는 곳부터 시작하여 한쪽은 짙은 검은색, 그리고 다른 한쪽은 은은한 상아색의 활의 양쪽이 만들어지며, 끝부분에서 구부러지며, 녹색의 끈적거리는 활시위가 만들어졌다!

끝으로 짙은 검은색 부분에는 노란색에 불그스름한 무늬가 들어가 있는 2갈래의 기다란 촉수가 반대쪽의 은은한 상아색 부분에는 푸른색에 녹색의 무늬가 들어가 있는 2갈래의 가느다란 촉수가 혼자서 혼들혼들거리며 움직이고 있었다.

두꺼운 송곳니는 활시위를 당겨달라는 듯이 닫히지 않는 그 입을 항상 쩍 벌리고는 위아래로 송곳니를 연신 움직이고 있었고, 내 얼굴의 왼쪽 눈 부분은 노란색의 반짝이는 보석 형태에 감싸여 그 주변으로 녹색의 촉수가 주변을 둘러싸고 흐느적거리고 있었고, 이마 한가운데로 "불쑥!" 튀어나온 은색으로 만들어져 봉긋하게 솟아 나와 있는 보석이 자리 잡고 있었고, 금발의 긴 머리 사이로 주황색의 구부러진 뿔이 양쪽 크기가 다른 채 솟아나 있었다!

활을 잡은 오른팔과 오른손에서는 끈적거리는 녹색의 액체를 일정하게 분비하며 새하얀 서릿발로 뒤덮인 대지에 녹색의 점들을 일정량 떨어뜨리고 있었다!

그 광경을 본 A조 7번은 "으하하하하하하! 정말 징그럽네요! 그런 모습을 누군가에게 보인다는 건 정말 죽음보다도 더한 굴욕감이 들겠어요!"

토모카 대장은 나의 모습을 보고는 징그럽다는 듯이 표정을 찡그리며, 고개를 돌리고는 절대로 나와 눈을 마주치려 하지 않으려 했다.

"너무 걱정하지 마세요! 제가 더 이상의 굴욕감이 들지 않도록 깨끗하게 당신이 줄곧 따르던 유키 대장이 기다리고 있는 저 세상으로 보내줄 테니 말이에요!!"

"으으으아아아아아악!" "찌이이이익!" 소리와 함께 입고 있던 토모카 부대원용 슈트의 등 부분이 크게 바깥 부분으로 늘어나더니!

"쫘아아아아악!" 소리와 함께 슈트의 등 부분이 심하게 찢어지면서, 새하얀 거미줄로 뒤덮여 있는 굵은 상아색의 날개뼈가 양쪽으로 튀어 나왔다!

튀어나온 굵은 상아 색깔의 날개뼈가 등에서 튀어나오며, 주변에 거미줄의 새하얀 액체가 들판에 튀자마자!

그 새하얀 액체가 묻은 서릿발이 크게 일직선으로 30cm 정도로 자라났다! 나는 30cm로 자라난 서릿발을 왼손으로 잡아서 "우드득!" 소리와 함께 부러뜨려서는 A조 7번에게 내던졌다!

A조 7번은 내가 내던진 서릿발을 피하기는커녕 자신의 왼손으로 붙잡자! 곧바로 서릿발 전체에서 김이 모락~모락 올라오면서 삽시간에 녹아버렸다!

"제 말이 그렇게 이자키 선배의 기분을 거슬리게 했나요?!"

"그럼 저도 예의를 갖추어서 최대한의 공격력을 이끌어 내도록 하죠!"

"하아아아아아아아! 하아아아아아아아아!"

두 손을 쫙 펴고는 자신의 힘을 각각 펼친 손에 집중하며, 온몸의 핏줄과 근육이 세워지며, 온몸에서 끈적거리는 은색의 땀을 흘리기 시작하더니 얼굴을 제외한 온몸을 뒤덮어간다!

가슴과 허리를 이어주는 하나하나의 은색의 물방울들이 모여들어서는 가슴과 허리까지 완벽히 감싸며, 다리를 휘감고 있는 은색의 니삭스 이외의 다리 부분을 은색의 물방울이 감싸며, 가슴 부분 주변에서 양쪽으로 나누어진 은색의 물방울이 양쪽 어깨를 커다란 각각의 덩어리 형태로 감싸면서, 손목과 손등으로 커다란 덩어리를 "뚝!" 하고는 떨어뜨리자!

손목과 손등을 중심으로 5개의 날카로운 끝이 안쪽으로 굽어진 20cm 정도 돼 보이는 은색으로 빛나고 있는 칼날들이 양쪽 손에서 형상을 나타내자!

A조 7번의 풍성한 갈색의 여우 꼬리가 9개로 나누어지며 꼬리 크기는 좀 더 작아지고, 여우 꼬리의 색깔도 검은색에 끝이 새하얀 풍성한 볼륨의 꼬리가 양쪽으로 펼쳐지며, 그와 동시에 온몸을 감싸고 있는 은색 안에서 두꺼운 보랏빛의 갑옷이 올라와서는 A조 7번의 몸 여기저기를 발끝까지 확실히 휘감으면서 감싸자!

"철컥! 철컥!" 소리를 연이어 내며 두꺼운 형태의 보랏빛 갑옷을 갖추며 발목에서부터 가늘며 날카로운 보랏빛 킬힐이 생성되었으며 그와 동시에 은색의 손목과 손등을 중심으로 생성된 5개의 날카로운 구부러진 칼날 위로 붉은색의 좀 더 두꺼운 갑주가 올라와서 생성되며 가운데에 각각의 손등 부분에 노란빛의 보석을 마지막으로 형성하였다!

"경고할게요! 이자키 선배! 저를 지금까지의 단순한 A조 7번으로 보셨다가는 크게 후회하게 될 거예요!" 나를 향해서 A조 7번은 자신의 검은색의 긴 포니테일의 머리를 한 손으로 튕기며, 다른 한 손에 달린 완장으로 나를 가리키며, 무서운 눈초리로 말을 던졌다!

나는 아무 말 없이 끈적거리는 활시위를 잡아당기자! 금빛의 화살이 활시위 사이에 모습을 나타내었다!

잡아당긴 끈적거리는 활시위를 놓자! 금색의 화살이 커다란 움직이는 송곳니 사이를 통과하여 곧바로 A조 7번을 향해 날아가자!

"흥! 이 정도 공격은 저에게 있어서는 무의미합니다!"라며, 손에 달린 완장으로 날아오는 금빛의 화살을 쳐내자! 화살은 가볍게 튕겨 나가 땅에 박혀 버렸다! 나는 또다시 끈적거리는 활시위를 당기자!

또다시 금빛의 화살이 생겨났다! 이번에는 더욱 빠른 속도로 금빛의 화살을 연사했다!

"휙! 휙! 휙! 휙!" 소리와 함께 순차적으로 20발 이상 되는 금색의 화살 다발이 A조 7번을 향해서 비 오듯이 날아들자!

A조 7번은 "아무리 빠르게 화살을 발사한다고 하더라도 저에게 있어서는 나에게 날아드는 한 발의 금색의 화살과 다를 게 없습니다!"

몸을 살짝 웅크리고는 손에 낀 완장으로 얼굴을 감싸자! 빗발치던 금빛의 화살들은 맥없이 A조 7번이 서 있는 대지 주변에 떨어져 박혔다!

"제 말대로 쓸모없는 발악이었군요! 이자키 선배."

"이제 제 차례인 것 같군요! 각오하세요!"

그때였다! 나는 아무것도 들고 있지 않은 왼손을 A조 7번의 앞으로 펴 보이며, "대지에 사무친 그대의 영혼에게 외치노라! 타올라라! 가틀럿다운!!"

펼쳐진 왼손에서 하늘색의 마법 문양의 진이 나타나며, 대지에 박혀 있던 금색의 화살들이 금색의 가느다란 줄이 되어서 나에게 덤벼들려 하고 있는 A조 7번의 온몸을 휘감고는 그와 동시에 A조 7번의 전신을 휘감은 금색의 가느다란 줄은 대지의 차디찬 서릿발 기운을 흡수하듯이 은색으로 빠른 속도로 바뀌며, 주변의 차가운 기운을 끌어당겨서는 곧바로 묶여있는 A조 7번의 몸을 차디찬 두꺼운 얼음에 가둬버렸다!

대지에 방금까지 깔렸던 서릿발이 모두 사라졌고, 은빛의 가느다란 줄에 전신이 묶여서는 단단하게 얼어 붙어버린 A조 7번의 당황한 표정이 그대로 담긴 두꺼운 얼음만이 들판 한가운데에 서 있을 뿐이었다!

곧이어서 나는 내 얼굴을 제대로 마주하지 못하는 토모카 대장을 바라보며, "당신을 예전에 조금이나마 존경했었다니!… 정말 후회가 되는군요!"

"당신을 따르던 동료들은 모두 어디론가 사라져 버렸습니다! 그걸 유키 대장님이 혼자서 조사하고 계셨는데… 이런 일이 벌어지다니!…. 제가 지금 당신에게 알려줄 수 있는 진실은 거기까지입니다! 그러니 순순히 무기를 도로 돌려놓으시고, 얌전히 항복해 주세요!"

내 말에 토모카 대장은 나에게 드라그나비티를 겨누며 말했다.

"지금의 너의 끔찍한 모습은 사실 나도 받아들이기가 어려워! 하지만 내 부하들의 행방은 내가 찾을 거야! 여기서 순순히 포기할 수는 없다구!"

"그렇다면 할 수 없지요! 나는 눈을 감고는 조용한 목소리로 "스피릿!"이라고 말하자! 나에게 드라그나비티의 총구를 향하던 손으로 드라그나비티를 대지에 떨어뜨리고는 두 손으로 머리를 감싸 쥐며 "끄아아아아아아악!" 하며 고통스러운 표정으로 대지로 넘어진 채 고통스러워하는 표정을 지어 보였다!

"지금이라도 항복하세요. 토모카 대장! 당신은 지금 나의 조종으로부터 도망칠 수 없습니다!"

"끄아아아아아악!" 소리를 지르는 와중에도 두 눈을 매섭게 뜨고는 "절⋯대⋯로⋯포⋯기⋯하⋯진⋯않⋯을⋯거⋯야!!"라고 힘겹게 말을 내뱉었다!

"우지직! 우지직! 우지직!"

무언가가 금이 가는 소리가 들리자 나는 급하게 꽁꽁 얼어붙은 A조 7번에게로 시선이 향했다! 그러자 "와장장장창!" 소리와 함께 거대한 두꺼운 얼음이 산산이 부서지며, A조 7번이 모습을 다시 드러냈다!

"이런! 이런! 제가 너무 방심한 것 같군요! 응?!"

A조 7번은 자신의 옆에서 대지에 누운 채 고통스러워하는 토모카 대장에게 다가가서는 "왜 그러세요?! 토모카 대장님?!"

"내 몸 안에 이자키가 심어 놓은 기생충으로 고통받고 있어!" "끄아아아아아악!"

"그렇다면, 이 방법을 쓰면 돼요! 제가 토모카 대장님의 몸 안에서 귀찮게 구는 기생충을 제거해 드리죠!"

"리버플럼!!"이라고 외치고는 자신의 오른손을 토모카 대장의 몸 안에 집어넣자! 투명하게 토모카 대장의 몸 안으로 오른손이 통과해서는 다른 장기들을 건드리지 않고도, 가볍게 내가 심어 놓은 기생충들을 모두 잡아서는 토모카 대장님의 몸 안에서 자신의 오른손을 빼내며 말했다.

"됐다! 정말 엄청난 기세로 꿈틀거리는군요!"

"이자키 선배! 당신의 생명력처럼 끈질긴 것 같군요!"

내가 보는 앞에서 아직도 꿈틀꿈틀거리며, 움직이는 기생충들을 "파지직!" 하고 짓눌러서 터트려 죽여 버리고는 그 시체를 나에게 던졌다!

"자! 이자키 선배! 선배 거니깐 도로 선배에게 주도록 하지요! 뭐! 그다지 쓸 만한 것 같지는 않아 보이긴 하지만요!"

"걱정하지 마세요! 만약 끈질긴 생명력을 이자키 선배가 가졌다면, 저와 여기 있는 토모카 대장님이 지금 당신에게 던져준 당신의 기생충처럼 깔끔하게 처리해 드릴 테니깐요!"

기생충이 몸 안에서 빠져나가서 죽자! 토모카 대장은 정신을 차리며 힘들게 일어섰다!

"A조 7번!! 구해줘서 고마워요! 우리 함께 이자키를 해치워요!"

"저 혼자서도 괜찮을 거라 생각하는데요!"

토모카 대장은 나를 노려보다시피 하며 A조 7번에게 말했다.

"방심해서는 안 돼요! 이번에야말로 반드시 나와 내 부하들 일에 대한 대가를 치르게 해줄 거라고요!"

"좋아요! 자!~ 여기 당신의 총을 받으세요! 토모카 대장님!"

"저도 당신을 따라서 지금부터 같이 행동해도 되나요?!"

"저야말로 영광이지요! A조 7번! 우리 힘을 합쳐서 이자키를 쓰러트리고 여기서 모습을 감추도록 해요!"

A조 7번과 토모카 대장은 서로 협력하기로 하고 둘 다 나에게 무기를 겨누고는 "각오해! 이자키! 너만 쓰러트리면 우릴 지금 상황에서 붙잡을 수 있는 자는 없을 테니깐 말이야!"

토모카 대장과 A조 7번의 행동을 바라보는 나의 눈빛이 많이 흔들리자 그 모습을 바라보고 A조 7번은 나에게 말을 던졌다.

"왜 그러세요?! 우리 사이를 보고 설마 유키 대장님과 당신 사이의 즐거운 추억이라도 떠올린 건가요?!"

"걱정하지 마세요! 곧 당신이 그렇게 그리워하던 유키 대장의 곁으로 보내 줄 테니까 말이에요!"

둘은 언제든지 나를 공격하기 좋은 자리를 차지하고는 나를 매섭게 노려보았다!

"나는⋯나는 절대 여기서 물러설 수 없어요!!"

나는 끈적거리는 활시위를 잡고는 매서운 눈빛으로 A조 7번과 토모카 대장 두 사람의 움직임을 예의주시하고 있었다!

제2권에서 계속